Kamer 19

W0341181

Van dezelfde auteur

Sleutel 17

Wilt u op de hoogte gehouden worden van de thrillers van A.W. Bruna Uitgevers? Meld u dan aan voor de nieuwsbrief via onze website www.awbruna.nl of volg ons op www.facebook.com/AWBrunaUitgevers, @AWBruna op Twitter of Instagram.

Marc Raabe

Kamer 19

De tweede zaak voor Tom Babylon

A.W. Bruna Uitgevers

Oorspronkelijke titel
Zimmer 19
© by Ullstein Buchverlage GmbH, Berlin. Published in 2019 by Ullstein Paperback Verlag
Vertaling
Marcel Misset
Omslagbeeld
Finepic
Omslagontwerp
© zero-media.net, München & FinePic®, München
Foto auteur
© Gerald von Foris
Bewerking Nederlandse omslag
Henk Koop/Select Interface
© 2022 A.W. Bruna Uitgevers, Amsterdam

ISBN 978 94 005 1402 7
NUR 332

Behoudens de in of krachtens de Auteurswet van 1912 gestelde uitzonderingen mag niets uit deze uitgave worden verveelvoudigd, opgeslagen in een geautomatiseerd gegevensbestand, of openbaar gemaakt, in enige vorm of op enige wijze, hetzij elektronisch, mechanisch, door fotokopieën, opnamen of enige andere manier, zonder voorafgaande schriftelijke toestemming van de uitgever. Voor zover het maken van reprografische verveelvoudigingen uit deze uitgave is toegestaan op grond van artikel 16 h Auteurswet 1912 dient men de daarvoor wettelijk verschuldigde vergoedingen te voldoen aan Stichting Reprorecht (Postbus 3060, 2130 KB Hoofddorp, www.reprorecht.nl). Voor het overnemen van gedeelte(n) uit deze uitgave in bloemlezingen, readers en andere compilatiewerken (artikel 16 Auteurswet 1912) kan men zich wenden tot de Stichting PRO (Stichting Publicatie- en Reproductierechten Organisatie, Postbus 3060, 2130 KB Hoofddorp, www.stichting-pro.nl).

Voor Rasmus en Janosch – volg jullie dromen.

De hel, dat ben ik.

Proloog

Première Berlinale
Theater am Potsdamer Platz
Woensdag 13 februari 2019
19.17 uur

Wat bezielde hem in vredesnaam?

Waarom in godsnaam zo'n risico nemen? Waarom deze openbaarheid?

De ademwolkjes van duizenden mensen stijgen op in de koude februarilucht. Schijnwerpers snijden kegels licht uit de dampen. Aan de voet van de imposante glazen gevel ontbrandt een spervuur van flitslicht. Mobiele telefoons worden in het gedrang opgestoken, de namen van filmsterren geschreeuwd. Boven de drukte wappert de rode beer van de Berlinale op een torenhoog doek van gaas.

Probeert hij zich groot te houden voor die kleine? Probeert hij er voor haar te zijn? Wil hij de grote, oude man spelen die alles mogelijk maakt?

Ondanks de snijdende kou heeft hij het warm. Hij trekt zijn zwarte pet met het logo van het festival dieper over zijn ogen en trekt zijn begeleidster langs de cameraploegen van de tv mee naar een zijingang. Dit is geen filmfestival meer, dit is niet die goeie ouwe Berlinale. Zo moet het er bij de uitreiking van de Oscars aan toegaan, denkt hij, al is hij nog nooit in de Verenigde Staten geweest. Die reusachtige beer doet hem denken aan King Kong, die op het punt staat die blonde vrouw te ontvoeren.

Het Berlinale-Palast lijkt wel een bijenkorf, op alle zes verdiepingen tegelijk. Overal goud, overal rood, rood en rood.

En iedere vrouw verspreidt een ander parfum. Hij sleept zijn begeleidster langs de bewakingscamera's; je kunt nooit weten wie de beelden later nog eens wil bestuderen. Daarom heeft hij de kaarten ook onder een valse naam besteld. Hij is vandaag Bernhard Krüger, met begeleidster. Zij heet Finja, maar hij weet dat dat niet haar echte naam is. Alles is onecht vandaag, denkt hij. En nog iets, wat hem eigenlijk gerust zou moeten stellen:

Waar val je minder op dan hier in het gewoel?

Eindelijk zitten ze in de zaal, parket, elfde rij, in het midden, in de zachte, dieprood fluwelen bioscoopstoelen. Omringd door mensen in allejezus dure outfits, keurig geknoopte vlinderstrikken, blinkend witte tanden en diepe decolletés die het bloed naar zijn hoofd doen stijgen, en door zijn lendenen doen razen. Vorig jaar was het nog allemaal *#MeToo* wat de klok sloeg en kwam iedereen zedig hooggesloten. Maar goed dat zijn vrouw er niet bij is, goed dat hij vanavond iemand anders is, hij zou het vaker moeten doen, Krüger zijn.

Hij roept zichzelf tot de orde, kijkt naar links, naar Finja. Haar ogen zijn groot en licht – de mooiste ogen van de hele wereld, vindt hij – en kijken nieuwsgierig van links naar rechts. De zaal is gigantisch, zoiets heeft ze vast nog nooit eerder gezien: 1.800 stoelen, tot de allerlaatste bezet.

Vijf rijen voor hem zit Schiller, de staatssecretaris van Binnenlandse Zaken, naast hem de minister van Cultuur in een avondjurk die haar schouders vrij laat. Nog een rij verder naar voren ziet hij het kalende hoofd van de burgemeester glimmen, en plotseling vraagt hij zich af of HIJ er misschien ook is, de man voor wie hij het bangst is. De man die zijn leven heeft bepaald en dat nog steeds doet. Hij zou hier ergens kunnen zijn, tussen de gasten van de openingsavond.

O god, hoe heb ik zo onvoorzichtig kunnen zijn.

Hij haalt diep adem, blaast weer uit, probeert Krüger te zijn, de man die niemand kent.

Hou je in! Hij geeft geen zier om cultuur. Allemaal franje – het zijn zijn eigen woorden!

Krüger glimlacht gespannen. Hij kijkt naar Finja, zijn hart smelt.

Als die verdomde film nou maar begon, dan zouden ze veilig zijn, in de bescherming van de duisternis. Iedereen zou alleen nog naar de film kijken. Er komt maar geen eind aan de openingsrede van Kurt Wagenbach, de directeur van het festival. Nerveus frunnikt hij aan Finja's muts, duwt een onwillige lok achter haar oor. Zijn vingers zijn klam, hij voelt dat zij het voelt. Ze haat die vochtige vingers van hem.

'Jong, zeg, uw begeleidster,' fluistert de boomlange brunette die links van Finja zit, met een knipoog naar hem. Een actrice, denkt Krüger, hoe heet ze ook weer? Perfecte borsten heeft ze, haar huid is besprenkeld met gouden glittertjes. De krappe stof van haar jurk zal wel met tape aan haar borsten vastgeplakt zijn. Filmsterren doen dat soort dingen.

'Een bijzondere gelegenheid, vanavond,' mompelt hij.

'Bijzonder, zozo.' De tanden van de vrouw zijn stralend wit.

'Dat krijg je als de Berlinale opent met een animatiefilm,' fluistert hij, 'wat is daarop tegen?'

De glimlach van de vrouw verstrakt. 'Een beetje lichtgeraakt, hè, die sugardaddy van je,' zegt ze met een knipoog tegen Finja.

Sugardaddy? Krüger bijt op zijn lippen. Dit gaat niet goed, denkt hij.

Dan barst er een applaus los. Wagenbach is eindelijk klaar. De lichten in de zaal worden zo langzaam gedoofd dat het lijkt alsof de zon achter een bergrug wegzakt. Een laatste fonkeling, dan zitten achttienhonderd mensen in het donker.

Finja grijpt naar zijn hand, al is die klam, en houdt hem vast.

De tranen schieten hem bijna in de ogen, zo mooi vindt hij dat.

Het is goed om hier te zijn. Het is goed om Krüger te zijn. Met Finja. Een film is zoiets moois: opwindend en onschuldig tegelijk. Een animatiefilm, een mooie, inspirerende, gedeelde ervaring. Krüger ontspant in het donker. Het geroezemoes ebt weg. Achter hem hoest iemand. Fluisterend glijden de zware gordijnen opzij. Het geprojecteerde beeld is vreemd klein en bleek, alsof de operateur een stommiteit heeft begaan.

Een blunder?

Expres?

Wie weet. Tegenwoordig wordt de grootste onzin als iets bijzonders opgedist. In de zaal lijkt niemand erg verrast.

Op het doek is een vrouw te zien, of eigenlijk, haar achterhoofd, met hoogblonde peroxidekrullen, kortgeknipt. Ze loopt voor de camera uit door een keldergang. De muren zijn kaal, het stucwerk afgebladderd. Langs het plafond lopen leidingen voor elektriciteit en water. Witte huid glimt, de schouders van de vrouw zijn bloot. Het geluid staat onnatuurlijk hard. Het galmen van haar voetstappen weerklinkt, de zolen van de cameraman schrapen over de vloer. Wat moet dit voorstellen? Dit is toch zeker geen openingsfilm?

Een trailer?

Een grap van de regisseur?

De vrouw blijft voor een liftdeur staan. Matgroen gelakt metaal, vol krassen, kennelijk een goederenlift. De camera wacht, komt tot rust. Boven, op het eerste of tweede balkon, roept iemand 'De verkeerde film!'.

Met een *ping* schuift de groene liftdeur open.

De vrouw krijgt een zet en valt op de vloer van de lift, die bedekt is met een plastic zeil. Ze heeft alleen haar ondergoed aan. Een grote hand komt kort in beeld. Latex, denkt Krüger geschrokken. Die vent draagt latex handschoenen. De camera schommelt wild.

Krüger krijgt een droge mond, het zweet breekt hem uit.

Ik hoor hier niet te zijn.

De hele zaal houdt zijn adem in.

De cameraman scheurt de vrouw het ondergoed van haar lijf en slaat haar in haar gezicht.

'Wat is dit voor onzin? Zet uit die troep!' roept iemand uit het publiek. En opnieuw: 'De verkeerde film!' Er ontstaat geroezemoes. Rechts van Krüger lacht iemand.

Wie lacht er in godsnaam om zoiets?

De vrouw in de lift schudt haar hoofd. 'Nee, nee! Alsjeblieft!'

Finja omklemt Krügers hand. Snel legt hij zijn vrije hand over haar ogen.

De camera gaat omlaag, de cameraman knielt. In een flits is een erectie te zien, het gaat zo snel dat je nog kunt hopen dat je hem niet hebt gezien.

Finja worstelt om aan zijn hand te ontkomen, om iets te kunnen zien.

De eerste mensen in de zaal staan op.

De cameraman legt een hand om de keel van de vrouw.

Stoot in haar en knijpt haar keel dicht, stoot, knijpt, stoot, knijpt.

Krüger trekt de rand van Finja's muts over haar ogen.

Dit niet, Finja, niet dit. Dit mag je niet zien.

Hij staat op, sleurt haar met zich mee. Trapt op de voeten van de mensen die blijven zitten. Er wordt gefloten. 'Uit!' klinkt het door de hele zaal. Krüger duwt het meisje voor zich uit, worstelt zich langs knieën en stoelleuningen, zijn handen nog steeds om Finja's muts, zodat ze niets kan zien.

Op het doek verstarren de ogen van de vrouw. Plotseling laat de man haar keel los. Met een diep, gierend geluid probeert de vrouw adem te halen. Het klinkt alsof ze alle lucht om haar heen in één keer in haar longen wil zuigen. Krüger blijft staan, wegkijken van het scherm lukt hem niet. De man maakt zich van haar los, de camera wiebelt, trilt, dan verschijnt de linkervuist van de man, die de vrouw vol op haar borstkas raakt. De vrouw zet grote ogen op, spert haar mond open in een afschuwelijke flits van verstarring. De cameraman trekt zijn hand weg van haar borst. Op de plek waar hij haar raakte, haar hartstreek, steekt een grote ijzeren pin uit haar witte lichaam.

'Het is nep, mensen!' roept iemand.

Nee, denkt Krüger. Nee. Dit ziet er heel echt uit.

Onder de ijzeren pin stroomt bloed uit het lichaam van de vrouw. Haar mond opent zich, gaat weer dicht, in een vertwijfelde kramp.

Maar wat Krüger het diepst schokt, is de kleine tatoeage die hij zag op de onderarm van de cameraman. Hij was maar heel even te zien, maar hij weet zeker dat hij een veer zag, met nog iets, wat hij niet kon thuisbrengen.

'Kijk,' fluistert de cameraman. 'Dan weet je dat God bestaat.' Zijn stem galmt door de zaal. 'Jij hebt mij gemaakt. Kijk wat jullie te wachten staat.'

Finja trekt de muts van haar hoofd. Krüger grijpt haar bij haar bovenarm en vlucht met haar de zaal uit.

WOENSDAGAVOND

1

Berlijn-Kreuzberg
Woensdag 13 februari 2019
20.03 uur

Toms oogleden lijken wel dichtgelijmd. Het voelt alsof hij in een tijdcapsule ligt, afgeschermd van de echte wereld. Het geluid van zijn telefoon dringt vaag, als onder watten vandaan tot hem door.

Is dat mijn telefoon?

Hij doet zijn ogen open. Niet bewegen nu. Op zijn borst slaapt Philip, elf maanden oud, een wonder dat nog altijd niet volledig tot hem is doorgedrongen. Een nog groter wonder is dat zijn zoon ook echt slaapt. Zijn eerste tandjes komen door, de pijn heeft de afgelopen vierentwintig uur tot een hel gemaakt. Anne en hij hebben allebei geen oog dichtgedaan.

Een paar uur geleden is Tom van het hoofdbureau naar huis gegaan, iets vroeger dan anders, en heeft hij Philip van Anne overgenomen. Ze kon niet meer.

Ondanks de zalf voor zijn tandjes bleef Philip brullen. Tegen zevenen was Tom zo uitgeput dat hij op bed was gaan liggen, de kleine op zijn buik. Hij had zijn armen om hem heen geslagen en geprobeerd zo rustig mogelijk adem te halen. Ondanks Philips gebrul was hij in slaap gevallen, en nu was het kleine mannetje op zijn borst een toonbeeld van vredigheid.

Die wreed verstoord wordt door Toms telefoon.

Tom strekt een arm uit en hengelt de telefoon voorzichtig van het nachtkastje. Phil zucht ontspannen. Zijn haren zijn bezweet, bij elke beweging van Tom beweegt hij mee alsof ze samen één lichaam zijn.

Tom glimlacht.

Het is pure magie.

Het nummer op zijn beeldscherm is dat van zijn bureau. Iemand van de leiding, waarschijnlijk Hubertus Rainer.

'Babylon,' zegt Tom zachtjes.

'Tom? Ben jij dat? Ik hoor je niet goed.'

'Ik versta je prima,' verzucht Tom. 'Hallo, Hubertus.'

'Bruckmann heeft je nodig. Marlene-Dietrich-Platz.'

Bruckmann weer, denkt Tom. Leider van team 1, berucht vanwege zijn spontane ingrepen in de bezetting van zijn teams. 'Ik heb vrij,' bromt Tom.

'Heb ik ook gezegd. Kon hem niets schelen.'

Phil smakt zachtjes en beweegt zijn lippen alsof hij op een speentje zuigt. 'Hij kan mij ook niets schelen,' zegt Tom.

'Dat zou toch moeten. Bruckmann heeft Schiller en Schulte-Weikmeyer op zijn nek. Die laten niet los. En dan heb ik het nog niet eens over de burgemeester.'

De burgemeester, de staatssecretaris van Binnenlandse Zaken en de minister van Cultuur? Toms grijze cellen beginnen te zoemen. 'Wat is er in godsnaam gebeurd dat die ineens samen optrekken?'

'Toestanden op de Berlinale. Nogal onoverzichtelijk, allemaal.'

Langzaam begint het Tom te dagen. Berlinale. Alle prominenten bij elkaar, maximale aandacht, alles onder een vergrootglas. 'Wat is er gebeurd?'

'Afbeelding van geweld, volgens paragraaf 131 Wetboek van Strafrecht, en waarschijnlijk bedreiging. Zoveel is zeker.'

'Bedreiging en afbeelding van geweld? Waarom wordt Moordzaken er dan bij geroepen?'

'De situatie is... nou ja, zoals ik zei, nogal onoverzichtelijk. Ga erheen. Zo snel mogelijk.'

'Ben jij er ook?'

'Bruckmann gaat erheen. Marlene-Dietrich-Platz, Berlinale-Palast. Hoe sneller je er bent, hoe beter.' Rainer hangt op.

Tom zucht. Phil slaapt diep en ligt warm op zijn borst. Hij legt zijn telefoon weg, rolt voorzichtig op zijn zij en legt Phil in één beweging heel voorzichtig naast zich. *Word niet wakker, jochie van me.* Phil smakt weer zachtjes, fronst zijn kleine wenkbrauwen alsof het hem helemaal niet bevalt wat er gebeurt. Tom stapt voorzichtig uit bed en sluipt de slaapkamer uit. Anne slaapt in de woonkamer, half zittend, weggezakt in de zachte omhelzing van 'Big Mama', de grote rode fauteuil waar ze de eerste maanden van haar zwangerschap zo lekker in zat. Een hand ligt op de leuning en houdt nog een halfvol glas water vast. Tom pakt het voorzichtig en zet het op de salontafel. Annes huid is vaal, haar gezicht staat vermoeid. Ze heeft echt rust nodig.

Toch maakt Tom haar wakker. Ze kijkt verward op.

'Ik moet weg,' zegt Tom zachtjes. 'Er is iets aan de hand op de Berlinale.'

Stilte.

Een korte, veelzeggende blik.

Alweer.

Ik ben moe.

Het is niet anders.

Maar ze zegt: 'Waar is Phil?'

'Hij ligt in ons bed en slaapt. Kruip nog even bij hem.'

Anne gaapt en kijkt verward naar haar lege hand die net nog een waterglas vasthield. Ze kijkt naar de salontafel en begrijpt het. Een glimlach trekt over haar gezicht. Soms zijn het heel kleine dingetjes die een relatie redden.

In de badkamer gooit Tom water in zijn gezicht. Hij kijkt in de spiegel. De druppels lopen uit zijn blonde baardje. Om zijn hals loopt een dun rood litteken, dat hem dagelijks herinnert aan de gebeurtenissen van anderhalf jaar geleden: die zaak in de Dom, Brigitte Riss die dood in de koepel hing. Het litteken hield hij over aan het dunne koord om zijn nek waar die sleutel aan hing, die hij met geweld had losgetrokken, en die hem zijn leven had gered. In een flits staat de herinnering aan dat moment hem zo levendig voor de geest dat het pijn doet.

Meer water.

Die herinnering wegspoelen.

Hij kijkt weer in de spiegel en hoopt dat Viola's gezicht weer naast het zijne zal opduiken. Hij mist haar. Hij mist haar stralende ogen, haar slordige blonde krullen, dat eigenwijze wipneusje en altijd weer die veer achter haar oor. Viola is tien en wordt geen dag ouder. Hij wel met zijn vijfendertig.

Natuurlijk is het goed dat ze niet meer aan hem verschijnt. 'Gesprekken met doden zijn op den duur niet gezond,' had Sita Johanns toen tegen hem gezegd. Goede raad van een goede psychologe. Maar tegen het missen heeft het niet geholpen.

Hé, Vi, zussie, wat heb ik je lang niet gezien, denkt hij.

Ze antwoordt niet, alsof hij haar teleurgesteld heeft, of zich te lang niet om haar bekommerd. Bekommerd heeft hij zich vooral om Philip. Maar moet hij zich daar schuldig over voelen? Hoe leg je aan de verschijning van je tienjarige zusje uit dat een echt kind voorrang krijgt, vooral als je dat plechtig aan je vrouw hebt beloofd?

Hij probeert zich Viola in de spiegel voor te stellen. Hoe ze haar kin naar voren steekt. Geheimzinnig grijnst, omdat ze weer een van haar dolzinnige Vi-invallen heeft. Als altijd gehuld in haar streepjespyjama waarin hij haar voor het laatst heeft gezien, voor ze spoorloos verdween, twintig jaar geleden inmiddels.

Omdat ik niet goed oplette, denkt hij.

Daar is het weer. Het schuldgevoel, die grote zwarte vlek op zijn ziel. Het is ook beter om de herinneringen aan Vi af en toe kwijt te zijn. Die Viola in de spiegel maakt die zwarte vlek alleen maar groter.

Hij buigt zich over de wasbak en laat het koude water over zijn hoofd lopen, droogt zijn haar en trekt een trui over zijn hoofd in de kleur van zijn ogen: grijsblauw. Het litteken verdwijnt onder de kraag.

Hij schiet zijn Caterpillar Boots aan. Maat 48,5. Als je groot bent is de keuze beperkt, vooral met schoenen en broeken. Hij pakt zijn dienstwapen uit het vergrendelde kastje in de hoek. Een SIG Sauer P6. Weer achter met de verplichte schietoefeningen, flitst het door hem heen. Te veel aan zijn hoofd, te weinig tijd.

In de keuken lonkt het espressoapparaat. Eentje dan, denkt hij. Met die cups gaat het snel, maar hij is vergeten dat hij ontkalkt moet worden en een vreselijke herrie maakt.

In de slaapkamer wordt Phil wakker en begint te huilen.

Verdomme...

Hij giet de espresso in één keer naar binnen en verbrandt zijn tong en zijn slokdarm.

'Alles goed, lieverdje,' hoort hij Anne zeggen, met een vermoeid neuriënde stem. 'Het is papa's koffieapparaat.'

Het zijn altijd heel kleine dingetjes die een relatie bederven.

Tom zet het koffiekopje in de gootsteen en loopt naar buiten. De donkerblauwe lak van zijn bijna dertig jaar oude Mercedes S-klasse is bedekt met een laagje modder, nog van de winter. Zijn dieselbak gromt hees en vertrouwd. Het geluid klinkt naar onderweg zijn, naar rechercheur zijn. Phils huilen galmt na in zijn oren. Dat hij Anne weer alleen laat, bezorgt hem een slecht geweten. Toch is het fijn om in zijn auto te stappen, honderdzesennegentig centimeter smeris onder het witte dak van zijn Benz, onder die hemel boven Berlijn, donker, maar met een oranje gloed die terugkaatst van het wolkendek, alsof dat wordt beschenen door seinlampen.

Dus Bruckmann zal er zijn. De grote baas in hoogsteigen persoon. Dat gebeurt maar hoogst zelden. Zelfs bij die zaak in de Dom anderhalf jaar geleden bleef hij op de achtergrond. Wel had hij toen een oppasser voor Tom aangesteld: dr. Sita Johanns, psychologe en voormalig medewerkster op de afdeling Inlichtingen.

Mijn geheim, jouw geheim. Tom glimlacht cynisch. Na een moeizame start had dat zinnetje hun verstandhouding als partners opnieuw bepaald, op een goede manier. Hij hoopt dat Bruckmann Sita opnieuw inschakelt. Op Sita hopen. Onder normale omstandigheden zou hij dat doen. Maar normale omstandigheden bestaan niet tussen hem en Sita.

AUGUSTUS 2001

2

Berlijn, Kottbusser Tor
8 augustus 2001
21.37 uur

Motzifotzi!

Ze perste haar lippen op elkaar en liep mechanisch onder de donkere, tonnen wegende spoorbaan door. Boven haar hoofd kwam een trein aangedenderd, hij overstemde het geluid van de langsrijdende auto's. Links van haar joegen felle koplampen langs, rechts schoten rode lichtjes voorbij. Waar zij liep, op de smalle strook asfalt ertussen, onder het viaduct, bewoog niets.

Links de wereld, rechts de wereld, en ik hoor er niet bij.

Motzifotzi!

Het woord stak als een naald in haar hart. Keer op keer.

De trein reed nu recht boven haar hoofd. Alles trilde. Zelfs de zware ijzeren pilaren die het spoor droegen, leken plotseling broos. Ineens weerklonk het piepen van de remmen, een wegstervend geratel van een trein die het station Kottbusser Tor binnenreed.

Nog honderd meter naar de trap. Een kil licht stroomde uit het station omlaag op de zwart uitgeslagen treden, witte duivenstront lichtte op. Tientallen van die beesten hokten in de nissen tussen de stalen dragers.

Ik kan er rustig onderdoor lopen. Laat ze: bescheten voel ik me toch al.

Ze zette het halfvolle blikje aan haar lippen. Ze wist niet dat bier zo bitter smaakte. Al was ze al zestien, het drinkverbod van haar moeder was nog steeds van kracht. 'Word niet zoals zij,' zei ze altijd, al transporteerde ze zichzelf regelmatig naar Neverland als 's avonds de eenzaamheid in hun tweekamerwoning haar naar de keel vloog en haar handen opgezwollen waren van haar thuiswerk aan de naaimachine.

Nog vijftig meter. De trap kwam dichterbij.

Ze nam nog een slok bier. Wat was er passender dan die bitterheid?

Motzifotzi. Zo werd ze vanaf haar zevende al genoemd. In het slechtste geval Motzi-hoer. Die kut-DDR lag al elf jaar op z'n reet, maar de scheldwoorden uit die tijd verdwenen niet. Motzi's, dat waren de gastarbeiders uit Mozambique. Die uit Vietnam heetten Fidji's. Alsof ze nooit een atlas hadden gezien.

Motzi sloeg in haar geval ook nergens op. Ze kwam niet uit Mozambique, ze was hier geboren, godverdomme. Als Duitse, net als haar moeder. Ook haar vader kwam niet uit Mozambique of zelfs maar uit Afrika.

Nikkerhoer!

Zeiden ze ook graag, aardrijkskunde: een twee. Gezakt.

Nog twintig meter tot de trap.

Waarom had haar moeder uitgerekend hier een huis gevonden? Kottbusser Tor. De goorste, treurigste buurt van heel Berlijn. Nou ja, misschien waren er wel nóg ergere. Dat gore kon haar eerlijk gezegd niet veel schelen. Dat treurige wel. Ze haatte deze buurt omdat die iets deed met de bewoners, ze maakte hen zuur, gejaagd, opgefokt. Je zag het aan de bewoners, aan de blauwe plekken op hun armen of in hun nek, hun koortsige, hongerige blikken, verwijde pupillen, push-upbeha's. Door anabolen opgepompte spieren, lippenstift voor kleurenblinden, die stiekem werd opgesmeerd, niet omdat niemand mocht zien hoe ze zich opmaakten, maar omdat de lippenstiften gejat waren. Ze zou het liever allemaal niet zien, maar ze zag het nu een-

maal. Daarom haatte ze de buurt – en haar school, die haar erom terug haatte. Of verbeeldde ze zich dat maar?

Boeien. Nog even doorzetten, dan was het gedaan.

Gedaan met de riem van haar schooltas die in haar schouder sneed.

Gedaan met de hondendrollen in haar broodtrommel.

De trap lag nu aan haar voeten. 'Stairway to Heaven', dat was toch die oude hit? Trede voor trede klom ze naar boven. Witte sneakers op witte duivenstront. Op de voorlaatste trede aarzelde ze even, bleef staan en keek om zich heen in het station. Een ijzige tochtvlaag streek door haar slordige krullen, ze wapperden in haar gezicht. Twee lange rijen tl-buizen tegen het plafond deden haar denken aan oplichtende treinrails tegen een zwart uitgeslagen spoorbedding. Oud staal tegen de plafonds, rondom besmeurd glas. De wereld zag er hier nog smeriger uit dan hij al was. Op het grote bord stond de volgende trein aangegeven.

U1 richting Warschauer Straße, over twee minuten.

Nu nog één keer dapper zijn.

Neem die laatste trede nou.

Zou iemand haar tegenhouden?

Er stonden maar een paar mensen op het perron. Twee kerels, helemaal aan de andere kant. Te ver weg. Een vrouw met spillepootjes en een afgeleefd gezicht. Te langzaam, te zwak. En dan nog een zoenend stel op het bankje, hij met een baseballpetje, zij op zijn schoot. Daar hoefde ze ook niets van te verwachten.

Maar wat hield dat in, verwachten? Haar besluit stond toch vast, ze wilde...

Plotseling kreeg ze een stoot in haar rug en viel ze voorover. Een jongen – of een jongeman – schoot langs haar heen, zwart jack, witte cobra op de achterkant, rood haar. Kennelijk achter haar aan de trap op gerend.

Een 'sorry' lijkt me hier wel op zijn plaats. Eikel!

Maar hij keurde haar geen blik waardig. Hij was zestien, mis-

schien achttien en keek langs haar omlaag de trap af. Wat hij zag of niet zag, deed hem opgelucht ademhalen. Hij trok zijn jack met een grijze voering binnenstebuiten en schoot er snel weer in. In zijn nek zat een grote tattoo, ze kon niet anders dan ernaar staren. Het volgende moment trok hij zijn rits tot aan zijn kin op, de tattoo verdween, en hij sloeg zijn capuchon over zijn hoofd.

'Wat moet je?' snauwde hij toen hij zag dat ze naar hem keek.

Zonder iets te zeggen wendde ze zich af.

Nog een minuut.

Ze nam een laatste slok en kneep het blikje in haar hand fijn. Haar hart begon met de seconde sneller te slaan.

Langzaam liep ze naar de tunnel waaruit de treinen het station binnenreden. Nu sloeg de angst toe.

Waar was die rooie bang voor geweest? Nog een keer omdraaien.

Daar stond hij. Hij stak een sigaret op en liet die in zijn mondhoek bungelen, maar hij bleef nerveus om zich heen kijken. Zijn rechterhand gleed in zijn jaszak en omklemde daar iets. Dat iets leek hem gerust te stellen, hij rechtte zijn rug. Wat hield hij daar vast? Een pistool? Nee, te groot. Een mes misschien. Een knipmes.

Nou doe je het weer.

Alles zien.

En, als altijd, op het verkeerde moment.

Ze wendde zich af en keek naar voren, naar haar doel. Tocht blies door de tunnelbuis. Op de rails naderden twee lichten, daarboven een verlicht bord. Eindelijk, de U1. De rails begonnen te zingen. Heel even deed ze haar ogen dicht. Haar hart dreigde te barsten. De lucht was ijzig en oud. Die smerige Kottbusser Tor-lucht, die door haar duizend krullen streek, alsof die haar wilde beetpakken, haar omsluiten, zich aan haar wilde vergrijpen, haar wilde vergiftigen. Haar knieën knikten, haar spieren dreigden het op te geven.

Maar dat stelde niets voor in vergelijking met de angst dat alles gewoon door zou gaan.

De lichten waren nu dichtbij genoeg, de trein dreunde, ze stapte naar voren. Niet te snel de rails op, dan kon hij nog remmen! Dan was de klap niet hard genoeg.

Nu.

De laatste sprong.

Iets greep haar rechterarm, hield haar tegen, zo plotseling dat het leek alsof haar schouder uit de kom werd getrokken. De kop van de trein schoot een paar centimeter langs haar voorbij. Met haar linkerschouder knalde ze tegen het treinstel, ze maakte een halve pirouette, werd als een biljartbal van de band teruggekaatst en botste keihard tegen een man aan. Haar voorhoofd sloeg tegen zijn kin. Ze vielen samen achterover op het perron. Remmen krijsten. De trein stond stil.

Sissend gingen de deuren open.

Haar hart stokte even, en jakkerde toen voort als een naaimachine tot het pijn deed.

'Ben je gek geworden?' De roodharige jongen stond op en wreef over zijn kin.

'Kut, man, wat doe je!' schreeuwde ze en ze krabbelde overeind.

De jongen deinsde terug. 'Hé, dimmen, ik heb net je leven ge...'

'Waarom? Waarom heb je dat gedaan?' Ze stortte zich boven op hem en sloeg met haar vuisten op zijn borst.

'Waarom?'

'Hé, kappen nou! Wat moet dat?'

'Waar bemoei je je mee, klootzak?' Woedend bleef ze op hem inslaan.

'Ik eh... weet ik veel? Au! Laat dat!' Hij greep haar polsen en hield ze vast.

'Hufter!'

'Ja, ja, al goed. De volgende keer hou ik je niet tegen. Dan

smijt ik je zelf wel op de rails. Kan mij het schelen!'

Ze werd duizelig. Haar schouders brandden, ze snikte en liet haar handen zakken. Plotseling vloeide alle kracht uit haar weg, haar voorhoofd zonk op zijn borst. 'De volgende keer,' steunde ze, 'o, mijn god, de volgende keer...'

Die jongen met zijn rode haar stond er als een zoutpilaar bij.

'En als ik het niet nog een keer durf?' snikte ze.

Hij aarzelde, maar sloeg toen zijn armen om haar heen, heel voorzichtig, alsof ze breekbaar was. 'Hé, al goed,' mompelde hij. 'Al goed, al goed.'

Een paar mensen keken naar hen, maar niemand sprak hen aan. De trein vertrok en reed het station uit.

'Zeg eens,' zei hij, 'hoe heet je eigenlijk?'

'Sita,' zei ze. 'En jij?'

Hij zweeg, en maakte een wegwerpgebaar. 'Dat doet er niet toe.'

Pardon? Dat deed er niet toe? Dat hij haar zijn naam niet wilde vertellen, bezorgde haar een steek in haar borst. Ze keek naar hem, maar hij keek langs haar heen, plotseling verstarde zijn gezicht. 'O, kut,' mompelde hij.

Sita draaide zich om. Drie jongens beklommen net de laatste treden van de trap naar het perron. Ze droegen dezelfde zwarte jacks en spijkerbroeken, alsof ze een of andere bende waren. Ze keken in het rond als een troep hongerige wolven. De middelste had een hanenkam. Hij grijnsde scheef toen hij het rooie joch ontdekte, en wierp een minachtende blik op Sita. De roodharige jongen werd lijkbleek en greep in de zak waarin Sita dat mes vermoedde.

3

Berlijn, Theater am Potsdamer Platz
Woensdag 13 februari 2019
21.01 uur

Tom parkeert zijn auto in een zijstraat. Ondanks de espresso die hij nog snel naar binnen had gegoten, voelt hij zich geradbraakt. Het slaapgebrek eist zijn tol. Niks nieuws onder de zon, denkt hij. Zijn chronische vermoeidheid is hem zo vertrouwd als een paar oude sloffen. Behalve dat het nu Philip is die hem uit zijn slaap houdt. Vroeger lag de oorzaak in zijn geheime zoektocht naar Viola, zijn jonge zusje. Snel bant hij haar weer uit zijn gedachten.

In zijn broekzak vindt hij nog twee Concerta's. Hij neemt er eentje. Die brengt hem weer bij de les, maakt hem klaarwakker en geconcentreerd. Natuurlijk, hij overtreedt er het reglement wat betreft verdovende middelen mee, maar andere collega's snuiven coke, slikken amfetamine of drinken om het werk vol te houden. Na het gebruik van Concerta ben je nog altijd in staat om aan het verkeer deel te nemen en geld je als handelingsbekwaam, al blijft Sita volhouden dat hij dat zegt om de boel goed te praten. Afgekickte alcoholisten als zij zijn altijd de felste bestrijders van het gebruik van drugs. Waarom glipt Sita trouwens weer zijn gedachten binnen?

Hij pakt de schouderholster met zijn SIG Sauer van de bijrijdersstoel en stapt uit. De mist is dikker geworden, de lucht is waterkoud en bijtend. Het weer maakt hem wakker, nog voor het pilletje begint te werken.

Op de Marlene-Dietrich-Platz zwaaien blauwe lichten, een menigte nieuwsgierigen verdringt zich om het Berlinale-Theater. De beer op de glazen gevel overziet de drukte. Agenten hebben zich voor de ingang geposteerd, de journalisten, die voor de parade op de rode loper kwamen, belagen hen van alle kanten, maar ze komen er niet door en antwoord op hun vragen krijgen ze ook niet. Uit een zijstraat die toegang geeft tot de achterkant van het gebouw, komen twee zwarte limousines aanrollen. Beroemdheden die het hazenpad kiezen. Wie er ook van zijn collega's al binnen bezig is, hij maakt er een zooitje van. Getuigen laten vertrekken van een plaats delict, dat kan niet. Maar voor prominenten worden altijd weer uitzonderingen gemaakt.

Tom baant zich een weg door de menigte. Fotografen en journalisten vuren vragen af op de dienders voor de deuren. De antwoorden zijn kort, en gaan ook nog eens onder in het rumoer. Tom wappert met zijn politiepenning. 'Babylon, recherche. Ik moet naar binnen, collega's.'

'Wat?' roept een van de agenten. Er is zoveel lawaai dat hij Tom niet verstaat.

'Tom Babylon. Moordzaken, Berlijn.'

'Moordzaken?' roept een van de journalisten naast hem. Heel even neemt het geroezemoes af, dan wendt iedereen zich tot Tom en begint door elkaar heen te schreeuwen.

'Kom!' zegt een van de agenten driftig wuivend. De agenten laten hem door, Tom stapt de foyer binnen. Twee grote zwevende trappen wervelen zes verdiepingen omhoog. Tom kent het gebouw, zij het slechts de onderste verdieping. In het souterrain zit een nachtclub, waarvan de eigenaar hem vertrouwder is dan hem lief is. De zaal en het toneel heeft hij nog nooit gezien.

De glazen deur valt achter hem dicht, de herrie van buiten dringt hier gedempt door.

In de foyer heerst een spookachtige leegte als je je realiseert dat hier op dit ogenblik het openingsfeest van het Internationale Filmfestival van Berlijn zou plaatsvinden. Her en der staan nog een paar mensen in avondkleding met bedrukte gezichten te fluisteren.

Tom trekt de eerste de beste deur naar de zaal open. Boven zijn hoofd zweven het eerste en het tweede balkon, vóór hem in de zaal staan ongeveer dertig rijen rode, lege stoelen, in een sierlijke glooiing omlaag richting het podium. Nergens getuigen te bekennen. Aan het plafond fonkelen lichtjes, de lamp voor het spreekgestoelte is gedoofd. Het filmdoek is een reusachtige, bleke rechthoek. Voor het podium staat een groepje mensen. Tom herkent Bruckmann en Grauwein van Moordzaken, verder de huidige burgemeester Otto Keller en de tanige gestalte van Joseph Morten.

Peer Grauwein, het hoofd van Forensische Opsporing, maakt zich van het groepje los en loopt naar hem toe. In zijn opbollende, witte overall lijkt hij dikker dan hij is. Hij heeft zich een ringbaardje aangemeten. Zijn hazenlip – zoals hij hem zelf noemt – schemert door de onregelmatige begroeiing op zijn bovenlip. 'Hé, Tom! Heeft wel iets van een déjà vu, vind je niet?'

'Déjà vu? Hoezo?'

'Die zaak in de Dom.'

Tom fronst zijn wenkbrauwen. 'Maar dan een déjà vu zonder lijk, heb ik begrepen.'

'Nee, nee. Ik bedoel niet de zaak, maar hetzelfde team. Dezelfde gezichten als toen.'

Tom trekt zijn wenkbrauwen weer op. 'Is er al een speciaal team geformeerd? Voor dit hier? We zitten toch allemaal al tot onze nek in het werk?'

'Vertel mij wat,' zegt Grauwein. Hij knikt in de richting van de kalende man. 'Maar dit krijgt voorrang. Op speciaal verzoek van onze gezagsdrager.'

'Van Otto Keller? Sinds wanneer stelt de burgemeester onderzoeksteams samen? Waarom überhaupt een speciaal team? Er is toch alleen sprake van gewelddadige inhoud en bedreiging volgens het Wetboek van Strafrecht?'

'Wacht maar tot je Keller hoort,' mompelt Grauwein. Nog zachter mompelt hij: 'En dan nog iets: die gast van Interne Zaken laat niet los. Morten heeft hem op mij afgestuurd vanwege die oude affaire met dat foute bonnetje. Laat mij er niet alleen voor opdraaien, dat trek ik niet.'

'Hè? Dat is toch al een eeuwigheid geleden?' kreunt Tom. 'Dat kan toch niemand meer thuisbrengen na zo'n lange tijd?'

'Stelletje pennenlikkers,' lispelt Grauwein.

Godsamme, denkt Tom. Dat Morten dat niet gewoon kan laten rusten. Anderhalf jaar geleden had hij bij Anne een briefje gevonden met een door een pijl doorboord hart erop waar poeder in zat. Hij had Grauwein gevraagd het te laten analyseren en op een andere zaak weg te boeken, maar een overijverige collega in het laboratorium was het opgevallen dat die zaak al gesloten was. Tom weet nog altijd niet wat voor poeder het was, maar die affaire met die vervalste post sleept zich maar voort. Iets onbenulligs, maar omdat hij voor zijn privéonderzoek naar zijn zusje al twee keer een berisping heeft gekregen, is elke volgende kwestie er één te veel.

'Ik moet naar boven, naar het projectiehok,' zegt Grauwein. Hij salueert met twee vingers aan zijn voorhoofd en loopt richting de uitgang. Tom loopt verder naar voren. Dr. Walter Bruckmann overlegt op fluistertoon met de staatssecretaris van Binnenlandse Zaken. Hij kijkt Tom vanuit zijn ooghoeken aan en groet hem terloops, maar wel met een ijzeren handdruk. Zijn kale stierenschedel glimt in het lamplicht. 'Tom, goed dat je er bent. Jo Morten neemt de leiding, we werken in...'

'... dezelfde bezetting als de zaak in de Dom, ik hoorde het,' zegt Tom. 'En wat doe ik met de zaak-Schreinauer? De nabestaanden hijgen behoorlijk in mijn nek.'

'Die neemt iemand anders over,' zegt Bruckmann. Zijn ogen staan kil achter zijn pilotenbril. Hij houdt er niet van als iemand hem onderbreekt.

Joseph Morten grinnikt vol leedvermaak. Dat Tom zich in de nesten werkt, komt hem goed uit. Hoe meer collega's zich in de nesten werken, hoe beter. Morten is midden vijftig, zijn donkere haar is strak achterovergekamd, zijn pezige lichaam is gehuld in een tweed-achtig pak. Sinds anderhalf jaar doet hij aan carrièreplanning. Hij wil de leiding van de afdeling overnemen van de met zijn gezondheid sukkelende Hubertus Rainer.

'Tom,' zegt Morten met een afgemeten knikje.

'Joseph,' reageert Tom, bewust zijn voornaam volledig uitsprekend. Jo Morten haat zijn voornaam even intens als hij van kettingroken geniet. Zijn zure grijnslachje wekt de indruk dat hij nu het liefst een peuk op Toms arm zou willen uitdrukken. Sinds die zaak in de Dom is hun verstandhouding méér dan gespannen.

'Sita komt ook zo,' zegt Morten. 'Laten we het beste ervan maken, híj wil het zo.' Hij kijkt even opzij naar de burgemeester, die er bleek en verloren bij zit in een rode fauteuil, terwijl Bruckmann druk gebarend met de staatssecretaris van Binnenlandse Zaken overlegt.

'Wat is er eigenlijk precies aan de hand?' vraagt Tom.

'Uitverkocht huis, de openingsfilm zou worden gedraaid,' licht Morten toe, 'maar de projector werd gemanipuleerd en in plaats van de openingsfilm kreeg het publiek een snuffmovie te zien. Een jonge vrouw werd voor een draaiende camera verkracht en vermoord.'

Tom zwijgt aangedaan. Een snuffmovie op een van de grootste Europese filmfestivals, voor het oog van de hele wereld. Vandaar al die opwinding. 'Hoe werd ze vermoord?'

'Met een ijzeren pin,' zegt Morten zacht. 'In haar hart.'

'Mijn god,' mompelt Tom. Hij heeft een moment nodig om het afschuwelijke beeld dat in zijn hoofd opdoemt, te verdringen. 'En de operateur?'

'Iemand heeft hem gedwongen de data van die film in te voeren. Daarna heeft de dader hem vastgebonden, heeft hij zijn film gestart en is hij verdwenen. De deur naar het projectiehok heeft hij met de sleutel van de operateur afgesloten. Twee theatertechnici hebben de deur opengebroken en de man bevrijd.'

'Is er een signalement van de dader?'

'Zwarte bivakmuts,' gromt Morten.

'En de film? Is die echt? Ik bedoel is de verkrachting echt? De moord?'

'Dat weten we niet zeker.' Morten laat zijn stem nog verder dalen. 'Het ziet er behoorlijk overtuigend uit, maar met moderne special effects en digitale nabewerking ziet bijna elke moord op tv er even authentiek uit. Het zou dus om een provocatie kunnen gaan, of...'

'Morten!' blaft Bruckmann. Hij heeft zijn gesprek met de staatssecretaris onderbroken en knikt naar de burgemeester, die nog steeds als bevroren in zijn stoel zit en naar zijn telefoon staart.

Morten schraapt zijn keel. 'De kwestie is: de heer Keller beweert dat het slachtoffer in de film zijn dochter is.'

Tom kijkt verbijsterd naar Keller. 'Dus... hij zat tussen het publiek en heeft voor zijn ogen...?'

Morten knikt.

Tom kent Keller alleen van de tv; een te zware, maar uiterst energieke man. Nu lijkt het alsof zijn smoking om hem heen lubbert, zijn kortgeknipte grijze krans haar ziet er ineens donker uit boven zijn asgrauwe gezicht. Hij veegt voortdurend over het beeldscherm van zijn telefoon.

'Hij probeert de hele tijd zijn dochter te bereiken,' fluistert Morten. 'Tevergeefs, nog steeds...'

‘Maar als Keller zijn dochter heeft herkend,’ zegt Tom, ‘staat toch min of meer vast dat de film niet fake was, toch?’

‘De kwestie is...’ Morten buigt zich voorover naar Tom en fluistert: ‘Sinje Keller zit op de toneelschool. Haar reputatie... nou ja, er bestaat al zo’n soort film van haar. Ze schijnt nogal overhoop te liggen met haar vader. En dan nog die pathetische aankondiging aan het eind van de film, wat mij betreft nogal theatraal...’

‘Wat voor aankondiging?’

‘Heeft niemand je dat nog verteld?’

Achter in de zaal weergalmt het geluid van een deurklink. De ingang ligt daar in de schaduw van het eerste balkon. In de schemering licht een rechthoekje op. Tom ziet het silhouet van een lange vrouw met stekeltjeshaar.

4

Berlijn Kottbusser Tor
8 augustus 2001
22.01 uur

Sita keek naar de drie jongens met hun leren jacks die net het perron op kwamen lopen. Wat ze zag, beviel haar niet. Dat ze recht op hen tweeën kwamen aflopen beviel haar nog minder. Ze stond nog steeds aan het eind van het perron, de trap bevond zich een stukje verderop. De gast met de hanenkam stak zijn kin vooruit en schreeuwde: 'Je had verder weg moeten rennen, klootzak.' Zijn stem weergalmde onder het glazen dak.

'Blijf staan,' riep de jongen met het rode haar terug. Hij maakte een demonstratief gebaar met zijn rechterhand om te laten zien dat hij iets in zijn jaszak had om zich mee te verdedigen.

De hanenkam grijnsde, maar bleef voor de zekerheid op zo'n tien meter afstand staan. De anderen deden hetzelfde, alsof ze marionetten van hem waren.

'Wat moet je?' riep de rooie.

Het antwoord werd overstemd door de volgende trein die het station binnenreed. De tochtvlaag duwde in Sita's rug. Een gele wand met ramen en deuren schoot voorbij, tot de U1 knarsend een paar meter verderop stil bleef staan. De deuren gingen open, een handjevol passagiers stapte uit.

'Ik heb er niets van verstaan,' riep de rooie.

'Je bent me antwoorden schuldig. Een heleboel.'

'Wat voor antwoorden?'

De hanenkam haalde een knipmes tevoorschijn. Bijna speels hield hij het tussen zijn duim en wijsvinger op. Het leek alsof het mes naar hen wenkte.

O god, wat nu? dacht Sita. In een ruzie tussen Kottbusser bendeleden te belanden was wel het laatste wat ze nu kon gebruiken. Tijd om weg te wezen hier – de treindeuren stonden nog open.

'Dank je voor daarnet,' mompelde ze, terwijl ze geen idee had of ze hem dankbaar was of hem juist haatte, omdat Motzifotzi nog steeds op twee benen rondliep. Ze wilde ervandoor, maar de rooie hield haar bij haar arm vast.

'Slecht plan,' mompelde hij.

'Laat me gaan,' siste Sita.

'Hé, schatje, schijt je in je broek?' riep de hanenkam. 'Kom hier. Jou doen we niks.'

'Geloof hem niet,' fluisterde de rooie.

'Nee?' Sita probeerde zich aan zijn greep te ontworstelen. 'En waarom moet ik jou geloven? Je wilt nog niet eens je naam tegen mij zeggen.'

'Hij denkt dat we iets met elkaar hebben.'

'Nou en?'

'Hij denkt dat als hij jou heeft, hij mij ook heeft.' Sita verstijfde. De rooie liet haar los.

'Begrepen?'

'Kom maar, schatje,' zei de hanenkam. Hij spreidde zijn armen. 'Ik ben niet zo erg als ik eruitzie. Ik ben in elk geval niet zo'n klootzak als die daar.' Hij wees naar de rooie en schuifelde langzaam richting de trein.

In Sita's hoofd tolde alles. Een paar minuten geleden wilde ze nog voor de trein springen, nu dacht ze koortsachtig na hoe ze zich moest redden uit een kennelijk uit de hand gelopen vete tussen bendeleden. Als ze nu wegrende, zou ze misschien nog net de laatste deur van de trein halen. Maar de hanenkam en zijn maten konden makkelijk aan de andere kant van de wagon instappen en haar in de rijdende trein te grazen nemen. Geen goed plan, als de vermoedens van die rooie klopten.

'Wat moet je met dat mes?' riep de rooie.

'Jij bent toch begonnen?' De hanenkam tikte demonstratief op zijn jaszak.

Een paar mensen op het perron keken hun kant op, maar wendden zich toen weer af. De Kottbusser Tor was geen plek waar mensen ingrepen, al helemaal niet als er met messen werd gezwaaid.

Sita's gedachten tuimelden over elkaar. De deuren konden elk moment sluiten. Dan stonden ze hier aan het eind van het perron, overgeleverd aan die drie gasten. Wat moest ze doen? In de trein springen? Blijven staan?

Verdomme. Allebei hopeloos. Ze zaten in de val. In een flits schoot door haar heen dat dit alles haar bespaard zou zijn gebleven als mister Dat-doet-er-niet-toe haar gewoon voor de trein had laten springen...

'Vertrouw je me?' vroeg de rooie.

'Nee!' antwoordde Sita.

Hij pakte haar arm zo stevig vast dat het pijn deed.

'Al goed,' riep hij tegen die drie gasten, 'we komen naar jullie toe.'

'Halleluja,' zei de hanenkam grijnzend en hij deed nog een stap naar de dichtstbijzijnde treindeur. Hij was slim en dekte zich in. Zo kon hij op het allerlaatste moment nog in de trein springen.

'Wat moet dat, wat doe je?' protesteerde Sita.

'Hou je bek!' De rooie duwde haar langs de rand van het perron in de richting van de trein. De hanenkam stond loerend bij de volgende treindeur, één been in de trein, de andere op het perron. De deuren trilden, maar sloten nog niet, omdat de sensor registreerde dat er iemand in de deuropening stond.

'Zie je dat daar?' fluisterde de rooie met een knikje naar het einde van het perron.

Dat daar? Sita begreep niet wat hij bedoelde. Het bord waar Warschauer Straße op stond? De ruitenwisser achter op de trein? De trillende deur? Ze was in trance. Haar benen liepen, maar haar verstand blokkeerde. *Trek je los. Die gast is gestoord!* had ze moeten denken, maar in haar hoofd heerste totale leegte.

Dat daar?

Ze konden de achterkant van de trein bijna aanraken.

'Nu!' siste de rooie. Hij stapte van het perron, sprong op de rails en sleurde haar mee. Ze had geen keus, er restte haar niets dan meespringen. Het laatste wat ze uit haar ooghoek zag was het verblufte gezicht van de hanenkam en de gehaaste beweging waarmee hij zijn plek tussen het perron en de trein opgaf. 'Hé! Ze smeren 'm!' schreeuwde hij.

De rooie klom op de koppeling aan de achterste wagon en trok zich op. 'Kom erop, snel.'

De deuren van de U1 rommelden.

Sita zette haar voet op de koppeling, de rooie trok haar aan haar arm op. Op hetzelfde moment zette de trein zich met een ruk in beweging. Sita verloor haar evenwicht: voor de tweede keer leek het alsof de rooie haar arm uit de kom trok. Tastend naar houvast probeerde ze ook haar tweede voet op de metalen koppeling te zetten, maar daar stonden al drie voeten op. De rooie vertrok zijn gezicht toen ze haar voet op een van zijn sneakers zette.

De hanenkam en de andere twee sprongen op de rails en sprintten achter hen aan. Heel even was de hand van de hanenkam niet meer dan een paar centimeter bij hen vandaan. Zijn gezicht stond in een grimas, alsof hij zich zo ver uitstrekte dat het leek of zijn lijf scheurde. Toen maakte de trein vaart.

De rooie hield zich met één hand vast aan de metalen klink van de achterste deur. Met de andere, die hij stijf om Sita's heupen had geslagen, trok hij haar zo dicht mogelijk tegen de gele deur aan. 'Pas op je voeten! Niet wegglijden!'

Nee, vooral niet.

Helemaal niet bewegen, geen vin verroeren. Met een duizelingwekkende vaart schoot de trein het station uit de nacht in. De wind joeg door haar krullen. In het licht van het station bleven die gasten in hun leren jacks als drie smerige puntjes tussen de rails achter.

5

Berlijn, Theater am Potsdamer Platz
Woensdag 13 februari 2019
21.19 uur

Sita Johanns stapt uit de schaduw van het balkon het licht van de zaal in. Met grote stappen snelt ze langs de rijen rode stoelen naar het toneel, waar het onderzoeksteam staat.

Ze weet wat de anderen zien. Een lange vrouw met donkere ogen en een getinte huid: haar zwarte haar kortgeschoren, op haar linkerjukbeen een litteken van een brandwond, zo lang als een sigaret.

Ze weet dat de helft van de mannen altijd verlekkerd naar haar staart.

Ze weet ook dat ze door haar zelfbewuste optreden hun ogen snel weer afwenden. Een lekker wijf, maar toch maar uit de buurt blijven. Mannenfantasieën, mannengezeik. Niet dat ze een hekel heeft aan mannen, maar de meesten zijn bang voor sterke vrouwen en willen maar niet begrijpen dat kracht niet betekent dat je niet ook zwakheden kent.

Toms blik treft haar onverwachts, ze vertraagt haar passen. Ze ziet dat het hem opvalt en hoopt dat de anderen het niet zien. Als altijd valt Tom op in het groepje, al was het maar door zijn lengte.

Anderhalf jaar.

Ze had hard geknokt voor haar plekje in het onderzoeksteam, om het daarna weer op te geven, omdat Bruckmann haar verweet dat ze haar werk niet goed had gedaan. De ontknoping van de zaak gaf haar gelijk, maar ze had het gedaan op een manier die Bruckmann afkeurde. Sterker nog, ze had zo ongeveer het tegendeel gedaan van wat Bruckmann van haar had gevraagd: ze had zich aan Toms zijde geschaard. Het afgelopen jaar heeft ze privépatiënten behandeld, maar de welvaartsziekten waar de meeste mensen mee komen aanzetten, werken haar steeds meer op haar zenuwen. Ook al heeft ze nog zoveel behoefte aan alledaagsheid, het begint haar tegen te staan. Twee weken geleden solliciteerde ze daarom op een halve baan als psychologe op de jeugdafdeling in de Moabit-gevangenis, maar ze heeft nog niets gehoord.

Dat uitgerekend Bruckmann haar weer inschakelt, betekent niet dat hij haar heeft vergeven, dat maakte hij meteen duidelijk toen hij haar belde. Het is een geste aan Otto Keller, die speciaal verzocht om hetzelfde onderzoeksteam dat de zaak in de Dom deed. Hetzelfde team, hetzelfde succes. Wensdenken van een politicus in diepe nood. En Bruckmann heeft ermee ingestemd. Ook hij wil vooruit. De leiding van Moordzaken is hem niet genoeg.

'Dag mevrouw de psychologe,' zegt Tom. Blauwe ogen. Gevoelige Viking.

'Hai, Tom,' reageert ze.

Kijkt hij ironisch naar haar? Afwijzend? Hij glimlacht, maar ze weet dat hij het haar nog steeds kwalijk neemt.

Op de begrafenis van Karin Riss, het laatste slachtoffer van de Dom-killer, zoals de Berlijnse pers hem noemde, stonden ze naast elkaar, samen met de zwangere Anne. Sita's blik gleed over Annes buik, waar haar zwangerschap nog maar nauwelijks te zien was. Ze had naar Annes blonde haar gekeken en had toen aan Toms verdwenen zusje Viola moeten denken, aan de foto van die kleine blonde wildebras die Tom haar had laten zien. Of hij hoopte dat het een meisje werd, had ze hem gevraagd.

'Nee,' had hij bot geantwoord.

Sita had meteen spijt van die hint, daarom had ze hen beiden later nog gefeliciteerd, maar Anne had toen even zijdelings naar Tom gekeken met de blik van iemand die zich niet onvoorwaardelijk kon overgeven aan haar blijdschap. De anderen leken het niet te hebben opgemerkt, maar Sita zag het heel duidelijk.

Was Anne bang voor haar zwangerschap? Was ze bang een kind ter wereld te moeten brengen dat het moest opnemen tegen Viola?

Tom leek daarvoor veel te blij, maar het was alsof Anne zich daar onbehaaglijk bij voelde. Ze wekte heel even de indruk zich schuldig te voelen, als iemand die een ander om de tuin leidt, of bang is iemand teleur te stellen. Het was een 'ik heb een geheim'-blik.

Ineens begreep Sita wat er in Anne omging: ze wist niet zeker of Tom de vader was!

En Tom? Die koesterde duidelijk geen enkele verdenking. Wat Anne voor hem verzweeg was weliswaar alleen haar zaak, maar Sita was te veel op Tom gesteld om hem niet te waarschuwen.

Dat deed ze, en hij neemt het haar nog steeds kwalijk. Ze had het kunnen weten. Wat niet waar mag zijn, is niet waar. Tom was daarin geen uitzondering. Er was tenslotte geen enkel bewijs – één blik, en dat moest volstaan?

Met zijn 'Dag Sita' haalt Bruckmann haar terug in het heden. Zijn hand is een bankschroef. Sommige mensen geven een stevige hand uit sympathie, Bruckmann gebruikte zijn kracht om andere redenen. 'Goed dat u er weer bij bent.'

Morten zei niets, knikte slechts naar haar.

Arrogante hufter.

'Burgemeester?' Bruckmann verheft zijn stem. 'Mag ik u voorstellen aan onze psychologe? Dr. Sita Johanns.'

De burgemeester hijst zich overeind uit zijn bioscoopstoel.

Hij ziet bleek, is beduidend kleiner dan Sita met haar een meter zesenzeventig, en ondanks de paniek in zijn ogen voelt ze de energie die van hem uitgaat. Hij is wat de media een 'volbloed politicus' noemen. Hij heeft, in tegenstelling tot zijn voorganger, het Berlijnse partijenlandschap volledig onder controle. Zijn handdruk is nu slapjes, zweet parelt op zijn voorhoofd.

'Mevrouw Johanns is een voormalige medewerkster van onze research- en analyseafdeling. Tegenwoordig werkt ze zelfstandig, bij gelegenheid komt ze ons team versterken.'

Bij gelegenheid, aha. Die gelegenheid heeft zich kennelijk nooit meer voorgedaan.

'Psychologe,' zegt Keller. 'Mooi. Dan lijkt u mij de meest geschikte persoon om de grenzeloze onderschatting hier te doorbreken.'

'Wat zegt u?' vraagt Sita geïrriteerd.

'Meneer Keller, luistert u eens,' zegt Bruckmann sussend, 'niemand hier onderschat...'

'Bespaar u de moeite. Ik ben niet blind,' schreeuwt Keller. 'Dat daar,' roept hij, wijzend op het lege doek, 'was mijn dochter. En u verdoet uw tijd nog steeds met speculeren of er misschien sprake was van een smakeloze grap. Hebt u niet gehoord wat die kerel zei? "Kijk wat jullie te wachten staat."'

Bruckmann knikt. Zijn kaakspieren trillen. 'U hebt geen idee hoe serieus ik dat neem.'

Keller wendt zich tot Sita. 'U bent op de hoogte van wat er is gebeurd?'

'In theorie, ja.'

'In theorie,' mompelt Keller. 'Misschien dat u eerst maar eens moet kijken naar...' Hij slikt, probeert het opnieuw, 'naar die...'

'Film,' vult Bruckmann aan.

'Het kan me niet schelen hoe u het noemt, maar het is geen fake, hoort u mij? Het is geen fake.'

'Otto, alsjeblieft...' De staatssecretaris slaat een arm om de schouders van de burgemeester, wat vanwege het verschil in postuur tussen hen beiden onbedoeld komisch werkt. Otto is klein, gezet, kaal, met een dun kransje grijs haar, de staatssecretaris Cornelius Schiller daarentegen heeft het postuur van een getrainde atleet, en heeft bovendien dik zwart haar, grijzend aan de slapen. Wat er op het eerste gezicht uitziet als een vriendschappelijk gebaar, is pure politiek. 'Je hoort hier niet te zijn...'

'Wat moet ik dan, vind jij? Thuis zitten? Nietsdoen?'

'Otto, de zaak is in goede handen.'

'De "zaak"? Zo noem je dat dus?'

'Sorry, dat was tactloos...'

Otto Keller kijkt naar Morten. 'En denkt u maar niet dat ik niet heb gehoord wat u net tegen uw collega fluisterde. Hebt u wel door met wie u hier te maken hebt?'

Morten wordt rood. 'Maar natuurlijk.' Automatisch tast hij naar zijn colbertzak, maar hij trekt zijn hand meteen weer terug. Door de bruine stof van zijn jasje tekent zich een sigarettenpakje af. Al zijn collega's weten dat hij niet met zijn vingers van die stinkstokken af kan blijven, al is hij al een keer aan keelkanker geopereerd.

'Waar gaat dit over?' vraagt Sita.

'Over het feit,' zegt Tom, 'dat Sinje Keller actrice is.'

'U zegt het alsof het een diagnose is en niet gewoon een beroep,' foetert Keller. 'Actrice of niet, iets als dit zou ze nooit vrijwillig hebben gespeeld. Nooit! Dat kun je toch zien, verdomme. Waarom zou ze? Wat heeft ze daaraan?'

'Sorry,' zegt Sita zacht. 'Ik heb de film weliswaar nog niet gezien, maar is het feit dat Sinje Keller actrice is, werkelijk aanleiding om te veronderstellen dat ze in deze film spéélt? Ik bedoel: deze film is duidelijk zo provocerend dat hij het openingsbal van de Berlinale heeft verstoord. Dan moet hij wel een behoorlijk authentieke indruk op het publiek hebben gemaakt.'

'Daar! Zie je wel! Eindelijk iemand die nog helder kan nadenken.'

Morten grimast alsof hij kiespijn heeft. 'Kijk eens, de kwestie is deze. Ik zou het onmiddellijk met u eens zijn als die antibontfilm niet bestond.'

Otto Keller perst zijn lippen op elkaar. Zijn hoofd wordt van roze langzaam paars.

'Antibontfilm?' vraagt Sita.

'Dat is toch iets totaal anders,' windt Keller zich nog meer op.

'Een jaar of twee geleden,' begint Morten, 'heeft Sinje Keller de hoofdrol gespeeld in een videoclip voor internet, voor een antibontcampagne. Ze loopt in bont door een voetgangersgebied, een man komt op haar af en tuigt haar af. Als ze op de grond ligt, rukt hij de bontjas van haar lijf, alsof hij een dier vilt. Ze blijft naakt en voor dood liggen. In het laatste shot loopt ze door een menigte naakt op de camera af en verschijnt in beeld de tekst: "Liever naakt dan bont".'

'Aha,' zegt Sita, 'die film is mij ontgaan. Dat zal toch een flinke ophef hebben veroorzaakt... de dochter van de burgemeester...'

Keller maakt een geërgerd gebaar. 'Die troep heeft toch nauwelijks iemand gezien.'

'Officieel is nooit naar buiten gebracht wie die rol speelde,' zegt Morten.

'En de film die vandaag werd vertoond, heeft die een soortgelijke duidelijke boodschap?' vraagt Sita. 'Maakt die ook deel uit van een campagne?'

'Campagne,' snuift Keller opgewonden. 'Dit is het werk van een gestoorde. Eerst dat vage gezwam over God, en dan die dreiging: "Kijk wat jullie te wachten staat".'

'Kijk wat jullie te wachten staat. Hebt u enig idee wie daar, behalve u, mee bedoeld zou kunnen worden?'

'Hoe moet ik dat weten?' mompelt Keller. Van het ene moment op het andere stort hij in. Hij grijpt zich aan een stoelleuning vast en hijgt.

'Jo?' wendt Tom zich tot Morten. 'Zit die film nog in de projector?'

'Harde schijf. Allemaal digitaal. Vraag het Grauwein, maar volgens mij is hij nog niet zover,' zegt Morten nors. Hij wijst in de richting van de raampjes waarachter het projectiehok zich bevindt.

'Peer?' roept Tom.

Achter een van de glazen vensters verschijnt Peers gezicht. Hij opent een luikje. 'Ik ben bezig.'

'Kun je de film vertonen, of ben je nog bezig met sporen veiligstellen?'

'Met de projector en de computer ben ik klaar. Het is nogal een zooitje, hier.'

'Kun je de film dan nog een keer starten?'

'Dat kan even duren,' roept Grauwein. 'Ik moet de operateur erbij halen. Dat ding hier is mij te ingewikkeld.'

'Als dat ertoe leidt dat er eindelijk eens iets gebeurt,' bromt Keller. Met trillende vingers wist hij het zweet van zijn voorhoofd.

'Kom, Otto,' zegt de staatssecretaris, 'laat je een kalmeringsmiddel voorschrijven.'

'Om de dooie dood niet. Ik ga naar buiten. Ik kan het niet nog een keer aanzien.' Met korte, houterige stappen beent hij richting uitgang. Een blonde vrouw, midden dertig, nogal verschrikt, staat op uit een van de achterste rijen en trippelt achter hem aan. Sita kijkt haar na.

'Secretaresse,' zegt Tom zachtjes.

'Wat anders,' reageert Sita.

'Fijn dat je alles alweer zo goed weet,' zegt Tom.

'Ik weet niets. Ik zie het gewoon. Net als jij.'

'Goed zo,' zegt Tom koeltjes glimlachend, 'maar doe me één lol, en laat die Cassandra-act van je achterwege.'

‘Waarom zou ik?’

‘Je weet heel goed waarom.’

‘Je bedoelt omdat sommige mensen bang zijn voor de waarheid en daarom liever niet zo goed kijken?’ Op het moment dat ze het zegt, heeft ze al spijt van haar woorden.

‘Nee,’ antwoordt Tom ijzig, ‘maar sommige mensen krijgen dingen die terloops tegen hen gezegd worden niet meer uit hun hoofd.’

Morten kijkt van de een naar de ander. ‘Ik kan me vergissen, maar als dat over privézaken ging, is dat hier niet relevant. Begrepen?’

Sita negeert hem. Ze kijkt naar Tom. ‘Het was goedbedoeld. Jij kunt het oplossen. Het is aan jou.’

‘Het enige wat er op te lossen valt, is dit hier,’ zegt Tom, wijzend naar het lege filmdoek.

‘Goed,’ zegt Sita. ‘Prima.’ Haar blik dwaalt door de lege zaal. ‘Waar is iedereen eigenlijk gebleven?’

‘De gasten hier waren geen gewone gasten,’ verklaart de staatssecretaris. Hij slaagt er met zijn oogopslag in het gewicht van zijn doctorstitel in de rechten te laten versmelten met de arrogantie van een upper class Brit. ‘Om de zaak niet nog pijnlijker te maken, moesten we wat subtieler te werk gaan.’

Tom fronst zijn wenkbrauwen. ‘Met andere woorden: als het gewone gasten waren geweest, had u geëist dat iedereen was blijven zitten om door ons als getuige te worden gehoord?’

‘Dat heb ik niet gezegd. Bovendien was daar waarschijnlijk geen juridische basis voor geweest. Er is hier tenslotte geen sprake van een halsmisdrijf in juridische zin, het lijkt erop dat er alleen een gefilmd is. Bovendien waren de meeste gasten al vertrokken vóór uw collega’s arriveerden.’

‘Maar de organisatie beschikt ongetwijfeld over een gastenlijst,’ reageert Tom.

‘Ik bezorg u een kopie,’ zegt de staatssecretaris snel. Zo snel dat Sita vermoedt dat die lijst eerst op zijn bureau belandt, zodat er een paar namen afgevoerd kunnen worden.

'Nog iets,' zegt Schiller. De staatssecretaris kijkt naar Bruckmann. 'Dit hier is een pr-ramp. De openingsavond van een van de belangrijkste filmfestivals in Europa, misbruikt als een podium voor seksueel geweld van de allerergste soort. Ik hoef hier vast niet uit te leggen wat dat betekent. Alle Europese media zullen zich erop storten. Ik verwacht van u allen dat u zich correct zult gedragen. Absolute discretie. Niemand laat een woord los tegen de pers, behalve als ik het toesta. We hebben snel resultaten nodig. Heel snel. De pers zal onmiddellijk met de eerste berichten komen. Zodra de aap uit de mouw komt, zal er een oorverdovend gekrijs opklinken. We zullen van moment tot moment flexibel moeten afwegen hoe we ervoor staan en hoe we verdere schade kunnen voorkomen. Is iedereen daarvan doordrongen?'

'Uiteraard,' zegt Bruckmann.

'Duidelijk.' Morten knikt stijfjes.

'O, eh, Jo?' Grauwein staat plotseling naast Morten en wrijft in zijn handen alsof hij ze in onschuld wast. 'We hebben een probleempje.'

'Echt?' reageert Morten sarcastisch. Hij moet zijn nederlaag tegenover Keller op iemand afreageren. 'Bedoel je een oud probleem, of iets nieuws?'

'Ik bedoel de film. De data zijn corrupt.'

'Hoezo corrupt?'

'Nou ja, corrupt. Stuk.'

'Ik weet verdomme wel wat corrupt betekent. Maar hoe zit het met die film?'

'Die kan niet meer worden afgespeeld. Eén grote databrij,' zegt Grauwein. 'Strikt genomen bestaat die film niet meer.'

Even valt er een doodse stilte in de zaal. Morten kijkt alsof hij in een citroen heeft gebeten. 'Heb jij daar iets mee te maken?'

'Ik ben er niet aan geweest,' verzekert Grauwein hem. 'Het

lijkt er eerder op dat iemand de filmdata van een virus heeft voorzien dat de film digitaal vernietigt. Kennelijk wist diegene precies wat hij deed.' Hij haalt zijn schouders op en slaakt een zucht. De scherpe geur van menthol en drop komt uit zijn mond golven. Grauweins pastilles, zijn huis-tuin-en-keukenmiddel tegen de geur van plaatsen delict. Behalve dat hier geen lijk is, denkt Sita. En zelfs niet eens meer de film waarop het vermoedelijke lijk te zien is.

'Goed. Daar moet de IT-afdeling zich maar over buigen,' zegt Morten. 'Des te harder heb ik die gastenlijst nodig. We zijn op getuigenverklaringen aangewezen.'

Bruckmann kijkt naar de staatssecretaris. 'Cornelius, kun jij dat regelen?'

De staatssecretaris knikt, meer met zijn ogen dan met zijn hoofd, het knikje is bijna onzichtbaar. 'U krijgt uw lijst,' zegt hij tegen Morten. 'Geeft u me wat tijd. Tot morgenochtend.'

'Morgen? Ik moet die lijst nu hebben,' protesteert Morten.

'Jo,' waarschuwt Bruckmann hem.

'Morgen,' herhaalt Schiller. Zijn toon laat geen ruimte voor protesten. Sita vraagt zich af of hij dit ook had gezegd als Otto Keller nog naast hem had gestaan. Maar de burgemeester is de zaal uit gelopen. Iemand zal hem zo moeten gaan vertellen dat de film onbruikbaar is geworden. Ze weet ook wie dat zal zijn – en wie het aan haar zal vragen.

Een compleet onderzoeksteam in de startblokken, maar er is geen film, geen lijk, en er zijn geen bewijzen. Wel zijn er achttienhonderd getuigen, wier herinnering morgen zodanig zal zijn vervaagd dat iedereen iets anders zal hebben gezien, althans, als het over de details gaat. En dan is er nog de kennelijk verdwenen dochter van de burgemeester. O, over verdwenen gesproken. Ze kijkt om zich heen. Waar is Tom ineens gebleven?

'Sita?' Bruckmann grijpt haar bij haar arm. 'De burgemeester, iemand moet hem...'

'Is goed,' zegt Sita. 'Ik doe het.'

Bruckmann kijkt haar aan alsof haar antwoord hem niet bevalt. Alsof zijn eigen voorspelbaarheid hem niet zint. 'Weet u wat? Laat mij het doen,' zegt hij. 'Ik ken hem. En god weet dat hij niet makkelijk is.' Bruckmann wendt zich tot Morten. 'Jo, heb je de technische recherche al naar het adres van Otto Kellers dochter gestuurd?'

'Zou ik allang hebben gedaan...' zegt Morten, 'maar...'

'Maar wat?'

'Dan heb ik wel een adres van haar nodig, maar dat schijnt niet makkelijk te zijn.'

Bruckmann gromt. 'Keller heeft de hele tijd voor je neus gestaan. Waarom heb je het hem niet gevraagd?'

'Dat heb ik, maar Keller weet niet waar zijn dochter woont.'

Bruckmann kijkt Morten verbluft aan. 'Fijn. Dan naar Opsporing. Je bent toch niet nieuw hier?'

'Geen resultaat,' antwoordt Morten zuur. 'Maar de onderzoeksafdeling is bezig. Frohloff heeft tot nog toe iedereen kunnen vinden.'

'Het wordt steeds fraaier,' moppert Bruckmann. Hij zet zijn bril af en wrijft in zijn ogen. 'O, en dan nog iets. De namen van Sinje en Otto Keller wil ik nergens in de rapporten terugzien. Die verzwijgen we volledig.'

'Ik weet niet zeker of dat gaat lukken. Er zaten achttienhonderd mensen in de zaal. Iemand daarvan moet haar ook hebben herkend.'

'Otto Keller schermt zijn gezin af van de media,' zegt Bruckmann. 'Maniakaal, zo ongeveer. Er is nauwelijks iemand die weet wie zijn vrouw is, voor zijn dochter geldt hetzelfde. Zodra er foto's van ze opduiken, volgt onmiddellijk een brief van zijn advocaat. Wat Sinje heeft gedaan, staat daarbuiten. Ze is ook geen mediapersoonlijkheid, maar een naamloze toneelschoolleerling. Meer niet. Hou de familie Keller erbuiten, tenminste, zolang als dat lukt.'

6

Berlijn, Theater am Potsdamer Platz
Woensdag 13 februari 2019
21.47 uur

Tom klopt op de deur en loopt meteen naar binnen. Een bedompte lucht slaat hem tegemoet. Een kalende man zit met zijn benen op zijn bureau over elkaar geslagen voor een rij monitoren. Hij schrikt en morst cola uit een blikje in zijn hand op zijn overhemd. 'O, nee,' zegt hij verontwaardigd, 'valt u altijd zo met de deur in huis?'

'Als het dringend is wel. Ik kon niet weten dat u het zich zo gemakkelijk had gemaakt.'

De man knijpt zijn ogen tot spleetjes. 'Recherche, Babylon,' leest hij hardop van Toms pasje. Hij haalt zijn voeten van zijn bureau. Zijn smalle schouders steken in een donkerblauw uniformjasje met het opschrift GEHRS & STARKE BEVEILIGING. Een iets te lang vlassig snorretje siert zijn bovenlip.

'Ik zag de bewakingscamera's in de gangen,' zegt Tom. 'Een van uw collega's zei dat ik bij u moest zijn voor de opnamen.'

'Dat klopt.' De man veegt over de vlek op zijn hemd en steekt Tom dan zijn pezige hand toe. 'Suarez.' Zijn handdruk is vochtig, zijn ogen zijn zo donker als het raamloze vertrek waarin hij zit. 'Het gaat om die film, hè?'

Tom knikt.

'Kom binnen.' Suarez trekt een gammele bureaustoel onder het bureau met de slordige verzameling goedkope monitoren vandaan. In het schijnsel van een bureaulamp aan een lange arm staan een met een bloemenmotief bedrukte beker, een kartonnen pak melk, een verzameling blikjes cola light, een toetsenbord en een omgekrulde muismat. Op elke monitor staan vier beelden die vanuit verschillende standpunten de ingang, de foyer, de achteringang, de gangen backstage en de ingangen naar de zaal laten zien. Tom telt in totaal zestien camera's. Overzichtelijk voor zo'n groot theater als dit.

'Worden alle beelden bewaard?'

'Uiteraard. Maar niet meer dan vierentwintig uur. Dan worden ze gewist. Privacywetgeving en zo. Dat zult u wel weten als rechercheur.'

'Is er ook een camera in de zaal?'

'Ha, nee. Dat zou mooi zijn. Dan kon ik de shows volgen. Maar dat mag niet. Vanwege het gevaar van illegaal kopiëren.'

'Ik snap het,' mompelt Tom, die eigenlijk hoopte door een camera in de zaal toch nog een kopie van de film te kunnen bemachtigen.

'Wat een opwinding, toen iedereen ineens naar buiten kwam. Ik dacht eerst: hé, is het nu al afgelopen? Soms slaap ik...' Suarez zwijgt abrupt. 'Maar zegt u dat maar niet. Ik was er de hele tijd bij.'

'Maakt u zich niet ongerust. Kan ik de beelden zien van het moment dat de mensen naar buiten kwamen?'

'Natuurlijk.' Suarez klikt door het menu. De beelden op het scherm flikkeren even en springen dan terug in de tijd. Alle gangen zijn leeg, de deuren naar de zaal zijn dicht, het theater lijkt wel uitgestorven.

Dan gaan de eerste deuren open. Mensen in avondkleding druppelen naar buiten. Acteurs, andere vips, een bekende voetballer met zijn vriendin. Ongeveer een op de drie mensen herkent Tom van tv, zij het dat hij niet al hun namen kent. Sommigen praten met opgewonden armgebaren, ze zijn duidelijk onthutst, van afschuw vervuld, maar kijken ook verontwaardigd. Mocht de staatssecretaris te lang wachten met het opdiepen van de gastenlijst, dan zullen deze opnamen duidelijk genoeg tonen wie er bij de filmvertoning aanwezig waren. En een van de camera's moest toch ongetwijfeld de man hebben vastgelegd die de operateur had overmeesterd en de film had vervangen.

'Is er een camera die de deur van de operateurscabine beveiligt?' vraagt Tom zonder op te kijken van de monitor.

'Nee, dat is geen risico-omgeving,' antwoordt Suarez.

Tot vandaag, dan, denkt Tom. 'Kunt u een kopie van de hele dag voor mij maken?'

'Zeker, chef,' mompelt Suarez. Hij haalt een harde schijf uit een lade en maakt een kopie terwijl het beeld nog loopt. Het kost Tom moeite zich op de beelden te concentreren. Te veel mensen op te veel camera's. Plotseling houdt hij zijn adem in. Hij ziet iemand met een pet op – een baseballpet met het logo van de Berlinale. Anders dan bij de anderen is zijn gezicht niet te zien, ook niet als hij dichter bij de camera komt. Hij loopt stijfjes, als een oude man, maar zijn gezicht blijft buiten beeld achter de klep van zijn pet, het lijkt alsof hij zich bewust is van de camera's en niet herkend wil worden. Dan valt Toms blik op zijn begeleidster. Een meisje met een verschrikt gezicht en slordige blonde krullen loopt hand in hand met hem mee.

Tom voelt een steek in zijn hart. Hij staart naar het scherm. Het lijkt alsof er een luik in de tijd openklapt en hij erdoorheen valt.

'Stop,' zegt hij hees.

'Met wat? Met kopiëren?'

'Het beeld.'

Het beeld bevriest. De man met de pet en het meisje aan zijn hand staan vlak voor de camera. De man houdt zijn vrije hand voor het gezicht van het meisje.

'Een stukje terug, langzaam, alstublieft.'

Beeldje voor beeldje spoelt de opname terug. De hand van de man beweegt schokkerig voor het gezicht van het meisje vandaan.

Het gevoel dat hij valt verdwijnt niet.

Het meisje is een jaar of tien, elf.

Alles aan haar, haar haren, haar neus, haar oren, haar ogen – echt álles – doet hem denken aan...

'Alles goed met u?' Suarez buigt zich voorover en kijkt hem ongerust aan.

'Luister even,' zegt Tom. 'Er zullen nog andere collega's van de recherche bij u langskomen. Zou u uw mond kunnen houden over het stukje dat ik net met u heb bekeken?'

'U wilt dat ik lieg?'

'Nee, helemaal niet. U hoeft alleen maar niet te zeggen naar welk stukje ik net heb staan kijken.'

'U kijkt alsof u net een geest hebt gezien.'

'Maar lukt dat?'

'Krijg ik daar geen problemen mee?' vraagt Suarez met een argwanende blik. Hij vraagt tenminste niet om geld. Tom wil in geen geval verstrikt raken in omkoperij.

'Nee, vast en zeker niet. Dit is meer een privéaangelegenheid.'

'Privé,' mompelt Suarez. Dan knikt hij. 'Oké, man. Natuurlijk.'

'Dank u,' zegt Tom hees. Hij pakt zijn smartphone en maakt foto's van het meisje op het scherm.

Wat zei Suarez net? *U kijkt alsof u net een geest hebt gezien.*

Daar lijkt het wel op.

Wie is dit meisje?

Een geestverschijning?

Een drogbeeld?

Een product van zijn verbeelding?

Wat zou het anders kunnen zijn?

En toch staat ze daar, op die monitor, als een standbeeld,

bevroren in de tijd, recht voor zijn neus. Dat meisje op die bewakingsvideo, dat met zo'n overduidelijke tegenzin de hand van die oude man vasthoudt, is zijn zusje Viola. Ze ziet er geen spat ouder uit dan die dag waarop ze verdween, nu twintig jaar geleden.

7

Berlijn, U Bahn-lijn 1
8 augustus 2001
23.07 uur

Duisternis. Voorbijflitsende lichtjes. Langsrazende bielzen. Sita had haar onderlip stukgebeten. Ze proefde het bloed. De wind rukte aan haar haren. De arm van die roodharige jongen klemde om haar heupen, drukte haar tegen de rammelende, trillende achterkant van de trein, die geel oplichtte als ze langs straatlantaarns flitsten. De deurklink was een veel te klein, zilverkleurig anker waar ze zich samen aan vastklampten.

'Tering!' brulde de jongen, hoewel zijn belagers al lang uit het zicht waren verdwenen.

Wat een waanzin! Hij drukte haar nog steviger tegen de achterdeur en zijn eigen lijf aan.

'Te gek, toch?' brulde hij.

Kut, echt niet! Of, nou ja, toch wel!

Ze kreeg haar gedachten niet meer op een rijtje. Alles stuiterde door elkaar. Net wilde ze nog zelfmoord plegen, voor de trein springen. Nu hing ze aan de achterkant van diezelfde trein, schoot ze over de rails, doodsbang om te vallen en dood te gaan, en tegelijkertijd stroomde de energie woest en wild door haar lichaam. Zo moeten drugs aanvoelen, dacht ze. Horror, waanzin, alles tegelijk, alles in één grote kluwen.

'Heb jij dit al eens eerder gedaan?' schreeuwde ze.

'Wat? U-bahnsurfen? Ja, natuurlijk!'

Oké. Dan bestond er een kans dat ze dit zouden overleven.

Krankzinnig, want plotseling dacht ze: precies wat ik wil: overleven. Al had ze geen idee of dat zou blijven duren, die levensdrang, maar hé; nu telden alleen de komende vijf minuten. Daarna zou ze wel verder zien.

'Hé. Geen geintjes, hè!' Hij keek bezorgd naar haar voeten. Kennelijk was hem net weer te binnen geschoten dat hij een zelfmoordkandidate in zijn armen hield.

'Nee, maak je geen zorgen!' schreeuwde ze.

'Als jij valt, val ik ook, begrepen?'

'Ja!'

Plotseling remde de trein af. Ze werden tegen de deur gedrukt. Metaal schuurde langs metaal. Het krijste alsof het ergens vonken regende. Plotseling werd het licht. Kil neonlicht onder een dak van metalen ribben. De grond schoot langzamer voorbij, tot de trein stilstond. Görlitzer Bahnhof! Goddank. Ze stak een voet uit, maar de jongen hield haar tegen. 'We moeten verder. We zijn nog niet ver genoeg weg,' zei hij. Een ouder echtpaar zag hen samen op de koppeling van de achterste wagon staan, zich vastklampend aan de deur. Hun ogen werden groot als schoteltjes.

'Dat redden ze nooit. Niet zó snel,' protesteerde Sita.

'Ze denken dat wij op dit station uitstappen. Als ze hier iemand kennen, zijn we de lul.'

Wat had dit te betekenen? Wilde hij nog een halte meerijden?

'Wie zijn het dan?' vroeg ze. 'Wat wilden ze van je?'

'Geen idee.'

Sita vroeg zich af of hij loog. Hoe konden dat soort gasten achter je aan zitten zonder dat je een idee had waarom? 'Denk je echt dat ze hier iemand kennen?'

'Hé. Dit is Görlitzer Bahnhof. Ga effe beneden kijken. Het wemelt hier van de dealers.'

Dat klopte in elk geval. Sita kende ze van zien: felgekleurde baseballcaps, bonte jacks, sneakers. Ze had net nog een stuk over hen gelezen in het Berliner Tageblatt. *De meesten kwamen uit Sierra Leone, stonden op het punt om uitgezet te worden en mochten niet werken in Duitsland. 'Maar de meesten zijn toch donker? Ik bedoel: hoe groot is de kans dat ze bij een paar witte gasten in het krijt staan?'*

Hij keek haar verbluft aan. 'Jij bent naïef, zeg. Voor wie denk je dat die zwarte jongens die coke pushen?'

'Hoe bedoel je?'

'Die cokezwartjes zijn loopjongens. Ze dealen voor witte gasten, die dat spul weer krijgen van types in vette auto's. Zo gaat dat...'

Sita slikte. 'Je bent aardig op de hoogte. Dus het gaat om drugs?'

'Natuurlijk gaat het om drugs.'

'Nee, bij jou, bedoel ik.'

Met een schok zette de trein zich weer in beweging. Het been dat het grootste deel van Sita's gewicht droeg, dreigde weg te glijden. 'Vasthouden!' snauwde de jongen. Met zijn linkerhand greep hij ruw haar heup. 'En nog een keer: tering, ik zei het toch: ik heb geen flauw idee wat ze van mij moeten.'

Sita zag hoe het bejaarde echtpaar hen ongelovig nakeek. De man hief een arm alsof hij er iemand bij wilde roepen, met de andere gebaarde hij wild naar de achterkant van de trein.

Toen stond in een flits de nachtelijke hemel weer boven hun hoofden. De trein raasde over de snelweg heen. Het station op poten bleef liggen als een loerend reptiel. De wind greep haar haren, de bielzen versmolten tot een lange donkere baan tussen de glimmende rails.

Cokezwartjes, noemde hij die dealers. Wat ben ik dan wel niet voor hem?

In één klap was alles weer terug: de woorden die haar achtervolgden. Ze leunde met haar hoofd zo ver mogelijk achterover, tot waar de lucht achter de trein het hardst wervelde. Ze wilde dat de wind alle gedachten die er niet thuishoorden, uit haar hoofd zou blazen. Ze voelde de stevige omklemming van de rooie, wist dat hij naar haar keek, maar hij zei niets, hij paste in stilte op haar. Wanneer had iemand zoiets voor het laatst voor haar gedaan? Haar moeder misschien, als ze niet moest werken, of haar verdriet niet aan het verdrinken was. Maar een jongen?

Ze probeerde nog verder achterover te hangen.

Toen kwam het volgende station. Schlesisches Tor.

Op het station stonden drie mannen in uniform. De trein stond nog niet stil of ze riepen: 'Hé, daar. Afstappen jullie. Nu!'

Waarschijnlijk hadden die bejaarden de beveiliging gewaarschuwd.

'Snel weg hier, voor ze ons te grazen nemen.' De jongen sprong op de rails en trok haar mee. Ze sprongen op het perron en renden weg.

'Staan blijven!'

Op een armlengte vóór de beveiligers bereikten ze de trap. Ze vlogen met drie treden tegelijk naar beneden. Onderaan hadden ze al een kleine voorsprong. De rooie rende naar links en stak de straat over in de richting van de Oberbaumbrücke. Een taxi toeterde wild, banden piepten, Sita zag uit haar ooghoek dat een beveiliger nog net op tijd weg kon springen voor een aanstormende beige Mercedes. Ze renden als gekken. Zestienjarige benen en longen tegen een stelletje vijftigers. Sita en de rooie renden nog een tijdje door, tot ze midden op de brug stonden. Hijgend en hoestend bleven ze staan. De rooie wees omhoog naar een paar sneakers die hoog in een lantaarnpaal hingen.

'Je bent snel,' hijgde hij.

Sita knikte. Wegrennen deed ze niet voor het eerst, en die lange benen had ze nu eenmaal. 'Jij ook.'

Ze keken omlaag naar de donkere Spree, tot ze weer op adem waren.

'Wat nu?' vroeg Sita.

'Wat nu,' zei de jongen grinnikend. 'Eerst wil je voor een trein springen, en nu gaat het je allemaal niet snel genoeg?'

'Sorry,' mompelde Sita.

'Wat heeft dat nou weer te betekenen? Verontschuldig je je voor het feit dat je wilt leven?'

Sita haalde haar schouders op.

'Wat ben jij er voor een?'

'Cubaans. Half.'

'En de andere helft?'

'Duits.'

'Aha.' De roodharige trok zijn wenkbrauwen op. 'Mooi haar,' zei hij, wijzend naar haar hoofd.

'Lekker rood,' zei Sita, wijzend op het zijne.

Ze zwegen eventjes.

'Wat ben jij er dan voor een?'

'Ik?'

'Zie jij nog iemand anders, hier?'

'Hm,' bromde de jongen. 'Ik ben lid van een bende.'

'Een bende? En hoe heet die?'

'We zijn nog op zoek naar een naam.'

'En met z'n hoevelen zijn jullie?' wilde Sita weten.

'Eentje,' zei de jongen.

Sita wilde in lachen uitbarsten, maar de jongen vertrok geen spier, kennelijk bedoelde hij het serieus, van die bende. Ze moest aan dat mes van hem denken en vroeg zich af of hij het al een keer had gebruikt.

'Hé, mister.' Een donker joch van hooguit twaalf keek hen van een paar meter afstand aan.

Hij stond scheef, zijn knokige schouders staken in een versleten sweatshirt van Fruit of the Loom naar voren, en hij droeg een gestreepte muts. De zolen van zijn sneakers hingen los. 'Heb je wat geld?'

'Rot op, klojo,' gromde de rooie.

De jongen strekte zijn hand naar hem uit en bleef staan waar hij stond. 'Geef me geld, krijg jij een tip van mij. Een goede tip!'

'Hé, doe jezelf een lol en ga iemand anders in de maling nemen, ja?' Hij zwaaide met zijn hand alsof hij een hinderlijke vlieg wilde verjagen.

Sita trok hem aan zijn mouw. 'Geef hem iets,' fluisterde ze.

'Ben je gek? Dan kom je nooit meer van ze af. Dat met die tips is maar een lokkertje.'

'Misschien,' zei Sita, 'misschien ook niet.' Haar blik dwaalde af naar het station.

'Goeie tip,' herhaalde de jongen. 'Belangrijk.'

De rooie kreunde. 'Och, man. Kom je ooit van dat weke hart af?' Met tegenzin doorzocht hij zijn broekzakken. De ogen van de jongen volgden elke beweging van zijn handen. 'Ik heb niks bij me,' zei de rooie na een tijdje. Het gezicht van de donkere jongen verstrakte. Hij haalde zijn schouders op en draaide zich om.

'Hé, wacht.' Sita liep op hem af en pakte hem bij zijn schouder, maar in plaats van te blijven staan kromp de jongen ineen, dook razendsnel weg en draaide zich toen weer naar haar om. De blik in zijn ogen trof haar als een zweepslag. Donkere ogen vol angst en woede. Sussend stak ze haar handen in de lucht. 'Hé, rustig maar. Luister. Je krijgt je geld. Morgen om twee uur. Hier op deze plek.' Ze wees naar de bungelende sneakers boven hun hoofd. 'Ik neem vijf mark voor je mee, maar je tip krijg ik nu, oké?'

De jongen keek haar aan alsof ze iets oliedoms had gezegd.

'Kijk niet zo stom,' zei de rooie. 'Zo is ze.'

De jongen keek Sita wantrouwig aan. 'Tien,' zei hij uiteindelijk, met naar voren gestoken kin.

'Oké, tien.'

Een grijns brak door op het gezicht van de jongen. Hij ontblootte een rij blinkend witte tanden, alleen de linkerhoektand ontbrak. Toen keek hij weer ernstig. 'Jullie moeten weg. Haan is op zoek naar jullie: een Motzi en een vuurtoren.'

Motzi. Kwam ze daar dan nooit vanaf? Dat gastje was net twaalf en pas naar Duitsland gekomen toen de DDR-*tijd al voorbij was. Maar gastarbeiders beledigen was inmiddels een hardnekkige traditie geworden. 'Wie is die Haan?' vroeg ze. Op hetzelfde moment dacht ze: Haan, dat is toch net zoiets als Motzi?*

De jongen haalde zijn schouders op, maar aan zijn ogen te zien wist hij meer.

'Meer geld hebben we niet, eikel,' zei de rooie.

'Weet jij wat die Haan van hem wil?' vroeg Sita, wijzend op die rooie.

De jongen haalde opnieuw zijn schouders op. 'Aan zijn mes rijgen,' zei hij.

Sita keek hem verbijsterd aan. 'Hij wil wát?'

'Ik heb het hem zelf horen zeggen.'

'Maar waarom wil hij dat in godsnaam?' vroeg Sita. 'Waarom wil hij hem aan zijn... mes rijgen?'

De jongen schudde zijn hoofd. 'Niet hem alleen. Jou ook.' Sita dacht dat ze hem niet goed had verstaan. Dat kon alleen maar een misverstand zijn. 'Hoe... hoe bedoel je dat?'

'Jij,' zei de jongen, wijzend op de rooie en vervolgens op haar, 'en jij.'

Sita keek hem vol ontzetting aan. 'Maar... waarom ik? Ik heb toch helemaal niets...'

'Hé, geloof niet meteen alles wat hij loopt te zwetsen,' protesteerde de roodharige. 'Hij liegt. We hebben elkaar net pas leren kennen, of was je dat alweer vergeten? Hoe kan hij dan van die jongens hebben gehoord dat ze ons allebei te grazen willen nemen?'

De jongen haalde weer zijn schouders op, alsof hij er allemaal niets mee te maken had. 'Vanwege die toestand met dat meisje. Iets met een meisje, zei hij.'

'Meisje? Wat voor meisje?' Sita keek naar haar rooie vriend.

'Wat zit je mij nou aan te kijken?' blafte de rooie naar haar. 'Ik heb er niks mee te maken.'

'En ik wel soms?'

'Er moet toch iets zijn? Hoe komt hij anders op dat idiote idee?'

De rooie zweeg. Hij kauwde op zijn bleke lippen. 'De pleuris,' zei hij uiteindelijk. Sita had geen idee wat hij ermee bedoelde – of wie.

'We moeten naar de politie,' stelde ze vast.

'Je wilt naar de smerissen? Ben je helemaal belazerd? Wat wou je tegen ze zeggen?'

'Nou, dat ze ons willen vermoorden. Natuurlijk ga ik naar de politie. Is toch logisch?'

'Bespaar je de moeite. Komt alleen maar rottigheid van.'

'Voor jou misschien, als je iets te verbergen hebt.'

'Zelfs dan,' zei de rooie met een afwerend gebaar, 'sturen ze je naar huis. Zeggen ze dat ze niets kunnen doen zolang er nog niets is gebeurd.'

'Hè? Wil je nou zeggen dat...'

'Jezus! Die komen pas als je verkracht bent,' snauwde de rooie, 'of vermoord. Toch niet van tevoren! Snap je dat niet?'

Sita zweeg verbluft.

'Je kunt beter niet naar de politie gaan,' zei de jongen plotseling.

'Serieus? Jij ook al?' kreunde Sita.

'Mister heeft gelijk. De politie doet ze niets.'

'Hoe bedoel je dat nou weer?' wilde de rooie weten.

De jongen draaide zich weer om. 'Haan zei dat de politie hem niets doet. Omdat hij negentien is.'

Sita en de rooie wisselden een blik van verstandhouding. 'Onzin,' zei de rooie. 'Iemand als jij wordt niet gepakt, jij bent nog te jong. Maar op je negentiende kom je voor de rechter. Maar dan moet er wel eerst iets gebeurd zijn.'

De jongen fronste zijn wenkbrauwen. 'Nee, de politie doet niets vanwege negentien. Dat heeft hij zo gezegd.'

'Je moet niet alles geloven wat ze je zeggen, kleintje,' zei de rooie.

De jongen haalde zijn schouders op. Kennelijk zijn lievelingsgebaar. 'Morgen breng je het geld?' vroeg hij Sita. Hij keek haar tegelijkertijd dwingend en smekend aan.

'Alleen als je ons hun namen geeft,' zei de rooie.

'Haan, Mes en Vlo.'

'Zit je me in de zeik te nemen? Ik wil hun echte namen, niet hun bijnamen!'

'Haan, Mes en Vlo,' hield de jongen vol.

'Lekker dan. En jouw naam?'

'Amad,' zei de jongen.

'Amad. Aha. Tief dan een lekker eind op, Amad,' siste de rooie.

'Morgen geld?' vroeg hij Sita opnieuw.

'Ja, ja, morgen.' Ze wees naar de bungelende sneakers op de brug.

De rooie rolde met zijn ogen. 'Kom,' zei hij kortaf en hij liep met snelle passen weg.

Sita bleef staan.

Hij draaide zich om. 'Wat?'

'Dit zijn jouw zaken. Niet de mijne.'

'Ben je doof of zo? Dat zal die hanenkam worst wezen.'

'Dan leg ik het hem wel uit.' Ze stak parmantig haar kin naar voren.

'Uitleggen? Vóór hij je neersteekt of erna?'

Sita perste haar lippen op elkaar. Ze wist precies wat die rooie bedoelde. Types als die hanenkam zaten niet op uitleg te wachten. En bovendien: hoe vaak had ze anderen niet proberen duidelijk te maken dat ze niet uit Mozambique kwam, maar half Cubaans was?

En toch bleef iedereen haar Motzi noemen.

Luisteren was niet iedereen gegeven.

'Sta hier niet als een koe naar het onweer te staren,' zei de rooie.

'Koe? Onweer?'

'Nou ja, gewoon als een stomme koe blijven staan.'

'Meen je dat? Door jou heb ik nu die gasten op mijn nek, klootzak.'

De rooie trok zijn wenkbrauwen op. 'Volgens mij heb je nog wel meer op je nek, anders had je niet geprobeerd voor een trein te springen, lijkt me. Dus hou je kop en kom mee. Het is te gevaarlijk hier.'

8

Berlijn, Theater am Potsdamer Platz
Woensdag 13 februari 2019
22.06 uur

Witte, glanzende tegels, wastafels met spiegels in een rij. Toiletten zijn overal hetzelfde. De aanblik ervan heeft iets geruststellends, iets vertrouwds. Heel anders dan wat hem net weer is overkomen. Dat Vi verschijnt en verdwijnt wanneer ze wil, dat weet hij inmiddels, al went het nooit. Maar op een bewakingsvideo?

Tom draait de kraan van een van de wastafels open en frist zijn gezicht op met het spetterende, koude water. Als dat met Vi net een droom was, kan hij nu maar beter wakker worden. Maar de droom zit te diep in zijn hoofd, het koude water kan er niet bij.

Hij kijkt in de spiegel en krimpt ineen. Vi staat plotseling naast hem, ze staat op haar tenen om groter te lijken. Ze heeft haar haren in een knot gedaan, er steekt een zwarte kraaienveer in, precies zoals Tom een keer bij haar had gedaan toen ze in het bos bij Güterfelde indiaantje speelden. Hoe oud was ze toen? Negen? Tien al?

Omdat jij denkt dat ik nog leef, hebben we elkaar de laatste tijd maar weinig gezien, zegt ze gekwetst.

Tom knikt zwijgend. Dit is zo absurd allemaal: dat knikje van hem in de spiegel, Vi die hem met grote ogen aankijkt.

Je gelooft toch dat ik nog leef, of niet?

Natuurlijk geloof ik dat, denkt Tom.

Hij pakt zijn telefoon en pakt de foto erbij die hij net van de bewakingsvideo heeft gemaakt, maar als hij die naast het spiegelbeeld van zijn zusje wil houden, is Vi verdwenen, alsof ze terugdeinst voor een directe vergelijking. 'Of je hebt een dubbelgangster,' zegt hij zachtjes als hij zijn telefoon weer wegsteekt, 'of er zijn hier heel vreemde dingen aan de hand.'

Vi is weer in de spiegel verschenen en houdt haar hoofd scheef.

Het kan mij niets schelen. Als je nog maar aan me denkt.

'Ben jij dat, op die video?' vraagt hij. Op hetzelfde moment vindt hij zijn vraag belachelijk.

Viola kijkt hem sceptisch aan, alsof ze hem ervoor wil berispen dat de rollen nu zijn omgedraaid, dat hij een klein jongetje is, en zij volwassen.

Je snapt dat ik dan twintig jaar ouder zou moeten zijn?

Dat meisje lijkt echt sprekend op jou.

Misschien wil je gewoon dat ik het ben.

Ik weet toch wat ik gezien heb.

Net als met dat lijk in het Teltowkanaal dat er ineens niet meer was?

Kom daar nou niet mee aanzetten. Je draagt de sleutel die ik toen bij dat lijk vond nog steeds om je nek. Je was bezeten van dat verdomde ding.

Vi frummelt aan het koord om haar nek. *Je had er beter op moeten passen. Je had het mij nooit mogen geven.*

Sleutel of niet. Jij bent het, op die videobeelden.

Tom voelt in zijn jack naar de harde schijf met de kopie van de bewakingscamera's, die Suarez hem heeft meegegeven. Het meisje dat hij zag, was geen droom, ze was werkelijkheid. In nullen en enen opgeslagen op een digitaal medium.

Met veel lawaai wordt de deur naar de toiletten opengestoten. Het scheurt Tom los van zijn gedachten. De man die binnenkomt draagt een glimmend blauw pak met daaronder een wijd opengeknoopt zwart hemd. Om zijn nek bungelt een ketting met grote schakels en een soort van gotisch kruis, zo groot als een koffieschotel. Hij kijkt Tom aan en trekt een vies gezicht. De tatoeage van een vlinder die tot zijn adamsappel reikt en waarvan de vleugels om zijn hals gevouwen liggen, komt tot leven.

'Ah, hier ben je. Handig.' Hij grijnst. 'Dan hoef ik je niet eerst los te weken.'

'Bene,' bromt Tom. 'Wat doe jij hier in godsnaam?'

'Jezus, man. De hele kelder van deze hut is van mij, of ben je dat soms vergeten?'

'Hoe zou ik,' zegt Tom. Samen met Bene en drie andere vrienden vond hij twintig jaar geleden die sleutel bij dat lijk en nam hij de fatale beslissing om de sleutel te houden. Bijna twee jaar geleden kostte dat twee van zijn vrienden het leven. Maar Bene en hij waren ook nog door iets anders verbonden – en dat had Bene gemaakt tot wie hij nu was: een criminele clubeigenaar en een bekende naam in de Berlijnse onderwereld. Onder andere eigenaar van Club Odessa, een van de succesvolste en bekendste clubs van de stad, gevestigd in het souterrain van het Berlinale-Theater. Op verschillende plekken achter het toneel zijn boven- en onderwereld hier met elkaar verbonden, als twee organen in hetzelfde lichaam.

Bene loopt langs Tom naar de toiletten, duwt een voor een alle deuren open en kijkt argwanend naar binnen. Pas dan loopt hij naar een pisbak en knoopt hij zijn gulp los. 'Kun je wat doen voor een oude vriend, zodat deze ongein snel voorbij is? Ze gaan natuurlijk mijn club sluiten, mijn gasten wegjagen; dat gaat me een fortuin kosten.'

'Zelfs als ik het kon: nee.'

'Een nieuwe ijstijd, weer?'

'Ik doe mijn best.'

'Alweer vergeten dat ik je met die sleutelzaak heb geholpen, zeker?'

'Alweer vergeten dat jouw hulp niet voor niets was?'

'Kom op, zeg. Hulp is nooit voor niets.'

'In jouw wereld misschien,' protesteert Tom.

'In elke wereld, man.' Bene wipt op zijn tenen heen en weer, ritst zijn gulp weer dicht, spuugt in de pisbak en komt naast Tom staan om zijn handen te wassen. 'Je ziet bleek, jongen,' zegt hij tegen Tom zonder hem aan te kijken. 'Net een geest gezien?'

Ah, dus zo waait de wind. Suarez, de bewaker, rapporteert kennelijk rechtstreeks aan Bene Czech.

'Wat heeft hij je verteld?'

'Nou ja, dat je een meisje van het scherm hebt gefotografeerd. Met ogen zo groot als schoteltjes.'

'En?'

'Kom op, man. Die zal vast niks met die snuffmovie te maken hebben. Elf, twaalf hooguit, blond haar, krullen... Hé, begint daar geen belletje te rinkelen?' Hij draait de kraan dicht en veegt zijn handen droog aan de broekspijpen van zijn pak.

Hoe graag Tom elk contact met Bene ook probeert te vermijden, zo graag zou hij hem nu in vertrouwen willen nemen. Als er iemand is die hem begrijpt, is het Bene wel.

'Wat je zegt,' zegt Tom, 'een geest. Als het Viola was, zou ze twintig jaar ouder moeten zijn.'

'Laat eens zien?' zegt Bene. Hij strekt zijn hand uit.

'Dat gaat je niets aan.'

Bene rolt met zijn ogen. 'Jezus, man – ja! Ik ben wat ik ben. Maar kun je dat heel even vergeten? Het gaat niet om zomaar iets. Ik was ook dol op Viola. Jij bent mijn vriend. Denk je dat het mij allemaal niets kan schelen? Het is voor een deel ook mijn schuld.'

Tom en Bene kijken elkaar via de spiegel aan.

'Kom op, man. Gooi het eruit.'

Tom zucht, grijpt naar zijn telefoon en laat hem de foto zien.

Bene fluit zachtjes tussen zijn tanden. 'En wie is die klojo naast haar?'

'Ik heb geen idee.'

Bene kijkt oprecht medelevend naar hem.

'Suarez staat op jouw loonlijst?' vraagt Tom.

Bene knikt. Tom ziet aan hem dat hij al weet wat Tom hem nu zal vragen, maar hij vertrekt geen spier, al heeft hij gewonnen. Het voelt altijd als winnen, als Tom iets van hem wil. 'Ik zal Suarez zeggen dat hij dat meisje en die oude vent maar eens moet proberen te vergelijken met de mensen op de beelden van die andere camera's. Kijken wat we vinden,' zegt Bene.

Tom knikt dankbaar. Dat Bene hem iets aanbiedt zonder dat hij hem iets vraagt, gebeurt eigenlijk nooit.

9

Berlijn, Potsdamer Platz
Woensdag 13 februari 2019
22.25 uur

Zoveel mensen. Die drukte in die bioscoop was echt ondraaglijk.

Waarom had hij haar in godsnaam meegenomen?

Het wordt echt heel mooi, had hij haar beloofd. Echt vet. Ze hield er niet van als volwassenen zo tegen haar spraken. Ze was elf! Je kon toch normaal met haar praten!

En dan die afgrijselijke film. Ze had er niet veel van gezien, maar wat ze had gezien, was gruwelijk. Iedereen was de zaal uit gelopen, hij had steeds maar aan haar hand getrokken, nog verder, hierlangs, kom nou. Haar hand deed er nog pijn van. En dan nog die stomme muts die hij steeds over haar ogen trok. Nu was het mooi geweest!

Bij de uitgang had hij één moment niet opgelet, hij stond op de uitkijk naar wat dan ook, ze had zich kunnen losrukken en was weggerend. Met zijn oude benen kon hij haar gewoon niet bijhouden. Zij was razendsnel tussen iedereen door geglipt. Weg, zo snel mogelijk weg. Maar toen ze eenmaal echt weg was, op dat grote plein stond, kreeg ze het plotseling koud. Ze had haar jas afgegeven bij de garderobe. Dat was balen. Maar echt. Ze wilde terug naar binnen, maar voor de ingang stonden al die beveiligers van de bioscoop.

Ze overwoog of ze het aan die mannen kon vragen. Ze

droegen een uniform, maar ze waren niet van de politie, dat was wel duidelijk. Beveiligers stonden niet op de verboden lijst, toch? Die kon ze toch wel naar haar jas vragen?

'Pardon,' zei ze zo vriendelijk mogelijk. 'Mag ik nog even terug naar binnen? Ik ben vergeten mijn jas bij de garderobe af te halen.'

'Het is nu niet zo'n goed moment om jassen te halen,' zei een van de medewerkers. Hij keek haar niet eens aan en stond er als een muur bij. Zijn rechterhand hield hij tegen een klein dopje in zijn oor, hij luisterde ingespannen alsof iemand hem moeilijk verstaanbare, geheime bevelen gaf.

'Waar zijn je ouders?' vroeg de man naast hem.

'Die zijn nog binnen,' loog ze en ze hoopte dat ze haar zouden geloven.

'Dan zul je op ze moeten wachten. Maar niet hier. Je ziet hoe druk het hier is.'

Ze knikte en gaf het op. Die mannen zagen er met hun strakke gezichten en uniformen eng uit. Waren het misschien toch agenten?

Ze was eigenlijk nooit bang, hoewel haar voortdurend werd verteld waar ze bang voor moest zijn. *Doe dit niet, laat dat. Pas op. Kijk liever een keer te veel om dan een keer te weinig. Er zijn mannen die slechte dingen willen. Niemand mag je echte naam weten. Niemand mag weten wie je bent. Als vreemde mannen je aanspreken, loop dan weg!* En dat was nog maar een kleine greep uit de waarschuwingen die ze keer op keer te horen kreeg.

Andere kinderen kregen nooit meer te horen dan: pas op op straat, niet door rood oversteken, stop je telefoon nou eens weg...

Dat was normaal. Wat zij voortdurend te horen kreeg, was niet normaal.

Ze was het zo zat.

En ze had het nu echt koud.

Ze keek of ze Krügi zag. Ze had gevraagd of ze hem zo mocht noemen: Krügi. Ze had nu graag zijn hand vastgehouden. Hij zou vast haar jas voor haar hebben geregeld. Al was hij al behoorlijk oud, hij was erg handig. Maar ze zag hem nergens. Het plein was heel groot, dat wist ze, maar al die mensen en de mist maakten het heel klein. Als je klein bent, kun je wel overal makkelijk doorheen glippen, maar met al die mensen niet ver kijken.

Ze kon nu beter bellen. Dit was een van die situaties waarin je echt moest bellen.

Ze voelde in haar broekzak naar haar telefoon. O, nee! Die had Krügi. In de bioscoop had hij nog gezegd: *Geef dat ding hier, zoiets doe je niet. In de bioscoop moet-ie uit. Dat hoort zo.*

Ze kwam nooit in een bioscoop. Daarom wist ze dat niet. Had ze hem nou maar niet aan hem gegeven, nu kon ze niet bellen. En het nummer had ze ook niet.

Leer het nummer uit je hoofd.

Dat herhaalde hij ook steeds.

Maar waarom zou ze? Ze had een telefoon, daar stond dat nummer toch in? Waarom zou je het dan ook nog uit je hoofd leren? Volwassenen maakten alles altijd zo ingewikkeld. Getallen vanbuiten leren, tss. Ze leerde van alles uit haar hoofd, maar getallen? Getallen was rekenen en rekenen was stom. Maar het nummer nu niet hebben was ook stom.

En nu?

Blijven staan en wachten dan maar. Hoe koud het ook was. Uiteindelijk zou Krügi haar wel vinden. Hij zocht vast en zeker al naar haar.

Toen zag ze de blauwe zwaailichten, agenten die uit hun auto's stapten. Nu werd ze echt bang.

Blijf uit de buurt bij agenten.

Weer een van die zinnetjes. Zelfs het zinnetje dat ze het vaakst te horen kreeg.

Als eentje je aanspreekt, zeg dan niets. Het beste is om meteen weg te lopen. Maar als dat niet kan, in géén geval iets zeggen, begrepen?

In geen geval iets zeggen. Ze had geknikt. Zoals ze altijd knikte. Was ook niet zo moeilijk te begrijpen. Maar nu kwam een van de agenten recht op haar af en verstijfde ze ineens. Ze keek naar hem op, zag zijn uniform, zijn pistool, zijn lichtbruine ogen en zijn politiepet. Hij boog zich over haar heen. Glimlachte.

Hoe aardig hij ook lijkt, je zegt niets!

'Zo jongedame, en wie ben jij dan wel?'

Ze perste haar lippen op elkaar.

'Hm. Zo te zien heb je het behoorlijk koud. Waar zijn je ouders?'

Niets zeggen. Geen woord.

'Je zegt niet veel, hè?' Hij glimlachte alweer. Vast een valstrik.

De agent richtte zich op, trok zijn jack uit, een leren jack met een dikke voering en legde die om haar schouders.

'Beter zo?' De agent greep naar haar hand. 'Kom, dan gaan we je...'

Ze trok zich los en deinsde terug.

'Hé! Wat is er?' De agent strekte opnieuw zijn hand naar haar uit. Een grote, behaarde hand. Ze ontweek hem. Nee, nee, nee. Ze wist het wel: dat aardige gedoe was gewoon een valstrik. Hij wilde haar meenemen. Dáár ging het hem om. Plotseling viel alle verstarring van haar af. Ze draaide zich om en vluchtte zo snel als ze kon.

'Hé! Blijf staan! Dat is míjn jack!'

Vlug een blik over haar schouder, de agent bleef staan, zijn mond hing open.

Blijf staan, blijf alsjeblieft staan...

Maar de agent bleef niet staan. Hij kwam in beweging en zette de achtervolging in, met lange passen en een grimmig gezicht. Haar hart bonkte, haar voeten raasden over het plaveisel. Met haar handen hield ze het jack vast dat van haar schouders dreigde te glijden.

'Wacht nou!'

Achter een versperring stonden mensen nieuwsgierig naar de bioscoop te kijken. Ze sprong ertegenop en gleed langs de andere kant weer omlaag. Het jack gleed van haar schouders, ze greep ernaar, hield het vast, en dook toen tussen de lichamen door. Verder. Steeds verder. Een smalle straat met glimmend asfalt. Geparkeerde auto's bumper aan bumper, donkere files in de mist. Links en rechts gevels van glas en steen, nergens een mens te bekennen. Was hier echt niemand? Vóór de bioscoop was het toch stampvol? Ze rende een hoek om, nog een, op zoek naar een plek om zich te verstoppen. Misschien onder een van de geparkeerde auto's? Iets verderop stond een grotere auto, zo'n terreinwagen. Ze rende erheen, dook omlaag achter de motorkap en kroop onder de auto. Nu pas viel haar op dat ze het jack van de agent nog steeds bij zich had. Stom idee eigenlijk. Nu was hij vast nog pissiger op haar, maar nu ze hier zo lag, was het te laat om het weg te gooien.

Onder de auto was het verrassend warm. Dat kwam vast door de motor, misschien was de auto net geparkeerd. Met een bonkend hart bleef ze liggen.

Geen geluid maken nu!

Inmiddels ligt ze al een uur onder de auto, misschien zelfs al langer. Ze heeft geen klokje, dat zit in de telefoon. De motor is nu koud. Ze heeft haar armen door het jack gestoken, waardoor ze zich bijna verrekte in haar krappe schuilplaats. Haar rug drukt tegen het asfalt, vlak boven haar hoofd zit de bemodderde onderkant van de auto. Als ze haar hoofd maar een centimeter optilt, drukt haar neus tegen het vieze metaal. Maar hier is het veilig. In de mist loert de politieagent op haar. Hij zal zijn zoektocht naar haar niet opgeven. Agenten geven nooit op, agenten zijn gevaarlijk. Waarom was ze ook bij Krügi weggerend? Nu verlangt ze naar zijn hand. Of die van mama. Maar mama zal niet komen.

10

Berlijn, Potsdamer Platz
Woensdag 13 februari 2019
22.15 uur

Tom duwt de deur naar de grote zaal open. De rode muren en stoelen glanzen. Cynisch eigenlijk, vindt Tom plotseling. Morten staat met staatssecretaris Schiller en Peer Grauwein bij het filmdoek voorin.

'Jo? Heb je even?'

'Tom, waar was je?'

'In de controleruimte van de beveiliging.'

Jo fronst zijn wenkbrauwen.

'Ik heb even naar de beelden van de beveiligingscamera's gekeken,' verklaart Tom. 'Ten minste een van de camera's moet de dader hebben betrapt. Ik neem aan dat hij wist van die camera's. Hij zal zich waarschijnlijk onder de gasten die de zaal verlieten hebben gemengd, om niet op te vallen. We moeten zo snel mogelijk de beelden naast de gastenlijst leggen. Als we iemand niet kunnen identificeren, hebben we misschien de dader te pakken. En als we iedereen kunnen identificeren, moeten we de dader waarschijnlijk onder de reguliere gasten zoeken.'

Morten en Schiller wisselen een blik van verstandhouding.

'Daar hebben we het net over gehad, Tom,' zegt Morten.

'We zullen discreet te werk moeten gaan,' doet de staatssecretaris zijn zegje. 'We stellen een groepje vertrouwde analisten samen, dat op het ministerie de lijst en de beelden naast elkaar zal leggen.'

'Waarom doen wij dat niet? Wij hebben Frohloff in ons team, hij is gespecialiseerd in dat soort werk.'

'Gelooft u mij,' zegt de staatssecretaris. 'Jullie krijgen de uitkomsten als eersten.'

Morten knikt mechanisch, zijn blik spreekt boekdelen. Het klopt niet, maar hier ligt zijn kans op een volgende stap in zijn carrière. En carrière maken betekent kennelijk ook op het juiste moment je mond houden.

'Pardon?' Sita staat achter hen, met in haar kielzog een blonde vrouw van midden dertig met een zorgvuldig geknipt pagekapsel. Ze draagt zwarte, simpele pumps, een blauw jasje op een iets te ouderwetse witte blouse en een blauwe broek die haar slanke figuur benadrukt, met een soort blauw-op-blauw batikpatroon.

'Natalie Mühlbauer, de assistente van de heer Keller,' zo stelt Sita haar voor. 'Mevrouw Mühlbauer heeft net iets ontdekt.'

Natalie Mühlbauer heeft blauwe ogen, een lange spitse neus en een zinnelijke mond. Haar hand trilt als ze Tom haar telefoon aanreikt. 'Ik weet niet wie zoiets doet. Het is... ik weet niet... gewoon ziek, toch?'

Tom pakt de telefoon aan. Op het scherm staat een account op Facebook aan, een video met stilstaand beeld. De zaal is te zien, kennelijk gefilmd tijdens de vertoning van de film, ergens recht voor het scherm, hoog, achterin. Aan de onderkant van het beeld zijn de donkere silhouetten van een paar achterhoofden zichtbaar. Het beeld op het doek is iets overbelicht en nogal klein in verhouding tot het totale beeld. Toch ziet Tom hoe een jonge, blonde vrouw in een goederenlift wordt geduwd.

'Wat is dat?' vraagt Morten.

'Het lijkt erop dat iemand van hoog uit de zaal de film met zijn smartphone heeft gefilmd, en dat nu op Facebook heeft geplaatst.'

'Ik kon die smerigheid niet aanzien,' zegt Natalie Mühlbauer aangedaan. 'Ik vond het net. Keller was zo aangedaan vanwege zijn dochter, ik dacht, ik kijk maar even op internet...'

Toms oog valt op het bericht bij de geposte video.

Wow! Iemand heeft de Berlinale even flink te grazen genomen! Hoe? Kijk zelf, heftig, en ik was erbij...

Het account staat op naam van GloryFury. Haar profielfoto toont een donkerharige vrouw in een Paris Hilton-achtige selfiepose.

'Mag ik?' vraagt Tom met een blik op de staatssecretaris, 'of moet u de film ook eerst aan de analist op uw ministerie laten zien?'

Cornelius Schiller vertrekt geen spier. Zonder zijn antwoord af te wachten scrolt Tom terug naar het begin van de film en drukt weer op play. Bruckmann, Schiller, Morten, Grauwein, Sita en Tom staan dicht bij elkaar. De zaal om hen heen verdwijnt, er is alleen nog dat kleine scherm met de schelle luidspreker. Morten ruikt vaag naar nicotine, Grauweins adem naar drop en pepermunt, Sita's parfum is gekruid, maar decent. Een mannengeurtje.

De beelden doen iedereen verstarren. Het geluid doet pijn aan hun oren, een blikkerige bioscoopsfeer. Door het vervormde geluid weerklinken de kreten van de vrouw. De video is onscherp en overbelicht, maar met een beetje moeite kunnen ze allemaal zien wat er gebeurt. Als de cameraman spreekt, verstommen de kreten. *Kijk. Dan weet je dat God bestaat. Jij hebt mij gemaakt. Kijk wat jullie te wachten staat.*

Dan is het doek ineens weer donker. Heel even heerst er een ademloze stilte. Geritsel, bewegende schaduwen. De ontzetting verspreidt zich door de zaal, de gasten staan op. 'Jezus! Wat was dat, zeg?' vraagt een vrouw. Haar stem klinkt jong en van heel dicht bij de microfoon, misschien is zij GloryFury. 'Kom,' zegt een andere vrouwenstem, ook vlak bij de microfoon. 'Laten we wegwezen, straks is het een aanslag of zo.' Het beeld kantelt en stopt.

'Goeie god,' zegt Sita.

'Wat heeft dat te betekenen: "Kijk wat jullie te wachten staat?"' vraagt Schiller. 'Wie bedoelt hij met "jullie"? De mensen in de zaal? Of...' Hij zwijgt, wil de tweede mogelijkheid niet uitspreken, die klinkt te overdreven, te verschrikkelijk, maar hij hangt in de lucht: *Of bedoelt hij de hele stad?*

'Ik heb die lift al eens eerder gezien,' mompelt Tom.

'Je hebt wát?' vraagt Sita.

'Ik ken die gang, maar...'

'Je kent wát?' vraagt Grauwein, 'die video?'

'Nee, nee, wacht.' Tom spoelt de video een stukje terug en bekijkt het stilgezette beeld. 'Ik denk,' zegt hij hees, 'dat ik weet waar dit is.'

'Je bedoelt dat je weet waar dit is opgenomen?'

Tom wijst op het beeld. 'Ik weet waar die lift is.'

Doodse stilte.

'Het kan overal zijn,' zegt Morten.

'Nee,' werpt Tom tegen. 'Ik weet het bijna zeker. Ik herken die gang. En de lift. Het enige wat niet klopt is dit hier.'

Met zijn duim en wijsvinger vergroot hij het beeld, hij wijst naar de vergrote uitsnede. Op de muur rechts naast de lift is groot een getal geschilderd, in zwarte cijfers.

'Dat nummer? Goederenliften zijn altijd doorgenummerd. Voor de service. Is toch logisch.'

'Niet helemaal,' zegt Tom ontkennend. 'De lift is hier in het gebouw, dat weet ik zeker. Maar ik weet even zeker dat er hier geen negentien goederenliften zijn. Maar waarom staat daar dan negentien?'

'Wil dat zeggen,' vraagt Morten zachtjes, 'dat de dader dat daar heeft achtergelaten?'

'Klinkt erg vergezocht,' zegt Grauwein. 'Dat is toch gek. De tweede moordenaar binnen twee jaar die met cijfers knoeit?'

Ze kijken van de een naar de ander.

'Als er sprake is van moord,' trapt Morten op de rem.

'Het zou een copycat kunnen zijn, na-aperij,' stelt Sita voor.

'Zou kunnen,' geeft Grauwein toe. Hij kijkt naar Tom, en duwt zijn pastille van de ene wang naar de andere, 'of jij ziet verbanden die er niet zijn.'

'Ik heb helemaal geen verbanden geconstateerd,' werpt Tom tegen. 'Ik heb alleen maar gezegd dat dat getal vreemd is als het het nummer van de goederenlift zou zijn.'

Bruckmann schraapt zijn keel. 'Laten we, voor we hier wild aan het speculeren slaan, eerst maar eens de feiten controleren. Tom, waar zit die lift precies?'

'Backstage,' zegt Tom. 'Ergens achter de bühne.'

'Is die lift ook bereikbaar via de club?' vraagt Morten.

Grauwein trekt zijn wenkbrauwen op. 'Club? Wat voor club?'

'De Odessa. Die zit hier onder het theater. Hoorde er vroeger bij, maar is later afgescheiden.'

'De Odessa, echt?' zegt Grauwein. 'En vanuit die club kom je in die lift?'

'In principe wel,' zegt Tom, 'maar ik vermoed dat hij is stilgelegd, of dat je er niet meer mee op alle etages kunt komen.'

'Nou, nou, jij weet er de weg,' zegt Grauwein met een spottend lachje. Het is algemeen bekend dat bij Club Odessa een discreet gevoerd bordeel hoort.

'Ik weet er de weg niet. Ik heb er een keer een onderzoek gedaan,' zegt Tom.

Morten werpt hem een waarschuwende blik toe, wat totaal overbodig is. Tom weet wat Morten voor zijn collega's en vooral voor zijn vrouw verbergt, maar zal er nooit een woord over loslaten. Zijn eigen redenen om het niet over de club te hebben wegen nog zwaarder. Het maakt iets uit of je er voor de seks komt of omdat de crimineel die de club leidt een jeugdvriend van je is, vooral als je ook nog door een dode met hem bent verbonden.

11

Berlijn, Potsdamer Platz
Woensdag 13 februari 2019
22.31 uur

Onderweg naar de goederenlift kijkt Sita naar de ruggen van Tom, Morten en Bruckmann. De schriele Grauwein probeert haar bij te houden. Zijn witte overall ritselt zachtjes. Cornelius Schiller is vertrokken, niet zonder tegen Bruckmann nog een keer 'Ik reken op u' te zeggen.

Sita laat zich expres nog iets verder terugzakken. Ze wil niet dat de anderen haar gezicht kunnen zien. Sinds ze de film heeft gezien, voelt ze haar litteken, alsof het niet goed is genezen en nog altijd brandt. Het kan toeval zijn, een stom toeval, probeert ze zichzelf te overtuigen. Dan zou het makkelijker zijn om niets te laten merken. Zich gewoon te gedragen. Hou je roer recht, zei haar moeder altijd tegen haar.

Sita 1 haat dat roer. Sita 2 weet zich te beheersen. Vanuit de zaal zijn ze via het podium tussen het voordoek en het scherm door geglipt. Een technicus van het theater heeft hun de smalle trap gewezen die achter het toneel naar de kelderverdieping leidt. Onder de bühne door loopt een bijna vier meter brede gang. De muren zijn van beton, een paar keer overgeschilderd, maar nog altijd smoezelig. Op enkel- en heuphoogte lopen donkere strepen, waarschijnlijk van karren waarin decorstukken worden vervoerd. Op regelmatige afstand zitten er deuren naar de opslag, daartussen bevinden zich brandblussers, noodverlichting en zekeringkasten. Het patroon van de water- en elektriciteitsleidingen langs het plafond lijkt, net als de rest, op dat wat op de video te zien is.

'Hier,' zegt Tom als hij voor de goederenlift blijft staan. De deur is ongeveer drieënhalve meter breed, dofgroen gelakt en bekrast, net als in de snuffmovie.

Sita's blik valt op het cijfer rechts van de lift. Vóór het eerste cijfer zit een grijze vlek.

Toeval, denkt ze. Het moet toeval zijn. Een andere verklaring voor het getal kan ze niet bedenken. Wíl ze niet bedenken.

Tom bekijkt het getal negentien van een afstandje. Grauwein staat ernaast, legt zijn wang tegen het beton en kijkt van opzij naar de cijfers ter grootte van een hand. 'Zien jullie wat ik zie?' bromt hij.

'Ze zijn verschillend, die getallen,' zegt Tom. 'Hetzelfde lettertype, maar niet identiek.'

'De één is met een sjabloon gespoten,' mompelt Grauwein. 'Maar die negen is erachter geplakt.'

'Er stond eerst -1,' zegt Sita. Haar stem klinkt alsof er iets in haar keel is blijven steken, ze schraapt haar keel.

Tom kijkt haar aan, en plotseling voelt ze zich alsof ze van glas is.

'Iemand heeft het minteken overgeschilderd,' zegt Tom.

'Niet aanraken,' waarschuwt Grauwein geheel overbodig. Iedereen weet wat sporen kunnen betekenen, of het verstoren ervan.

'Eens even kijken.' Grauwein trekt latex handschoenen over zijn slanke vingers en laat de boorden tegen zijn polsen kletsen alsof hij daar nog alerter van wordt. Sita gaat met de anderen tegenover de liftdeuren tegen de muur staan en probeert zich te wapenen. Alle ogen zijn gericht op de liftdeur. Grauwein drukt op de knop van de lift. Een zwak peertje licht op achter het smoezelige raampje. In de liftschacht rommelt het alsof het dondert in de verte. Sita's nekharen gaan overeind staan. Een golf van misselijkheid stijgt in haar op. Het lijkt alsof iemand een zak over haar hoofd trekt. De stof ervan is ondoorzichtig. De plotselinge benauwdheid en duisternis jagen haar angst aan. Tegelijkertijd hoopt ze dat de duisternis haar zal beschermen tegen wat er komen gaat.

Plotseling ruikt ze verbrand vlees. Ze zou graag aan de anderen vragen of die het ook ruiken. Maar eigenlijk weet ze het al. Voor de anderen bestaat die geur niet.

Het is maar een lift.

Maar voor haar is het meer.

Ze weet nog hoe die kleine Amad op de Oberbaumbrücke voor het eerst het getal negentien noemde. Op dat moment betekenden die cijfers niets voor haar.

Met een laatste rukje stopt de lift op -1.

Sita sluit haar ogen, hoort *ping*! En het geluid van de liftdeuren die schurend opengaan, ze voelt de fysieke spanning van de anderen in haar eigen lijf.

Weer die geur van verbrand vlees.

Kijk dan. Het kan alleen maar toeval zijn, spreekt ze zichzelf moed in.

Ze doet haar ogen open.

De liftcabine is leeg. Een rechthoek met houten planken op heuphoogte, een geribbelde metalen vloer, verder niets.

'Kut,' mompelt Tom.

'Klote,' zegt Grauwein.

Een paar seconden blijft het stil. De lift ruikt naar verse olie.

'Wat hebben jullie liever,' vraagt Morten, 'een lijk, of géén lijk?'

'Als er een dode is, dan wil ik die ook zien,' zegt Tom.

Sita hoort de anderen praten als in een soort trance, alsof ze mijlenver weg zijn terwijl dit alles zo afschuwelijk dichtbij komt. Het laatste wat ze nu zou kunnen verdragen is de aanblik van een verkracht en mishandeld vrouwenlichaam. Het is alsof ze geen huid meer heeft, alles dringt ongefilterd, pijnlijk intens tot haar door. Grauweins routineuze toon, zijn eenzaamheid en vlucht in technische details van een moordonderzoek, Mortens onderdrukte woede, zijn vertwijfelde eerzucht omdat hij zich klein en onbeduidend voelt, en Toms verscheurdheid, die achter zijn masker van zelfverzekerdheid loert.

Ze kon nu wel een schuilplaats gebruiken. Met een vaste vloer en dikke muren.

'Kan iemand mij vertellen,' moppert Grauwein, 'wat we met dat freaky getal aan moeten?'

Freaky getal. Sita kijkt naar die negentien.

Morten kijkt peinzend in de lege liftcabine. 'Hoe zit dat met die ijzeren pin?' vraagt hij. 'Als die lang genoeg was, had hij door het lichaam moeten dringen en had hij een spoor op de vloer moeten achterlaten.'

'Lijkt me onwaarschijnlijk,' reageert Grauwein, 'maar ik zal het checken.'

Mortens telefoon rinkelt, hij neemt op. In plaats van zijn naam rolt er een soort kuch van zijn lippen. Het duurt even voor hij zichzelf weer in de hand heeft. 'Ja, goed,' snauwt hij. 'Nee, nee, alles in orde. Oké. Waar?' Hij luistert bijna een volle minuut. 'Oké, de technische recherche erheen. Wat...? Nee... Bel Tempelhof maar. De jongens hier zijn nog wel even zoet. Ik stuur iemand van het team naar jullie toe.' Hij hangt op en kijkt naar Tom. 'Dat was Frohloff. Sinje Keller woont naar het schijnt in de woonbotenkolonie in Tiergarten. De collega's van Forensische Opsporing rijden erheen, ga jij er ook naartoe. En neem Sita mee,' zegt hij zonder haar een blik waardig te keuren.

Tom knikt stijfjes. Het is aan hem te zien dat hij liever alleen zou gaan. 'Ben je met de auto?' vraagt hij Sita. 'Natuurlijk,' zegt ze. 'We zien elkaar bij de woonboten.'

Nog even tot zichzelf komen, goddank. Al is het maar gedurende een kort ritje.

12

Berlijn, Potsdamer Platz
Woensdag 13 februari 2019
23.01 uur

Tom beent met grote stappen door de foyer. Bij de deur knikt hij tegen de twee agenten die de ingang bewaken.

De mist op de Marlene-Dietrich-Platz is nog dichter geworden. Na vijftig meter is de poster met het reusachtige logo van de Berlinale uit zijn ooghoeken verdwenen. Het vocht kruipt onder zijn jack en in zijn broekspijpen. De straatlantaarns zijn vollemanen met grote halo's, daarachter heerst de duisternis.

Grauwein is niet te benijden. Hij en zijn team moeten het nadere onderzoek naar de lift en de filmzaal, evenals dat naar de ingangen van het theater nog diezelfde nacht afronden. Morgenochtend om negen uur moeten de eerste resultaten in de teamvergadering worden gepresenteerd. Met de woning van Sinje Keller zal hij zelf waarschijnlijk sneller klaar zijn, omdat daar ook Opsporing aan de slag gaat. Een paar uurtjes slaap moeten er nog wel in zitten. Hoewel hij zijn laatste tabletje pas drie uur geleden heeft geslikt, is het effect totaal verdwenen. Toch komt hij op het idee om op weg naar het huis van Sinje Keller nog even langs de garage te rijden.

De garage op een binnenplaats is zijn geheime kantoortje, volgepropt met herinneringen, foto's en onderzoeksverslagen van allerlei aard, tijdens zijn zoektocht naar Viola verzameld in de loop van twee decennia. De drang om de beelden op de harde schijf te vergelijken met oude foto's van Viola is haast onweerstaanbaar, maar hij heeft Anne beloofd de garage op te geven. Ze is er weliswaar nooit geweest, maar ze weet ervan. Voor haar is de garage de plek die Tom doet vasthouden aan de illusie dat zijn zusje nog leeft, al is ze al twintig jaar dood. Begraven op het Waldfriedhof in Stahnsdorf, na een rouwdienst in de Norwegerkapelle.

'We hebben een zoon,' had Anne onlangs nog gezegd, 'en die is hier. Ik sta niet toe dat je je meer om een dode bekommert dan om hem.'

'Is goed, je hebt gelijk,' had Tom haar geruststellend geantwoord.

Annes blik verduisterde. 'Als je naar haar blijft zoeken, ben ik weg.'

Hij had hoofdschuddend kunnen zeggen dat dat neerkwam op chantage. Maar het was wat het was, en uiteindelijk had ze gelijk. De talloze nachten die hij in zijn garage had doorgebracht, slapeloos zuchtend en wroetend, hadden hem energie gekost die hij aan Anne had moeten besteden.

Dus niet naar de garage.

De doffe blauwe lak van zijn auto heeft een vochtige glans. Het met leer beklede stuur is koud en hard, de vermoeidheid doet hem huiveren. Deur dicht. Motor aan. Zijn koplampen boren zich warm door de mistflarden. Dertig jaar oude gloeilampentechniek, zoveel prettiger dan die messcherpe led-ellende. Hoe kun je net vijfendertig zijn en toch voelen dat het leven hier en nu te snel gaat, te veel is, te veeleisend?

Het asfalt is nat en zwart, de mist als deze vreemde herfst: ongrijpbaar. Voor hem duikt een T-splitsing op, hij geeft aan dat hij linksaf wil. Zijn koplampen beschijnen een rij geparkeerde auto's – en iets wat onder een van die auto's ligt.

Tom remt en blijft midden op straat staan.

Zijn dat schoenen? Benen?

Hij zet zijn parkeerlichten aan en stapt uit. De auto, een zwarte Landrover, staat tien meter bij hem vandaan. Hij bukt zich en kijkt onder de auto. De koplampen van zijn Mercedes beschijnen een paar rode sneakers en de omtrek van een lichaam. Een klein lichaam; dat van een kind.

'Hallo?' roept Tom.

De voeten worden verder onder de auto getrokken.

Wat heeft een kind daar in godsnaam te zoeken in deze kou?

'Hé, gaat het?'

Hij hoort niets anders dan het gegorgel van zijn oude diesel. Hij loopt naar de SUV, zakt door zijn knieën en zegt: 'Hé, kom daar eens onder vandaan? Dat is gevaarlijk.'

De gestalte kruipt bij hem weg. Tom loopt om de auto heen en kijkt er opnieuw onder, maar de gestalte kruipt alweer naar de andere kant. 'Je hoeft niet bang te zijn. Het is veilig. Ik wil je alleen maar helpen.'

Tom loopt weer om de auto heen, grijpt naar een been, maar het kind begint te schoppen.

'Hé, hé, rustig aan. Ik doe je niks, echt niet.'

Het schoppen houdt niet op. Hij krijgt een enkel te pakken en trekt eraan. Uit de smalle kier tussen het chassis en het asfalt klinkt een heldere kreet, bijna als van een dier. Tom krijgt ook de tweede enkel te pakken en probeert het kind onder de auto vandaan te trekken, maar ze blijft trappelen. Ondanks zijn lengte en zijn kracht wordt Tom door elkaar geschud. Hij stoot met zijn hoofd tegen de auto.

'Verdomme, kom eens tevoorschijn en laten we praten,' hijgt hij. 'Ik wil je alleen maar helpen, echt!'

Een woedend 'Grrr!' is het enige antwoord.

'Oké, luister. Ik laat je benen los, en dan kom jij tevoorschijn, goed? Ik raak je verder niet aan.'

Hij laat de enkels los, het trappen houdt op.

Plotseling is het doodstil. Alleen het stationair draaien van zijn Mercedes is nog te horen.

‘Kom er nou onder vandaan. Je kunt daar toch niet blijven liggen?’

Niets. Geen reactie.

‘Je moet totaal verkleumd zijn.’

Stilte.

‘Als ik jou was, zou ik zin hebben in warme chocola.’

Weer niets dan stilte.

‘Wat zeg je ervan? Warme chocola? Verderop op de Potsdamer Platz zit een Starbucks. Ze zijn open en ik durf te wedden dat de warme choco daar heerlijk is.’

Onder de auto duikt een wantrouwig gezicht op, vies, met wilde blonde krullen. Tom kijkt in haar blauwe ogen en valt twintig jaar terug in de tijd.

De eerste schok is zo groot dat zijn adem stokt.

Viola’s ogen, haar haren. Haar neus. Haar hele gezicht...

Onmogelijk.

Hij slikt, schraapt zijn keel.

In haar ogen strijden wantrouwen en angst om voorrang.

‘Hoi,’ zegt Tom hees. Hij doet een stap terug en steekt zijn handen in de lucht om haar te laten zien dat ze zich geen zorgen hoeft te maken.

Langzaam krabbelt ze onder de auto vandaan en komt ze op bibberende benen overeind. Ze draagt een leren jack van de Berlijnse politie dat veel te groot voor haar is en slaat haar armen om haar trillende lichaam.

Geen twijfel mogelijk. Het is hetzelfde meisje dat hij op de bewakingsvideo heeft gezien. Ze staat daar alsof ze door een scheur in de tijd is gesprongen. Sprekend Viola. Of ziet hij alleen maar wat hij wil zien?

‘Warme chocola?’ vraagt hij.

Ze knikt met grote, waakzame ogen.

‘Mijn auto staat daar.’ Hij wijst naar de Mercedes, die met het portier open en flikkerend parkeerlicht midden op straat staat. ‘Die moet ik even wegzetten. Dan gaan we iets warms drinken. Kom je mee?' Hij glimlacht. Verkrampt, maar het is beter dan niets.

Ze aarzelt.

'Hoe heet je?'

Ze kijkt hem aan.

'Ik ben Tom,' zegt hij. Wacht af of de naam haar iets zegt, of ze erop reageert. Maar er gebeurt niets. Hoe zou het ook kunnen? Tussen dit meisje en Viola zit twintig jaar.

'Je hoeft niet bang voor me te zijn,' zegt hij met een glimlach. 'Ik ben van de politie.'

Haar ogen worden groot. Op hetzelfde moment draait ze zich om, ze wil wegrennen. Tom krijgt haar arm te pakken en trekt haar terug. 'Hé, hé, rustig. Waar wil je heen?'

Het meisje probeert hem af te schudden, maar Tom heeft haar stevig vast. Na een paar pogingen geeft ze haar verzet op. Maar haar adem gaat schoksgewijs, tranen springen in haar ogen.

'Tsjonge,' zegt Tom zachtjes. 'Wat is er met jou? Ben je bang voor de politie? Heeft iemand je iets aangedaan?'

Ze slikt en knikt dan bijna onmerkbaar.

'Oké,' zegt Tom voorzichtig. 'Wie je ook iets heeft aangedaan, ik ben anders, hoor je? Ik doe je niks. Begrijp je dat?'

Weer een knikje.

'Vertel je me hoe je heet?'

Ze perst haar lippen op elkaar. Of je hebt een shock, denkt Tom, of er is iets anders aan de hand. 'Wil je niet met me praten of kun je het niet?'

Het duurt even, dan schudt ze haar hoofd.

'Ben je stom?'

Haar gezicht klaart iets op, alsof een grauwe sluier wegtrekt voor een donkere hemel. Ze knikt driftig.

'Ik snap het,' zegt Tom. 'Kom, we gaan eerst iets warms drinken, goed?'

In plaats van blijdschap te tonen, laat ze haar hoofd zakken alsof ze zich moet overgeven aan een noodlot dat ze altijd heeft gevreesd. Gelaten laat ze zich meetronen naar de auto. Het politiejack fladdert om haar heupen, de afhangende epauletten op de schouders maken haar nog smaller en brozer dan ze al is. Tom laat haar op de bijrijdersstoel plaatsnemen en doet haar de gordel om. 'Blijven zitten, hè? Niet weer weglopen.'

Hij rijdt weg richting Potsdamer Platz. Eigenlijk had hij allang op weg naar de woonboot van Sinje Keller moeten zijn. 'We zijn er zo,' zegt hij. 'Ik moet alleen even iemand bellen dat ik wat later kom.'

Het meisje op de bijrijdersstoel reageert niet. Terwijl Tom Sita's nummer kiest, denkt hij eraan terug hoe vaak Viola op die stoel naast hem heeft gezeten, hoe vaak hij met haar heeft gepraat, zonder dat ze er was. En nu zit dat meisje van vlees en bloed daar en lijkt ze nog onwezenlijker dan zijn jarenlange vertrouwde metgezellin.

13

Berlijn-Tiergarten
Woensdag 13 februari 2019
23.32 uur

Sita rijdt om de Siegessäule en slaat links af de Straße des 17. Juni in. Het gouden beeld op de vierenvijftig meter hoge zuil verdwijnt achter haar in de mist.

Ze krijgt die negentien naast de liftdeur maar niet uit haar hoofd, al is het getal nu, met iets meer afstand, niet meer zo angstaanjagend. Het lijkt alsof Sita erbij was gaan zitten en plotseling was overgesprongen in de Sita 2-stand. Vroeger had ze daar nog een pruik bij nodig gehad, was daar een ritueel voor nodig, inmiddels lukt het ook zonder de beschutting van haar pruik.

Vlak voor de brug over het Landwehrkanaal maakt Sita een U-bocht en neemt ze de afslag rechts naar Tiergartenufer. Het smalle weggetje langs het Flutgrabenkanaal bij de Unterschleuse is verboden voor auto's, maar zij omzeilt de pollers. In de duisternis achter de bomen ligt een verzameling oude woonboten langs de kade.

De koplampen van Sita's bejaarde Saab 900 boren zich moeizaam in de mistflarden boven het kanaal. Het weggetje is smal, ze rijdt met een slakkengangetje. Als de zon schijnt is het uitzicht op de woonboten een ansichtkaart waardig, nu liggen de schuiten er levenloos bij, als wrakken op een scheepskerkhof. Er branden maar een paar lichtjes. Sita kijkt om zich heen of ze ergens een auto van Opsporing ziet, of andere surveillancewagens, maar het lijkt erop of er nog niemand is.

Dat ze niet op Tom hoeft te rekenen, weet ze sinds zijn belletje een paar minuten geleden. Hij komt iets later, en ze voelde dat ze beter niet naar de reden kon vragen. Hij klonk opgewonden, gejaagd.

Ze stopt en stapt uit. De mist omhult haar als een vochtige sluier. Ze trekt de rits van haar leren jack op tot haar hals, pakt haar telefoon en belt Frohloff.

'Lutz? In welke boot woont Sinje Keller eigenlijk?'

'Ach, kijk eens aan. Ze hebben jou gestuurd,' zegt Frohloff als begroeting. Sita ziet voor zich hoe hij erbij grijnst en zijn wangen de donkere Ray-Ban op het puntje van zijn neus doen opwippen. Een onverzettelijk plukje haar op zijn voorhoofd en het kransje om zijn schedel maken het geheel onbedoeld komisch. Zijn onophoudelijke gegrijns komt voort uit een diepliggend cynisme dat hij, zo vermoedt Sita, zich al vóór zijn werk als researcher heeft aangemeten.

'De laatste boot, tegen de brug aan,' zegt Frohloff, 'dat had ik toch al gezegd?'

'Dat is niet aan me doorgegeven.'

'Typisch Morten,' verzucht Frohloff. 'Ik vraag me soms af waarom hij de leiding heeft. En Opsporing? Wisten die het ook niet?'

'Die zijn er nog niet,' zegt Sita.

'Hm. Topdrukte, dat zal het zijn.' Frohloff schraapt zijn keel. 'Maar goed. Het laatste woonschip voor de spoorbrug.'

'Dat weet je zeker?'

'Wil je weten hoe ik erachter ben gekomen?'

Sita kreunt onhoorbaar. Dat had ze beter niet kunnen vragen. 'Een simpel ja is voor mij genoeg.'

'Sinje Keller,' vervolgt Frohloff onverstoorbaar, 'stond tot 2018 geregistreerd op een adres in Charlottenburg, een woning die door haar vader was betaald. Ik heb een buurman achterhaald die zich een jongeman herinnerde die daar ook een tijdje gewoond heeft. Johannes, een acteur. Niet bepaald een ster, hij speelde één keer in een wasmiddelenreclame, wist die buurman nog. Zo heb ik hem gevonden. Johannes Beier, nogal een wijsneus. Deed eerst moeilijk, tot ik hem uitlegde dat wij de pers niet onder controle hebben en dat soms alleen het noemen van een naam in verband met een moordzaak voor heel slechte publiciteit kan zorgen, als hij nog meer wasmiddelenreclames wilde doen. Wasmiddelenfabrikanten zijn nogal gevoelig, die willen alles zo schoon mogelijk hebben,' zegt Frohloff grinnikend.

'En wat zei hij toen?' probeert Sita het gesprek in te korten.

'Hij beklaagde zich over zijn ex-vriendin. Hij was bij Sinje weggegaan. Het ging niet meer.'

'Heeft hij nog gezegd waarom?'

'Nee. Daar zweeg hij over.'

'En had hij de video op internet gezien?'

'Dat wilde ik hem niet vragen. Maar als hij die had gezien, had hij anders gereageerd, tenminste, als hij haar herkend had.'

'Oké,' zegt Sita. 'En hij wist waar Sinje nu woont?'

'Yep,' zegt Frohloff. 'Ondergedoken in een boot bij de sluis in Tiergarten. Zoals ik al zei, de laatste voor de brug.'

'Voor iemand die niets meer met haar te maken wil hebben, weet hij wel erg precies waar zijn ex-vriendin uithangt.'

'Ja, vind ik ook,' zegt Frohloff. 'Daar moet morgen maar even iemand langs.'

'Duidelijk. Dank je, Lutz.'

'Ik neem aan dat je daar nog wel even bezig bent?' vraagt Frohloff.

'Hm,' bromt Sita.

'Daarna nog zin in een afzakkertje in Lazy's?'

'Weet je hoe laat het is?'

‘Slaap wordt overschat,’ zegt Frohloff.

‘Echt?’ zegt Sita lachend.

‘Moet je ook eens proberen. Less is more.’

‘Heb je die slaapbank nog op kantoor?’

‘Ik wel!’ Frohloff klinkt als een kind dat hoopt op het geschenk van zijn leven. ‘Kom je hier even langs?’

‘Mag ik je een raad geven?’

Frohloff zucht. ‘Raad krijg ik thuis genoeg.’

‘Eén, Lutz: kom nooit bij een vrouw met wie je wilt neuken aanzetten met een slaapbank. Dat is niet erg sexy. Twee: ga slapen. In je eentje. Dan kun je je vrouw morgen gewoon onder ogen komen.’

‘Ik weet niet of dat zo’n goed idee is,’ mompelt Frohloff. Zijn vrouw is gedragstherapeute en, beweren collega’s, nogal resoluut. De slaapbank in zijn kantoor staat er noodgedwongen, al twee jaar. Toen kreeg zijn vrouw er genoeg van dat hij voortdurend midden in de nacht nog helemaal opgefokt thuiskwam en iedereen op de zenuwen werkte. Dan kon hij maar beter op kantoor blijven slapen.

‘Echt, Lutz, ik weet niet waar je affiniteit met vrouwelijke psychologen vandaan komt, maar erg veel goed lijkt het je niet te doen. Dan heeft het ook weinig zin de ene voor de andere in te ruilen.’

‘Bedoel je dat ik eens wat anders moet proberen?’

‘Ik bedoel dat je moet proberen er met je vrouw uit te komen, of anders een beslissing moet nemen.’

‘We zien elkaar morgen op de vergadering,’ zegt Frohloff teleurgesteld. ‘Pas goed op jezelf.’

Sita hangt op. Langzaam loopt ze in de richting van de spoorbrug. Ze blijft maar omkijken, maar de technische recherche en Tom zijn in geen velden of wegen te bekennen.

De boot waarop Sinje Keller zou wonen, is een oud vrachtschip zoals ze in de jaren dertig van de vorige eeuw nog werden gebouwd. Ze kent ze nog uit het studiejaar dat ze in Amsterdam doorbracht. Langs de kade staat een majestueuze treurwilg. In het licht van de straatlantaarn lijkt het alsof hij zich over de boeg van het schip buigt. Een trein dendert over de spoorbrug. Vijf verschillende lijnen rijden hierlangs. Rustig is anders.

De kleuren van het vrachtschip doemen vaag op in de mist. De scheepsromp is grijs, de reling in smoezelig turquoise geschilderd. De opbouw moet ooit wit zijn geweest. Achter de raampjes en patrijspoorten hangen gordijntje, nergens brandt licht.

Als Sinje Keller op de boot aanwezig is, dan slaapt ze.

De loopplank knarst en buigt een beetje door als Sita erop stapt. Aan de reling hangt een gebutste brievenbus. FLEISCHAUER staat er op een strookje tape. Het dek van het schip is van geribbeld metaal – net als de vloer van de lift, schiet het door haar hoofd. Haar stappen weergalmen dof. Voor de deur blijft ze staan.

De deur rond het slot is verbogen, de lak afgebladderd, alsof iemand hem met een koevoet heeft geforceerd om in te breken.

Sita aarzelt. Wat nu?

Verdomme, Tom, waar blijf je?

Ze klopt op de metalen wand van de scheepsopbouw. Het geluid sterft langs de cabine weg.

'Hallo? Is daar iemand?'

Geen antwoord.

Ze klopt weer. 'Hallo? Johanns, recherche Berlijn. Is er iemand thuis?'

Niets.

Ze duwt de deurklink omlaag. De deur opent tot op een kier. Sita pakt haar telefoon en schijnt met de zaklamp naar binnen. Aan de muur hangen een paar jassen, eronder staan schoenen.

'Hallo?' roept ze weer. 'Politie. Is er iemand thuis?'

Het blijft doodstil in het schip. Er rijdt weer een trein over de brug.

Sita probeert Tom te bereiken, maar die neemt niet op. Met tegenzin belt ze Morten.

'Ja?' snauwt de stem van de teamleider. Op de achtergrond hoort ze kinderstemmen.

'Is er eigenlijk een huiszoekingsbevel voor de woonboot?' vraagt Sita.

'Papa?' zingt een meisjesstem. 'Wie is dat?'

'Maja, lieverd, papa moet even werken. Ik kom er zo aan, goed?' Verlegen schraapt hij zijn keel.

'Stoor ik je thuis?' vraagt Sita.

'Verjaardag van de tweeling,' bromt Morten met gedempte stem. 'Als je even niet oplet, mis je meteen twee verjaardagen.'

'Ik belde alleen even om naar het huiszoekingsbevel te vragen.'

'Geef me Tom even,' zegt Morten.

'Tom is er niet.'

'Wat zeg je?' Maja en haar zusje staan te giechelen. Morten moet zijn stem verheffen om hen te overstemmen. 'Ik had toch gezegd dat jullie samen naar Sinje Keller moesten. En niet voor niets. Dus waarom is hij verdomme niet daar?'

'Hij werd opgehouden,' zegt Sita sussend. 'Hij komt er vast zo aan.'

'Hm,' knort Morten.

Sita rolt met haar ogen.

'Is er iemand op de boot?' vraagt Morten.

'Nee, niemand. Maar de deur is opengebroken. Daar lijkt het althans op.'

'En je weet zeker dat er niemand is?'

'Ik heb een paar keer geroepen en gemeld dat ik van de politie ben.'

'Jo, de meisjes moeten naar bed,' onderbreekt een vrouwenstem hun gesprek.

'Sita? Blijf even hangen.' Morten legt de telefoon weg. 'Zo prinsessen van me, meekomen!' Er klinkt een kort geroezemoes, Maja en haar zusje giechelen weer, moe en verveeld, er worden kussen uitgewisseld, het kost Sita moeite de Morten die zij kent in overeenstemming te brengen met Morten die zijn dochters omhelst.

'Zo, daar ben ik weer,' verzucht Morten. 'Als Sinje Keller iets is overkomen, moet dat al een tijdje geleden zijn gebeurd. Degene die de deur heeft opengebroken, is waarschijnlijk al spoorloos verdwenen. Als je je maar kenbaar maakt als agent. Die kwestie met het huiszoekingsbevel regel ik morgen wel met de officier van justitie, dat is geen probleem. We moeten weten wat er in godsnaam aan de hand is, dus wat mij betreft: ga daar naar binnen.'

'Kun je misschien nog even bij Forensische Opsporing informeren wanneer die denken hier te zijn?'

'Iedereen is bij het theater bezig. Het kan nog wel even duren.'

'Of stuur je nog een surveillancewagen?'

'Als je versterking nodig hebt, moet Babylon me bellen. Wacht anders op hem. Dan gaan jullie samen naar binnen en meld je je weer.'

Sita doet haar mond open, maar vindt geen woorden.

'Verder nog iets?' vraagt Morten. 'Ik moet ook nog op en neer naar kantoor.'

'Nee, al goed,' reageert Sita. Ze hangt op, kijkt naar de deur en baalt dat ze Morten heeft gebeld. Zijn verontwaardiging over Toms afwezigheid spreekt boekdelen. Tom zal met een goede verklaring moeten komen, anders zal Morten meteen proberen om hem op te knopen. Tom is hem altijd al een doorn in het oog geweest. Als die niet tegen een paar berispingen was opgelopen, was hij nu waarschijnlijk teamleider geweest in plaats van Morten.

Ze probeert Tom nog een keer te bereiken. Als ze de voicemail krijgt, hangt ze weer op.

Ze kijkt naar de deur.

Morten heeft gelijk. Ze heeft zich kenbaar gemaakt, niemand heeft gereageerd. Alles wat Sinje Keller kon zijn overkomen, moet al een tijdje geleden zijn gebeurd. Waarom getreuzeld?

Omdat ik bang ben in het donker!

Bang zijn en er niets tegen doen – erger bestaat niet voor een psycholoog.

Ze bijt op haar lippen, haalt diep adem en duwt de deur voorzichtig open.

Zou toch belachelijk zijn als me dit niet lukt.

De scharnieren draaien zwaar, maar maken geen geluid. Uit de romp van het schip slaat een bedompte geur haar tegemoet. De duisternis in het binnenste staart haar aan als een oude, vertrouwde vijand. Buiten kan ze duisternis aan, in afgesloten ruimten kruipen haar demonen rond. Met de zaklamp van haar telefoon tast ze de wanden van het gangetje af, maar dan bedenkt ze dat ze beter overal af kan blijven tot Grauweins mannen alles hebben onderzocht.

Dus tanden op elkaar en het met het licht van haar telefoon zien te stellen.

Rechts van haar is een smalle trap, Sita daalt af in het schip. Het kille licht valt op eiken planken, een geïmproviseerd keukentje naast de trap, blauwe gordijnen en een krappe zithoek met een bank waar een kleed overheen ligt. Het ruikt er vaag naar bier. Daarachter planken vol boeken, een klein schrijftafeltje met een stoel, een goedkope staande lamp, een oude bar met krukken. Achter in de kamer ziet ze een deuropening met een gordijn ervoor, met daarachter een gang die verder het schip in loopt, naar een slaapkamer misschien. Het lijkt allemaal niet erg op het huis van een jonge vrouw, maar naast de trap liggen elegante sneakers, een paar schoenen met lage hakken. Op de bar staan een paar flessen en een vaas met een boeket bloemen.

Sita sluipt door de kamer en schuift met haar hand het gordijn achterin opzij. De bierlucht wordt sterker.

Het licht van haar zaklantaarn beschijnt een smalle gang, met links drie deuren. Slaapkooien, waarschijnlijk. De eerste deur staat op een kier. Sita duwt hem met haar voet verder open en schijnt naar binnen. Paarse en oudroze kussens, een omgewoeld wit dekbed, daarboven een patrijspoort. Ze loopt door naar de volgende deur, die ook op een kier staat en duwt hem voorzichtig verder open. Op hetzelfde moment vliegt haar iets tegemoet, zacht en groot als een dekbed, het ontneemt haar het zicht. In haar eerste schrik zwaait ze wild met haar armen, de telefoon valt uit haar handen. Een harde klap treft haar ruw in haar maagstreek. Ze struikelt en valt met haar slaap tegen de scheepswand.

In de duisternis lichten kleine, fonkelende sterretjes op. Haar bewustzijn flakkert nog even op, en dooft dan.

14

Berlijn, Potsdamer Platz
Woensdag 13 februari 2019
23.49 uur

Tom bestelt een warme chocola en een dubbele espresso. De bekers zijn wit en zwaar. Het café zit op een hoek van de Potsdamer Platz, in een gebouw met een lichtgrijze stenen gevel, van die typisch Berlijnse blokkendozennieuwbouw. Er is bijna niemand.

Tom heeft het meisje gevraagd of ze slagroom op haar chocola wil. Ze knikte. Nu staat de kop dampend voor haar neus, ze omklemt hem met twee handen. Langzaam krijgen haar witte vingers weer wat kleur. De mouwen, die net als de rest van het politiejack veel te groot en te lang zijn, heeft ze opgetrokken tot dikke rollen leer in haar elleboogholten, om haar handen vrij te hebben. Een zwart michelinmannetje met blonde, wilde krullen en Viola's ogen.

Tom denkt aan de videobeelden en vraagt zich af wie de man is met wie ze in het Berlinale Palast was. Tot nu toe heeft hij alleen gekeken naar de overeenkomsten van het meisje met Viola, maar ook haar begeleider was vreemd: vooral de manier waarop hij zijn hoofd hield, hoe hij de camera's meed en zijn gezicht verborg achter de klep van zijn pet. Ze zijn samen met de anderen de zaal uit gelopen en hebben dus zo goed als zeker ook de film gezien. Zo bezien is het kind een getuige, maar hoe vraag je een tien- of elfjarige naar een snuffmovie?

Hij slaat zijn dubbele espresso in één teug achterover. 'Zeg,' begint hij voorzichtig, 'hoe zal ik je noemen? Je hebt toch een naam?' Hij steekt zijn hand in zijn jack en pakt het geel-zwarte potlood waar hij altijd aantekeningen mee maakt en schuift het met een servetje in haar richting. 'Wil je hem voor me opschrijven?'

Haar ogen dwalen langs het potlood en het servet, maar haar handen laten de kop niet los.

Het liefst zou hij haar vragen of ze Viola heet, maar hij weet dat hij daarmee een grens zou overschrijden.

'Wie was de man met wie je in de bioscoop was, die man met die pet? Je vader?'

Ze schudt haar hoofd.

'Vertel me hoe je heet. Dan kan ik hem bellen.'

Ze aarzelt even. Dan pakt ze het potlood en schrijft ze een paar letters op het servet.

Krüger

'Krüger. Hoe nog meer? Waar wonen jullie?'

Ze kijkt opzij en naar rechtsboven. Precies de kant op, denkt Tom, waarheen iemand kijkt die een uitweg zoekt. Je creativiteit aanspreken, noemden ze dat bij de psychologische training, of gewoon: liegen.

Als ze hem weer aankijkt, bewegen haar handen niet.

'Hoe noemt hij je dan?'

Ze legt het potlood neer, haar handen vouwen zich weer om haar kop chocola.

'Hm,' bromt Tom. 'Je hebt een hoop geheimen.'

Haar blik verraadt niets.

'En je bewaart ze goed, hè?'

Ze knikt, kijkt afwerend, maar ook een beetje trots naar Tom.

'Weet je, ik heb ooit een meisje gekend dat heel erg veel op je leek. Die was gek op geheimen.'

In haar ogen valt voor het eerst iets van belangstelling te bespeuren.

'Altijd als ik er met mijn vrienden op uit trok, wilde ze mee. Hoewel ze er eigenlijk...' hij kijkt haar aan en buigt zich iets voorover, '... iets te jong voor was.'

Haar ogen vernauwen zich. Er zit daar iets, wat het ook is, of vergist hij zich nu? Ze ontwijkt zijn blik en kijkt in haar kop warme chocola.

Te klein voor iets zijn bevalt haar niet. Weer een overeenkomst met Viola. Maar goed, wie bevalt dat wel?

Hij wil nog een slok koffie nemen, maar zijn kop is leeg.

Het meisje pakt het potlood op, schrijft iets op het servet en schuift het naar hem toe.

Had zij ook een geheim?

Tom kijkt naar haar en knikt. 'Een veer bijvoorbeeld, wit, zo lang ongeveer,' geeft hij met zijn handen aan. 'Iemand had hem aan haar gegeven, maar ze weigerde mij te vertellen wie. En haar grootste geheim was een sleutel.'

Het meisje kijkt hem gebiologeerd aan. Ze neemt een slok van haar chocola, een toef slagroom blijft op haar bovenlip zitten.

Tom weet dat hij haar niets mag vertellen over het lijk in het Teltowkanaal, dat ze in een met stenen verzwaard net van gaas hadden gevonden, precies daar waar ook die sleutel lag.

'Ik heb die sleutel gevonden in een rivier. Hij zag er ongeveer zo uit.' Tom laat haar zijn eigen voordeursleutel zien en tikt op de greep. 'En hier was een getal in gekerfd, een zeventien. Ze was vreselijk nieuwsgierig en wilde alles over die sleutel weten. Ik denk dat ze zo'n sleutel al eens eerder had gezien.'

Het meisje grijpt opnieuw naar het potlood.

Waar dan?

'Oké, let op.' Tom laat zijn stem dalen. 'Ik vertel iets over het geheim van die sleutel en jij vertelt me iets over jouw geheim.'

Haar mond zakt open, maar ze sluit hem weer en ze bekijkt hem nogmaals onderzoekend, alsof ze opnieuw moet bedenken of ze hem kan vertrouwen. Tom weet dat ze niet uit zichzelf met hem zal instemmen. Hij moet haar iets geven, en hopen dat ze hem vertrouwt.

'Ik heb haar de sleutel gegeven,' zegt hij zachtjes. 'Zij moest hem verstoppen. Op een speciale plek, zodat alleen wij tweeën zouden weten waar hij lag.' Hij zwijgt even. Kijkt langs haar heen naar het raam. Het meisje en hij worden weerspiegeld in het venster. Achter het glas branden de lichtjes op de Potsdamer Platz als felgekleurde eilandjes in de mist. Schreeuwerige lichtreclames, witte lantaarnpalen, felle achterlichten, een wazige caleidoscoop.

Het leren jack kraakt als ze weer iets opschrijft.

En waar is die sleutel nu?

'De volgende dag,' zegt hij, 'was ze weg. En de sleutel ook. Ik heb haar nooit meer teruggezien.'

Ze kijken elkaar diep in de ogen. Ze schrijft weer iets op het servet.

Is ze dood?

'Nee,' zegt Tom. Hij wil haar niet vertellen van het graf met Viola's naam op het Waldfriedhof in Stahnsdorf, en dat hij zeker weet dat daar het verkeerde meisje in ligt.

Ze kijkt hem lang aan. Als Tom niet beter wist, zou hij denken dat ze wist hoe het met hem gesteld was. Ze pakt het servet en schrijft er drie woorden op. Tom trekt het servet naar zich toe, en op hetzelfde moment gaat zijn telefoon over. Hij kijkt en ziet Sita's nummer, voor de tweede keer al.

'Ik moet even opnemen,' zegt hij. Het meisje wendt haar ogen af.

'Sita,' zegt Tom, 'sorry, ik ben...'

'Wie is Sita?'

Toms adem stokt. Hij heeft een man aan de telefoon, zijn stem is grof en ruw. 'Sita Johanns, mijn collega,' zegt Tom. 'Wat doet u met haar telefoon?'

'Uitvinden wie mij in mijn schip heeft overvallen.'

'Rustig aan,' zegt Tom. 'U bent overvallen?'

'Door een vrouw met een geschoren kop.'

'Luister eens, dat moet een misverstand zijn,' zegt Tom. 'Dat is Sita Johanns, mijn collega van Moordzaken Berlijn...'

'Moordzaken? Van de politie?'

'Vraag het de andere collega's als u mij niet gelooft.'

'Welke andere collega's? Er is hier verder niemand.'

'Niemand?' vraagt Tom. De collega's van Forensische Opsporing hadden er allang moeten zijn. 'Als u op uw boot bent, kijkt u dan alstublieft even uit het raam.'

Tom hoort de man lopen. Op een trap, lijkt het.

'Niemand te bekennen hier, voor zover ik het kan zien met die mist.'

'Dat begrijp ik niet. Geeft u mijn collega even, alstublieft.'

De man aan de telefoon aarzelt. 'Ik heb geen ID bij haar gevonden. Als ze agente is, moet ze toch een penning bij zich hebben, toch?'

'Wat bedoelt u met gevonden?' vraagt Tom ongerust.

'Jezus man, ik heb haar gefouilleerd. Dat is toch wel duidelijk?'

'Ik wil nu met mijn collega spreken,' dringt Tom aan.

'Bent u ook van de politie?'

'Ja, verdomme. Dat zei ik toch. En ik verzeker u dat als mijn collega iets is overkomen, u een groot probleem hebt.'

Stilte.

'Als u van de politie bent, hebt u wel een ID, toch?' zegt de man aarzelend.

'Uiteraard. Luistert u...'

'Ik zie het zo,' zegt de man. 'Als u uw kennelijke collega wilt zien, komt u hierheen en laat u mij uw klote-ID zien, duidelijk?'

'Goed, komt in orde,' zegt Tom, 'maar geeft u me nu even mijn collega, zodat ik weet dat ze in orde is.'

'Hoe moet ik weten of ze in orde is!' De stem van de man slaat plotseling over. 'Ze zegt niks.'

'Wat zegt u? Wat is er aan de hand?'

'Wat had ik dan moeten doen? Ze stond ineens voor me.'

Al Toms alarmbellen gaan af. 'Oké, oké. Rustig! Doe niets waar u later spijt van zult krijgen. Waar vind ik u?'

'De laatste woonboot voor de brug bij de Unterschleuse. Fleischauer. Maar ik waarschuw u. Als u niet van de politie bent of die hufter van een Keller stuurt u... ik heb een geweer. En ik raak een duif op dertig meter.'

De lijn kraakt, dan wordt de verbinding verbroken.

Tom kijkt naar zijn scherm. Het meisje kijkt hem met grote ogen aan. De zomersproeten op haar gezicht lijken wel karamelspikkeltjes. Het voelt alsof hij ze allemaal kent. Maar dat telt even niet. Zijn slechte geweten overvalt hem. Hij had met Sita mee moeten gaan! Wat Sita ook is overkomen, het zou niet zijn gebeurd als hij erbij was geweest. Hij pakt het servet en het potlood van tafel en stopt ze in de binnenzak van zijn jack.

'We moeten gaan,' zegt hij, 'snel.'

Het meisje knikt. Ze heeft er al rekening mee gehouden na Toms telefoongesprek.

Op straat pakt hij haar hand en holt met haar naar zijn auto. Hij heeft hem bij het Sony Center op Henriette-Herz-Park neergezet. Onderweg belt hij Grauwein. 'Hé, wat is daar gaande bij Unterschleuse? Waar zijn je mannen?'

'O, geen idee.' Grauwein klinkt overrompeld. 'Misschien was er niemand meer beschikbaar. Het is niet midden op de dag, weet je. Wat is er dan?'

'Sita is er alleen, dat is er, verdomme.'

'Ik dacht dat jij met haar mee was.'

'Nog niet, dat is juist het probleem.' In korte bewoordingen licht hij Sita's situatie toe.

'Verdomme,' zegt Grauwein geschrokken.

'Ik ben nu naar haar onderweg,' zegt Tom gejaagd. 'Het is maar een paar minuten, maar stuur vast een surveillancewagen en een ambulance die kant op, oké? Hij klinkt nogal onberekenbaar.'

'Tuurlijk. Meld je als je er bent.'

Tom hangt op, rent verder. De blonde haren van het meisje dansen om haar gezicht.

'Zeg, heb je een plek waar je heen kunt? Iemand bij wie je hoort?'

Niets, geen reactie. Ze ziet er bezorgd uit. Het dunne draadje dat hij tussen haar en hem had gespannen, is geknapt.

'Heb je een telefoon, een mobieltje?'

Ze schudt haar hoofd.

'Oké, luister. Ik neem je mee, ik moet mijn collega helpen. In de tussentijd past iemand anders op je. Wees niet ongerust, het zijn echt toffe collega's. Allemaal agenten. Die regelen een bed voor je en morgen kijken we verder, goed?'

Ze blijft stokstijf staan en trekt haar hand los.

'Kom nou mee. Hier kun je niet blijven.' Hij wil haar hand pakken, maar ze deinst terug. 'Waar wil je anders heen? Onder een auto slapen lijkt me geen fijn plan.'

Ze staat daar maar en kijkt hem wrokkig aan.

Heel even overweegt hij om haar gewoon bij haar arm te grijpen, of haar als een onhandelbaar kind over zijn schouder te gooien en mee te nemen, maar hij wil haar niet nog banger maken dan ze al is. 'Kom nou mee, ik heb echt haast.'

Ze staart hem aan. Dan knikt ze en loopt met tegenzin met hem mee; alleen zijn hand wil ze niet meer.

Henriette-Herz-Park is een smalle, spitse driehoek, omzoomd door jonge bomen en nieuwe gebouwen. Boven het grasveld zweven mistflarden als een grauwe zee. Toms auto staat aan de andere kant.

Ze lopen dwars over het grasveld. Vochtig gras onder hun voeten. Hoewel ze midden in de stad zijn, dempt de mist de geluiden, het is onwerkelijk stil. Tom voelt dat hij nog iets moet zeggen om opnieuw haar vertrouwen te wekken – al is het maar om haar af te leiden en een beetje op te monteren.

'Dat meisje,' zegt Tom, 'over wie ik je vertelde, heet trouwens Viola...'

Ze zwijgt – natuurlijk.

Tom kijkt voor zich uit naar het Sony Center, hij zoekt het vertrouwde silhouet van zijn Mercedes.

'Ze is mijn jonge zusje,' zegt hij nog steeds zoekend. Hij kan op zijn oriëntatievermogen vertrouwen, maar om de een of andere reden voelt het alsof zijn auto niet meer staat waar hij hem heeft achtergelaten. 'Je lijkt zoveel op haar, dat ik heel even dacht dat jij haar was.'

Dacht je dat? hoort hij Viola's stem naast zich.

Mijn god, denkt hij, nu geef ik haar ook nog Viola's stem. Stop daarmee!

Op hetzelfde moment ziet hij zijn Mercedes. Veel verder naar links dan hij dacht. 'We moeten daarheen,' zegt hij. Hij wijst naar zijn auto, kijkt naar het meisje en blijft als aan de grond genageld staan. Voor hem staat Viola, blootsvoets, in haar herenpyjama. Om haar nek bungelt de sleutel aan een koord.

Het meisje met het politiejack is verdwenen. Verbijsterd kijkt hij om zich heen. 'Hé! Hallo?' roept hij naar alle kanten, 'waar ben je?'

Geen antwoord. Hoe kan dat ook. Ze kan niet praten.

'Hé! Kom terug!'

Tom speurt de mistflarden af, maar ziet niets, alleen de omtrek van bomen, gebouwen, auto's. Zijn hart gaat als een razende tekeer. De espresso en de adrenaline laten zijn hart bonken in zijn ineens veel te krappe borstkas.

'Vi!' roept Tom.

De stilte is spookachtig.

Heeft hij het zich maar verbeeld? Zoals hij zich zo vaak inbeeldde dat hij met Vi praatte? Het servet uit het café schiet hem te binnen. Hij graait in zijn binnenzak en haalt opgelucht adem. Hij heeft het nog. Een goedkoop, half verfrommeld papieren servetje.

Tom vouwt het open, strijkt het glad en kijkt naar de laatste drie woorden die het meisje heeft opgeschreven, in haar slordige, maar krampachtig duidelijke handschrift:

Ik heet Finja.

15

Berlijn-Tiergarten
Woensdag 13 februari 2019
23.51 uur

Sita doet haar ogen open. In haar hoofd gaat alles traag, haar gedachten zijn onscherp. Een dof gebonk in haar achterhoofd herinnert haar eraan dat ze gevallen is. Ze zit op een stoel en is vastgebonden met dun ijzerdraad, omwikkeld met groen plastic, draad dat je gebruikt om planten mee op te binden. Het is duidelijk in haast om haar heen geslingerd en aan de uiteinden om elkaar heen gedraaid. Voor haar staat een man met een geweer.

De loop is vreemd dun, het wapen ziet er ouderwets uit. De man is eind twintig, slungelig, hij draagt een pyjamabroek en een zwart T-shirt met daarop in gifgroen het hoofd van Frankenstein. Zijn donkerblonde haar is warrig, zijn ogen worden beschaduwd door een Ray-Ban met dikke randen, net zo een als Frohloff altijd opheeft.

'Wat doet u hier in godsnaam?' mompelt Sita.

'De vraag is wat u hier doet,' blaft de man. Zijn adem ruikt naar drank: Sita herinnert zich vaag de geur van bier, maar hij klinkt niet aangeschoten, eerder bang en van slag. De loop van zijn geweer trilt.

'Luister eens, ik doe u niets. Ik werk voor de politie. Mijn naam is Sita Johanns...'

'Dat zal best,' briest de man. 'Alleen komt de politie niet zomaar 's nachts bij je binnenvallen; die komen met een keurig huiszoekingsbevel en laten bij de deur hun politiepenning zien.'

'Het spijt me. Het was niet mijn bedoeling u te laten schrikken. Integendeel. Ik heb een paar keer hard geroepen, maar kreeg geen antwoord. Toen dacht ik...'

'Dan nog is dat geen reden om hier zomaar in te breken. Dit is mijn boot, begrijpt u. Míjn boot.'

Sita knikt. Ze herinnert zich de naam op de brievenbus. 'Dus u bent Fleischauer?'

'Wat dacht u dan?'

'Maar als u hier al die tijd al was, waarom gaf u dan geen antwoord toen ik riep?'

'Omdat ik oordopjes draag, vanwege de treinen.' Fleischauer wijst met zijn linkerduim naar achteren in de richting van de brug. Hij houdt het geweer in zijn rechterhand, de kolf klemt hij tussen zijn linkerheup en -elleboog. 'Het is hier net een landingsbaan van een of ander kutvliegveld.'

Als besteld rijdt er precies op dat moment een trein over de brug. Het rommelt. Het geluid is hard, maar hier in het scheepsruim minder hard dan ze had gedacht, en lang niet zo hard als het geluid van een vliegtuig. Fleischauer lijkt nogal gevoelig te zijn, is wantrouwig en heeft waarschijnlijk ook persoonlijke problemen. Je terugtrekken op een woonschip past goed in dat beeld.

'Hoor eens,' zegt Sita, 'het spijt me echt. Ik wilde u niet laten schrikken. En wat vliegtuiglawaai en nachtelijk treinverkeer met een mens doen... Ik sta geheel aan uw kant. Misschien kunnen we rustig praten? Zou u dat geweer weg willen leggen en kunt u mij losmaken? Het gaat om Sinje Keller, we zoeken naar...'

'Keller! Ik wist wel dat Keller u gestuurd heeft!' tiert Fleischauer. 'De politie, ja, ja. Zijn eigen bewakingsdienst, zeker. En die gast aan de telefoon hoort er zeker ook bij?'

'Welke gast aan de telefoon?' Sita begint zich langzamerhand af te vragen hoe gevaarlijk de latente paranoia van Fleischauer voor haar is.

Op het dek zijn plotseling voetstappen te horen. Fleischauer kijkt nerveus naar de trap. Met het geweer onder zijn arm loopt hij naar een patrijspoort en schuift het gordijntje opzij. Sita ziet een blauw zwaailicht, dat door een boomkruin wordt weerkaatst.

'Hallo?' roept een mannenstem van boven. 'Is daar iemand?'

Toms stem. Goddank.

Fleischauer richt zijn geweer op de trap. 'Oprotten! Van mijn boot af!'

De stappen vertragen. 'Meneer Fleischauer?' roept Tom. 'Ik kom bij u naar binnen. Ik ben niet alleen. Ik heb twee agenten bij me en een ambulancebroeder. Ik laat u mijn ID zien. We kunnen over alles praten.'

'Tom!' roept Sita. 'Alles in orde, ik ben hier.'

Fleischauer deinst een stap achteruit. 'Alleen u, zonder de anderen!' roept hij waarschuwend.

'Is goed.'

Sita kijkt naar de trap. Een paar Caterpillars verschijnen in haar blikveld. Langzaam komt Tom de trap af. Hij houdt zijn handen in de lucht, tussen de duim en wijsvinger van zijn rechterhand houdt hij zijn politiepenning. Onderaan de trap blijft hij staan en kijkt naar Fleischauer, die hem nerveus onder schot houdt en in vertwijfeling lijkt te verstarren.

'Als u die ouwe kermisspuit even weglegt, kunt u mijn penning beter zien,' zegt Tom.

Fleischauers handen klemmen zich vaster om zijn geweer. 'Leg uw penning op de vloer en schuif hem naar mij toe.'

Tom zucht. 'Sorry hoor, misschien hebt u te veel misdaadfilms gezien. Maar zo gaat het niet. Zeker niet met een oud luchtdrukgeweer.' Hij loopt langzaam op de man af en houdt zijn penning goed zichtbaar voor zich. Fleischauers tong likt nerveus langs zijn lippen, hij doet nog een stap naar achteren en richt het geweer op Toms borst.

'Dat is toch een Haenel?' vraagt Tom. 'Ik ken ze. Heb er als jongen mee op blikjes geschoten. Maakte een deukje, meer niet.'

'Voor duiven is het genoeg,' zegt Fleischauer. Hij staat nu met zijn rug tegen de scheepswand.

'En als u er geen vergunning voor hebt, is het ook genoeg,' reageert Tom. 'U hebt al meer problemen dan u denkt. Maakt u het zichzelf niet nog moeilijker.'

Fleischauers blik dwaalt bezorgd af naar de trap. 'Wat wil Keller van me?'

'Kijkt u tv?' vraagt Tom.

Fleischauer fronst zijn wenkbrauwen en knippert geïrriteerd met zijn ogen.

'Waarom zou ik? Is toch allemaal troep.'

'Ik bedoel het nieuws, vandaag.' Tom staat nu vlak voor hem.

'Nee.'

'Die toestand bij de Berlinale. Daarom zijn we hier.'

'Berlinale?'

Tom duwt de loop van het geweer opzij, pakt met één hand het geweer uit Fleischauers handen en houdt met zijn andere hand nog steeds zijn ID voor zich uit.

Fleischauer slikt. Aan zijn ogen te zien verwacht hij het ergste. Het duurt even voor hij doorheeft dat er niets dreigt. Zijn hand trilt als hij Toms pas aanpakt. Hij kijkt naar het fotootje en het logo van de Berlijnse politie.

'Babylon?' De stem komt van buiten, aan dek. 'Alles in orde daar?'

'Yep,' roept Tom, 'alles oké.' Hij trekt een klein magazijn uit de onderkant van het geweer en zet de luchtbuks rechtop tegen de wand. Nu pas valt Sita op dat ook zijn handen trillen. Hij stopt ze snel weer in zijn jack.

'Kut,' mompelt Fleischauer terwijl hij neerploft op het tafeltje, dat kraakt onder zijn gewicht. 'Bent u echt niet van Keller?'

'Nee, we zoeken Sinje, Kellers dochter.'

'Dat doet hij ook.'

'Maar we zoeken haar niet in zijn opdracht. Althans: niet direct.'

'Wat... wat bedoelde u net met de Berlinale? Is daar iets gebeurd?'

'Hebt u een tang?'

'Eh... een tang?'

Tom wijst op Sita. 'Dat gaat sneller. Als de collega's binnenkomen vóór ze losgemaakt is, ziet het er niet best voor u uit.'

'Babylon? Hoe zit dat met de ambulance?'

'Vijf minuten nog.' Hij kijkt naar Sita. Alle afstandelijkheid en ergernis zijn uit zijn blik verdwenen. Hij ziet er moe en tot in elke vezel gespannen uit. 'Gaat het echt wel?'

Ze slikt, ziet dat hij zich schuldig voelt. Heeft hij wel verdiend, verdomme. Toch knikt ze. 'Dank je.'

Fleischauer reikt Tom een tang aan. Bij het doorknippen klikken de draden zachtjes als schoten in de verte. Sita wrijft opgelucht over haar polsen.

'Nu we nog heel even met z'n drieën onder elkaar zijn, help me eens: waarom bent u zo bang voor Otto Keller?'

'Nou ja, die man is wél burgemeester. En zijn dochter verbergt zich hier voor hem. Zou u dan niet bang zijn?'

'Nee,' zegt Tom.

Fleischauer kijkt naar de vloer.

'U mag zelf kiezen,' vervolgt Tom. 'Illegaal wapenbezit,' zegt hij wijzend op de buks, 'vrijheidsberoving en nog een paar overtredingen, waar de officier een aardig pakketje van maakt, of u vertelt ons alles, maar dan ook echt alles wat u over Otto Keller en zijn dochter weet.'

Fleischauer kijkt van Tom naar Sita en dan weer naar Tom.

Hij zet zijn bril af en wrijft in zijn ogen. 'Ik weet echt niet of ik... Ik bedoel, Keller kan echt...' Hij zwijgt even, zoekt naar de juiste woorden. 'Ik geloof dat ik beter niets kan zeggen.'

16

Berlijn, Oberbaumbrücke
9 augustus 2001
14.09 uur

Sita zocht dekking in de schaduw van de bogen van de brug. De stenen waren er aangenaam koel, de hemel zo helder dat het pijn deed aan haar ogen. Een paar meter verderop bungelden de sneakers boven de rivier, met bemodderde witte veters aan de metalen strip onder de gemetselde boog. 's Nachts had iemand er staan pissen, dus wachtte ze een eindje verderop.

Waar bleef Amad?

Ze voelde in haar rechterbroekzak naar het briefje van tien. Die rooie zou haar wel voor gek verklaren, maar beloofd was beloofd.

En die rooie was die rooie. Daarom had ze hem ook laten staan, vannacht. Een gast die je niet eens wilde vertellen hoe hij heette... haar moeder had iets tegen haar gemompeld, maar haar had ze voor de zekerheid niets verteld, 's ochtends aan het ontbijt, voor ze naar school ging. Wat had ze dan moeten zeggen? Nou ja, ik wilde me gisteren voor de trein werpen, toen leerde ik iemand kennen en die heeft me bij de rails weggetrokken...

Gered of niet, die rooie was zo'n type dat alleen maar rotzooi trapte, en rotzooi had ze al genoeg.

Hij had haar woedend nagekeken toen ze ervandoor ging. En zelfs teleurgesteld. Dat het iemand speet dat ze vertrok was nieuw voor haar, maar het was niet genoeg om toch te blijven.

Een windvlaag blies de stank van urine in haar neusgaten. Een stelletje – toeristen – liep arm in arm onder de sneakers door en keek uit op Berlijn, op de resten van de Muur langs de oever van de Spree. Voor hen was het niet meer dan een mooie ansichtkaart. Mooie, bekladde Muurresten, lekker luguber DDR*-puin, dacht ze woedend. Dat heeft me mijn vader gekost.*

'Hé, Motzi,' zei een stem uit het donker.

Ze draaide zich om.

Amad keek haar met zijn donkere ogen aan. Hij droeg dezelfde kleren als gisteren, die Fruit of the Loom-sweater, sneakers en die felgekleurde muts.

'Ik kom uit Cuba. Ik ben half Cubaans, begrepen?'

Amad fronste zijn wenkbrauwen alsof hij met die informatie niets kon.

'Ik noem jou toch ook niet...' Ze zocht naar de juiste woorden, vond ze niet en zei: 'Ach, laat ook maar.'

Amad stak dwingend zijn hand naar haar uit.

Sita frommelde de tien mark uit de zak van haar krappe spijkerbroek. 'Je krijgt het geld alleen als je me nooit meer Motzi noemt, afgesproken?'

Amad knikte. 'Nooit meer Motzi, afgesproken.' Hij keek uitdrukkingsloos. 'Waar is je vriend?' vroeg hij.

'Hij is mijn vriend niet,' antwoordde Sita.

Amad vertrok zijn lippen in een scheve grijns. 'En waar is je niet-vriend?'

'Weg,' zei Sita. 'En als je het nou nog een keer vraagt, mag je die tien mark meteen weer teruggeven.'

'Mo-tzi!' zei Amad temerig met een nog bredere grijns.

'Eikel,' reageerde Sita. Een beter scheldwoord schoot haar niet te binnen. Op dat terrein liep ze nogal achter. Maar bij Amad leek 'eikel' toch effect te hebben. Zijn grijns verdween onmiddellijk, hij draaide zich op zijn hakken om en ging er als door een wesp gestoken vandoor. 'Hé!' riep Sita perplex. 'Zo bedoelde ik het niet! Wacht nou!'

'Wat bedoelde je niet zo?' vroeg een rauwe stem achter haar.

Sita verstijfde. Ze had de stem maar één keer eerder gehoord, maar ze wist meteen wie het was. Waarom had ze niet naar die rooie geluisterd? Langzaam draaide ze zich om. Recht voor haar stond de hanenkam, links en rechts van hem – hoe heetten ze ook alweer? – Mes en Vlo.

'Motzifotzi.' De hanenkam lachte spottend. 'Zo heet je toch?'

'Ik heet geen Motzi,' ontkende Sita werktuigelijk. Haar hart bonsde in haar keel.

'Mooi. Dan gewoon Fotzi, zonder Motzi,' zei de hanenkam. De beide anderen proestten het uit van het lachen.

Sita beet op haar lippen.

'Waar is die rooie?'

'Geen idee.'

'Geen idee,' hoonde een van de gasten naast de hanenkam. Hij had een gedrongen postuur, een brede kin, uitpuilende lippen en een smalle neus. Zijn haar was zwart en langs zijn slapen weggeschoren. De hanenkam keek hem bestraffend aan. 'Bek dicht, Mes.'

Op hetzelfde moment draaide Sita zich om en rende weg. De hanenkam wilde haar nog vastgrijpen, maar greep mis. Haar benen vlogen over het plaveisel, de bogen van de brug flitsten langs haar heen. Ze hoorde de anderen achter zich, drie paar roffelende schoenen. Aan het eind van de brug rende ze naar rechts, de Stralauer Allee in. Haar achtervolgers liepen op haar in. Ze smeekte vertwijfeld om langere benen, sterkere spieren om nog harder te kunnen rennen. Uit haar ooghoek zag ze de hanenkam rechts achter zich, zag ze hoe hij zijn arm naar haar uitstrekte, ze voelde zijn hand in haar kraag. Hij trok aan haar, voorzichtig, alsof hij haar geen pijn wilde doen. Ze gaf het op en vertraagde haar pas. Hoestend bleven ze allemaal staan.

De hanenkam liet haar kraag los en legde met een bijna vriendschappelijk gebaar zijn linkerhand om haar schouder.

Onmiddellijk landde zijn rechtervuist in haar maag. 'Dat is voor het wegrennen,' snauwde hij.

Sita sloeg dubbel van de pijn.

'En deze...' De hanenkam haalde uit en sloeg haar met zijn vlakke hand zo hard in haar gezicht dat ze struikelde en viel, '... is voor die kutleugens van je.'

Hij ging schrijlings op haar zitten, pakte met een hand haar kaak en dwong haar om hem aan te kijken. De klap brandde op haar huid als duizend naaldenprikken, ze gloeide, haar hoofd leek niet meer op haar romp te zitten. Het gezicht van de hanenkam zweefde boven het hare, minachtend, omgeven door een straalblauwe hemel en een stekende zon.

'En nu,' zei hij, 'ga je me helpen. Ik wil die rooie.'

Sita wilde met haar hoofd schudden, maar de hand van de hanenkam klemde als een bankschroef om haar kin. Zelfs haar mond kon ze niet bewegen.

'Dakunjevergeten,' perste ze er met moeite uit.

De hanenkam keek haar een moment doordringend aan. 'Voor een wijf heb je wel ballen,' zei hij ten slotte. 'Maar die vriend van je is een vuile messentrekker. Daar komt-ie niet mee weg. Niet bij mij. Oog om oog. Zo gaat dat, Motzifotzi.'

DONDERDAG

17

Berlijn, Breitscheidplatz
Donderdag 14 februari 2019
8.05 uur

Wolf Bauer zou nu het liefst in zijn ondergrondse parkeergarage hebben gezeten, achter het stuur van zijn Bentley. Lindengroene lak, soepele, beige leren stoelen, zijn handen rustend op het witte, bakelieten stuur. Meestal ontspant hem dat, evenals het feit dat de auto en hij even oud zijn: negenenvijftig jaar. In stille nachten fantaseert hij hoe het zou zijn om op de glimmende, ronde achterklep op een afgelegen binnenplaats de liefde te bedrijven. Maar uit angst voor beschadigingen komt hij nooit met zijn auto op afgelegen binnenplaatsen. Hij rijdt er überhaupt niet mee. Er zijn dingen die je niet doet, die je alleen maar bedenkt, en dingen bedenken, daar was hij altijd al goed in.

Daarom slaat hem ook al snel de schrik om het hart.

Dingen vermijden, het vermogen om je precies voor te stellen wat er zou gebeuren als je ze níét vermijdt, houdt hem regelmatig uit zijn slaap. In de zwaarste nachten ziet hij die vermaledijde dingen die hem achtervolgen in een onafgebroken stoet aan zich voorbijtrekken.

Ook die nacht heeft hij weer geen oog dichtgedaan. Hij krijgt de film die hij gisteren op de première heeft gezien, niet meer uit zijn hoofd. Achtste rij, links van het gangpad. Geen godvergeten detail is hem ontgaan.

Na afloop heeft hij nog geprobeerd alles met drie dubbele whisky's weg te spoelen, normaal gesproken een probaat slaapmiddel, maar nu werkte het voor geen meter. Na twee uur vergeefs woelen in bed had hij het opgegeven en was hij via een sluiproute naar zijn kantoor in Upper West aan de Breitscheidplatz gereden; netjes langs alle mogelijke politiecontroles. Het drieëndertig verdiepingen tellende kantoorgebouw leek uitgestorven. Kille gangen, moderne architectuur. Wat overdag imponeert, krijgt 's nachts iets apocalyptisch. In de lift, op weg naar de vierentwintigste verdieping, moest hij denken aan de scène in die flat in *Collateral*. Tom Cruise als gewetenloze huurmoordenaar, ingehuurd door een duistere organisatie.

In zijn kantoor aangekomen deed hij de deur achter zich op slot, gewoon, voor de zekerheid. Hij probeerde wat te werken, maar dat lukte al evenmin als slapen. Nu kijkt hij door de in een halve cirkel geplaatste ramen naar buiten naar de dag die langzaam naderbij sluipt. De mist is in de loop van de nacht opgetrokken. Nog een paar minuten, dan zal zijn assistente verschijnen en hem een kop koffie brengen. Ook Vera heeft al eens een rol gehad in zijn binnenplaatsfantasieën.

Als de telefoon op zijn bureau rinkelt, krimpt hij ineen. Na twee keer overgaan zwijgt hij weer, dan begint hij opnieuw te rinkelen. Hij neemt snel op.

'Hallo? Met mij. Zijn we alleen?'

'Anders had ik niet opgenomen. Is er al nieuws?' Bauer leunt achterover tegen de leuning van zijn bureaustoel en kijkt door de ramen die tot op de grond reiken neer op het verkeer rond de Gedächtniskirche.

'Wat je nieuws noemt,' gromt de man aan de andere kant van de lijn.

'Mag het deze keer iets minder cryptisch,' zegt Bauer. 'Zijn jullie opgeschoten of niet?'

'Geen stap.'

‘Kut,’ zegt Bauer. ‘Dat is echt kut.’

‘Ja, en dat is nog niet alles.’

‘Hoe bedoel je dat? Hoezo, dat is nog niet alles?’

‘Wat jullie verwachten is niet zo moeilijk te begrijpen, toch?’

‘O, zo. Daar heb ik ook al over zitten nadenken. Waarom denk je dat ik de hele nacht geen oog heb dichtgedaan?’

‘De hele nacht? Je moet eens wat slaapmiddelen regelen. Je zit toch direct aan de bron, als farmaceut?’

‘Dat kan niet,’ zegt Bauer, ‘vanwege die kutdiabetes. Als ik te diep slaap, merk ik niet of mijn suikerspiegel te laag is. Dan is het snel afgelopen.’ Zijn blik dwaalt over zijn bureau en blijft hangen bij de foto van zijn dochter.

‘Hm,’ bromt de man aan de andere kant van de lijn. Heel even vraagt Bauer zich af waarom hij nu net dát vertelt. Het is nooit slim om met je zwakten te koop te lopen. Als er iets is wat hij heeft geleerd is het dat wel.

Zijn dochter kijkt hem aan. Haar stralende glimlach wedijvert met het glimmende sterling zilver van het sierlijke lijstje. Hij houdt van die foto. Ze kijkt er zo zorgeloos op. Haar roodblonde haar, het spleetje tussen haar tanden – hij is blij dat ze niet perfect is. Natuurlijk zou hij willen dat ze niet met haar rechterbeen hoefde te slepen als ze liep, maar als dat niet zo was, zou ze zichzelf niet meer zijn. Hij zou het zelfs missen. Terwijl hij destijds naar een perfect kind had verlangd. Als hij er zo een had kunnen bestellen, had hij het gedaan.

‘Onvoorstelbaar, wat Otto allemaal moet doorstaan,’ zegt Bauer zachtjes.

‘Het zit me niet lekker,’ zegt de ander. ‘Hij voert iets in zijn schild. Die negentien heeft hij daar niet zomaar opgeplakt.’

‘Maar wát dan?’

‘Geen idee,’ bromt zijn gesprekspartner. ‘Ik heb in elk geval mijn twee jongsten voor de rest van de week ziek gemeld. Die gaan niet naar school.’

‘Denk je,’ zegt Bauer verontrust, ‘dat die vent het op onze kinderen heeft voorzien?’

‘Het is maar een inval. Maar ik wil mezelf achteraf niets te hoeven verwijten.’

Bauer kijkt naar de klok. ‘Verdomme,’ kreunt hij. Hij zet zijn bril af en wrijft met duim en wijsvinger over zijn ogen. ‘Net na achten. Dan is Julia al op school.’ Hij kijkt naar haar foto. Zonder bril ziet hij haar onscherp, alsof ze hem ontglipt.

‘Ga haar ophalen,’ zegt de ander.

‘Die ziet me aankomen. Ze heeft niet meer de leeftijd waarop je graag...’

‘Meen je dat? Daar maak je je nu druk om?’

‘Denk je dan echt dat...’

‘Hoe moet ik dat weten? Ik zei het toch? Het is maar een gevoel.’

Bauer slikt, kijkt opnieuw naar de klok en denkt aan zijn stampvolle agenda vanaf halfnegen. Een hele rij farmavertegenwoordigers, de eerste bijeenkomst van de Adviesraad voor het Birger-onderzoeksproject, en dan nog de teamleider uit Leipzig vanwege de nieuwe productiestraat.

‘Denk erover na,’ zegt de ander. ‘Maar zaai geen paniek. Alles blijft bij het oude. O, trouwens ik heb iemand een opdracht gegeven.’

‘Opdracht? Wat bedoel je?’

‘Iemand die opruimt.’

Bauer voelt een ijskoude rilling over zijn rug lopen. *Collateral.* Hij moest er net nog aan denken, maar toen was het nog gewoon een film. ‘Denk je dat dat werkt? Beter dan... Ik bedoel, aan wie?’

‘Een Zwitsers uurwerk van Russische afkomst. Hij weet wat hij doet. Als het lukt, heb ik je hulp nodig. Hij is niet goedkoop.’

‘Is goed.’ Dat hem om geld wordt gevraagd, geeft hem een goed gevoel. Het is in zekere zin een levensverzekering. ‘We hebben er tenslotte allemaal baat bij,’ voegt hij er nog aan toe.

'Oké. Ik meld me als er nieuws is.'

'Ja, doe dat,' zegt Bauer. De verbinding kraakt, hij hangt op.

Een Zwitsers uurwerk van Russische afkomst?

Hij blijft eventjes als verstard aan zijn bureau zitten, zijn hand nog aan de hoorn en probeert zich er iets bij voor te stellen, maar het lukt niet.

Dan kiest hij het nummer van de administratie van de school van zijn dochter.

'Best-Sabel-gymnasium, u spreekt met Sarah Wittekind...?'

'Hallo, met Bauer. Ik moet dringend even met mijn dochter Julia spreken.'

'Julia? Ik dacht dat die ziek was,' antwoordt mevrouw Wittekind.

'Ziek?' Bauer hapt naar adem. 'Hoe komt u daarbij?'

'Nou ja, ik heb haar vanochtend niet gezien. Nog niet, althans.'

18

Berlijn, Politiebureau Keithstraße
Donderdag 14 februari 2019
8.56 uur

Drie uur slaap.

’s Nachts, nog op weg naar de woonboten, had Tom de opdracht gegeven om naar Finja uit te kijken, maar het meisje leek van de aardbodem verdwenen. Na de arrestatie van Fleischauer, die nog steeds weigerde te praten, was hij naar het bureau gereden om haar onder de naam Finja Krüger officieel als ‘minderjarige vermiste zonder begeleider’ op te geven.

Tom liet de foto achter die hij van de bewakingsvideo had gemaakt en zei dat ze mogelijk getuige van de filmvertoning in de bioscoop was geweest. Dat ze niet sprak en rond het tijdstip van haar verdwijning een politiejack droeg, perkte het signalement in. En dan was er nog haar begeleider, die oudere man met een pet, die Krüger heette.

Finja’s gegevens werden ingevoerd in INPOL, het nationale informatienet van de politie, en nog die nacht automatisch opgenomen in het systeem voor vermisten en onbekende doden.

Hij maakte zichzelf verwijten dat ze hem was ontglipt, maar sprak zichzelf moed in met de gedachte dat er hoop bestond dat ze op zou duiken. Van de jaarlijks gemiddeld achtduizend vermiste kinderen in Duitsland werd meer dan vijfennegentig procent teruggevonden.

Tijdens zijn gesprek met zijn collega’s moest Tom aan zijn

vader denken, aan hoe híj zich moest hebben gevoeld toen hij aangifte deed van Viola's vermissing. Hij nam zich voor zijn ouweheer zo snel mogelijk weer eens op te zoeken, al was hun verstandhouding al jaren slecht.

Thuis was hij op de bank gaan liggen; hij wilde Anne, die in de slaapkamer lag, niet storen. Hij probeerde wat te slapen, uitgeput en tegelijkertijd heel alert. Het gevoel dat hij langzaam de weg kwijtraakte, liet hem niet los.

De ochtend bestond uit koud water, espresso, Annes teleurstelling, die ze voor hem probeerde te verbergen, daarna Phil eventjes op zijn arm, die naar babyzalf en melk rook, twee keer lief boertjes liet en zijn heerlijk koele hoofdje tussen Toms nek en schouder vleide. Hij voelde meteen weer grond onder zijn voeten.

Nu zit hij met zijn collega's in de 'bouwplaats', de nieuwe ultramoderne vergaderzaal in de eerbiedwaardige oude vestiging van de recherche in de Keithstraße. Het had lang geduurd voor het prestigieuze project, de 'nieuwe conferentieruimte', midden in het oude pand was neergepoot. Het was zelfs een politieke kwestie geworden: te veel geld, te weinig nut, misbruik van belastingcenten enzovoorts...

Om de tafel zitten Peer Grauwein en zijn collega's Beier en Börne van Forensische Opsporing, Lutz Frohloff van Inlichtingen, Nicole Weihertal van team 4, de jongste rechercheur bij Moordzaken, verder nog de kommaneuker Bert Pfeiffer van team 7 en, tegenover hem, Sita. De bouwplaats is gevuld met geroezemoes: alleen Sita en hij zwijgen.

Morten komt binnen. Hij heeft hetzelfde bruine pak aan als gisteravond, met een schoon zwart hemd eronder. Zijn scheiding is onberispelijk, zijn gezicht rood, onder zijn arm heeft hij een exemplaar van de *Berliner Zeitung* geklemd. Hij neemt plaats aan het hoofd van de tafel en slaat met de opgevouwen krant op tafel.

Het geroezemoes verstomt.

Morten vouwt de krant open en houdt de voorpagina zwijgend voor zich, zodat iedereen hem goed kan zien.

SCHANDAAL BIJ PREMIÈRE BERLINALE

De dochter van burgemeester Keller schokt de internationale elite met geweldporno

'Wie heeft dat godverdomme geflikt?' vraagt Morten.

Aan tafel heerst een bedrukt stilzwijgen.

Sinds de vroege ochtend buitelen de berichten door de media. De wildste geruchten doen ongecontroleerd de ronde: de karige feiten die gisteren door de persofficier naar buiten zijn gebracht, wakkerden het vuur nog verder aan. Vooral omdat de politie bewust de naam van de jonge vrouw in de video had verzwegen. Maar iemand heeft zijn mond voorbijgepraat.

'Jo,' zegt Tom. 'Ik geloof niet dat iemand van ons de naam Keller...'

'Is jullie duidelijk wat dat voor Keller en zijn familie betekent, dat iemand hier zijn bek niet kon houden?'

'Ja,' zegt Tom, 'maar het is niet uitgesloten dat iemand in de zaal Sinje Keller heeft herkend. Sinds die video ook nog op internet is opgedoken...'

'Nou ja,' mompelt Grauwein, 'op dat telefoonfilmpje is haar gezicht nauwelijks herkenbaar.'

'Weten we inmiddels of de video authentiek is?' vraagt Frohloff.

'Wat bedoel je met authentiek?' vraagt Grauwein.

'Nou ja, of hij gespeeld is of niet.'

'We hebben onze collega's bij Elektronische Media en Beeldbewerking ingeschakeld,' zegt Grauwein, 'maar misschien kan Sita er iets over zeggen. Als ik je goed heb begrepen, Lutz, was zij vannacht nog in de woning van Sinje Keller.'

'Woonboot,' zegt Tom. 'We waren er samen.'

'En? Hebben jullie haar gevonden?' vraagt Berti van team 7.

Grauwein rolt met zijn ogen. 'Als dat zo was, dan hadden we het wel gehoord, denk je niet?'

'Kunnen we het even chronologisch houden,' bitst Morten tussendoor.

De deur zwaait open en Bruckmann komt de vergaderzaal binnen. De wallen onder zijn ogen zijn donkerder dan ooit; ook hij heeft slecht geslapen. Eventjes is het volkomen stil. Iedereen verwacht dat hij het woord zal nemen, maar hij neemt zonder iets te zeggen plaats aan tafel.

'Lutz,' zegt Morten. 'Steek van wal.'

Frohloff plugt een kabel in zijn laptop en projecteert een foto van een jonge vrouw op de muur. Door het daglicht in de ruimte is het beeld bleek. Ze heeft donkerblond haar, het is in een paardenstaart gebonden. Ze kijkt trots en een beetje afwerend, wat haar nauwelijks minder knap maakt. 'Sinje Keller,' zegt Frohloff. 'Twintig jaar. Dochter van Otto en Elisabeth Keller. Nog geen jaar geleden eindexamen gedaan. Sinds een jaar of twee volgt ze toneellessen. Haar bekendste rol tot nu toe: een shockerende antibontfilm voor een dierenbeschermingsorganisatie. Een kopie ervan heb ik voor jullie op de server gezet, mochten jullie hem nog niet kennen. Sinje Keller woont sinds drie maanden aan de oever bij Tiergarten op de woonboot van ene Jens Fleischauer.' Naast Frohloff op de muur verschijnt een foto van een man met donkerblond haar, een aerodynamische bril en uitpuilende ogen. 'Hij is eenendertig, maakt deel uit van de linkse scene in Berlijn, die woonboot heeft hij geërfd. Af en toe werkt hij als ober, daar leeft hij van. En, o ja,' Frohloff grijnst, 'sinds gisteren zit hij bij ons in voorarrest. Sita, wil jij daar iets over vertellen?'

In telegramstijl schetst Sita de gebeurtenissen van afgelopen nacht op de woonboot.

'Al met al,' vervolgt Frohloff, 'is Sinje Keller voor ons nog steeds een raadsel. Meer over haar misschien later, als

Fleischauer verhoord is. Voor zover ik begreep lukte dat gisteren niet meer, correct?'

Sita knikt.

'Goed,' neemt Morten het over. 'Om de gebeurtenissen op de Berlinale gisteren voor iedereen nog een keer samen te vatten: gisteravond, vrij precies om negentien uur dertig, betreedt volgens Oliver Kaiser, de operateur, een man met een pet en een zwarte bivakmuts de projectieruimte van het Berlinale-Theater. Hij bedreigt Kaiser met een pistool, neemt hem zijn sleutels af en sluit de ruimte van binnenuit af. Dan geeft hij hem een USB-stick, waarop de data van een film staan. Hij moet de data in het systeem kopiëren en in plaats van de geplande openingsfilm vertonen. De theatertechnici, verantwoordelijk voor het licht en het geluid, merken er niets van.'

'Is er een beschrijving van de dader die verder gaat dan alleen die pet en die bivakmuts?' vraagt Tom.

'Donkerblauw pak, wit overhemd, zwarte schoenen, de standaard dresscode voor de avond. Geen das, trouwens, en het pak was heel goedkoop en zat slecht. De pet was een Berlinale-pet, zwart met de Gouden Beer voorop.'

Tom moet aan de oudere man denken die samen met Finja de zaal uit liep. 'Heeft Kaiser nog iets gezegd over de leeftijd van de man, over zijn postuur?'

'Gemiddelde lengte, sportief, vermoedelijk rond de dertig. En o ja, hij droeg latex handschoenen, dus vingerafdrukken nul.'

'Is er al een analyse van de videobewaking?' wil Tom weten.

Morten snuift minachtend. 'Die wilde de staatssecretaris per se op het ministerie laten doen, maar daar begint niemand voor acht uur 's ochtends.'

'Die kwestie is opgelost,' onderbreekt Bruckmann hem. 'Daar zijn sinds vanochtend vroeg een paar collega's in Tempelhof mee bezig.'

Morten kijkt hem verbaasd aan.

'Schiller heeft toestemming gegeven,' vervolgt Bruckmann, 'op voorwaarde dat hij onmiddellijk op de hoogte wordt gebracht als ons onderzoek zich uitstrekt naar een van de prominente aanwezigen. Ik verzoek jullie dus om voorzichtig te zijn: ik onderhoud contact met Schiller.'

'Mooi,' bromt Morten teleurgesteld. Dat Bruckmann hem niet van tevoren heeft ingeseind, wijst hem terug naar een plek die hij achter zich meende te hebben gelaten. 'Nadat de data in het systeem waren gekopieerd, heeft de dader zich laten uitleggen hoe hij de film moest starten, toen heeft hij de operateur met tiewraps aan zijn stoel vastgebonden en gekneveld.'

'En die theatertechnici is echt niets opgevallen? Hoe communiceren die dan met de operateur? Die moeten toch als de film start het licht dimmen en de gordijnen openen?' onderbreekt Sita hem.

'Dat gaat automatisch,' verklaart Grauwein. 'Het toneelgordijn en de zaalverlichting zijn gekoppeld aan de bediening van de projector. Eén klik met de muis en het is gedaan.'

'Om negentien uur negenvijftig heeft de dader, volgens de computer, de film gestart,' vervolgt Morten zijn verslag. 'Daarna heeft hij onmiddellijk de projectieruimte verlaten en van buitenaf weer op slot gedaan.'

'Wat laten de bewakingscamera's zien rond dat tijdstip?' vraagt Frohloff.

'Niets wat ons verder helpt,' zegt Bruckmann. 'Bij de projectieruimte hangen geen camera's. Op de beelden die er zijn, staan rond die tijd zes mensen. Twee van de bewakingsdienst Gehrs & Starke, vier personeelsleden van de foyers in het theater, van wie drie jonge vrouwen. Ze hebben allemaal collega's die kunnen bevestigen dat ze elkaar vlak voor negentien uur negenenvijftig nog hebben gezien. Dus geen van die zes kan om die tijd in de projectieruimte zijn geweest.'

'En niemand heeft rond die tijd het gebouw verlaten,' vult Morten aan. 'Dat betekent dat er maar één plek was waar de dader heen kon: de zaal in. Peer, wil je...'

Zonder iets te zeggen staat Grauwein op en drukt op een knop. Automatisch zakt de luxaflex voor de ramen. Op de muur worden beelden uit zijn laptop vertoond. Na een paar muisklikken verschijnt het grondplan van het theater. Grauwein stapt in het licht van de overheadprojector. 'Dit hier,' zegt hij wijzend op een klein vierkant, 'is de projectieruimte. De dichtstbijzijnde deur naar de zaal is een gecapitonneerde deur, hier.' Met zijn vinger geeft hij de korte route aan. De projectie vervormt zijn gezicht. 'Het is maar zes meter. De deur zit daar speciaal voor de operateur, zodat hij beeld en geluid persoonlijk in de zaal kan checken. Hij komt uit op het tweede balkon. Camera's: geen. De dader is dus met aan zekerheid grenzende waarschijnlijkheid achter de laatste rij toeschouwers, ter hoogte van plaats vierentwintig en vijfentwintig, de zaal binnengekomen. In het donker, terwijl de aandacht van iedereen op de net gestarte film was gericht. Frohloff zoekt uit wie er precies op die plaatsen hebben gezeten en of die misschien iets hebben gezien.'

'In elk geval,' licht Frohloff toe, 'heeft de dader gewacht tot iedereen de zaal verliet en heeft hij zich onder de gasten gemengd. Nogal koelbloedig, als je het mij vraagt.'

'Het hangt ervan af,' zegt Sita, 'wat er precies op die film te zien is. Als het een moord is, heeft hij behoorlijk sterke zenuwen. Als het fake is, heeft hij niet zoveel te vrezen.'

Morten knikt. 'Wat ons bij de kernvraag brengt: waar hebben we mee te maken?'

'Nou ja, met alle ophef,' zegt Frohloff, in het rond wijzend, 'is die vraag wel beantwoord. We gaan uit van moord, toch?'

Bruckmann buigt zich voorover en rolt zijn mouwen op. Krachtige, behaarde onderarmen komen tevoorschijn. 'Als we uitgaan van de gebruikelijke reactie van het Openbaar Ministerie, wordt het bedreiging en het vertonen van geweld, allemaal keurig volgens het Wetboek van Strafrecht. Maar wij hebben andere prioriteiten, en voldoende reden om te veronderstellen dat we hier te maken hebben met een zwaar misdrijf. Onze werkhypothese is dus: verkrachting en moord. We zullen dus moeten aantonen dat de film géén fake is.'

'Hoe zit het eigenlijk met het festival,' zegt Nicole Weihertal, 'wordt dat verder afgelast?'

Bruckmann schraapt zijn keel. 'Daarover wordt vanmiddag een korte persconferentie belegd met Cornelius Schiller en de festivalleiding. Tot nader order wordt het festival gewoon voortgezet.'

'Hoe verantwoorden ze dat?' vraagt Tom.

'Met verwijzing naar die bedreiging en vertoning van geweld in het Wetboek,' zegt Bruckmann droogjes. 'Zowel de officier van justitie als de staatssecretaris ziet daarin geen dringende reden om een evenement van een dergelijke omvang af te lasten.'

'Maar wij gaan toch uit van moord?' houdt Tom vol.

Er valt een diepe stilte in de vergaderzaal.

'Dat valt toch niet te rijmen?' zegt Sita ontsteld.

'Voor Keller al helemaal niet,' concludeert Berti Pfeiffer.

'Niet onze beslissing, jongens,' roept Bruckmann iedereen tot de orde. 'Wat officieel wordt verkondigd en wat wij achter de coulissen uitzoeken, dat zijn twee verschillende zaken. Dat is toch niet nieuw voor jullie, of wel?'

'Nee,' reageert Frohloff bitter. 'Nieuw is het niet, maar het maakt het er niet beter op.'

'Ik stel voor,' mengt Morten zich in het gesprek, 'dat we de politici hun gang laten gaan en wij ons met onze eigen zaken bezighouden.' Hij wendt zich tot Grauwein. 'Peer, laat je ons zien wat we over het thema snuffmovies hebben?'

Grauwein knikt met tegenzin. Het grondplan van het theater verdwijnt van de muur. 'Zoals gisteren al is vastgesteld, waren de filmdata voorzien van een programma dat de film automatisch vernietigde na één vertoning. De data zijn er nog, maar ze zijn niet meer leesbaar. Of onze experts op Tempelhof ze nog tevoorschijn kunnen toveren? Ik heb geen idee.'

Hij klikt op een map en opent een file. Een vaag beeld vult de muur. Op de voorgrond zijn een paar achterhoofden te zien, verder naar achteren, heel klein, het doek. 'Het enige wat we hebben is dus deze video, opgenomen met een smartphone, kennelijk vanaf het tweede balkon.'

'Wat zeggen de collega's in Tempelhof?' vraagt Tom.

'Die zeggen: "Wat is dat voor troep?"' Grauwein pakt een snoepje uit een zakje en steekt het in zijn mond. 'Dat wil zeggen: we hebben hier een video met beperkt licht, van grote afstand op een filmdoek geprojecteerd. Een beeld- en pixelanalyse van de snuffmovie is bij deze kwaliteit helaas onmogelijk. Wat heel vervelend is, want als er digitale special effects bij een film worden gebruikt, kun je dat vaak goed vaststellen. Zogenaamde keys, tracking of deelmaskeringen laten meestal sporen op de film na. Ook analoge effecten, zoals kunstbloed dat uit een afgedekt of weggeschminkt reservoir komt, zijn als je beeld voor beeld kijkt, meestal makkelijk te herkennen. Maar onder deze omstandigheden lukt dat helaas niet. We kunnen alleen op onze eigen intuïtie afgaan.'

Rondom de tafel blijft het stil. Na de eerste analyse hoopte iedereen op iets meer duidelijkheid.

'Aangenomen dat het om fake gaat,' oppert Nicole Weihertal, 'dat lukt toch alleen met specialisten? Ik bedoel: een leek krijgt zoiets toch niet voor elkaar?'

'Mijn vrouw is editor,' zegt Tom, 'dus weet ik er iets vanaf, en ja, je hebt gelijk. Zulke effecten bereik je alleen met speciale software en zware computers. En natuurlijk met professionals, die schaars en duur zijn – minstens duizend euro per dag. Om het perfect te krijgen ben je meestal wel een paar dagen zoet.'

'Wat de kring heel klein zou maken,' zegt Nicole Weihertal, 'vooral omdat het om mensen zou gaan die Sinje Keller kennen. Als die eraan meewerkte.'

'Misschien de mensen die al meewerkten aan die antibontfilm,' zegt Sita.

'Dat zijn we al aan het uitzoeken,' zegt Morten. 'Laten we nu maar naar de film van gisteren kijken. Peer?'

De technicus start de film, het doffe geluid van de Berlinalezaal, opgenomen met een mobiele telefoon, vult de vergaderruimte.

Tom ziet de film voor de tweede keer. Sinje Kellers blote schouders, haar peroxideblonde haar, het zachte geluid van haar voetstappen... als dit echt is, wat moet ze dan op dit moment hebben doorstaan? Had ze een vermoeden van wat haar te wachten stond? Waarom probeert ze niet te vluchten?

Sinje Keller komt bij de liftdeur. Het beeld wankelt, het getal negentien is naast de deur te zien, het lijkt alsof de cameraman het getal expres even goed in beeld brengt. Dan het plastic zeil in de lift, alsof hij met voorbedachten rade sporen wilde vermijden; maar toch heeft hij die negentien daar doelbewust in beeld gebracht. Hoe valt dat te rijmen?

De cameraman duwt Sinje tegen de grond, zet de camera naast haar neer en trekt met twee handen de kleren van haar lijf. Slaat haar in het gezicht. Dan pakt hij de camera weer op. Sinjes gezicht is een kleine, onscherpe, veel te lichte kring, als een maan, met wijdopen ogen en een openhangende mond. Heel even lijkt ze naar het lid van de man te staren en fluistert ze iets wat klinkt als: 'Niet doen, alstublieft.'

Tom kan niets aan haar ontzetting ontdekken wat niet echt zou zijn. Ze krimpt ineen onder elke stomp. De man houdt haar met één hand in bedwang, knijpt haar keel dicht, het lijkt alsof hij het vaker heeft gedaan, iemand op die manier...

dan laat hij haar keel los en slaat met zijn linkerhand op haar borst. Als de cameraman zijn vuist opent, wordt een lange pin zichtbaar, die ongeveer een handbreed uit haar borst steekt. Uit de wond sijpelt wat bloed.

Heel even ziet Tom de onderarm van de cameraman. Op de huid zit een vlek, langwerpig, iets dikker in het midden. Misschien een tatoeage.

'Kijk,' zegt de cameraman. 'Dan weet je dat God bestaat.' Zijn stem klinkt dof, hard en tegelijkertijd van ver weg. 'Jij hebt mij gemaakt. Kijk wat jullie te wachten staat.'

Dan wordt het donker. Op de muur verschijnt de startpagina van Grauweins computer: kleine, keurig geordende icoontjes tegen een blauwgrijze achtergrond.

Iedereen is stil.

De luxaflex ratelt onprettig luid, het daglicht valt op de geschokte gezichten. Allemaal hebben ze al veel gezien. Doden. Verminkten. Wreedheid in alle gradaties. Maar dit was geen plaats delict waar ze heen geroepen zijn ná het plegen van een misdrijf. Het verschil is zo groot dat niemand er woorden voor heeft. Hoewel niemand het zegt, is aan iedereen te zien: dit lijkt echt.

Bruckmann herstelt zich als eerste: 'Oké. Laten we erdoorheen lopen.'

Iedereen aan tafel gaat verzitten, recht de rug, probeert de ontzetting van zich af te schudden. Terug naar wat ze kunnen. Een misdrijf analyseren. Achterhalen wat er is gebeurd.

'Het bloed en de pin kunnen fake zijn,' zegt Berti. 'Er bestaan messen waarvan het lemmet in het handvat verdwijnt als je ermee steekt. Met een klemmetje en een veer. Ziet er heel dramatisch uit, maar verwondt niemand. Ik zal eens uitzoeken of er ook dergelijke pinnen bestaan.'

'Een digitale bewerking lijkt mij eerlijk gezegd waarschijnlijker,' werpt Tom tegen, 'maar daar schieten we nu niets mee op. Welke hypothese we ook opstellen: aan de hand van het materiaal kunnen we het nooit bewijzen, omdat het beeld veel te vaag is. Laten we ons eerst op het motief richten. Bijvoorbeeld waarom er geen lijk is.'

'Dat begrijp ik niet,' zegt Berti. 'Als de film gefaket is, dan is er toch geen lijk?'

'Tom wil zeggen dat het opzet is dat we geen lijk vinden. Juist om ons de onzekerheid te laten ervaren waar we nu mee zitten,' verklaart Sita.

'Wat past bij het digitale shredderen van de film,' denkt Grauwein hardop. 'Maar waarom zou iemand daarop uit zijn?'

'Als het om het verdwijnen van mensen gaat,' zegt Tom, 'is toch juist de onzekerheid het ergste. Meestal kunnen familieleden beter omgaan met de dood dan met eeuwige onzekerheid. Je vraagt je voortdurend af: mag ik nog hopen, of moet ik rouwen? Laat ik de vermiste in de steek als ik het nu opgeef?'

Er valt een stilte.

Dan pas beseft Tom wat hij net heeft gezegd. Sinds hun laatste klus samen weet iedere aanwezige dat hij nog altijd naar Viola zoekt.

'Is Otto Keller dan het slachtoffer?' vraagt Berti, 'moet hij dan die kwellende onzekerheid ondergaan?'

'In eerste instantie lijkt het daarop,' vindt Sita. Ze kijkt naar Tom.

'En in tweede instantie?' wil Frohloff weten.

'Ik vraag me af waarom de dader zegt: "Jij hebt mij gemaakt", en direct daarna: "Kijk wat jullie te wachten staat". Wie bedoelt hij met "jullie"?'

Morten haalt zijn schouders op. 'Ons allemaal? Omdat hij denkt dat het ons allemaal aangaat. En we dus allemaal bang moeten zijn?'

Sita fronst haar wenkbrauwen. 'Een soort van collectieve schuld?'

‘En hoe zit dat met die donkere vlek op de onderarm van de dader?’ vraagt Tom. ‘Kun je dat beeld vergroten? Misschien is het een tatoeage?’

‘Was me ook opgevallen,’ verklaart Grauwein, ‘maar met deze kwaliteit lukt dat niet. Ook vanwege de bewegingsonscherpte. De dader beweegt zijn arm heel snel, hij is maar heel even in beeld.’

Morten knikt en maakt een notitie. ‘Goed. Zodra we de gastenlijst hebben, vragen we of iemand uit het publiek misschien iets heeft herkend.’

‘Ik wil het nog even over die negentien hebben,’ zegt Grauwein. ‘Als eerder vermoed, stond daar eerst min één. Het minteken werd met lichtgrijze standaardverf overgeschilderd. We zijn de verf aan het analyseren, maar ik verwacht er niet veel van. Die kleur kun je in elke bouwmarkt krijgen. Die erachter geplakte negen is iets zeldzamer, zeker met een grootte van tien centimeter. Het is een plakcijfer van de firma Lettra, die vind je in de kantoorboekhandel en in bouwmarkten, meestal als huisnummer. Misschien vinden we daar een spoor.’

‘Feit is,’ zegt Morten, ‘dat het cijfer deel uitmaakt van de enscenering. Ik vraag me af waarom. Waar verwijst het cijfer naar? Naar de lift?’

‘Dat ligt voor de hand,’ zegt Berti, ‘maar dan snap ik nog steeds niet waarom.’

‘Misschien moeten we ons eerst afvragen voor wie dat cijfer daar is aangebracht. Óf het is een teken dat wij moeten ontraadselen, óf het is een teken dat iets betekende voor het slachtoffer. En dan is er nog een derde mogelijkheid: dat het een signaal was voor iemand die de film in de zaal heeft gezien.’

‘Bijvoorbeeld,’ vervolgt Sita hardop haar gedachte, ‘iemand als Otto Keller.’

Tom knikt. ‘En omdat de dader “jullie” zei, meervoud dus, is er misschien nóg iemand die weet wat dat getal betekent.' Hij kijkt naar Bruckmann. 'Dat moeten we aan Otto Keller vragen.'

Bruckmann knikt. 'Dat neem ik voor mijn rekening.'

'Ik zou er graag bij zijn,' zegt Tom.

Bruckmann grijnst geluidloos. 'We hebben ook Fleischauer nog die jullie gisteren hebben aangehouden. Ga met hem aan de slag. Daar verwacht ik meer van.'

Tom accepteert het verzoek schouderophalend. Kennelijk probeert Bruckmann Keller nu al uit de wind te houden.

'En dan nog iets,' zegt Berti, 'geloven jullie eigenlijk dat het toeval is dat er weer een getal opduikt, zoals eerst die zeventien?'

'Geen idee,' zegt Grauwein, 'maar ik heb negentien nog even gegoogeld. Er komt niet veel uit. Het is een priemgetal. Het enige interessante is dat in de islam de poort naar de hel door negentien engelen wordt bewaakt.'

'Blonde engelen?' grapt Frohloff.

Niemand lacht.

'Sorry,' zegt hij schouderophalend.

'Met de islam zal dit weinig te maken hebben,' zegt Morten.

'En met God?' vraagt Nicole Weihertal.

'Hoezo, God?' vraagt Berti.

'"Kijk, dan weet je dat God bestaat,"' citeert Nicole Weihertal. 'Mij doet dat wel degelijk aan de zaak in de Dom denken. Daar ging het toch ook steeds over Jezus en de duivel? Wat als er een verband bestaat?'

Morten maakt een wegwuivend gebaar. 'Dat klinkt me te vaag. Misschien een na-aper, oké, maar meer verband zie ik vooralsnog niet.'

'In mijn oren klinkt het als enorme eigendunk,' bromt Bruckmann. '"Kijk, ik ben de grootste, ik ben heer en meester over leven en dood." Dat lijkt me logischer dan samenzweringstheorieën rond getallenmystiek.'

Nicole Weihertal zwijgt met hoogrode wangen.

Bruckmann kijkt naar Sita. 'Mij interesseert eigenlijk méér hoe het zit met de relatie tussen die Fleischauer en Sinje Keller.' Zijn telefoon zoemt zachtjes in zijn binnenzak, maar hij negeert het. 'Hebben ze een relatie? Was er misschien sprake van jaloezie?'

'Zover waren we eerlijk gezegd nog niet,' zegt Tom.

Ook Mortens telefoon zoemt nu. Hij werpt een snelle blik op het scherm. 'Schiller,' mompelt hij verrast. Vragend kijkt hij naar Bruckmann. 'Heb jij die sms ook gekregen?'

Bruckmann pakt zijn telefoon en leest zwijgend.

'Wat voor sms?' vraagt Grauwein, die op zijn eigen telefoon kijkt.

Bruckmann toetst snel een nummer in. Het gesprek duurt nauwelijks een minuut. Hij zegt niets, luistert alleen maar. Dan stopt hij zijn telefoon weer weg en kijkt even in gedachten naar het tafelblad. Daarna schudt hij kort met zijn hoofd. 'Het was Cornelius Schiller. Een paar minuten geleden is een vermissing gemeld. Julia Bauer, de dochter van Wolf Bauer lijkt verdwenen te zijn. Ze is vanochtend niet op school verschenen.'

'Wolf Bauer, de farmaceut?' vraagt Berti.

'Dezelfde.'

'Ik begrijp het niet. Wat heeft dat met ons te maken? Is toch meer iets voor de afdeling Vermiste Personen?' zegt Grauwein. 'En hoezo loopt dat via Schiller?'

'Cornelius en Bauer kennen elkaar,' bromt Bruckmann. 'En Wolf Bauer was gisteren ook bij de première. Hij heeft, net als iedereen, de film gezien. Hij denkt dat hij echt is en maakt zich nu zorgen om zijn dochter.'

Opnieuw wordt het stil rond de tafel.

'Hoe komt hij daar in godsnaam bij?' wil Tom weten.

Bruckmann haalt zijn schouders op.

'Óf hij heeft er gegronde redenen voor,' zegt Morten, 'óf hij is, laten we zeggen, licht overbezorgd.'

'Goed,' verzucht Bruckmann. 'Ik stuur twee collega's naar haar school. Ze zou op weg naar school zijn verdwenen. Ik laat ze zoeken, en ik zal nog eens in alle rust bij Cornelius informeren hoe serieus we dit moeten nemen. Dan zien we verder.'

'En Otto Keller?' vraagt Tom. 'Wie gaat er met hem praten?'

Bruckmann zucht nog eens diep. 'Als gezegd, ik, ben ik bang.'

Morten rolt met zijn ogen. Dat Keller kennelijk te belangrijk is om aan hem over te laten, zint hem niet. 'Goed,' zegt hij ijzig, als iemand die de zaak zo snel mogelijk van tafel wil hebben, 'dan stel ik voor dat jij die... hoe heet hij ook weer, die vent van die boot?'

'Fleischauer,' zegt Tom.

'Precies. Die doe jij dus. Zorg dat je iets uit hem krijgt. We moeten voortgang boeken, anders ziet het er niet best voor ons uit. De pers staat te trappelen, en niet alleen de Duitse. We hebben al aanvragen van meer dan tien Europese tv-stations, om van kranten nog maar te zwijgen. De persconferentie zal ons hooguit één dag lucht geven, dan zullen we echt met iets moeten komen.'

19

Berlijn-Prenzlauer Berg
9 augustus 2001
17.38 uur

Sita's hele lijf gloeide. Ze zat op de grond in een langgerekte ruimte onder een schuin aflopend dak. Langs de muren stonden stellingen vol stangen, oude motoren en losse onderdelen. In een van de hoeken lag een schildpad zo groot als een vuilnisbak, met scherpe tanden en glazen ogen. Daarnaast hingen twee gehavende skeletten en lichaamsdelen van poppen van papier-maché. Ramen waren er niet, alleen een daklicht van plastic, waar de zon genadeloos op brandde. Het was benauwd, het rook er naar olie en het was er bloedheet.

Het liefst had ze een paar kledingstukken uitgetrokken, maar dat was uitgesloten. Ze wilde zich niet blootgeven aan de hanenkam en zijn makkers, al plakten haar doorweekte kleren inmiddels aan haar lijf als een tweede huid. Maar de hanenkam had haar tenminste niet vastgebonden en haar zelfs een fles water gegeven. Haar wc bestond uit een oude plastic bak, maar ze had zich voorgenomen het zo lang mogelijk op te houden. Elk moment kon de deur openvliegen en zou een van hen drieën haar zien als ze... Ze schudde de gedachte van zich af en vroeg zich voor de honderdste keer af hoe lang dit hier zou gaan duren. Wat wilden die drie van die rooie? Wat had hij gedaan? 'Messentrekker', had de hanenkam hem genoemd. Waarschijnlijk ging het om een ordinaire concurrentiestrijd, was die tussen die rooie en de hanenkam uit de hand gelopen en moest het nu worden uitgevochten. Hoe had ze zo stom kunnen zijn om Amad zijn geld te gaan brengen?

Buiten klonken zachte voetstappen. Iemand kwam stilletjes naderbij, ze verwachtte elk moment dat de grendel opzij zou worden geschoven en de hanenkam zou binnenstappen. Ze keek om zich heen. Wat weerhield haar er eigenlijk van om een van die ijzeren stangen te pakken die onder de skeletten op de vloer lagen en daarmee naar de deur te sluipen?

De voetstappen stierven weg, ze keek weer naar de deur. Hij was gemaakt van stevige planken, met smalle kieren ertussen. Ze dacht door de kieren iemand te zien die naar binnen gluurde. Het plan met een ijzeren stang was waarschijnlijk niet het beste – althans, niet nu. Ze bleef zitten.

De grendel werd opzijgeschoven, de deur zwaaide open. Mes kwam binnen met een polaroidcamera. 'Jezus man, wat een hitte hier!' Hij trok zijn leren jack uit. Zijn bovenarmen waren zo dik dat Sita bijna voor zich zag hoe hij push-ups deed. Zweet parelde op zijn voorhoofd.

'Wat willen jullie eigenlijk van mij? Ik heb met die hele zaak toch niets te maken?'

'Hou op met steeds diezelfde stomme vraag te stellen! Daar word ik gek van. Kleren uit.'

'Wát?' Sita dacht dat ze hem niet goed verstond.

'Kleren uit, zei ik. Is dat zo moeilijk?'

Sita verbleekte. 'Dat kun je wel vergeten.'

Mes grijnsde duister. Zijn smalle neus en die ogen zo dicht op elkaar, vingen het licht van boven. 'Ik zeg het niet nog eens.'

'Waarom?' vroeg Sita. 'Wat wil je...?' Op hetzelfde moment besefte ze dat haar 'waarom' al de eerste stap naar capitulatie was. 'Vergeet het maar. Dat doe ik niet,' zei ze zo vastberaden als ze kon.

Mes deed de deur achter zich op slot, trok een van de ijzeren stangen onder de skeletten vandaan en woog die in zijn hand.

Sita krabbelde overeind en deinsde terug tegen de muur.

'Leuk dat je het vraagt,' zei Mes. Hij hield de polaroidcamera omhoog. 'Ik wilde een paar mooie plaatjes schieten.'

Sita slikte. 'Koop je eigen pornoboekjes maar, dan...' Verder kwam ze niet. De ijzeren stang trof haar op heuphoogte. Op het laatste moment wist ze zich nog half af te wenden, zodat de stang niet haar heup raakte, maar haar kont. De tranen schoten haar in de ogen.

'Met de volgende klap breek ik je been,' zei Mes luchtig. Hij liet het uiteinde van de stang dreigend over de vloer schrapen.

'Alsjeblieft, nee!' kreunde Sita.

'Ik wacht.'

Een moment, dat eindeloos leek te duren, dacht Sita dat het niet waar kon zijn, dat er een hogere macht, een of andere instantie in het universum moest zijn die toekeek en hulp zou sturen. Maar er gebeurde niets.

Ze veegde de tranen van haar wangen en trok langzaam haar T-shirt omhoog.

'Meer.'

Ze koos voor haar broek.

'Alles, en dan tegen de muur.' Mes wees op een plek midden in het verzengende licht onder het dakvenster.

Sita beet haar kiezen op elkaar alsof ze op die manier de schaamte kon verdrijven en trok haar ondergoed uit. Ze kreeg het koud en warm tegelijk. Ze dacht aan de hondenkots die medeleerlingen in de vierde klas in haar schooltas hadden gestopt, aan het voortdurende Motzifotzi-gescheld op het schoolplein. Ze hadden haar in een vuilcontainer gegooid, haar bespuugd, en telkens dacht ze: dit is de grootste vernedering die je kunt ondergaan. Tot nu.

Met een arm voor haar borsten en een hand voor haar kruis schuifelde ze het licht in.

Mes staarde haar aan, legde de stang weg, de polaroidcamera klikte.

'Doe je handen weg. Dat ziet er niet uit.' Hij gooide de foto achteloos op de grond.

'Over mijn lijk.' Sita's stem beefde.

'Nog nooit in een sauna geweest? Jezus, wat ben jij preuts, zeg.'

Sita perste haar lippen op elkaar.

'Hé, hou het simpel. Ik heb die foto nodig, begrepen? Ik krijg hem toch wel, hoe dan ook.'

Sita's blik zwierf eerst langs de ijzeren stang op de grond, toen naar de deur. Het had geen zin, zo snel zou ze nooit zijn. Het gevoel van machteloosheid beroofde haar bijna van haar verstand. Sinds het moment dat ze voor de trein wilde springen en die rooie haar had gered, was er iets in haar veranderd, iets wat haar gevoel van machteloosheid nog erger maakte. Ze moest iets bedenken om zich te verweren. Iets! Hoe klein ook. De hoofdzaak was iets van haar waardigheid te redden, hem te laten zien dat hij haar er niet onder kreeg!

Mes trok zijn wenkbrauwen op. 'Ik wacht.'

Haar klein krijgen. Dat was toch wat hij wilde. Sita keek hem aan. Dat was precies het laatste wat ze zou laten gebeuren!

Ze liet haar handen zakken en stak haar kin naar voren. Het bloed steeg naar haar wangen, ze wist dat ze knalrood werd, maar toch zette ze haar ene voet voor de andere en rekte zich uit. Als ze al zo voor hem moest staan, dan met geheven hoofd.

Mes stond even perplex. Hij wilde iets zeggen, maar deed zijn mond weer dicht. De camera zoemde twee keer achter elkaar en spuwde twee foto's uit.

'Mooi,' bromde hij. 'Maar nu zonder die blik. Daar heb ik niets aan voor die foto's.'

'Wat voeren jullie uit?' Achter Mes dook de derde handlanger op, Vlo. Snel bedekte Sita zich weer, ze bukte en graaide haar kleren van de grond.

'Waag het niet,' blafte Mes tegen haar.

'Laat haar, man,' zei Vlo. Hij was peziger dan Mes, minder

opgepompt, zijn gezicht was fijner gesneden. Hij had een fles water bij zich. 'Wat moet dat?'

'Foto's voor die rooie,' zei Mes met een grijns. 'Om hem een beetje op te porren. Hoe snel denk je dat hij hier is als hij die foto's ziet?'

'Was dat jouw idee?'

'Mijn plan,' zei Mes. 'Haan vond het een goeie.'

'Moet dat?' vroeg Vlo. Hij keek naar Sita. 'Kleed je weer aan,' zei hij zachtjes.

'Ga je nou een beetje de gentleman uithangen?'

'Ze heeft ons niets gedaan. Dat is alles,' zei Vlo.

'Man, ze is toch de vriendin van die klootzak,' zei Mes verontwaardigd. 'Kijk dan. Ik bedoel, we kunnen haar toch...' Hij deed een stap in Vlo's richting en fluisterde hem iets in het oor zonder haar uit het oog te verliezen.

'Vergeet het maar,' zei Vlo. 'Als Haan dat idee met die foto's goedvindt, geef ze hem dan, maar snel. Ik zou een beetje opschieten, voor die rooie ervandoor gaat.'

'Ik moet er nog een maken waarop ze lekker depri kijkt.' Mes grinnikte. 'Als een rat in de val.' Hij greep naar de ijzeren stang.

'Kappen nou,' zei Vlo. Hij zette een voet op de stang, zodat Mes hem niet kon oppakken. Woedend keken ze elkaar aan.

'Je bent een mietje, jij,' bromde Mes ten slotte. Hij draaide zich op zijn hakken om en liep de deur uit.

Even voelde Sita zelfs iets als dankbaarheid. Vlo bleef als versteend naar haar staan kijken terwijl ze zich weer aankleedde.

Toen ze haar T-shirt weer over haar hoofd had getrokken, gooide hij de fles water naar haar toe en zei: 'Voor jou.'

'En dan moet ik je zeker dankbaar zijn?' zei Sita.

'Kan me geen reet schelen.'

'Waarom noemen ze je eigenlijk Vlo?' vroeg Sita.

'Waarom noemen ze jou Motzifotzi?'

Sita beet op haar lippen. 'Je weet dat het niets uithaalt met die foto's, hè? Die rooie is mijn vriend helemaal niet. Ik zag hem *voor het eerst toen jullie naar hem op zoek waren.'*

Vlo haalde zijn schouders op. 'Zo keek hij anders niet naar je.'

'Die komt niet,' zei Sita. Ze overwoog of ze haar schoenen aan zou doen, maar het voelde niet goed om voor Vlo te bukken. 'Niet voor mij.'

'Geloof ik niet,' reageerde Vlo. Achter zijn schouder, in de gang achter de deur, werd het heel even donker, toen weer licht, alsof iemand door het licht sloop.

'Hoor je me wel?' vroeg Sita. 'We kennen elkaar helemaal niet. Hoe kom je erbij dat hij voor...' Ze aarzelde even, 'voor iemand als ik zoiets zou riskeren?'

Vlo keek haar zwijgend aan. Hij deed een stap naar voren en bukte zich om de foto te pakken die Mes zo achteloos had weggegooid. Precies op dat moment verscheen een silhouet in de deuropening. Het was de rooie, nog geen drie passen achter Vlo. Sita verstijfde. Bezwerend hield hij zijn wijsvinger voor zijn mond.

Vlo kwam overeind en bekeek de foto. Hij had bruine ogen, lichtbruin. 'Ik zou het doen,' zei hij zachtjes. Hun blikken kruisten elkaar.

De rooie kwam geruisloos dichterbij.

Vlo keek Sita onderzoekend aan.

'Hoe bedoel je,' vroeg ze. Ze probeerde Vlo's blik vast te houden. Nu niet langs hem heen kijken! Ze mocht niets laten merken.

'Je bent...' Vlo zocht naar woorden. De foto wapperde tussen zijn duim en wijsvinger. Sita had nog nooit een naaktfoto van zichzelf gezien. Tussen de vingers van haar rechterhand krulde schaamhaar tevoorschijn, haar armen bedekten haar borsten niet helemaal.

'Wat?' vroeg ze hees.

'Mooi,' zei Vlo.

Ze stond daar als door de bliksem getroffen. Mooi? Dat had nog nooit iemand tegen haar gezegd.

Als in vertraging richtte de rooie zich in volle lengte op, sloeg zijn arm om Vlo's nek en kneep. Vlo reageerde razendsnel, als een aangevallen dier. Hij rochelde, probeerde zich om te draaien, maar dat lukte niet. Hij ramde zijn elleboog in de maagstreek van de rooie. Die maakte een geluid alsof alle lucht in één keer uit zijn longen werd geperst, maar hij liet niet los. Een tweede elleboogstoot wist hij op het nippertje te ontwijken. 'Kut! Help me,' hijgde hij.

Vlo richtte zich met al zijn kracht op en duwde de rooie achterwaarts tegen een stellingkast naast de deur. Met een donderend geraas viel een stapel stangen op de grond. Sita bleef als aan de grond genageld staan. Ze had nog nooit in haar leven geweld gebruikt. Ze was een paar keer geslagen, maar het was nooit in haar opgekomen om terug te slaan.

'Doe iets!' riep de rooie.

Sita probeerde zich een voetbal voor te stellen. Of ze een bal kon raken wist ze eigenlijk niet. Ze had nooit gevoetbald. Dat was een spel voor etterige jochies. De gasten die het hardst Motzifotzi riepen, waren altijd de jongens die het hardst tegen een bal trapten in de pauze op het schoolplein. Trouwens, ze had haar schoenen nog steeds niet aan.

'Kom op!' brulde de rooie. Vlo vocht om lucht, zijn ogen sprongen bijna uit hun kassen. Vertwijfeld graaide hij achter zich naar de ogen van zijn belager.

Sita haalde diep adem. Een voetbal. Twee passen aanloop. Toen schopte ze Vlo zo hard als ze kon tussen zijn benen.

20

Berlijn, Hoofdbureau
Donderdag 14 februari 2019
11.38 uur

'Ik zeg niets over Keller.' Fleischauer leunt achterover op zijn stoel en houdt zijn armen stijf over elkaar. 'Dat heb ik toch al gezegd.' Hij kijkt opnieuw schichtig om zich heen in het kale vertrek. Niets aan de muur om je aandacht vast te houden, één tralievenster, hoog tegen de muur, een lamp aan een snoer boven een formica tafel met daarop alleen een zilverkleurig dicteerapparaat en twee plastic bekertjes water. Fleischauer heeft een nacht in de cel doorgebracht, en het is duidelijk dat hij nauwelijks een oog heeft dichtgedaan. Een advocaat heeft hij afgewezen, Tom heeft geen idee waarom.

'U weet al dat uw optreden van gisteren ernstige consequenties kan hebben,' herhaalt Tom.

'U kunt mij hier niet langer vasthouden,' zegt Fleischauer.

'Verboden wapenbezit, geweldpleging, bedreiging, vrijheidsberoving... dat is niet niks.'

'Dat wapen is geen reden om me vast te houden en die andere zaken waren een misverstand. Uw collega heeft bij mij ingebroken, ik ben in paniek geraakt. Ik voelde me bedreigd.'

'U had de politie kunnen bellen,' zegt Tom.

'Ik heb u gebeld. U beweerde dat u van de politie was. Toen vond ik het niet meer nodig om...'

'U hebt mij ook met uw wapen bedreigd, hoewel u ervan uitging dat ik van de politie was.'

'Nou ja,' verzucht Fleischauer, 'zoals u de trap af kwam denderen, dat maakte me ook bang. Ik wilde eerst uw penning zien.'

'U bent bang voor mijn collega, bang voor mij, bang voor Keller,' telt Tom op. 'Nogal veel angst. Of er is een reden voor, of u kunt zich maar beter onder behandeling laten stellen.'

Fleischauer kijkt zwijgend weg.

'Of bént u al onder behandeling?'

'Allang niet meer.'

'En waarom was u onder behandeling?'

'Moet ik dat zeggen?' vraagt Fleischauer.

Tom zucht. 'Dat kan ik zelf wel bedenken.' Hij neemt een slok water. Fleischauer op die afgelegen boot, zijn reactie, zijn onrustige blik en de weigering om zich aan een advocaat toe te vertrouwen spreken boekdelen. Hij voelt zich duidelijk opgejaagd. Sita zou waarschijnlijk achtervolgingswaan als diagnose stellen. Tom kijkt op het dicteerapparaat. De seconden op het kleine schermpje lopen maar door, Fleischauer en hij blijven maar rondjes om elkaar heen draaien.

'Goed,' zegt Tom, 'we laten Keller even rusten. Laten we het over Sinje Keller hebben.'

'Ik heb toch al gezegd dat ik niet weet waar ze is.'

'Bent u gesteld op Sinje Keller?' wil Tom weten.

Fleischauer wil iets zeggen, besluit anders en blijft zwijgend naar het dicteerapparaat kijken.

'U bent meer dan zomaar op haar gesteld, is het niet?'

Fleischauer kijkt plotseling niet alleen maar afwerend en bijna koortsig afwijzend; hij zit er ineens heel treurig bij.

Tom haalt zijn telefoon tevoorschijn. 'Voor we verder praten, laat ik u een filmpje zien.'

Sita Johanns zit aan Toms bureau voor zijn computer en klikt naar het moment in de film waarop Sinje Keller de lift in wordt geduwd. Vier keer kijkt ze dat stukje terug, de duw, Sinjes geschrokken reactie, de manier waarop ze haar evenwicht verliest en valt. Niets daaraan gebeurt bewust. Iemand die een duw verwacht, reageert anders, die probeert instinctief om zich zo te laten vallen dat het minder pijn doet.

Ze zoekt op de server de antibontfilm op. Ook daar valt Sinje Keller, wanneer een pelsjager haar tegen de grond werkt, maar ze breekt haar val met twee handen, haar reactie is totaal anders.

Als ze weer naar de snuffmovie van de Berlinale klikt, ziet ze weer die negentien op de muur naast de lift. Ze doet haar ogen dicht en probeert de film in haar hoofd te scheiden van het beeld op het scherm, maar het lukt niet.

Opstaan. Naar buiten. Dat is het enige wat nu helpt. Het leer van haar jack kraakt als ze het al lopend aantrekt. De gang voor Toms kamer lijkt door de tijd vergeten. Oude deuren, tig keer overgeschilderd. Het hoofdbureau aan de Keithstraße heeft de charme van een school uit de jaren twintig van de vorige eeuw.

'Pardon?'

Sita blijft staan. Een kleine vrouw in een nauwsluitende, zwarte jurk en een smaakvolle grijze jas loopt op haar af. Sita schat haar halverwege de vijftig. Ze heeft donker, kort haar en een wit gezicht. Iets aan haar doet haar aan iemand denken, maar wie wil haar niet te binnen schieten.

'Waar vind ik de heer Babylon?'

'Die zit helaas in de verhoorkamer. Dat kan nog wel even duren. Kan ik u ergens mee helpen?'

De vrouw kijkt om zich heen alsof ze bang is dat ze is gevolgd. 'Ik weet het niet...' Ze kijkt verschrikt, ze heeft duidelijk gehuild, maar daarna haar make-up weer netjes in orde gebracht. 'Ik denk dat ik het beter een andere keer kan proberen.'

'Maar wat is uw naam? Waar gaat het over?'

'Ik... Het gaat om Sinje Keller. Zou u hem misschien...' Ze graait in haar zwarte Chloé-handtasje, diept er een visitekaartje van een Berlijns sterrenrestaurant uit op en schrijft op de achterkant met een eyelinerpotlood een mobiel nummer. 'Zou u hem dit nummer willen geven, alstublieft?'

Sita pakt het kaartje aan en plotseling weet ze waarom het gezicht van de vrouw haar zo bekend voorkomt. 'Mevrouw Keller?'

De vrouw aarzelt, kijkt nog een keer om zich heen. 'Kennen wij elkaar?'

'Nee, nee. Maar u lijkt zo op uw dochter. Ik bedoel, uw dochter lijkt zoveel op u,' zegt Sita. Ze steekt haar hand naar de vrouw uit. 'Sita Johanns. Ik werk met Tom Babylon samen.'

Mevrouw Keller schudt werktuigelijk haar hand en mompelt: 'Elisabeth Keller.'

'Als het over uw dochter gaat, kunt u ook met mij praten.'

Weer kijkt mevrouw Keller nerveus om zich heen. 'Neemt u het op als ik met u praat?'

'We kunnen ook vertrouwelijk met elkaar praten. Off the record.'

Elisabeth Keller twijfelt en perst haar lippen op elkaar. Dan knikt ze. Tranen wellen op in haar ogen. 'Ik ben het zo zat. U wilt niet geloven hoe zat ik het allemaal ben.'

Fleischauer heeft zijn bril afgezet en veegt keer op keer zijn tranen weg. Zijn kin trilt, hij bijt zijn kiezen op elkaar en probeert zichzelf te beheersen. 'Fuck,' mompelt hij, 'wie doet zoiets?'

'Denkt u dat het echt is?' vraagt Tom.

'Hoezo echt?'

'Ik bedoel, zou het gespeeld kunnen zijn? Kan Sinje Keller dit hebben geacteerd?'

Hoop flakkert plotseling op in zijn ogen. 'Ik, eh, o... Het zou kunnen... Hoewel, het ziet er zo echt uit.'

'Hebt u iets met deze film te maken?'

'Ik? Ik had geen flauw idee,' zegt Fleischauer. 'Ik heb alleen gemerkt dat Sinje sinds zaterdag niet meer op de boot is geweest.'

'Vijf dagen,' rekent Tom hardop. 'Wanneer hebt u haar precies voor het laatst gezien?'

'Zaterdag, rond twee uur. We hebben samen opgeruimd, na de inbraak.'

'Het geforceerde slot?'

Fleischauer knikt. 'Het hele schip was ondersteboven gehaald. Tot in alle hoeken.'

'Was er iets weg?'

'Dat is het gekke. Niets.'

'Dan heeft iemand naar iets gezocht, maar het niet gevonden. Hebt u enig idee waar het om ging?'

'Geen flauw idee. Maar Sinje zei meteen: "Mijn vader."'

Tom fronst zijn wenkbrauwen. 'Hebt u enig idee waarom?'

Fleischauer heft machteloos zijn handen. 'Het waren Sinjes woorden, niet de mijne.' Hij zwijgt even, en zegt dan: 'Ze zei ook nog dat hij haar al twee weken om de haverklap belde en haar vreemde vragen stelde. Meer heeft ze er niet over gezegd.'

'Hoe is uw relatie met Sinje Keller?' vraagt Tom.

Fleischauer schuift rusteloos over de zitting van zijn stoel heen en weer. Met zijn groene Frankenstein-T-shirt en zonder bril lijkt hij op een puber. 'Sinje is... nou, ja...'

'U bent op haar gesteld.'

Fleischauer knikt.

'Maar u hebt geen relatie met haar.'

'Toen ze bij me kwam wonen heel even. We hebben elkaar ontmoet in een café in Mitte.'

'Welk café?'

'Zo'n zuiphok, in de kelder van een gekraakt pand. De Mislukkelingenclub, heet het. Het ging niet zo best met Sinje, destijds.'

'Waarom was dat?'
Fleischauer kijkt verbaasd naar Tom, alsof het vanzelf sprak. 'Nou ja, vanwege alles. Die mafketel van een vriend van haar, dat wasmiddelenmodel. Die achterlijke familie van haar. Ze wilde er gewoon uit. Acteren was echt haar ding, maar ook dat wilde niet erg lukken.'
'Hoe kwam dat? Was ze niet goed genoeg?'
Fleischauer snuift verontwaardigd. 'Niet goed? Sinje? Die is waanzinnig goed.'
'Hoe goed precies?'
'Nou ja... misschien geen Charlize Theron... maar ik vind haar goed.'
'Hoe dan?'
Fleischauer kijkt Tom aan alsof hij opnieuw moet kijken hoe betrouwbaar hij eigenlijk is. Hij zet zijn bril weer op, en meteen zit die wantrouwende man op het schip weer voor hem. Dan zet hij zijn bril weer af, wrijft in zijn ogen en zegt: 'Ze... mocht niet.'
'Dat begrijp ik niet, wat bedoelt u daarmee?'
Fleischauer worstelt nog steeds met zichzelf. Dan wijst hij op het dicteerapparaat dat tussen hen in op tafel ligt.
Tom knikt en zet het uit.

Elisabeth Keller zit kaarsrecht op een bureaustoel en stopt de zakdoek waarmee ze haar tranen heeft gewist terug in haar handtas. Sita zit tegenover haar, aan de andere kant van Toms bureau. 'Ze zijn als water en vuur,' mompelt Elisabeth Keller, 'terwijl ze zoveel op elkaar lijken.'
'U bedoelt uw dochter en uw man?' vraagt Sita.
Elisabeth Keller knikt bevestigend.
'Wanneer is dat begonnen?'
'De ruzies tussen die twee?' Ze kijkt naar het plafond, zoekend naar herinneringen en zucht. 'Soms denk ik dat het altijd al zo was. Niet toen ze heel klein was, natuurlijk. Toen

was ze betoverend. Een echt vaderskindje. Maar ze heeft nu eenmaal die enorme vrijheidsdrang. Ze haat niets zo erg als regels, zelfs als die goedbedoeld zijn. Hoe ouder ze werd, hoe vaker er problemen ontstonden. Mijn man is... nogal restrictief... dat kan ook niet anders, met zijn beroep. Hij vond niet alles goed. Vooral over dat acteren heeft hij zich mateloos opgewonden.'

Fleischauer kijkt zwijgend naar het uitgeschakelde dicteerapparaat, alsof hij dat wat hij wil zeggen, zorgvuldig moet afwegen. 'Weet u,' zegt hij, 'Keller bemoeide zich echt overal mee. Hij zocht zelfs de vriendinnen uit met wie Sinje mocht spelen. Toen ze nog klein was, bedoel ik. Wie niet goed genoeg was, was niet welkom. Uitgaan was niet de bedoeling. Toen ze mee wilde doen met het schooltoneel, vond hij dat niets voor haar.'

'Was daar een reden voor?' vraagt Tom.

'Geen reden waar Sinje iets van begreep, in elk geval. Sinje is... extravert. Ze heeft de bühne nodig, maar haar vader wilde altijd dat ze dat onopvallende, keurige, kleine meisje bleef, dat zoete driejarige kind dat bij hem op schoot kroop. "Ik oefen een openbaar beroep uit," zei hij altijd, "ik kan me geen schandalen permitteren." En zij wilde uitgerekend actrice worden. Toen is de bom gebarsten.'

'Dat snap ik niet. Dat is tegenwoordig toch geen punt meer. Integendeel.'

Fleischauer haalt zijn schouders op. 'Voor een controlfreak als Keller kennelijk wel.'

'Was Sinje toen nog niet meerderjarig?'

'Zeker wel. Maar toch bleef hij zich overal mee bemoeien.'

'En dat nam ze voor lief?'

Fleischauer snuift verontwaardigd. 'Dan kent u Sinje Keller slecht. Die spoog erop.'

'Dat ze uitgerekend actrice wilde worden...' Elisabeth Keller frummelt aan het bovenste knoopsgat van haar jas. 'Zo'n moeilijk en onzeker beroep.'

'Was dat waar uw man zo'n moeite mee had?' vraagt Sita.

'Ja, natuurlijk. Hij maakte zich zorgen.'

'En daarom heeft hij haar verboden te gaan acteren?'

'Verboden? Dat klinkt zo hard. Zo is het niet gegaan. Hij heeft alles geprobeerd, heeft zich voor haar ingezet waar hij maar kon. Architectuur, medicijnen, rechten, kunstgeschiedenis; ze had kunnen doen wat ze maar wilde. Maar Sinje bleef dwarsliggen. Altijd in de contramine. Op een keer barstte de bom. Tijdens het avondeten.' Elisabeth Keller laat haar jas met rust en draait nu haar trouwring rond. 'Sinje weet precies waar de knoppen zitten bij mijn man. Ze hield maar niet op met provoceren. Maar op provocaties reageert mijn man altijd met harde beslissingen. Dus toen heeft hij gezegd dat hij het haar verbood om actrice te worden en dat hij er verder nooit meer iets over wilde horen. Het ene woord leidde tot het andere, en toen is Sinje, nou ja, zoals ze nu eenmaal is, met slaande deuren vertrokken. Nog dezelfde avond heeft ze haar spullen gepakt en was ze weg. Zomaar. Maar toen was de situatie...' Ze haalt snikkend adem en staat op het punt om opnieuw in tranen uit te barsten. 'Vanaf dat moment was er geen gewoon gesprek meer mogelijk tussen die twee.'

'Hoe lang duurt die strijd al?'

'Iets meer dan twee jaar.'

'En sindsdien? Zijn er nog andere zaken tussen die twee voorgevallen?'

'Tussen hen beiden? Nee,' zegt Elisabeth Keller, 'niet dat ik weet. Ziet u: diep vanbinnen houdt mijn man gewoon van Sinje.'

'Die smeerlap belde naar de toneelschool,' zegt Fleischauer. 'Hij heeft gedreigd om de gemeentesubsidie voor de school te schrappen als die Sinje nog langer onderwees.'

'Pardon?' Tom kijkt sceptisch naar Fleischauer. 'Dat kunt u niet menen.'

Fleischauer vertrekt geen spier. 'Dat zei ik ook tegen Sinje. Maar zij heeft met de directeur van de school gesproken. Hij ontkende het eerst, maar Sinje kan behoorlijk overtuigend zijn.'

'Zijn daar getuigen van?'

'Getuigen? Ha!' Fleischauer lacht spottend. 'Daar is Keller te slim voor. Een beroepsleugenaar, weet u wel. Hij dreigt, en ondertussen kan niemand hem iets maken.'

Tom zwijgt ontsteld. Hij moet aan Phil denken en vraagt zich af of hij zichzelf nog in de spiegel zou kunnen aankijken als hij hem ooit zoiets zou flikken. 'En toen is Sinje Keller van die toneelschool afgegaan? Maar dat is toch niet de enige opleiding?'

'Nee. Sinje heeft van alles geprobeerd, maar ze had geen geld. Van haar vader kreeg ze niets, en de meeste scholen zijn duur. Privélessen ook. Toen heeft ze geprobeerd om in kleine theaters rolletjes te krijgen om ervaring op te doen en wat te verdienen. Maar het probleem is dat de meeste theaters door de overheid worden gesubsidieerd. Dus trok Sinje altijd aan het kortste eind. Uiteindelijk heeft hij haar klein gekregen.'

'Kunt u mij een paar namen noemen?' vraagt Tom. 'Van die toneelscholen en theaters?' Hij pakt zijn gele opschrijfboekje.

'Maar dan hebt u het niet van mij.'

'Nee, zeker niet,' belooft Tom.

'Bovendien zullen ze het allemaal ontkennen,' moppert Fleischauer. 'Daarom heeft Sinje in die antibontfilm meegespeeld. Dat bont kon haar niet veel schelen. Ze wilde iets extreems doen. Die scène aan het eind was zelfs haar eigen idee. De dochter van de burgemeester poedelnaakt midden in een drukke winkelstraat. Vreemd genoeg deed die clip niet veel. Sinje heeft altijd gedacht dat haar vader daar ook de hand in heeft gehad.'

'Mevrouw Keller,' zegt Sita, 'mag ik u iets vragen?'

Elisabeth Keller laat plotseling haar trouwring met rust. Zuchtend zegt ze: 'Vraagt u maar.'

'U vroeg mij zojuist om een vertrouwelijk gesprek. U weet waarschijnlijk dat uw man op dit ogenblik bij ons is en met onze hoofdcommissaris Bruckmann overlegt.'

Elisabeth Keller knikt.

'Ik kreeg de indruk dat u ons iets wilde vertellen waar uw man niets van mag weten.' Sita kijkt de vrouw aan de andere kant van het bureau aan, maar die ontwijkt haar blik. 'Alles wat u tot nog toe over uw man en Sinje hebt verteld, getuigt van veel begrip voor uw man, wat natuurlijk goed is. Heel goed, begrijpt u mij niet verkeerd. Maar voor niets van dit alles was een vertrouwelijk gesprek nodig geweest. Waarom bent u hier werkelijk heen gekomen, mevrouw Keller?'

Elisabeth Keller slikt. Ze vecht weer tegen haar tranen.

'Weet u iets wat ons zou kunnen helpen om haar te vinden?'

'Denkt u dat ze nog leeft?' Elisabeths stem klinkt dun als vloeipapier.

'Ik weet het niet,' verklaart Sita.

De vrouw tegenover haar pakt opnieuw haar zakdoek uit haar handtas en snuit bijna geluidloos haar neus. Het is alsof ze gewend is niemand te storen. 'Ik... ik ben hier,' begint ze hortend en stotend, 'vanwege de affaire met de safe.'

Sita fronst haar wenkbrauwen. 'Welke safe?'

'Er is bij ons ingebroken.'

'Wanneer?'

'Ongeveer drie weken geleden. Eind januari, op een vrijdag.'

'En u hebt de politie gebeld.'

'Nee.' Elisabeth zwijgt eventjes. Het lijkt alsof ze een uitweg zoekt, alsof ze ineens niet meer wil afmaken wat ze begonnen is. 'Dat wilde mijn man niet,' zei ze toen, heel zacht.

'Heeft hij gezegd waarom hij dat niet wilde?'

Ze schudt haar hoofd.

'Wie ontdekte de inbraak?' vraagt Sita.

'Ik. Ik kwam die avond laat thuis. Mijn man was het hele weekend weg. Ik kwam met de auto de garage in, we hebben een automatische deur, die je kunt openen met een afstandsbediening vanuit de auto. In de garage verbaasde het me al dat de deur naar het huis niet op slot was.'

'Was die geforceerd?'

Elisabeth schudt haar hoofd. 'Die stond gewoon open. Maar later hebben we gezien dat iemand de alarminstallatie had uitgeschakeld. Het kastje van het alarm zit in de garage. Iemand had daaraan gezeten.'

'En wanneer ontdekte u dat het om een inbraak ging?'

'Toen ik binnenkwam. Het was vreemd. Ik laat altijd een paar lampen aan, altijd dezelfde, zodat er wat licht in huis is als ik thuiskom en omdat... nou ja, om...'

'Om eventuele inbrekers af te schrikken omdat ze dan denken dat er iemand thuis is,' helpt Sita haar.

Elisabeth Keller knikt. 'Maar de lichten waren allemaal uit. Alleen op de trap naar de kelder brandde licht. Ik dacht eerst dat Otto om wat voor reden dan ook eerder thuis was gekomen. Ik riep hem en liep naar beneden. Ook in de kelder brandde licht. En de deur naar de wijnkelder van mijn man was opengebroken.'

'Uw man sluit zijn wijnkelder af?'

'Die wijnen zijn zijn grootste schat. Er ligt daar voor een vermogen. Sommige flessen zijn meer dan duizend euro waard. Het vreemde was dat ook in de wijnkelder het licht aan was. Bijna alsof iemand een spoor had achtergelaten dat naar die plek leidde. Toen zag ik de kast. Die was van de muur getrokken. In de muur erachter zat een safe, ongeveer zó groot.' Met haar handen geeft ze ongeveer de grootte van een oven aan. 'Die was ook opengebroken.'

'U vertelt het alsof u nooit hebt geweten dat die safe daar zat.'

'Ik had geen idee. Ik kom ook nooit in de kelder. Ik ben niet zo'n wijnliefhebber.'

'En de safe was opengebroken? Hoe dan?'

Elisabeth Keller haalt haar schouders op. 'In de deur zat een gat, alsof iemand met zo'n ding... ik weet niet hoe dat heet.'

'Een snijbrander?' helpt Sita haar op weg.

'Nee, eerder een boormachine, maar dan iets groter.' Ze geeft met haar linkerhand de grootte van een tennisbal aan. 'Nou ja, de safe was leeg. Ik heb meteen Otto gebeld. Hij was muisstil aan de telefoon, ik dacht nog even dat de verbinding was weggevallen. Toen wilde hij van alles weten; wat er nog in de safe zat, hoe het er thuis uitzag, hoe het met het alarm zat, en of ik al iemand had gebeld...'

'Hebt u hem gevraagd wat er in de safe zat?'

'Ja, niet veel belangrijks, zei hij, het was geen ramp. Toch wilde ik de politie bellen...'

'Maar uw man wilde dat niet.'

'Hij zei dat hij geen zin had om urenlang vragen te moeten beantwoorden en vreemden in huis te moeten laten die elke vierkante centimeter met vingerafdrukkenpoeder vies kwamen maken.'

Elisabeth Keller kneedde nerveus haar zakdoekje. 'Ik vond het nogal vreemd. Vooral nu dat... dat met Sinje is gebeurd. Ik geloof niet in toeval, weet u. Dat verleer je als je met een politicus bent getrouwd. Toeval bestaat niet, dat zegt Otto ook altijd.'

'Wat vond u precies vreemd?' wil Sita weten.

'Weet u, Otto heeft zenuwen van staaldraad. Anders zou hij in zijn beroep ook niet kunnen overleven. Maar de avond dat we belden klonk hij heel nerveus. Of nee, niet nerveus... ik geloof eerder bang. Zijn stem klinkt alleen zo als hij bang is.'

21

Berlijn-Prenzlauer Berg
9 augustus 2001
18.17 uur

Vlo sloeg als een blok tegen de vlakte en kromde zich met een van pijn vertrokken gezicht. Zijn mond stond wijd open, maar hij bracht niet meer voort dan een jammerend gekreun.

De rooie hijgde zwaar. 'We moeten hier weg, kom.' Hij greep Sita's hand.

Sita staarde naar Vlo en kon zich niet bewegen.

'Sita!' De rooie trok haar mee, een lange gang door naar de deur. Met een waarschuwend gebaar legde hij een vinger op zijn lippen, drukte voorzichtig de klink omlaag en gluurde om het hoekje. Hij knikte naar Sita. Zachtjes slopen ze naar buiten, een soort veranda op. Onder hen lag een grote hal met kisten en pallets, in een hoek stond een rode vorkheftruck. Recht voor hen leidde een metalen trap naar beneden. Sita voelde hoe elke voetstap het metaal deed trillen. Het profiel van de treden drukte pijnlijk in haar voetzolen.

'Vlo?' klonk een stem, ergens van boven. 'Kom hier, ik wil met je praten.'

De rooie gebaarde dat ze door moest lopen.

Nu klonk er een dierlijk, woedend gesteun, als van iemand die wilde schreeuwen maar het niet voor elkaar kreeg.

'Vlo? Waar zit je?' riep Mes.

'Hier,' klonk het gesmoord.

Op de bovenverdieping klonken snelle, driftige stappen. Nog even en ze zouden hen komen zoeken.

Ze sprong van de laatste treden en landde op de laadvloer. Koud, gebarsten beton. De rooie wees naar de schuifdeur op ongeveer vijftien meter afstand. Ze renden erheen. Hij bereikte de deur als eerste en rammelde er voorzichtig aan. 'Kut, op slot,' fluisterde hij.

'Hoe ben je dan binnengekomen?' zei Sita zachtjes.

'Over het dak, maar daar kunnen we nu niet meer langs, vanwege Mes.'

Sita's blik vloog door de hal. 'Daar, die kisten.'

'Daar zoeken ze toch als eerste tussen.'

'Misschien is er eentje open.'

'Daar passen we nooit in.'

Van boven schalde de stem van Mes. 'Kut, die smeert 'm!'

'Die rooie was er ook bij,' kreunde Vlo gesmoord.

'Háán!' De dreunende stem van Mes weerkaatste van de muren in de hal.

Sita trok de rooie naar de kisten. Er stonden er een stuk of vijftig, zestig, allemaal van hout.

'Klootzakken!' schreeuwde Haan. Kennelijk zat hij ook ergens boven, in een ander kamertje.

'Hier!' riep Mes. 'Het dakluik staat open.'

'Lul dan niet en ga kijken, klojo!'

Sita voelde langs de randen van de kisten en probeerde ze open te krijgen – tevergeefs, ze waren allemaal dichtgespijkerd, maar even verderop stonden een paar kennelijk lege kisten met het deksel er los op. De rooie wees ernaar. Sita begreep hem meteen. Samen tilden ze een van de lege kisten op en zetten die bij de volle.

'Op het dak is niemand,' schreeuwde Mes.

'Dan in de hal misschien!' riep Vlo. Zijn stem klonk nog steeds onvast, maar hij leek langzaam bij te komen. Sita pakte het deksel, ter grootte van een iets te krappe doodskist. De rooie

wilde nog een tweede pakken, maar zij schudde driftig nee. Binnen een paar seconden zouden ze op het balkon verschijnen om de hal in te kijken.

Snel stapte ze in de kist, legde zich op haar zij en gebaarde dat de rooie er ook in moest komen. Na een korte aarzeling deed hij het, met het deksel in één hand. Sita kreeg een knietje in haar maagstreek, maar gaf geen kik. Tijdens zijn poging om het deksel dicht te doen stootte hij met zijn elleboog tegen haar neus. De tranen sprongen in haar ogen, maar ze verbeet de pijn en probeerde hem te helpen met het recht leggen van het deksel, maar het lukte niet helemaal omdat ze hun benen niet goed kwijt konden.

Stappen galmden op de metalen treden.

Ze trokken hun knieën op en schoven hun benen om en om in elkaar. Eindelijk sloot het deksel goed en werd het donker. Ze lagen buik tegen buik en durfden haast geen adem te halen.

'Mes! Jij de voordeur. Ik kijk achter!' riep Haan. Zijn stem werd gedempt door het hout van de kist. Even later hoorden ze hoe er aan de deuren van de hal werd gerammeld.

'Dicht!'

'Deze ook.'

'Dan moeten ze nog binnen zijn,' concludeerde Vlo.

'Tussen de kisten,' dacht Mes. Hun voetstappen kwamen dichterbij.

'Heb je achter de vorkheftruck gekeken?' vroeg Haan.

'Ja, niemand.'

Even hoorden ze alleen voetstappen en klappen, alsof er tegen de kisten werd geslagen. 'Dat hoef je niet te proberen,' zei Mes. 'Die krijg je niet open. Allemaal vastgenageld. Dan moeten ze daar zijn, die kisten daar zijn leeg.'

Even later was er zoveel herrie dat het Sita en de rooie door merg en been ging. Vlak naast hen gooiden de drie kennelijk de deksels van de lege dozen op de grond.

'Niets.'

'Kut,' gromde Vlo. Zijn stem klonk zo dichtbij alsof hij naast hen stond.

Plotseling kraakte het deksel boven hun hoofd. Vlo was erop gaan zitten. Nerveus trommelde hij met zijn vingers op de rand. Sita voelde de adem van de rooie op haar huid. De warmte van zijn lichaam drong door haar kleren. Zijn wangen waren stoppelig, voor het eerst van haar leven voelde ze baardstoppels tegen haar huid. Plotseling besefte ze hoe bezweet ze was. Zou je dat door de kieren in het hout kunnen ruiken?

'Zijn ze hem dan toch over het dak gesmeerd, of wat?' vroeg Mes.

'Het lijkt erop.'

'Verdomme, we hadden ze allebei,' vloekte Haan. Iemand trapte woedend tegen de kist en Sita, die met haar hoofd tegen het hout gedrukt lag, kreeg een klap tegen haar achterhoofd.

'Wat een onvoorstelbare sukkel ben jij,' schold Mes. 'Goed dat je er eentje op je kloten hebt gekregen.'

'Hou je bek,' snauwde Vlo. 'Die trap was eigenlijk voor jou bedoeld met dat kutidee van je met die naaktfoto's.'

'Wat voor naaktfoto's?' vroeg Haan.

'Wist jij dat niet?' vroeg Vlo. 'Hij heeft haar met een ijzeren stang geslagen en haar gedwongen zich uit te kleden.'

'Jij bent ook echt een watje, Vlo,' zei Mes grijnzend. 'Daar had ik gewoon zin in, man. Dat was alles.'

'Klootzak,' zei Vlo.

'Liever een klootzak dan een watje,' reageerde Mes.

'Hou eens op met dat gehakketak,' kwam Haan tussenbeide. 'Laten we liever overleggen wat we moeten doen.'

'Is toch duidelijk. We sturen gewoon dat pooiertje van ons weer op pad.'

'Je denkt toch niet dat ze zo stom zijn dat ze zich nog een keer door hem laten lokken,' bromde Vlo. 'Dat we die Motzifotzi erbij hebben gehaald, was een stom plan. Wat als die nu naar de politie gaat?'

'Daar zal die rooie wel een stokje voor steken. Die heeft wat te verliezen,' vond Haan. 'En dan nog. Zolang die gasten van de negentien er zijn...'

'Denk maar niet dat die alles gladstrijken.'

'Buigen,' verbeterde Mes spottend. 'Rechtbuigen.'

'Die buigen alles weer recht wat wij krom afleveren,' zei Haan. 'Dat regel ik. En jij Vlo, in jouw geval zou ik maar eens goed nadenken over hoe zo'n hoer zo'n streep door onze rekening kan halen. Als je zo geil van haar wordt, ga haar dan halen, godverdomme, in plaats van de nette jongen uit te hangen. Begrepen?'

'Begrepen,' mompelde Vlo.

'En dan nog iets: hoe heeft die rooie ons in godsnaam gevonden?'

Even zwegen ze alle drie.

'Ons pooiertje?' veronderstelde Mes.

'Wie anders?' zei Haan.

'Laten we daar eens even mee gaan praten.' Vlo sloeg met zijn vuist op de kist.

'Aan hem heb je die paarse kloten van je te danken.' De grijns van Mes leek dwars door het hout te dringen.

22

Berlijn, Hoofdbureau
Donderdag 14 februari 2009
12.42 uur

'Vertrouwelijk?' vraagt Jo Morten geïrriteerd. Hij draait de kraan boven het kleine fonteintje op zijn kantoorkamer dicht en droogt zijn handen af aan een verbleekt bruin handdoekje. 'Allebei?'

'Fleischauer is bang voor Keller,' zegt Tom, 'en als ik je goed begrepen heb,' vervolgt hij, kijkend naar Sita, die met haar armen over elkaar tegen de radiator tegenover Mortens bureau leunt, 'zijn eigen vrouw ook.'

Sita wiegt met haar hoofd. 'Min of meer. Zonder haar man te laten vallen. In geval van twijfel is alles wat hij doet goed. Het leek een beetje alsof ze haar verdenking probeerde kwijt te raken dat die toestand met die geheime safe in de kelder ook maar iets met de verdwijning van Sinje te maken heeft...'

'Of met de moord op Sinje,' onderbreekt Tom haar.

'Ja, en tegelijkertijd heeft ze een slecht geweten omdat ze hem verdenkt. Ze probeert zichzelf gerust te stellen door voortdurend te herhalen hoe goed haar Otto het allemaal bedoelt.'

'Klinkt getikt,' zegt Morten fronsend. Hij gaat weer achter zijn bureau zitten en zet de pennen die in een beker naast zijn toetsenbord staan netjes recht.

'Laten we die safe eens gaan bekijken en Otto Keller wat

vragen over die inbraak stellen,' stelt Tom voor.

'Hij heeft die safe toch duidelijk geheimgehouden,' werpt Morten tegen, 'waarom zou hij hem nu ineens wel laten zien?'

'Dat is toch duidelijk. Omdat er misschien een verband is met de verdwijning van zijn dochter,' licht Tom toe. 'En als hij dat ding niet wil laten zien, moeten we hem zéker zien.'

Morten kijkt Tom aan alsof die de spelregels van mens-erger-je-niet is vergeten. 'Ik hoor de staatssecretaris al...' Morten aapt zijn verontwaardigde stemgeluid na: '"Bent u gek geworden? Een huiszoekingsbevel bij de zittende burgemeester? Alleen omdat hij een paar geheimpjes voor zijn vrouw heeft? Realiseert u zich wat de pers hiervan zal maken?"'

Morten kijkt hen aan alsof hij zit te wachten tot bij Tom eindelijk het kwartje valt. 'En trouwens: Bruckmann zal ook zo reageren. Om van Schiller nog maar te zwijgen.'

'Wat heeft het verhoor van Keller door Bruckmann eigenlijk opgeleverd?' vraagt Tom.

'Helaas niets waar we iets aan hebben,' zegt Morten schouderophalend.

'Maar dat is toch reden te meer...' houdt Sita vol.

Morten onderbreekt haar met een afgemeten handgebaar. 'Ik zal het voorzichtig in kleine kring met Bruckmann bespreken. Tot dan branden we onze vingers er niet aan. Hou het maar even in je achterhoofd, en laat het daarbij.'

'Wie we daarentegen dringend moeten verhoren is Wolf Bauer.'

'En daarbij gaat niemand dwarsliggen?' Sita fronst verbaasd haar wenkbrauwen.

'Eerder omgekeerd,' zegt Tom. 'Ze sturen ons de ene kant op en fluiten ons dan weer terug. Wat een apendans. Waarom laten ze ons niet gewoon ons werk doen, zoals in alle andere zaken?'

'Omdat deze zaak niet is zoals alle andere. Dat weet jij net zo goed als ik. Je weet waar de gevoeligheid ligt.' Mortens lippen worden smal, hij buigt zich voorover. Zijn gezicht lijkt op dat van een roofvogel. 'Dus ga gewoon naar Bauer, desnoods met Sita en praat met hem. Mocht uiteindelijk blijken dat Sinje de boel in de maling heeft genomen, hebben wij tenminste gewoon onze plicht gedaan.'

'Jullie hebben toch al een surveillancewagen naar de school en naar Bauer gestuurd? Mij lijkt het pure tijdsverspilling.'

'Als je vindt dat er geen verschil is tussen een rechercheur en een surveillant, dan moet je misschien maar overstappen,' stelt Morten voor. 'Dat kan ik voor je regelen.'

'Dank je, ik ken het verschil. Daarom wil ik er ook niet heen. Ik zie er het nut gewoon niet van in,' moppert Tom.

Morten slaat geërgerd met zijn vuist op tafel. De pennen rammelen in de beker. 'Dit is een bevel van je meerdere! Ga daar godverdomme heen!'

Even later zitten Tom en Sita zwijgend in Toms Mercedes, op weg naar Insel Schwanenwerder, waar Bauer woont. Een geur van patat vult de auto. Iets beters tegen de honger konden ze zo snel niet vinden. Nu rijden ze door Wilmersdorf en eten ze patat uit kartonnen bakjes. 'Wel lekker krokant, tenminste,' mompelt Sita met volle mond.

Tom pakt een servet uit het vakje tussen de stoelen en veegt zijn vingers af. Zijn ergernis over Mortens optreden is nog niet vervlogen. 'Eén ding is duidelijk,' zegt hij. 'Als de dood van Sinje Keller in die film gefaket is, dan hebben we niets aan Bauers telefoontje.'

'Maar Bauer schijnt te denken dat hij echt is,' werpt Sita tegen. 'Uiteindelijk staat of valt alles met de vraag of in de film nou een moord te zien is of niet.'

'Zolang de experts op Tempelhof daarop zitten te broeden, komen wij in elk geval geen stap verder,' zegt Tom. Hij kijkt op zijn horloge. Het is middag. Met een beetje geluk ligt Phil nu thuis te slapen. 'Ik zal het eens met Anne bespreken,' zegt hij. 'Tv en postproductie is haar vak. Waarschijnlijk is ze beter op de hoogte dan onze jongens in hun ivoren toren.'

Hij kiest Annes nummer, zet de telefoon op luidspreker en legt hem op het dashboard. Na vijf keer overgaan neemt Anne op. 'Hai Tom.' Ze klinkt vrolijk.

'Ha, lief. Gaat het goed?'

'Goed is zwak uitgedrukt. De kleine misdadiger slaapt heel vast.'

Tom lacht. 'Mijn misdadigers helaas niet. Daarom bel ik je. Ik ben met Sita op weg naar een ondervraging.'

'Oké,' zegt Anne, 'het klinkt alsof je me wilt vertellen dat je de komende twee weken door moet werken.' Haar vrolijkheid is op slag verdwenen. Ze klinkt teleurgesteld.

'Nee, nee, dat is het niet,' haast Tom zich te zeggen. 'Ik bel om te vragen of je voor ons naar iets kunt kijken en ons je mening kunt geven als expert in beeldbewerking.'

'Oei,' zegt Anne, 'je weet hoe duur ik ben.'

'Maak je geen zorgen. De politie beschikt over onbegrensde middelen. Ze zouden hun beste medewerker sturen, en die zou je dan voor een etentje uitnodigen.'

'Mag ik er zelf een kiezen?'

'Yep,' zegt Tom.

'Goed,' zegt Anne, 'doe mij dan die dikke maar. De baas. Hoe heet hij ook alweer?'

Sita en Tom barsten in lachen uit. 'Bruckmann,' proest Sita, die zich bijna in een patatje verslikt.

'Maar waar moet ik naar kijken?' vraagt Anne.

Tom klinkt weer serieus. 'Helaas iets erg onprettigs. Op internet vind je het nu onder "Berlinale" en "snuff".'

'O,' zegt Anne aangedaan. 'Ik heb erover gehoord.'

'We willen weten of je denkt dat de film echt is of dat hij geacteerd en daarna digitaal bewerkt is. Als het je tijdens het kijken te veel wordt, zet je hem dan onmiddelijk af, alsjeblieft?'

'Goed,' verzucht Anne. 'Wacht. Ik zit achter de computer. Blijf je even hangen?'

'Natuurlijk,' zegt Tom. Hij slaat af naar de A100. Op de achtergrond hoort hij Anne haar laptop openklappen, al snel hoort hij het blikkerige geluid van de Berlinale-zaal. Een paar keer hoort hij Anne luid kreunen. Als de film voorbij is, zucht ze diep. 'Godallejezus, wat is dat voor een zieke shit! Hoe kun je dat aanzien?'

'Goeie vraag,' zegt Tom. 'Wat denk jij?'

'Tsss,' verzucht Anne. 'Dat is niet zo moeilijk. Dit is echt.'

'Aha,' zegt Tom, verbaasd dat Anne kennelijk geen enkele twijfel heeft. 'Waarom?'

'Nou ja, beeldbewerking is één ding, maar dat kan ik met deze kwaliteit niet beoordelen. Maar dat hoeft helemaal niet. Waar het om gaat: de scène loopt in één keer door. Dat komt maar weinig voor, met zo'n intense inhoud. Voor een acteur is het heel moeilijk om elk moment even overtuigend te spelen.'

'Ook als het gaat om een geoefende actrice?' vraagt Tom.

'Dan ook, ja. Er zijn misschien maar een paar mensen die dat kunnen, maar die zijn dan ook rijp voor een Oscar. Ik heb heel lang drama gemonteerd, series, films, van alles. De authentieke indruk die zulke scènes normaal gesproken maken, ontstaan altijd door verschillende camerapunten en door focus. Om ze goed te kunnen monteren, zijn de meeste shots tussen de één en hooguit zes seconden lang. Als je de losse takes op de set vaak genoeg en vanuit verschillende perspectieven herhaalt, kun je daarna de meest overtuigende stukjes samenvoegen. Alles wat er pijnlijk of mislukt uitziet, gaat eruit. En geloof me: ik heb nog nooit een acteur meegemaakt die niet af en toe een moment heeft waarop hij te veel doet, of juist te weinig. Daar moet je altijd omheen snijden... en na lang puzzelen ziet het eruit alsof het echt zo is gebeurd. Maar het effect ontstaat vooral door het wegsnijden van ongeloofwaardige of middelmatig gespeelde stukjes. In deze clip loopt alles door, zonder cuts, zonder onderbreking en niets eraan ziet er gepland uit... begrijp je wat ik bedoel?'

'Helemaal,' zegt Sita. 'Klinkt heel logisch.'

Tom slaat van de A100 af naar de 115 in zuidwestelijke richting.

'Je hebt gelijk,' zegt hij, 'zo heb ik het eigenlijk nog helemaal niet bekeken.'

Even blijft het stil. Al werd er van het begin af aan rekening mee gehouden dat de film echt zou kunnen zijn, de bevestiging dat het zo is, lijkt een deur naar de afgrond open te zetten.

'Was dat het?' vraagt Anne. Haar stem klinkt schor.

'Wat denk je,' vraagt Sita, 'heb je voor het maken van een film als deze hulp nodig, of kun je dat in je eentje doen?'

'Dat kan prima alleen.'

Weer valt er een stilte.

Anne schraapt haar keel. Tom hoort hoe naar ze zich voelt. Als die beelden hém al door het hoofd blijven spoken, hoe moet het dan voor haar zijn?

'Hebben jullie mij nog nodig?' vraagt ze.

'Ik...' Tom zoekt naar woorden. 'Het spijt me dat je hiermee...'

'Geeft niet,' onderbreekt Anne hem, 'dan zie ik ook eens iets van de waanzin waar jij soms mee te maken krijgt.'

Tom slikt. Hoe vaak heeft hij niet in stilte gewenst dat Anne daar iets van kon zien? Al betreurt hij het dat hij haar de film heeft laten kijken, toch koestert hij dit moment. 'Dank je,' mompelt hij.

'Pas je goed op jezelf? Ik heb je nog nodig,' zegt ze. Dan hangt ze op.

23

Berlijn, Insel Schwanenwerder
Donderdag 14 februari 2019
13.11 uur

De lucht boven de Wannsee is dichtgetrokken. Op de horizon achter het eiland Schwanenwerder stapelen donkere wolken zich op. Windvlagen rukken aan de kale takken van de beplanting aan de oever.

Tom rijdt met zijn Mercedes over de smalle brug de weg op die als een lus op het eiland ligt en die de enige toegang vormt tot het exclusieve, door water omsloten gebied. Tijdens de Tweede Wereldoorlog was het een toevluchtsoord voor verschillende nazikopstukken en was de toegang verboden. Tegenwoordig worden de villa's bewoond door industriëlen, rijke zakenlieden en de erfgenamen van oude bankiers. Namen vind je er niet op de bordjes naast de bel. Wie iemand zoekt, moet zijn huisnummer weten.

Sita's donkere ogen zwerven alert langs de oude en nieuwe villa's aan weerszijden van de weg.

'Nieuw én oud geld, hè?'

'Ja, en nogal veel daarvan,' zegt Tom.

Een hek waar maar geen einde aan lijkt te komen glijdt aan Sita's kant voorbij. 'Zeg maar gerust héél veel.' Sita probeert door de bomen een glimp op te vangen van de villa's aan de oever van het meer.

'Ben je hier nooit eerder geweest?'

'Niet mijn buurt, dit.'

Tom lacht. 'De mijne ook niet, maar ik ken bijna niemand die hier niet een keer uit nieuwsgierigheid langs is gereden.'

'Je bedoelt omdat Goebbels en Speer hier hebben gewoond?'

'Dus dat wist je al.'

'Dat weet iedereen.'

Tom vraagt niet verder. Sita is niet het type voor sightseeing, en zeker niet iemand die de behoefte heeft om zich aan luxe te vergapen. Wel om na te denken over hoe mensen in elkaar zitten.

'Weet je wanneer Nova-Pharma is opgericht?' vraagt ze.

'Ergens eind jaren tachtig, begin jaren negentig. Check dat nog eens als je wil?'

Sita pakt haar smartphone erbij. 'Hier staat het. Opgericht in 1990.' Ze swipet door het artikel en leest af en toe een paar regels. 'Begonnen met generieke medicijnen, geen eigen onderzoek, gebruik van verstreken patenten. Vooral gericht op goedkope, receptvrije medicijnen. Later kopieën van medicijnen waarvoor een recept verplicht is, en die vanwege de kostendruk waar ziektekostenverzekeringen mee te maken hebben breed worden voorgeschreven. Duidelijk.'

'We zijn er,' zegt Tom.

Rechts van hen doemt een donkergrijs gelakt, sierlijk stalen hek op. Daarachter leidt een grindweg in een zwierige bocht naar een rode bakstenen villa met een biedermeier toren. Rechts van de weg staan nog twee kleinere huizen in dezelfde stijl onder imposante kastanjebomen.

'Wie hier woont, heeft personeel, denk je niet?'

'Vroeger zeker.'

Tom stopt voor de intercom en drukt op de bel. Een donker, half rond oog bespiedt hen zwijgend. Om vragen voor te zijn houdt hij zijn politiepenning voor de camera.

'Tom Babylon en Sita Johanns, recherche Berlijn. We willen graag Wolf Bauer spreken.'

'Ah, goed, ik doe open.'

Zoemend zwaait het hek open. De grond onder het fijne grind is stevig, de steentjes knarsen als ze stapvoets naar het huis rijden. De tuin lijkt op een park, maar zonder bloemperken. Er staan alleen bomen, een paar struiken en – waar de tuin aan het perceel van de buren grenst – een dichte heg. De grasvelden lijken te lijden onder de schaduw van de bomen in de zomer. Links van het huis voert een hellend geasfalteerd pad naar een ondergrondse garage. De ramen van de villa worden door zwarte geglazuurde tegels omrand en zijn voorzien van traliewerk.

'Wauw. Een rode vesting,' mompelt Sita.

Tom parkeert zijn Mercedes voor het huis naast een zilvergrijze Range Rover. In het voorbijgaan voelt hij even aan de motorkap. Nog warm. Als het Bauers auto is, moet hij net thuisgekomen zijn.

De trap naar de voordeur is, net als de rest van de villa, met rode bakstenen gemetseld. Boven de deur zit een kruisvormig tegeltableau in een ruitvormige bakstenen lijst.

De deur wordt opengedaan door een man van in de vijftig. 'Komt u binnen, komt u binnen.' Hij zwaait alsof ze geen tijd te verliezen hebben. 'Wolf Bauer, goedemiddag.'

Zijn weelderige haardos is grijs gemêleerd, zijn ogen knipperen nerveus. Zijn donkerblauwe pak is zo verkreukeld dat het wel lijkt alsof hij ermee in bed heeft gelegen, denkt Tom, en aan de kringen onder zijn ogen te oordelen, zonder een oog dichtgedaan te hebben.

Heel even bekruipt Tom een slecht geweten. Wolf Bauer ziet eruit alsof iets hem kwelt, en wekt op het eerste gezicht niet de indruk dat hij hysterisch is, al lijkt zijn hang naar veiligheid wel erg groot, als je naar de beveiliging rond het huis kijkt.

'Laten we naar de woonkamer gaan,' zegt de heer des huizes.

De vloertegels in de gang zijn van gepolijst, zandkleurig

steen, de wandlampen van spiegelglad aluminium met glazen lenzen ervoor, die een subtiel licht op de gestucte wanden werpen.

De woonkamer is groot, licht en aangenaam koel. Een witleren ziteiland, een zwarte vleugel en een kristallen kroonluchter. Enorme ramen bieden een adembenemend uitzicht op de omheinde achtertuin en het meer.

'Is er nieuws?' vraagt Bauer zonder omhaal.

'U bedoelt met betrekking tot uw dochter? Nee, helaas niet.'

Bauer trekt een scheve mond; het lijkt alsof hij met het forceren van een glimlach zijn pijn probeert te maskeren. Een ondernemerslachje. Niets laten merken. 'En hoe zit dat met Sinje Keller? Hebt u kunnen achterhalen wie daarachter zit?'

'Het onderzoek loopt nog,' zegt Tom.

'Het schiet niet op, bedoelt u.'

'Het onderzoek loopt nog.'

Wolf Bauer knijpt in zijn handen en kijkt naar het plafond. 'Geweldig.'

'Wat uw dochter betreft,' begint Sita voorzichtig, 'zou het kunnen dat er een heel simpele verklaring voor haar afwezigheid is? Bijvoorbeeld...'

'U bedoelt iets simpels als spijbelen? Stiekem shoppen of in een café rondhangen? Was het dat maar.' Hij zucht en begint naar het raam en weer terug te ijsberen. 'Zo zit Juli niet in elkaar. Ze houdt van school. Dat is altijd al zo geweest.'

'Ze is vijftien, toch?'

Bauer knikt.

'Met vijftien verandert je smaak soms ingrijpend,' zegt Tom.

'Blowen, met jongens afspreken...' vult Sita aan.

'Wat is dat voor onzin?' windt Bauer zich op. 'Zegt u dat omdat u niet naar Juli wilt zoeken? Is dat het? Ik bel met liefde Cornelius even, ik weet zeker...'

'Wij zijn toch gekomen?' onderbreekt Tom hem. 'We willen graag met u naar een verklaring zoeken.'

Bauer trekt sceptisch zijn wenkbrauwen op, alsof er redenen genoeg zijn om daaraan te twijfelen, en ijsbeert weer verder.

'En uw vrouw?' vraagt Sita. 'Heeft die een idee?'

'We leven sinds twee jaar gescheiden.'

'Waarom?'

'Is dat van belang?' vraagt Bauer giftig.

'Uw dochter kan toch bij uw vrouw zijn?' zegt Tom.

'Ik heb met haar gebeld. Ze zegt dat Juli niet bij haar is.'

'Dat wil niets zeggen.'

'Toch wel. Mijn vrouw zit in Turkije, ze overwintert daar. Ze is... ze heeft MS. De warmte doet haar goed.'

'Geeft u ons alstublieft haar adres daar,' zegt Tom. 'We zullen het natrekken.'

'Dat geeft mijn huishoudster u straks,' verklaart Bauer kortaf. Op Sita's geïrriteerde reactie reageert hij schouderophalend. 'Nou ja, ik was ertegen dat ze daarnaartoe ging. En die Turkse plaatsnaam kan ik niet onthouden,' mompelt hij. Het klinkt eerder alsof hij die niet wíl onthouden.

'En waar is uw huishoudster nu?' vraagt Tom.

'Geen idee,' zegt Bauer. 'Meestal is ze rond deze tijd met het eten bezig, maar vandaag heb ik haar nog niet gezien. Ik ben zelf net pas thuis.'

'Woont ze hier in huis?'

'In godsnaam, nee! Bij de oprit naar de villa staan twee huizen. Zij woont in het achterste van die twee.'

'En dat andere huis?'

'Dat is onbewoond.'

'Zou uw dochter bij de huishoudster kunnen zijn?'

'Mijn dochter? Bij Vesna? Onzin.'

'Wanneer hebt u voor het laatst met haar gesproken?'

'Met Vesna, bedoelt u? Eh, vanochtend vroeg. Ik heb haar vanaf kantoor gebeld en gevraagd of zij Juli naar school had gebracht. Even voor halfnegen, meen ik.' Bauer heeft duidelijk moeite om zijn zelfbeheersing te bewaren. 'Luistert u eens: ik heb geen idee of u het niet kunt of niet wilt begrijpen... ik ben bang...' Hij breekt zijn woorden af en doet zwijgend een paar stappen. 'Ik ben bang dat het met de film van gisteren te maken heeft. Die film op de Berlinale.'

'Hoe komt u daarbij?' vraagt Tom.

'Ligt dat niet voor de hand? Ik was er ook bij, ik heb net als Otto een jonge dochter...'

'U moet me dat toch even uitleggen,' zegt Tom. 'We hebben nog niet eens officieel kunnen vaststellen of Sinje Keller iets is overkomen.'

'Natuurlijk is haar iets overkomen,' zegt Bauer bits. 'Mijn god, zeg dat vooral niet tegen Otto. Die wordt gek.'

'Zelfs als we er daadwerkelijk van uitgaan dat haar iets is overkomen,' reageert Tom, 'dan begrijp ik nog steeds niet hoe u erbij komt dat er mogelijk met uw dochter iets soortgelijks is gebeurd.'

'Ik zeg dat omdat...' Hij strekt zijn vingers en balt dan weer zijn vuisten, nog steeds ijsberend. Dan blijft hij abrupt staan, met zijn rug naar het raam. In zijn ooghoeken blinken tranen.

Sita loopt naar hem toe en legt troostend een hand op zijn arm. 'Meneer Bauer, als u wilt dat we u helpen, zult u met ons moeten praten.'

'Ik...' Bauer slikt en kijkt. Eerst naar Sita, dan naar Tom, die ook dichterbij gekomen is. 'Er is... een overeenkomst tussen Otto en mij. Ik kwam erop door de kinderen.' Hij wringt zijn handen en zet een stap naar achteren, alsof Sita's aanwezigheid hem te veel wordt. 'Het kwam door wat die man zei in die film: "Kijk wat jullie te wachten staat." Dat was voor ons bestemd, voor ons allemaal, en...'

Op hetzelfde moment rinkelt een raam – het klinkt eigenlijk meer als knappen – kort en snel, gevolgd door een geluid alsof iemand een mes in een meloen steekt. Uit Bauers voorhoofd spat een fijne nevel van bloed, botsplinters en weefsel recht in de gezichten van Tom en Sita. Een kort, krankzinnig moment blijft Bauer staan, dan stort hij neer en slaat met een doffe klap tegen de parketvloer.

24

Berlijn, Insel Schwanenwerder
Donderdag 14 februari 2019
13.44 uur

Sita blijft als verstijfd staan. Ze voelt het vocht op haar gezicht en weet dat het bloed moet zijn, Wolfgang Bauers bloed, maar het is allemaal zo onwerkelijk, zo plotseling gebeurd dat ze in shock is. Ook Toms mond hangt open, als een spiegelbeeld van haar mond. Zijn gezicht, zijn hele bovenlichaam is bespat met een rood patroon.

'Op de grond,' zegt hij. Hij probeert zo normaal en beheerst mogelijk te klinken, alsof hij er zelf niet bij is, alsof hem zoiets niet kan overkomen.

Sita wil schreeuwen, maar het geluid blijft in haar keel steken. Een onzichtbare klok telt fracties van seconden. Ze wil Tom tegenhouden, maar die zit al gehurkt bij het raam en kijkt over het lage muurtje van het terras de tuin in. Zijn hand glijdt onder zijn jack en trekt zijn mat glimmende pistool. Sita haat pistolen, omdat ze doen wat er net is gebeurd. Tom draait langzaam zijn hoofd en speurt de tuin af. Hij verschuilt zich achter een van de witte balken die het raamvlak in verticale stroken verdelen. Buiten is alles groen, donker en beschaduwd. Gras, aarde, het meer. Hij proeft het ijzer op zijn lippen. Bauers ijzer. Zijn hand met het wapen trilt. Haal adem, denkt hij. Adem diep in en uit.

Waar is de schutter in godsnaam? Hij kijkt omhoog naar het

inslaggat van de kogel, hij kijkt naar waar Bauer precies stond en schat de baan van de kogel in. Achterin links. Daar staat een houten huisje, een paviljoentje of wat dan ook. Het zou kunnen.

Dan ziet hij beweging achter het bouwsel. Er fladdert iets grijs, een soort regencape. Met vastberaden stappen, alsof hij niet de indruk wil wekken dat hij op de vlucht is, loopt een man weg in de richting van het meer. Is het wel een man? Tom ziet alleen de donkere cape en een bijpassende hoed of muts. In de rechterhand een geweer.

Toms vingers klemmen zich vaster om zijn pistool. 'Wacht hier,' zegt hij tegen Sita. Hij springt overeind en rent de gang door, door de voordeur naar buiten, de omheinde tuin door, in de richting van het meer. Het begint harder te regenen. De oever komt dichterbij, al rennend strekt hij zijn arm met zijn wapen. Een motor jankt. Het geluid verandert in een gelijkmatig gebrom, in het typische lage, regelmatige snorren van een boot die wegvaart, alsof er niets is gebeurd en alles normaal is. Maar waar is die boot in godsnaam? Hij ziet hem niet. De oever is begroeid met struiken, een meter hoog ongeveer. Tom rent een steiger op. Het hout is glad, de steiger lijkt al jaren niet meer gebruikt, hij valt, landt op zijn zij en ziet op hetzelfde moment een klein, slank bootje met een buitenboordmotor, al een meter of dertig verderop langs de oever varen.

'Halt, politie. Stop of ik schiet!'

De gestalte bukt zich en stuurt zijn boot onder de overhangende takken van een treurwilg langs de oever. Even later verdwijnt hij om de bocht die de oever daar maakt. Tom hoort zijn eigen adem, het kletteren van de regen en het brommen van de buitenboordmotor dat langzaam wegsterft. Uitgeput laat hij zijn wapen zakken. De schutter is ontsnapt en of hij nu naar de Kladower-oever of naar de Düppeler Forst vaart, Tom kan hem niet tegenhouden. Hij haalt zijn telefoon tevoorschijn en belt Jo Morten.

Sita staat voor het raam. Ze ziet Tom op de steiger uitglijden en vallen en voelt zijn pijn lijfelijk. Ze hoort hem roepen, ziet hem richten en weet tegelijkertijd dat het niets zal uithalen. Haar blik valt op het gat in het raam, ze kijkt naar Bauer die levenloos voor haar op de grond ligt. Uit de kleine, ronde wond in zijn achterhoofd sijpelt bloed in zijn grijze haar. Zijn voorhoofd lijkt opengescheurd, zijn gezicht is bijna onherkenbaar. Op slag wordt ze misselijk, ze wendt haar gezicht af. Ze heeft frisse lucht nodig, en een wasbak om het bloed van haar gezicht te wassen. Gehaast loopt ze de woonkamer uit, de gang op, op zoek naar een toilet, doet de eerste de beste deur open en komt in de keuken. Bulthaup. Krankzinnig duur, natuurlijk! Idioot dat dat haar nu als eerste opvalt. Het brein maakt vreemde sprongen als het iets probeert te verdringen. Ze loopt naar de gootsteen, draait de warmwaterkraan open en is blij dat ze in de keuken staat en niet in een badkamer. In een badkamer hangt een spiegel, en het laatste waar ze nu behoefte aan heeft is zichzelf te zien.

Het water doet haar goed. Roze slierten stromen weg door het afvoerputje. Met een keukenhanddoek droogt ze haar gezicht af. Plotseling stokt haar adem. Er hangt een vreemde, bijtende geur. Een vleugje maar. Heel even doet het haar denken aan de lift, aan de negentien op de muur, en aan het feit dat daar een lichte brandgeur hing. Godsamme, ik krijg flashbacks.

Ze doet even haar ogen dicht en wrijft over haar slapen. Als ze weer opkijkt, ruikt het nog steeds naar rook.

In de muur tegenover het raam zit een witgelakte deur. Ze duwt hem open, de geur wordt sterker. Grijs betegelde traptreden leiden omlaag en lossen op in het donker. Ze doet het licht aan. Geen rook, geen vuur, en toch ruikt het verbrand. Ze aarzelt. Het staat haar tegen om alleen in een kelder af te dalen. Maar als er iets brandt, zou het nalatig zijn om niet snel in te grijpen.

Langzaam daalt ze de trap af. De lampen aan het plafond werpen scherpe schaduwen op de muren. De geur is echt, geen fantasie, ze zou het zweren, maar deze echte geur begint zich te vermengen met die uit haar herinneringen. Het enige wat haar nog overeind houdt, is het licht. Als iemand het uit zou doen, zou ze reddeloos verloren zijn.

Ze strekt haar rechterhand uit en strijkt met haar vingertoppen over de muur. Iets voelen houdt haar in het hier en nu. Ze vindt een openstaande deur met daarachter een korte gang. Aan het eind ervan is een deur opengebroken. De geur komt uit de ruimte erachter. Het vertrek meet ongeveer zes bij zes meter, langs de muren staan kartonnen dozen opgestapeld. Achterin bevindt zich een oud aanrecht, dat met geweld van de muur is getrokken. Waar het stond, zit een safe in de muur. In het midden van de deur van de safe is een gat gebrand. De rand is gesmolten, om het gat heen zitten roetsporen die zelfs doorlopen tot op de muur. Beduusd loopt Sita erheen, ze voelt voorzichtig aan de metalen deur. De safe is koud. Het is onwezenlijk stil. Dan hoort ze plotseling Tom boven naar haar roepen.

25

Berlijn-Prenzlauer Berg
9 augustus 2001
19.08 uur

Hijgend probeerde Sita haar paniek de baas te blijven. Sinds Haan, Mes en Vlo waren weggelopen, heerste er een drukkende stilte, elke seconde werd ze zich bewuster van het feit dat ze tegen de rooie aan geperst in een kist lag opgevouwen.

'Wat denk je,' fluisterde ze. 'Zijn ze weg?'

'Ik weet het niet. Hoe lang hebben we al niets meer gehoord? Tien minuten? Vijftien?'

'Ik moet eruit.'

'Ik ook,' bromde de rooie. 'Mijn rechterarm slaapt, het steekt als de hel. Maar misschien is het beter om nog even te wachten.'

'Ik moet naar de wc,' bekende Sita.

'Hou het nog even op.'

'Dat doe ik al de hele tijd.'

Ze zwegen een pijnlijk lang moment.

'En nu? Denk je dat ze weg zijn?' vroeg Sita opnieuw.

'Ze zitten waarschijnlijk boven. Hoe lang kun je het nog volhouden?'

'Niet.'

'Kut. Nog geen minuut?'

'Denk je dat ze ons horen als we voorzichtig uit de kist kruipen?'

'Dat hangt ervan af of de deur openstaat.'

'Als we nu blijven wachten, wordt het er niet beter op, toch?'

'Oké,' mompelde de rooie. 'We proberen het.' Hij duwde met zijn schouder tegen het deksel en gluurde door de kier.

'Zie je iemand?' fluisterde Sita.

'Niet hier beneden, in elk geval.' Hij schoof het deksel opzij, maar hield hem vast zodat hij niet van de kist kon vallen. Hij klom eruit. Sita krabbelde overeind en keek om zich heen. Achter in de hal zat een deur met een hangslot erop, aan de voorkant een groot rolluik.

'Ik zal even kijken,' zei de rooie.

Sita knikte en wees naar de rode vorkheftruck die links in de hoek stond, een paar meter bij het rolluik vandaan. 'Ik verdwijn even.'

De rooie rolde met zijn ogen en liep naar de deur. Sita sloop naar de vorkheftruck, hurkte erachter en plaste, eindelijk. Toen ze opstond viel haar blik op het dashboard van het voertuig. In het slot stak een sleutel met als hanger een miniatuurvossenstaart. Hoe snel reed zo'n ding. Waarschijnlijk niet snel genoeg om ermee te kunnen vluchten.

Sita liep naar de rooie die naast een kastje met twee knoppen stond. 'En?' fluisterde ze.

'Kut,' zei hij, wijzend naar het cilinderslot naast de knoppen. 'Zonder de sleutel komen we er niet uit.'

Sita keek naar het rolluik. Het bestond uit grijze, plastic lamellen. Door een kier langs de grond en de onderkant van het luik scheen fel zonlicht de schemerige hal in. 'En als we het gewoon omhoogschuiven?'

'Dat gaat niet.' De rooie wees omhoog. 'Zie je die motor daar? Die blokkeert de boel.'

'Heb je 't al geprobeerd?'

'Nee, zinloos.'

'Maar hoe kun je het dan weten?'

'Dat weet ik gewoon. Geloof me nou maar. Ik ken die dingen.'

Sita knikte en besloot niet aan te dringen. Ze wees naar de vorkheftruck. 'En daarmee? De sleutel zit erin.'

'Echt? Dat is wel wat,' mompelde de rooie. 'Die dingen hebben een hoop kracht. Daar kunnen we de deur zeker een stuk mee omhoogbuigen. De vraag is alleen...' Hij liep naar de truck en bekeek hem met een kennersblik. 'De motor maakt een hoop lawaai. Als we hem starten, daarheen rijden en pas dan...'

'Kut. Dan horen ze ons,' zei Sita die achter hem aan was gelopen. 'Die zijn hier voor we de deur open hebben.'

'We kunnen dat ding naar de deur duwen en dan pas de motor starten,' stelde hij voor. Hij nam de sleutel tussen duim en wijsvinger, draaide hem voorzichtig naar het eerste streepje en gaf een ruk aan het stuur. 'Stuurslot,' zei hij met een knipoog. 'Jij duwt, ik stuur?'

'Hé...' Sita wees op de sleutel. 'Er zit nog een sleutel aan. Een andere.'

'Klopt.'

'Denk jij wat ik denk?'

De rooie trok de sleutel uit het contact; ze slopen terug naar het rolluik. De tweede sleutel paste precies in het cilinderslot. 'Oké. Ga plat op de grond liggen,' zei hij. 'Ik doe dat ding een stukje omhoog, jij rolt eronderdoor en ik kom meteen achter je aan.'

Sita knikte en ging op de koude vloer liggen.

'Klaar?' fluisterde de rooie.

Ze stak een duim op.

Met een blik van opperste concentratie draaide de rooie de sleutel een slag. Er gebeurde niets. Toen drukte hij op de bovenste knop. Boven hen weerklonk gebrom. Er ging een huivering door het rolluik, de lamellen werden tergend langzaam omhooggetrokken.

Doodsbang hield Sita de deuren boven in de gaten. Het gebrom was te luid. Dat moesten ze wel horen.

'Nu,' zei de rooie. Hij trok de sleutel eruit, de deur bleef stilstaan. Boven klonken plotseling stappen en de deur op de gale-

rij vloog open. Mes keek de hal in, recht in de ogen van Sita. 'Ze zijn hier! Ze gaan ervandoor!' brulde hij.

De metalen trap trilde onder zijn dreunende stappen. Sita rolde onder het rolluik door naar buiten. De avondzon prikte in haar ogen. Mes sprong de laatste treden af en rende naar het luik. De rooie liet zich vallen, rolde door de kier, sprong op en keek om zich heen. Links naast de deur zat een kastje met twee knoppen, net als binnen. Snel stak hij de sleutel in het slot.

Op hetzelfde moment graaide de hand van Mes onder de deur door. De rooie drukte op de knop 'omlaag'. Mes wurmde een been door de opening, het rolluik knarste en kwam met schokken omlaag. Op het laatste moment trok Mes zijn hand en been terug. De onderkant van het rolluik raakte de grond, met een klik sloeg de motor af.

De rooie draaide zich met een ruk om. 'Rennen!'

Maar Sita stond al bij de muur langs de weg voor een manshoog traliehek. Ze sprong ertegenop, greep de bovenkant vast, trok zich op, slingerde er een been overheen en liet zich aan de andere kant zakken. De tralies trilden toen ook de rooie eroverheen klom. Sita keek nog een keer om. De hal was een oud bakstenen fabrieksgebouw dat, waarschijnlijk in de oorlog, sterk beschadigd was en later opgekalefaterd met zandsteen. Achter het gebouw stak een oude schoorsteen in de blauwe lucht. Uit het gebouw klonken opgewonden stemmen. Iemand sloeg op het rolluik.

Sita en de rooie renden zo hard als ze konden de straat uit. Een paar straten verder wierp de rooie zijn hoofd in zijn nek en begon hij langzamer te lopen. Hijgend bleven ze staan.

'Whááá!' schreeuwde hij. Zijn borstkas golfde, hij leunde tegen een gevel. Toen begon hij als een gek te lachen.

Sita grijnsde, naar adem happend. De rooie kon maar niet ophouden met lachen, tussendoor hapte ook hij naar adem, wat zo grappig was, dat Sita ook moest lachen. Pas toen het lachen van de rooie overging in een hoestaanval, waren ze uit-

gelachen. Sita keek naar hoe hij daar tegen die muur geleund stond. Zijn rode haar, zijn trotse, vastberaden blik en die parka, die haar op Kottbusser Tor al was opgevallen. Nu pas drong tot haar door wat hij voor haar had geriskeerd. 'Dank je,' zei ze.

Hij beantwoordde haar blik en grijnsde scheef. Als iemand die grijnst en geen idee heeft wat hem overkomt.

'Ik had nooit gedacht dat je... voor mij... dat je mij eruit zou halen...'

Ze voelde het bloed naar haar wangen stijgen. Zonder na te denken kuste ze hem op zijn wang. Hij keek haar aan, even verbaasd als zij. Dat korte, stille moment vond ze zo mooi, ze was nog zo vol van alles wat er was gebeurd. Ze had gedacht dat hij iets zou zeggen, iets jongensachtig cools, iets stoers, misschien zelfs iets achterlijks, maar hij zweeg, en zij kon niets anders doen dan zich nog een keer naar hem toe buigen en hem nog een keer kussen, nu op zijn mond. Haar hart ging tekeer. Hij smaakte naar adrenaline, naar metrosurfen, naar vluchten, naar een mes in je binnenzak. Naar zout op zijn bovenlip. Het leek even alsof ze nooit meer los van elkaar zouden komen. De trein waar ze zich voor had willen werpen, raasde door haar heen, verdween in de verte, het leek alsof in de tochtvlaag erachter trossen vlinders om haar heen door elkaar buitelden. 'Zeg je me nu hoe je heet, Mister Dat-doet-er-niet-toe?' fluisterde ze.

'Bene,' zei hij hees. 'Ik heet Bene.'

26

Berlijn, Insel Schwanenwerder
Donderdag 14 februari 2019
15.34 uur

Vanuit het noorden komen leisteenkleurige wolken opzetten. De regen lijkt zich te ontwikkelen tot een onweersbui. Tom staat met Grauwein op het uiteinde van de steiger en kijkt over het water naar Düppeler Forst. De helikopter boven het uitgestrekte hondenuitlaatgebied lijkt uit de verte op een hoornaar. Een halfuur geleden heeft een warmtebeeldcamera daar een nog warme buitenboordmotor van een klein bootje opgepikt.

Grauwein drukt zijn telefoon tegen zijn oor. Windvlagen bemoeilijken het bellen. 'Is dat een openbare parkeerplaats? Jammer. Oké, dank je.' Hij hangt op en zucht. 'Wie het ook was, hij weet wat hij doet.'

'Is die boot te achterhalen?' vraagt Tom.

'Een oude tobbe. Wordt lastig. Eerder de motor, via het serienummer. Maar als hij hem heeft gestolen – en ik wil wedden dat hij hem heeft gestolen – kom je daar ook niet verder mee.'

Tom zoekt de, ongeveer een kilometer verderop gelegen, oever op de kaart op zijn smartphone af. 'Als ik hem was, had ik mijn auto op deze parkeerplaats neergezet. Is in de buurt van de kade en de motorbotenverhuur.'

'Ja. Zum Heckeshorn heet het daar,' zegt Grauwein. 'Er

vlakbij zijn twee restaurants, wat drukte betekent, ook in de winter. Maar als hij gewone kleding draagt en zijn geweer gedemonteerd in een sporttas heeft gestopt, dan is er geen kip die iets aan hem opvalt.'

'Maar we gooien er toch een opsporingsbericht tegenaan,' zegt Tom grimmig.

'Je ziet er trouwens doodeng uit,' zegt Grauwein. 'Ik zou me even opfrissen.'

Pas nu beseft Tom dat hij nog steeds bloedspetters van Bauer op zijn gezicht heeft.

Ze lopen over het grasveld terug naar het huis. De helikopter raast in de verte, Grauwein lijkt licht te geven in zijn witte overall. Vlak voor de deur lopen ze Jo Morten tegen het lijf, als altijd in zijn bruine pak. Eroverheen draagt hij een verkreukelde regenjas, zodat hij eruitziet als een acteur in een Italiaanse western.

Grauwein praat hem bij over de boot die is teruggevonden.

'Hoe gaat het met de huishoudster?' vraagt Tom.

'De arts is bij haar en kijkt wanneer ze in staat is om te praten,' zegt Morten chagrijnig. Zijn handen steken diep in de zakken van zijn regenjas.

'Heeft ze al iets gezegd?'

'Alleen dat er rond elven een bestelbus arriveerde. Werklui, dacht ze.' Morten trekt een vies gezicht. 'Ik snap niet hoe mensen altijd zo lichtgelovig kunnen zijn. Vanaf dat moment werd het al vager. Ze had het over twee mannen in ruimtepakken. Een ervan had iets onder haar neus gehouden, daarna weet ze niets meer.'

'Ruimtepakken?' Peer Grauwein trekt zijn wenkbrauwen op. 'Mijn god, wat hebben ze haar in godsnaam gegeven?'

'Zijn er sporen van die auto?'

'Grind,' zegt Grauwein schouderophalend. 'De nachtmerrie van alle sporenonderzoekers. Je kunt zien waar de auto heeft gestaan, maar bandensporen? Nul. Ik kan hooguit bij benadering de wielbasis vaststellen. Wat Bauer betreft, moeten we eerst op de lijkschouwer wachten, en op het ballistisch onderzoek. Misschien levert de safe iets op?'

Tom en Morten kijken elkaar aan.

'Nu zullen we toch die kwestie met die andere safe nader moeten onderzoeken,' vindt Tom. 'Bauer zei kort voor hij werd neergeschoten tegen ons dat hij en Keller iets gemeenschappelijks hadden.'

'Welke andere safe?' wil Grauwein weten.

'Alles op zijn tijd,' zegt Morten afwerend en nog mismoediger. Tom is verbijsterd dat hij zelfs nu Otto Keller nog de hand boven het hoofd houdt.

Peer Grauwein kijkt vragend van de een naar de ander, maar als Tom en Morten blijven zwijgen, steekt hij met een machteloos gebaar zijn handen in de lucht. 'Oké. Ik snap het.'

'Komt er een specialist voor de safe?' vraagt Tom.

'Börne,' zegt Grauwein wrevelig. 'Die geilt op brandkasten. Komen de heren puzzelliefhebbers mee?'

De drie lopen naar de voordeur en trekken hoesjes over hun schoenen. Ritselend lopen ze naar de keuken. De trap naar de kelder is klinisch schoon. Een betonnen trap met grijze tegels, dezelfde die in de kelder voor de vloer zijn gebruikt. Langs de kale muren lopen elektriciteits- en waterleidingen, in keurige haakse hoeken gebogen. De deur naar de ruimte met de safe is opengebroken, er hangt een schroeilucht.

Börne zit gehurkt op de vloer, zijn overall spant rond zijn billen en ziet eruit alsof hij elk moment kan scheuren. Hij laat Sita, die ook een overall heeft aangetrokken, een zwarte plek op de vloer voor de safe zien.

'Ze waren of heel slim of superdom.'

'Hoe bedoel je?'

'Ze hebben een zuurstoflans gebruikt, ook wel een thermische lans genoemd. Een staaf, die je aan het uiteinde ontsteekt.' Börne wijst op de roetvlek op de grond. 'Als die dingen branden, worden ze meer dan vijfduizend graden heet. Er is bijna niets op deze planeet wat je daarmee níét kunt smelten.'

'Klinkt als het werk van professionals,' vindt Sita.

'YouTube,' wuift Börne haar woorden met een arrogant gebaar weg. 'Je kunt die dingen gewoon op eBay kopen voor ongeveer twee- à driehonderd euro. Ze worden bijvoorbeeld op bouwplaatsen gebruikt, bij de sloop, als ze betonijzer willen weghalen.'

'Dat er instructiefilmpjes op YouTube staan, betekent voor mij niet dat hier amateurs aan het werk waren,' spreekt Sita hem tegen. 'Er staan ook filmpjes op over dakdekken. Maar wie doet dat ooit zelf?'

'Heb je daar géén beschermend pak voor nodig?' vraagt Grauwein.

'Yep.' Börne wijst naar hem alsof hij net heeft gescoord in een quiz. 'Forse vonkenregen. En in gesloten ruimten als deze heb je ook een masker en een mondkapje nodig.'

'Vandaar die ruimtepakken,' zegt Tom.

'Wat weer duidelijk op slimme en goed voorbereide daders wijst,' stelt Morten vast.

Börne haalt zijn schouders op. 'Dat hangt ervan af waar ze naar zochten. Als ze uit waren op de inhoud van de safe, waren ze niet erg slim. Met die temperatuur hebben ze niet alleen de deur gesmolten, maar ook alles wat erin zat verpulverd.'

'Ik denk dat dat precies de bedoeling was,' overweegt Tom. 'Ze wilden de inhoud juist vernietigen.'

'Dat klopt toch van geen kant,' mompelt Sita diep in gedachten.

Börne fronst zijn voorhoofd. 'Wablief?'

'Het patroon. De energie.'

'Ik snap waar je heen wilt,' zegt Tom.

'Energie?' vraagt Börne, aan zijn nek krabbend. 'Gaan we nu op de esoterische en psychologische toer?'

'Psychologisch en natuurkundig,' verklaart Sita. 'Bauer beweerde dat het verdwijnen van zijn dochter Julia dezelfde reden had als die van Sinje Keller. Dan moeten in beide gevallen toch ook dezelfde daders bezig zijn geweest?'

Börne knikt.

'Hoe het met Sinje Keller ging hoef ik niet nog eens toe te lichten,' vervolgt Sita. 'Nu verdwijnt plotseling Julia Bauer. Zonder ophef. Geen video, geen getal. En wat blijkt? Haar vader bewaart in zijn safe kennelijk belastende informatie, die moest worden vernietigd, Bauer moest tot zwijgen worden gebracht. Dus komen er om elf uur twee gemaskerde mannen in speciale uitrusting in een bestelbus aanzetten, verschaffen zich met behulp van de huishoudster toegang tot de villa en gaan met de safe aan de slag. Bauer is op dat moment nog op kantoor. Wat de vraag opwerpt: wisten de daders dat en zo ja, hoe? En dat is nog maar een zijlijn. Als de mannen klaar zijn, verlaten ze ongehinderd het terrein met een bestelbus. Maar in de tuin is nog een derde man, een soort van scherpschutter, die niet met de anderen is meegekomen, maar met een speedboot. Hij wacht geduldig tot Bauer thuiskomt en de gelegenheid voor een afstandsschot zich aandient. Wat mij er in het bijzonder aan ergert is de werkverdeling: een koelbloedige moord van een geoefende schutter en de gerichte vernietiging van de inhoud van een safe door een klein team van specialisten. Dat riekt naar georganiseerde misdaad. Hoe past dat bij de verdwijning van Bauers dochter? Vooral omdat Bauer zelf nog beweerde dat er een verband bestond tussen de verdwijning van Julia en die van Sinje Keller, al is de verdwijning van Kellers dochter van een totaal andere orde. In de openbaarheid, veel wreder, persoonlijker, en heel symbolisch. Dát bedoelde ik met energie.'

Ze kijken elkaar allemaal zwijgend aan.

Tom staart naar de gesmolten deur van de safe. 'De enige echte verbinding tussen die twee zaken zijn de safes.'

‘Kan iemand mij nu eindelijk eens vertellen,’ windt Grauwein zich op, ‘hoe dat zit met die tweede safe? Had Keller ook een opengebroken safe?’

‘Wie heeft er tegenwoordig géén safe?’ werpt Morten tegen.

Börne kijkt heel even alsof hij spontaan zijn hand wil opsteken.

‘Nog even voor de duidelijkheid.’ Mortens stem klinkt zo scherp als een scheermes, en hij maakt besliste gebaren met zijn handen. ‘Het verband dat jullie hier leggen, bestaat niet. Het thema “twee safes” leidt nergens heen.’

‘Nou ja, dat dus,’ zegt Grauwein laconiek en hij perst zijn lippen op elkaar.

Sita werpt Morten een ziedende blik toe. Ze haat opgelegde beperkingen en oogkleppen minstens zo diep als Tom.

‘En wat doen we nu met de verdwijning van Julia Bauer?’

Morten trekt een gezicht als een oorwurm en stopt zijn handen weer diep in de zakken van zijn jas. Alsof Grauwein daardoor iets te binnen schiet, begint ook hij in zijn zakken te voelen. ‘Verdomme,’ zegt hij, ‘heeft iemand toevallig Fisherman’s op zak?’

Morten negeert Grauweins vraag. ‘Tom, Sita, komen jullie even mee?’

Grauweins gelaatstrekken versomberen. Met een denkverbod kan hij nog leven, maar voor de ogen van anderen zo te worden buitengesloten, haat hij. Hij kijkt als een puber die vanwege zijn uiterlijk wordt gepest.

Morten, Sita en Tom lopen de keldertrap op. ‘Ik heb frisse lucht nodig,’ bromt Morten. Ze lopen naar buiten, Morten slaat rechts af, weg van de bochtige oprijlaan die met tape is afgezet. Op de straat staat een rij auto’s. Surveillancewagens, Forensische Opsporing, de arts, de ambulance. Het is inmiddels halfvijf. De schemering valt in, het miezert nog.

Uit het zicht, onder een majestueuze struik, trekt Morten een sigaret uit een verfrommeld pakje. ‘Bij uitzondering,’ mompelt hij. De sigaret wipt tussen zijn lippen heen en weer. 'Hoeft niemand te weten.' Achter hem lichten de ramen op van het huis van de huishoudster, het andere is in de duisternis opgelost.

In het kommetje van zijn hand ontbrandt zijn Zippo. Nog voor de vlam is gedoofd, trekt hij al met holle wangen aan zijn sigaret. Tom vraagt zich af of zijn vrouw en de tweeling weten dat hij weer rookt. Morten heeft twee kanten: de familieman, die zijn vrouw en meisjes verafgoodt, en de destructieve schooier die zijn vrouw bedriegt en zichzelf veracht.

'Die affaire met Otto Kellers safe,' zegt Morten, 'houden we netjes onder ons.'

Sita trekt haar wenkbrauwen op. 'Mag ik vragen waarom? Dat is toch tot nu toe het meest veelbelovende spoor? Twee safes, allebei opengebroken.'

'Nee. Dat mag je níét vragen,' reageert Morten grof. Hij neemt nog een diepe haal, de gloed van zijn sigaret vreet zich door de tabak heen. 'We hebben genoeg aanknopingspunten,' vervolgt hij. 'Jullie gaan met de huishoudster praten, ik praat met de lijkschouwer. Eens kijken wat dat oplevert.' Hij knikt ten afscheid en loopt terug naar de villa. Zijn broekspijpen fladderen om zijn benen alsof die stelten zijn.

'Jo?' roept Sita.

Hij zwaait half, maar loopt gewoon door.

'De kwestie met die safe van Keller,' roept Sita hem na, 'blijft níét onder ons.'

Morten blijft stokstijf staan. Zijn zwarte haar glimt als olie. 'Pardon?'

'Je kunt toch niet doen alsof dat gesprek met zijn vrouw niet heeft plaatsgevonden? Ik heb met haar gesproken. Ze heeft het me letterlijk zo verteld. Als je godverdomme wilt dat ik het voor me hou, wil ik godverdomme weten waarom.'

Morten keert om en loopt weer naar hen toe. Zijn ogen zijn zwarte kiezels in de schemering. 'Waarom?' vraagt hij zachtjes. 'Voor je eigen bestwil.'

'Hoe zou dat voor mijn eigen bestwil moeten zijn?'

'Omdat het een ongunstig licht werpt op je kwaliteiten als psychologe als je in een verhoor kennelijk geen onderscheid kunt maken tussen waarheid en verzinsels.'

'Pardon? Hoe kom je daarbij?'

Morten kijkt naar Tom, dan weer naar Sita. 'Als ik het jullie vertel, beloven jullie het dan voor je te houden?'

'Natuurlijk,' antwoordt Tom laconiek. 'Dat schijnt tegenwoordig niet anders meer te kunnen.'

Sita slaat haar armen over elkaar. 'Nu ben ik pas écht benieuwd.'

'Dat was géén ja,' zegt Morten.

'Nou dan: JA!' sneert Sita.

'Ik reken erop,' Morten kijkt hen beiden samenzweerderig aan, 'anders breekt de hel los... Ik heb met Bruckmann gesproken over die inbraak en die safe bij de Kellers... en Bruckmann heeft het weer besproken met Otto Keller.'

Hij neemt nog één haal van zijn sigaret en knipt de peuk weg in het gras. Daar zal Grauwein blij mee zijn, denkt Tom. Nog een spoor dat nergens toe leidt.

'En?'

'Die safe in de kelder bestaat, maar er is nooit ingebroken.'

'Dat bestáát niet,' flapt Sita eruit.

'Keller heeft Bruckmann aangeboden om langs te komen en de safe zelf te bekijken. Hij is volledig intact.'

'Dat zegt toch niets,' zegt Tom.

'Wel. Toch. Helaas. Het gaat om Elisabeth Keller. Ze heeft...' Morten aarzelt even. 'Dit is echt vertrouwelijk, toch?'

Tom vertrekt geen spier. 'Meer dan ja zeggen kunnen we niet, toch?'

'Elisabeth Keller...' Morten laat het volume van zijn stem dalen alsof er iemand achter een boom mee zou kunnen luisteren, 'heeft psychische problemen. Van tijd tot tijd heeft ze... problemen. Doorgaans onschuldig. Ze wil aandacht. Al jaren.

Daarom doet Keller er ook alles aan om zijn gezin uit de pers en de politieke arena te houden. Hij probeert zijn vrouw te beschermen.'

Sita kijkt sprakeloos naar Morten.

Morten beantwoordt haar blik door zijn schouders op te halen. 'Dat is je kennelijk ontgaan tijdens jullie gesprek.'

'Ik kreeg de indruk dat ze haar huwelijk goedpraatte,' zegt Sita ontkennend. 'Wat dat betreft heeft ze misschien goede bedoelingen verzonnen waar ze niet waren. Meer is me niet opgevallen.'

'Des te erger,' moppert Morten.

'Wat wil je daarmee zeggen?' vraagt Tom.

'Dat betekent dat ik jullie hypothese dat de beide gevallen iets met elkaar te maken hebben, niet deel. In elk geval niet tot er bewijzen zijn.'

'Dat kun je niet menen,' protesteert Sita.

Morten heft zijn handen in gespeelde onmacht, alsof er geen andere mogelijkheden bestaan. 'Je hebt toch zelf benadrukt hoe verschillend de daderpatronen waren? We hebben te maken met de moord op een jonge vrouw, óf met een wraakactie van een jonge vrouw op haar vader...'

'Dat laatste lijkt in toenemende mate onwaarschijnlijk,' onderbreekt Sita hem. 'We hebben op weg hierheen met Toms vrouw gebeld...' Tom probeert haar met een handgebaar het zwijgen op te leggen, maar het is al te laat. 'Ze werkt voor de televisie,' vervolgt Sita, 'ze is expert op het gebied van beeldbewerking en montage. Ze heeft de clip bekeken en vond hem eenduidig...'

'Begrijp ik het goed,' vraagt Morten met een snijdende stem, 'dat jullie details van onze zaak met buitenstaanders bespreken, zonder dat eerst met mij te overleggen?'

'We zijn daar toch al veel te lang mee bezig,' verdedigt Sita zich, 'en Toms vrouw weet echt van de hoed en de rand.'

'In mijn ogen,' zegt Morten ijzig, 'doet haar mening hier totaal niet ter zake. Ik wil feiten, geen veronderstellingen van zogenaamde experts. Er is hier sprake van twee verschillende scenario's: een snuffmovie die mogelijk een moord toont, en een verdwenen tiener van wie de vader is vermoord, om wat voor reden dan ook. Misschien wist hij te veel, misschien om heel andere redenen. En ook al hebben beide vaders op de Berlinale naar die afschuwelijke film gekeken, dan hoeven die zaken nog niet meteen iets met elkaar te maken te hebben. Zo zie ík het.'

'Maar Bauer zelf zag het kennelijk anders. Híj heeft toch dat verband vastgesteld, niet wij?' protesteert Tom.

'Een vertwijfelde vader op zoek naar een verklaring,' snuift Morten, 'je weet toch hoe dat gaat... Het zegt allemaal niets. We kunnen verder zoeken naar verbanden, maar we mogen er niet spoorslags van uitgaan.' Morten klopt een tweede sigaret uit zijn pakje. 'Als Bauer de zaak niet bij zijn maatje Schiller aanhangig had gemaakt, lag de zaak nu nog bij de afdeling Vermisten. Zoals je zelf al zei, Sita: de moord op Bauer lijkt in veel opzichten op het werk van een criminele organisatie, maar de zaak-Sinje Keller lijkt door persoonlijke motieven ingegeven. Wat zou dan het verband tussen die twee moeten zijn?'

'En het feit dat beide vaders een verborgen safe in de kelder hebben? Hoe zit het daarmee?' zegt Sita driftig.

'Mijn god,' verzucht Morten. 'Ze zijn allebei vermogend. Dan heb je een safe. En god, ja, ik zou hem ook verstoppen. Dat doet toch iedereen die een safe heeft?' Mortens hand trilt een beetje als hij zijn tweede sigaret opsteekt.

'En nu?' vraagt Tom. 'Gaat Bauers zaak over naar het team georganiseerde misdaad?'

Morten blaast een wolk rook uit. 'Dat betekent vooral dat jullie de rest van de avond vrij zijn. Iemand anders kan de huishoudster net zo goed ondervragen.'

'Wat nou weer?' protesteert Tom.

'Kijk eens naar jezelf,' zegt Morten, wijzend op de bloedspetters in Toms gezicht. 'Er is recht voor jullie ogen iemand neergeschoten. Kom tot jezelf, dan zie je de dingen vanzelf weer helderder. Morgen na de vergadering zien we wel verder.' Hij draait zich om om weg te lopen, maar bedenkt zich dan. 'O, en wat jou betreft, Sita: ik ga ervan uit dat zo'n foutieve inschatting als met mevrouw Keller je niet nog een keer overkomt. Hebben we elkaar goed begrepen?'

27

Berlijn, Insel Schwanenwerder
Donderdag 14 februari 2019
16.42 uur

Sita loopt met snelle passen naar buiten en haast zich langs de colonne politieauto's op de Inselstraße. Onder de donkere hemel en achter de kale bomen ziet de bakstenen villa eruit als een spookhuis.

Haar wagen staat achteraan in de rij, Börne heeft hem daar voor haar weggezet. De aanblik van de goudkleurige lak van haar Saab biedt troost.

Hufter!

Sita ploft neer op de chauffeursstoel en knalt het portier achter zich dicht.

Foutieve inschatting.

Mortens woorden steken als een doorn in haar vlees. Hoe dingen veranderen als je ouder wordt. Vroeger was het 'Motzifotzi', nu 'Foutieve inschatting'.

Heeft ze in haar gesprek met Elisabeth Keller echt iets over het hoofd gezien? Ze probeert zich het gesprek voor de geest te halen, maar het enige wat haar steeds weer te binnen schiet is dat Elisabeth Keller een zware verdenking koesterde, namelijk dat een verborgen en opengebroken safe iets te maken moest hebben met het verschrikkelijke wat haar dochter was overkomen. En tegelijkertijd leek het alsof haar verdenking haar een slecht geweten bezorgde, zodat ze bij wijze van tegenwicht onophoudelijk bleef herhalen hoe goed en rechtschapen haar man wel niet was. Dat leek vooral op zelfbedrog, niet op het door elkaar halen van feiten en fictie, zoals Morten had beweerd.

Sita pakt haar telefoon en zoekt de adresgegevens van Elisabeth Keller, maar ze vindt alleen een telefoonnummer. Ze bergt haar telefoon weer op, boos op zichzelf dat ze haar adres niet heeft genoteerd. Op dat moment tikt iemand op het zijraam. Tom staat naast haar op de stoep en gebaart haar het raam open te doen. Ze steekt de sleutel in het contact, draait die een slag en laat het raam zakken.

'Je liet me schrikken.'

'Wat was dat voor overhaast vertrek?' vraagt Tom. 'Je groette niet eens.'

'Ik ging ervan uit dat je dat wel aankon,' sneert ze.

'Ik stond aan jouw kant, maar dat is je misschien ontgaan.'

'Er schijnt me wel meer te zijn ontgaan vandaag.'

'Hoe komt je auto eigenlijk hier?' vraagt Tom geïrriteerd.

'Börne,' antwoordt Sita. 'De collega's kwamen van Tempelhof, hij van de Keithstraße. Zijn auto wilde niet starten, hij vroeg...'

'Ik dacht al dat jullie wat met elkaar hadden,' zegt Tom met een grijns.

'Haha. Heel grappig.'

'Hoe zit dat met Elisabeth Keller? Geloof jij wat Morten zegt?'

Sita haalt haar schouders op. 'Lijkt me onwaarschijnlijk. Maar helemaal zeker ben ik niet.'

Tom lacht als een boer die kiespijn heeft.

'Daar hangt misschien de hele zaak wel van af.'

'Ik weet het. En die hufter geeft me niet eens een kans.'

'De grote jongens en de kleine. Altijd hetzelfde gelazer.'

'En waar reken je Morten dan bij?'

'Dat hangt ervan af hoe je het bekijkt.'

Sita's handen frummelen nerveus aan haar stuur. 'Weet jij trouwens waar Keller woont?'

Tom kijkt haar doordringend aan, maar ze weet al wat hij gaat zeggen voor hij zijn mond opendoet.

'Goed plan...' vindt hij.

Verbaasd kijkt ze hem aan. 'Ik had gezworen dat je iets anders zou zeggen.'

'Dat komt omdat je me niet laat uitpraten.'

'Wat wou je nog meer zeggen?'

'Goed plan... als je op staande voet ontslagen wilt worden.'

'En ik rekende nog wel op je onbetrouwbaarheid,' verzucht Sita.

Tom grijnst. 'Stel je voor wat een ramp het voor psychologen zou zijn als menselijk gedrag níét voorspelbaar was.'

'Het is niet voorspelbaar,' reageert Sita, 'in het beste geval is het verklaarbaar.'

Toms telefoon gaat, hij pakt hem uit zijn jaszak. Opnieuw valt haar op hoe groot zijn handen zijn en hoe klein zijn smartphone daardoor lijkt.

'Babylon,' bromt hij. De lucht is afgekoeld, uit zijn mond kringelt condens. Hij voelt dat Sita naar hem kijkt en draait zich om, zodat ze alleen nog zijn rug ziet. Hij luistert een tijdje zwijgend, zegt dan zacht: 'Goed. Ik kom eraan', en hangt op. Zijn gezicht is veranderd als hij zich weer omdraait. Hij lijkt diep in gedachten verzonken en de verwarring staat op zijn gezicht te lezen.

'Gaat het?' vraagt Sita.

'Ik... eh, ik moet ervandoor.'

'Anne?'

Tom trekt zijn wenkbrauwen op.

'Het is Valentijnsdag vandaag,' legt Sita uit. 'Daarom klonk Anne zo teleurgesteld toen je haar belde...'

'Valentijnsdag?' vraagt Tom verstrooid.

'Goed. Dat was het dus niet,' stelt Sita vast. 'Wat is er dan?'

'Ach, godverdomme,' vloekt Tom en hij pakt opnieuw zijn telefoon. 'Mijn vader was maandag jarig, ik ben het vergeten. Ik zie je morgen.' Met snelle passen beent hij naar zijn Mercedes.

'Wacht!' roept Sita. 'Het adres!'

'Dat heb ik niet,' roept Tom terug. 'Is ook beter als je het laat rusten.' Hij zwaait, stapt in zijn auto en rijdt weg.

Sita kijkt zijn achterlichten na en onderdrukt haar eerste impuls om achter hem aan te rijden. In plaats daarvan tikt ze het nummer van Lutz Frohloff in. De researcher meldt zich met een slaperige stem.

'Lag je op je stretcher?' vraagt ze.

'O, ben jij het. Ik hoorde wat er gebeurd is vandaag. Verschrikkelijk, echt. Dat moet afschuwelijk zijn, er vlak naast staan.'

In een oogwenk is de luchtige toon van haar gesprek met Tom verdwenen.

'Ja, dat was het ook.'

'Als je iemand nodig hebt om mee te praten,' biedt Frohloff aan.

'Dank je, maar ik heb iets heel anders nodig.'

'Wat jij wilt, baby, wat jij wilt,' slijmt hij.

28

Berlijn-Kreuzberg
9 augustus 2001
21.16 uur

'Zei je dat nou echt?' vroeg Sita.

Bene draaide de sleutel om in het slot van de deur en bleef staan.

'Wat?'

'Nou, baby...'

Bene grijnsde, maar ondanks het zwakke licht in de haveloze gang meende Sita dat ze hem zag blozen.

'Ik bedoelde het niet vervelend,' zei hij.

'Geeft niet. Ik vroeg het alleen omdat... dat heeft nog nooit iemand...' Ze maakte haar zin niet af.

Hij opende een deur, die via een klein halletje toegang gaf tot een grote ruimte. 'Welkom in Gangsta's Paradise.'

'Woon je hier?' Sita keek om zich heen. Benes rijk bestond uit een kamer met een geïmproviseerd keukentje, een matras op pallets, twee sinaasappelkistjes en een gele salontafel van IKEA. In een hoek stond een kledingstandaard op wieltjes die volhing met kleerhangers en een paar gewone kledingstukken. Ernaast lagen een paar gewichten die behoorlijk zwaar leken.

'Wat had je dan verwacht?' vroeg Bene. Zijn blik viel op een tijdschrift naast zijn bed. Snel raapte hij het op, vouwde het dubbel en gooide het in een vuilnisemmer onder zijn aanrecht.

'Niets. Ik woon met mijn moeder in twee kamers.'

Bene knikte alsof het antwoord hem beviel. 'Wil je een biertje?'

'Ik weet niet. Doe maar water.' Het liefst had ze wel een biertje genomen, maar om de een of andere reden leek het haar beter om zich niet meteen in de volgende afgrond te storten. Die vlinders lieten haar net weer een beetje met rust.

Bene liep naar de ijskast, die tot Sita's grote verbazing keurig schoon en opgeruimd was. Hij pakte een glas en schonk bronwater voor haar in. 'Voor iemand die voor een trein wilde springen ben je een harde.'

Sita zweeg.

'Heb ik iets verkeerds gezegd?' Bene reikte haar het glas aan.

'Nee. Ik ben er gewoon nog niet helemaal bij.'

'Kun je wel zeggen,' vond Bene. 'Een banaan? Of toast? Ik heb ook boter.'

'Alles,' kreunde Sita uitgehongerd. Ze ging op een van de sinaasappelkistjes zitten.

Bene stalde de etenswaren uit op zijn IKEA-tafel, ze aten zwijgend. Alleen de toast kraakte bij het kauwen.

'Tjonge, dat was me wat,' verzuchtte Bene. Hij stond op en pakte tabak, vloei en een bruin klompje uit een la. 'Daar ben ik wel even aan toe. Jij ook wat?'

Sita zweeg en keek hoe hij een joint draaide. Hij stak hem op, nam twee halen en wierp zijn hoofd genietend in zijn nek.

'Is dat...?'

'De beste shit van Kreuzberg,' zei Bene. 'Heb je nog nooit...?'

Ze schudde haar hoofd.

'Je krijgt ook niks.' Hij keek haar met dichtgeknepen ogen aan en nam nog een haal. En nog een.

Eikel! Sita stond op, trok de joint tussen zijn vingers vandaan en nam twee halen, precies zoals ze het hem had zien doen. Ze probeerde de rook binnen te houden, blies haar wangen op, maar moest meteen hoesten.

'Haha,' juichte Bene. 'Ik wist het. Je moet jou gewoon iets verbieden. Dan doe je het meteen.'

Sita stak haar middelvinger naar hem op en nam nog een haal.

'Whoeaa!' joelde Bene. 'Lekker, hè?'

Sita lachte onzeker. Deze keer hoestte ze niet.

'Hou hem maar,' zei Bene. 'Ik maak er nog een.'

Sita nam de ene haal na de andere. 'Het werkt niet bij mij,' mompelde ze.

'Ga zitten, leun achterover, laat het gewoon gebeuren. Ontspan je.'

Sita deed haar ogen dicht en zakte onderuit.

'Wacht. Ho!' Bene sprong overeind en ving Sita op het laatste moment op. 'Die dingen hebben geen leuningen. Was ik even vergeten.'

Sita giechelde en staarde naar de IKEA*-tafel. De bananenschillen waren vreemd groot. Die hoorden daar niet! Ze pakte ze en liep met een fraaie S-bocht naar de prullenbak om de schillen erin te gooien, maar er zaten borsten in. Enorme! Borsten! Ze proestte van het lachen. 'Wat is dát hier?' Ze viste het tijdschrift uit de prullenbak en hield het omhoog. 'Je hebt naakte vrouwen in je prullenbak!' Ze schudde van het lachen.*

Bene staarde naar het tijdschrift en probeerde ernstig te blijven. Uiteindelijk barstte ook hij in lachen uit. 'Doe weg,' piepte hij. 'Ik word er bang van. Ze zijn veel te groot!'

'Waar is het toilet hier, mijnheer?' vroeg Sita met vooruitgestoken kin.

'Neemt u die uitgang alstublieft, juffrouw.'

Sita volgde zijn uitgestrekte wijsvinger, maakte een pirouette in de badkamer, stak het tijdschrift in de wc-pot en spoelde door, negeerde het feit dat hij bleef steken en deed of ze vuil van haar handen moest slaan. 'Zo. Alles weer in orde.' Haar blik viel op de douche. Ze tilde haar linkerarm op – of was het haar rechter? Whatever. Ze rook onder haar oksel en trok haar neus op. 'Blèh. Dat kan zo niet.'

Met een verbazingwekkend doelgericht gebaar draaide ze de warmwaterkraan open en stapte met haar kleren nog aan onder de douche. Toen ze haar ogen dichtdeed, besefte ze haar vergissing. Dit was geen douche, het was een waterval. In Afrika ergens, waarschijnlijk. Waarom was het water anders zo heet? Ze wist dat ze alleen haar ogen open hoefde te doen om Benes douche terug te vinden, alsof er twee werelden bestonden die slechts werden gescheiden door haar oogleden. Twee werelden: een zoals ze zich die wenste, een zoals hij was. Ze stond daar een tijdje en ze voelde hoe ze vanbinnen steeds helderder werd. Zo rustig was ze nog nooit in haar leven geweest. Zonder de kraan dicht te draaien stapte ze onder de douche vandaan en liep ze de woonkamer weer in.

'Wow. Wat is er met jou gebeurd?' vroeg Bene.

'Afrika,' zei Sita. 'Nu weet ik eindelijk hoe het daar is.'

'Je maakt het lekker nat hier allemaal.'

'Nu ik eindelijk weet hoe het in Afrika is, heb ik eigenlijk nog maar één vraag. Nou ja, twee misschien.'

'Oké. Ik ben benieuwd.'

Sita stak een wijsvinger in de lucht. 'Maar je moet eerlijk zijn.'

Bene stond plechtig op, ging voor haar staan en hield twee vingers op. 'Ik zweer het!'

'Waarom zeiden ze dat jij een messentrekker bent?'

'O,' verzuchtte Bene. Alle luchtigheid was plotseling uit zijn gezicht verdwenen. 'Zeiden ze dat?'

'Ja.'

'Ik heb... nou ja... ik heb...' stotterde Bene, '... een keer iemand vermoord.'

Sita's ogen werden groot als schoteltjes. 'Niet waar!'

'Wel. Met een vriend.' Plotseling zag hij er zo ongelukkig uit dat Sita hem het liefst in haar armen genomen had.

'En waar is die vriend?'

Bene haalde zijn schouders op. 'Weg. Is ervandoor gegaan.'

'Dus ze hebben gelijk.'

'Een beetje wel. Maar ook niet. Het was een kwestie van hij of ik.'

'Hij of ik,' herhaalde Sita. 'Een beetje zoals vanmiddag toen ik die gast tussen zijn benen schopte, toch?'

'Ja,' zei Bene met een serieus gezicht. 'Een beetje zoals vandaag.'

Sita probeerde zich Bene voor te stellen met een mes in zijn hand. Het voelde aan als een belofte, een eed, die ze gestand zou doen. 'Wil je me nog een keer kussen?' fluisterde ze.

De kus was als de douche. Heet, doordringend. Kussen waren heerlijk. Waarom besefte ze dat nu pas?

'Je bent drijfnat,' fluisterde hij.

'Kleed me dan uit,' zei ze. Het leek alsof ze uit zichzelf was getreden, ze snapte niet hoe ze die woorden over haar lippen had gekregen. Wie was deze Sita? Wie ben ik als Sita die ander is?

Hij deed voorzichtig en bekeek haar als een buitenaards wezen. 'Heb jij al een keer?' vroeg hij.

'Nee. En jij?'

'Nee, ik ook niet.'

29

Berlijn, Club Odessa
Donderdag 14 februari 2019
17.59 uur

Blauw. Wat een...

Oranje!

Hij bijt haar. Blauw en rood. Ze werpt haar hoofd in haar nek, alle kleuren exploderen in haar. Zijn tanden omsluiten het metaal van haar kleine tepelpiercing, die hem opwindt. Dat verried zijn eerste blik al. Alsof hij dat nooit eerder heeft gezien.

Ze duwt haar heupen naar voren.

De beat hamert in haar hoofd. De cocaïne maakt alles luider, schriller. De muziek. Haar lust. Zijn tanden.

Haar tepel. Hij trekt eraan.

Fuck.

Hoe kun je zo diep zinken en zo hoog vliegen? Als zijn tanden haar loslaten, duwt ze hem van zich af. Hij valt terug in de kussens. Nu heeft zij weer de overhand, ze schudt met haar hoofd als een wild paard en galoppeert.

Hij trekt haar naar zich toe, zijn armen klemmen zich om haar heupen, in één beweging werpt hij haar op haar rug en hangt boven haar. De tattoo van de vlinder in zijn hals hijgt woest, bespringt haar.

Fuck. Het koord was te lang. Langer dan normaal. Zo lang als zijn godverdomde... nee, dat heb ik nu niet...

Wel.

Laat los. Laat die verdomde teugels vieren.

Ben ik dat... Nee, dat ben ik niet.

Hij spuugt op zijn vingers, duwt ze van achteren naar binnen, zo diep... Ze stelt zich een vrouw voor. Boven haar. Zijn halsketting golft. Het kruis eraan zwaait glinsterend heen en weer.

Ze schreeuwt. Drukt haar korte nagels in zijn heupen als stompe klauwen en siddert.

Of híj siddert, voelt ze niet, kan haar ook niets schelen.

De wereld is vol kleur en rondvliegend haar. Rood, rood, rood.

Als het voorbij is, ligt hij naast haar. 'Niet slecht voor een tweederangs D-Jane,' zegt hij met een grijns.

'Hufter,' zegt ze, 'ik ben godverdomme eersterangs.'

'Zeker.' Zijn ogen glijden over haar lichaam, van haar hoofd tot haar voeten. 'Gisela, toch?'

Haar mond wordt droog. 'Gisell,' zegt ze. 'Zonder die klote "a" en met dubbel "l".' Niet alleen heeft hij haar naam niet eens onthouden, hij noemt haar ook nog eens bij de naam die ze meer haat dan wat dan ook, omdat het haar aan thuis doet denken.

'Gisell,' herhaalt hij. 'Goeie naam.'

Ze weet dat hij een vrouw heeft. Dat heeft haar vader haar verteld. Eigenlijk weet ze alles wat ze van hem weet via haar vader. Ook dat Bene Czech ervoor kan zorgen dat ze in een afvalcontainer belandt als ze dit aan zijn vrouw verraadt. Maar ze wil niks verraden. Ze wil hoger op die verdomde ladder, naar daar waar de hypnose lonkt, waar zij zélf de hypnotiseuse is. Dat is beter dan seks, zelfs beter dan dit hier. Mannen zijn zo voorspelbaar.

'Hebben we een deal?' vraagt ze.

'Yep, liefje.'

'En ik hoef niet steeds te neuken?' Ze moet plotseling lachen, hoe serieus het onderwerp ook is. #MeToo is niet haar ding. Eerder #I do.

'Vond je het niet fijn?' Hij klinkt zo ontspannen. Het lijkt alsof het hem niets kan schelen wat ze antwoordt.

'De coke was lekker,' zegt ze. De rest ook, denkt ze, maar dat wil ze niet hardop zeggen.

'Je schreeuwde prachtig. Hoe oud ben je?'

'Zesentwintig,' liegt ze.

'En alleen maar gestudeerd?'

Touché. Ze slikt.

'Waarom doe je dit?' wil hij weten.

'Dat weet je toch. Ik wil hogerop. Dit is mijn kans, en jouw club is nummer één in Berlijn.'

Hij kijkt haar aan. Zijn blik glijdt langs haar piercing, de rode beet rond haar tepel. Hij staat op en wast zijn handen. 'Zal ik je vertellen waarom je dit doet?'

'Om mijn ouders te fucken?' zegt ze bot. Ze voelt dat ze plotseling dichter bij de waarheid zit dan haar lief is, maar ze kan haar woorden nu niet meer terugnemen.

'Omdat je geilt op gevaar.' Zijn ogen staan plotseling weer koel en afstandelijk.

'Ha, ja,' giechelt ze, met haar handen zwaaiend, 'geladen pistolen en zo.'

Hij werpt haar haar kleren toe. 'Je hebt geen idee, met die goedkope schoolmeisjesfantasieën van je.'

Het is alsof ze in één klap is ontnuchterd.

Alles is plotseling zo helder als een bergmeer, de manier waarop hij naar haar kijkt een ijskoude pets water in haar gezicht – net zoals haar vader naar haar kijkt. 'Heb jij...' Ze aarzelt. De vraag ligt op het puntje van haar tong. Ze weet dat ze de vraag beter niet kan stellen, maar ze kan niet anders, '... zelf weleens iemand vermoord?'

Zijn gezicht verraadt geen enkele emotie. Ze ziet de littekens op zijn huid, die ze net nog met haar vingers voelde. Het zijn er veel. ‘Liefje, er zijn twee soorten mensen. Degenen die ja zeggen, hebben het nooit gedaan. Degenen die het gedaan hebben, zeggen meestal nee. En als mijn “nee” je nu opwindt, ben je gestoorder dan ik dacht.’

30

Berlijn-Grunewald
Donderdag 14 februari 2019
18.51 uur

Sita slaat af naar de Lassenstraße en remt af. Nergens anders in Berlijn is het verkeer zo rustig als in Grunewald. Uitgestrekt gebied, weinig mensen. Een halfuur geleden heeft ze zich thuis omgekleed en haar met bloed bevlekte kleren ingeruild voor een zwart pak en een witte blouse. Niet echt haar ding, maar in Grunewald kom je er makkelijker mee binnen.

Achter hoge hekken liggen door bomen aan het zicht onttrokken villa's, veel ervan nog uit de negentiende eeuw. Verlichte vensters schemeren door de kale takken. Na Schwanenwerder al het tweede rijkenreservaat vandaag. Ze moet aan haar moeder denken, hoe hard die moest werken om de huur van hun schamele tweekamerappartementje op te kunnen hoesten waar zij is opgegroeid. In dit soort huizen kwam haar moeder alleen als schoonmaakster binnen.

Maar de plekken waar zij terechtkwam waren anders. Gezinnen met een of twee kinderen van wie beide ouders werkten, die ruziemaakten als ze thuiskwamen, of humeurige singles die nooit thuis waren, maar wel 's avonds laat nog opbelden om te klagen dat ze niet alles pico bello op orde had gekregen in die paar uurtjes waar ze haar voor betaalden.

Sita telt de huisnummers af. Het volgende huis rechts, dat moet hem zijn. Ze parkeert haar auto langs de stoeprand en kiest het mobiele nummer van Elisabeth Keller. Haar telefoon gaat zes keer over voor ze opneemt.

'Met Keller?'

'Dag mevrouw Keller. Sita Johanns, recherche hier. We hebben vandaag...'

'O, hallo. Ik weet wie u bent.'

'Mevrouw Keller, ik heb nog een paar vragen. Ik sta voor uw huis. Hebt u misschien een momentje voor me?'

Even blijft het stil aan de andere kant van de lijn. Dan schraapt Elisabeth Keller haar keel en zegt: 'Is dit wat u onder vertrouwelijk verstaat?'

'Mevrouw Keller, het duurt niet lang. Misschien hebt u zin in een wandelingetje? Hebt u een hond?'

'U brengt mij in verlegenheid.' Elisabeth Keller klinkt gejaagd. Omdat ze bang is, waarschijnlijk.

'Ik zou me niet melden als het niet belangrijk is,' zegt Sita. 'Er zijn ontwikkelingen in de zaak van uw dochter.'

Het is alsof Sita in de stilte aan de andere kant van de lijn Elisabeth Keller kan horen denken.

'Kunnen we dit niet...' Elisabeth Keller laat haar stem dalen en fluistert: '... aan de telefoon bespreken?'

'Het spijt me, maar over de telefoon mag ik niets zeggen,' liegt Sita. Om werkelijk in te kunnen schatten of de vrouw van de zittende burgemeester psychische problemen heeft, of ze dingen verzint en voor haar achterhoudt, is een telefoongesprek niet erg geschikt.

'Lisa?' Ze hoort Otto Kellers stem, zachtjes, op de achtergrond.

'Ja, wat is er?' roept zijn vrouw.

'Ben je aan het bellen?'

'Ik dacht, ik bel de politie even. Vragen of er al nieuws is,' antwoordt ze. Dan fluistert ze zachtjes in de telefoon: 'Over een halfuur ga ik zwemmen, in de tuin.' Sita hoort een klik, de verbinding wordt verbroken.

Sita kijkt de straat in. Het perceel van de Kellers ligt rechts, achter een hoog, nieuw traliehek onttrokken aan het zicht van nieuwsgierigen, beschut door een haag van winterharde laurierkers. Volgens Frohloff is het een villa uit de Bauhaustijd. Over een zwembad heeft hij niets gezegd, maar kennelijk is er een.

Sita stapt uit haar auto. De toegang tot de villa ligt twintig meter verderop. Vlak erachter staat een donkerblauwe BMW met twee mannen erin. Beveiliging natuurlijk. Over de breedte van het hek telt Sita vier camera's.

Langzaam slentert ze richting ingang. Wat stelde Elisabeth Keller zich eigenlijk voor? Zwemmen. In de tuin. Op het terrein kom je waarschijnlijk alleen door het hek. Ze recht haar schouders en loopt met lange passen. Oké, dan maar twee vliegen in één klap. In gedachten begint ze zich vast voor te bereiden op het onweer dat op zijn laatst morgen boven haar hoofd zal losbarsten.

Vanuit de BMW volgen twee paar ogen haar bewegingen. Ze knikt kortaf, maar vriendelijk en belt aan. Naast de bijrijdersstoel glijdt het raam omlaag. 'Pardon. Kan ik u ergens mee van dienst zijn?' Een donkere stem, niet erg toeschietelijk. Mediterraan uiterlijk, brede schouders. Zijn donkere ogen taxeren haar.

Sita zucht onhoorbaar. Ze had dit graag overgeslagen, pakt haar tijdelijke politiepenning en houdt die op naar de auto, maar blijft voor het hek staan, zó, dat de man het litteken in haar gezicht niet kan zien. 'Johanns,' mompelt ze, en dan wat duidelijker: 'Recherche, Berlijn. Het gaat over Kellers dochter. U weet daarvan, neem ik aan?'

Er verstrijken twee lange seconden, waarin de man duidelijk afweegt of het voldoende is, een politiepenning van vier meter afstand op echtheid controleren. Dan knikt hij. 'Uiteraard.' Zachtjes zoemend glijdt het raam weer omhoog.

De intercom kraakt, dan hoort ze een stem. 'Ja, hallo?'

'Goedenavond. Johanns, recherche Berlijn. Meneer Keller?'

Een korte, geïrriteerde stilte. 'Wat wilt u?'

'Ik moet u even spreken. Er is een nieuwe ontwikkeling in de zaak met uw dochter.'

'Werkelijk? Aha, eh...' stamelt Keller. 'Waarom stuurt het bureau u dan langs? Dat was anders afgesproken.'

'Ze hebben mij gevraagd het u persoonlijk te vertellen. Het gaat om iets vertrouwelijks.'

Weer een stilte, nog langer deze keer.

'Goed dan,' zegt Keller. 'Komt u binnen.'

De zoemer weerklinkt. Sita duwt het hek open. In een oogopslag schat ze in welk deel van de tuin en het huis de bewakers vanuit de BMW kunnen zien.

De villa ligt op ongeveer vijftien meter afstand in een keurig gemaaid gazon en lijkt op een klein museum met een elegante, afgevlakte koepel op het dak. Een verlicht pad met zwart grind leidt naar het huis en de ernaast gelegen garage. Het zwembad moet achter het huis liggen. Otto Keller staat haar bij de voordeur op te wachten. Hij ziet haar met lange passen naderen. 'Aha, u bent het.'

'Excuses dat ik u stoor,' zegt ze zoetsappig.

Keller knikt kort, blijft in de deuropening staan en geeft geen centimeter van zijn privésfeer prijs. Ondanks de overduidelijke afwijzing gloort er iets van hoop in zijn ogen. 'Wat is er dan?'

'Waarschijnlijk hebt u het gehoord van Wolf Bauer?'

De hoop is op slag gedoofd. 'Afgrijselijk, echt afgrijselijk.' Hij zucht, niets aan zijn reactie voelt oneerlijk of gespeeld aan. 'Ik heb er geen woorden voor.'

'En wat denkt u van de safe?' vraagt Sita. Ze laat bewust in het midden over welke safe ze het heeft.

Otto Kellers ogen vernauwen zich tot spleetjes. 'Safe? Wat bedoelt u daarmee?'

Die vernauwde ogen, nog even alert. Zet hij zich nu schrap?

Het is moeilijk aan hem te zien. Zijn politieke carrière heeft hem gehard. 'De safe in de kelder die is opengebroken,' verklaart Sita nader.

'Ik weet niet over welke safe u het hebt.'

'Niet?' Sita kijkt hem quasi in verwarring aan. 'Ach, u hebt er ook een. Vandaar,' zegt ze glimlachend. 'U haalde ze door elkaar, nietwaar? Ik bedoelde de safe van Bauer. Die is opengebroken.'

'O, zo.'

'Die van u soms ook?'

Otto Keller staart haar aan. 'Wat zegt u?'

'Heb ik u nou verkeerd begrepen?' vraagt Sita onschuldig. 'Ik kreeg ineens de indruk dat u ook een safe heeft die opengebroken is.'

'Luistert u eens,' zegt Keller geërgerd, 'als ik een safe heb, waarom zou ik daar dan met u over spreken?'

'O,' Sita maakt een wegwerpgebaar. 'Ik dacht alleen... als wij de inhoud terugvinden. Ik nam aan dat u die dan graag terug wilde hebben.'

'Luistert u eens,' verzucht Keller. 'Ik weet niet wat u van mij wilt. Maar ik heb er genoeg van. Ik ga nu uw baas bellen.'

'Maar weet u dan ook dat niet de hele inhoud van Bauers safe is vernietigd?'

Otto Keller steunt. 'Wat heeft dat nu weer te betekenen?'

'Dat betekent,' zegt Sita innerlijk een aanloop nemend om haar volgende woorden zo precies mogelijk te plaatsen, 'dat onze technici in staat zijn om nog het een en ander uit de as te reconstrueren.'

'En? Levert dat iets op?'

'Dat hangt van de inhoud van de papieren af.'

Keller haalt zijn schouders op. 'Ik weet niet wat daar voor ons uit zou moeten komen, maar ik wens u veel geluk.'

'Dank u!' zegt Sita met haar stralendste glimlach.

Otto Keller kijkt haar verbaasd aan. 'Was dat het?'

'Jazeker.'
'En daar komt u mij voor storen?'
'Ik was ervan overtuigd dat het van belang was.'
'Overtuigd? Gebruikt iemand eigenlijk wel zijn hersens bij jullie? Hoe denkt u dat ik eraan toe ben?'
'Meneer Keller, als ik u gestoord heb, dan...'
'Maak dat u wegkomt.' Hij monstert haar van hoofd tot voeten. 'Mensen als u hebben kennelijk van jongs af aan geleerd dat ze er goed uitzien en zich dus van alles kunnen veroorloven. Maar bij mij gaat die vlieger niet op, dat kunt u van me aannemen. Dit krijgt nog een staartje, daar kunt u vergif op innemen.'
Keller laat haar staan en trekt de voordeur achter zich dicht.
Sita draait zich om, vergewist zich er nog een keer van dat de voordeur vanuit de BMW inderdaad niet te zien is, doet een stap opzij en rent over het grasveld naar het donkere deel van de tuin. Met een beetje mazzel zal Keller denken dat ze is vertrokken en hopelijk gaan de bewakers ervan uit dat ze nog bij hem is.
Vijf minuten verstrijken zonder dat Keller nog een keer naar buiten komt of de bewakers op zoek naar haar de tuin betreden. Gebukt sluipt ze langs het hek van het perceel naar de achterkant van het huis. De aanblik is adembenemend. Royale ramen bieden een blik op het verlichte interieur van de villa, warme kleuren en strakke lijnen voeren er de boventoon. Recht voor de achtergevel is een bosschage aangeplant tegen de inkijk. Er liggen drie terrassen van verschillende hoogte. De middelste reikt het verst de tuin in en komt uit bij een groot zwembad. Onder water verlichten lampen twinkelende blauwe tegels. Het water is verwarmd: damp stijgt van het spiegelgladde wateroppervlak omhoog in de koude februarilucht.

31

Potsdam-Sacrow
Donderdag 14 februari 2019
19.12 uur

Tom remt af tot vijftig kilometer per uur en speurt de bosrand af. Achter hem doemen koplampen op, ze knipperen, dan schiet een Golf minstens twee keer zo hard rijdend voorbij. De achterlichten verdwijnen in de volgende bocht.

Daar.

Tom remt, geeft richting aan, slaat af en rijdt een smal bosweggetje op. Zijn koplampen wippen op en neer, boomstammen doemen op in de lichtkegels en verdwijnen weer. Rechts van hem ligt een stapel hout, meterslang. De laatste keer dat hij hier was, scheen de avondzon door de herfstbladeren, nu zijn de woudreuzen kaal.

Hij moet denken aan zijn telefoongesprek met Anne. Zijn slechte geweten speelt op. Valentijnsdag. Daarom had ze zo vrolijk opgenomen; ze hoopte dat hij daarom belde. In plaats daarvan had hij haar gevraagd om naar die afgrijselijke video te kijken. Jezus! Anne had gelijk: als hij met een zaak bezig is, lijkt het of hij in een tunnel zit die het zicht op alles daaromheen belemmert. 'Voor een rechercheur,' had ze een keer gezegd, 'een goede eigenschap, maar in menselijk opzicht maakt het je een ramp.'

Hij had toen geprotesteerd. Argumenten aangevoerd, uitgeweid over politiewerk, gezegd dat de dingen nu eenmaal waren zoals ze waren, en dat hij niet anders kon, dat hij zo in elkaar zat.

Zijn vaders verjaardag schiet hem te binnen. 11 februari, maandag, drie dagen geleden. Hij had zelfs een notitie in de agenda van zijn telefoon gezet. *Vaders verjaardag. 71. Bellen!* Toen daar een notificatie van voorbijkwam, had hij die weggedrukt. Het kwam even niet uit. En daarna? Uit het oog, uit het hart. Als zijn vader ziek werd, zou het waarschijnlijk niet eens tot hem doordringen.

Geklets. Papa redt zich wel, zegt Vi. Ze zit ineens weer naast hem op de bijrijdersstoel. In haar pyjama, alsof ze er de hele weg al heeft gezeten.

Is dat zo? Ik ben al tijden niet meer bij hem langs geweest.

Natuurlijk. Papa maakt het je ook niet makkelijk. En die nieuwe van hem maakt het er ook niet eenvoudiger op.

Hij kan het gezeur van die Gertrud niet goed verdragen.

Volgens mij, fluistert Vi, *had die liever gehad dat wij er niet waren geweest. Is je ook opgevallen dat er in huis niet één foto van mama meer te vinden is?*

De herinnering aan zijn moeder bezorgt hem een steek in zijn maag. Ze is bij een auto-ongeluk om het leven gekomen. Hij en Viola waren nog klein en zaten op de achterbank. Inmiddels is Gertrud al zesentwintig jaar de vrouw van zijn vader, maar ze is en blijft voor altijd 'die nieuwe'.

In het licht van zijn koplampen doemt een houten hek op. Even gammel als anderhalf jaar geleden.

'We zijn er,' zegt Tom tegen de stilte.

Viola is verdwenen.

Hij zet de motor af en doet zijn lichten uit. Het huis rijst op uit de duisternis. Hij ziet niet meer dan een silhouet tussen de kale bomen en de hemel. Hij weet dat de meeste ramen zijn dichtgespijkerd. Er brandt maar op twee plaatsen licht. Achter in de serre en in de gang, zichtbaar door een ruitvormig raampje in de eikenhouten voordeur.

Tom zucht en stapt uit. De vermoeidheid maakt zijn lichaam zwaar. Zijn voortdurende slaaptekort wreekt zich. Nu twee dubbele espresso's! In plaats daarvan vist hij zijn laatste tabletje Concerta uit zijn broekzak en slikt het door. Hij moet dringend nieuwe hebben. De geur van rottende bladeren en vochtige aarde stijgt op in zijn neusgaten. Hij heeft een gloeiende hekel aan wat hij nu moet doen, maar hij weet ook dat hij er niet aan ontkomt. Hij begint zich uit te kleden en legt zijn spullen op de bijrijdersstoel. Zijn jack, trui, onderhemd en broek, dan zijn sokken en zijn onderbroek. Zijn telefoon legt hij op het stapeltje. Hij pakt de autosleutel, sluit zijn Mercedes met de centrale deurvergrendeling af en loopt naakt naar het huis.

Scherpe steentjes prikken in zijn voetzolen. Mistflarden van de Sacrower See waaien langs. De koude lucht doet hem huiveren.

Twee treden en hij staat voor de huisdeur. De bel naast het naambordje doet het niet meer, dus gebruikt hij de deurklopper, een oude messing leeuwenkop met een zware ring in zijn muil.

32

Berlijn-Grunewald
Donderdag 14 februari 2019
19.34 uur

Sita verstopt zich achter in de tuin in de schaduw van de bomen. De villa van de Kellers, met die grote ramen in de achtergevel, die strakke lijnen en het blauw oplichtende zwembad ervoor, is een architectonisch meesterwerk. De treden, de keuken, boekenkasten, fauteuils, het is allemaal even elegant en fraai op elkaar afgestemd. Zelfs de kussens op de sofa, die Sita van hieraf kan zien, passen moeiteloos in het geheel en zijn zo gearrangeerd en opgeschud dat het lijkt alsof ze door een onzichtbare hand rechtop worden gezet zodra er ook maar één keer iemand op heeft gezeten.

Elisabeth Keller daalt de trap af, loopt door de woonkamer en opent de schuifdeur naar de tuin. Ze draagt een donkergroen badpak en heeft een wit badmutsje op. Onder haar arm klemt ze een zorgvuldig opgevouwen badhanddoek.

Ze betreedt het terras, doet de deur achter zich dicht en loopt naar de rand van het zwembad, waar ze via traptreden zó in kan lopen. Ze zet haar badslippers netjes naast elkaar, met de achterkant tegen de rand van het zwembad, legt de handdoek ernaast op een blok grijs steen dat eruitziet alsof het daar speciaal voor is gemaakt. Dan stapt ze statig het water in en begint te zwemmen, in een rechte lijn, die het zwembad keurig in twee helften verdeelt. Als ze op ongeveer acht meter van Sita aan de andere kant van het bad aantikt, gaat ze staan, trekt haar badmuts nog even recht en begint, staand in het water, oefeningen te doen.

Sita speurt de helverlichte ramen af, ziet Otto Keller nergens, en stapt uit de schaduw van de bomen naar voren en loopt in het halfduister naar de rand van het bad. 'Dag. Mevrouw Keller?'

Elisabeth Keller krimpt even ineen, maar gaat zonder iets te zeggen door met haar oefeningen. Na een paar herhalingen draait ze zich om, kijkt naar Sita en begint met een andere oefening. 'Pardon,' zegt ze. 'Ik ben aan de late kant, vanavond.'

'Hoe bedoelt u?' vraagt Sita geïrriteerd.

'Aquafitness altijd om halftien. Ik ben zes minuten te laat. Wilt u de ramen alstublieft in de gaten houden?'

'Kan uw man mij van binnenuit zien?'

'Niet als er licht brandt in het huis, denk ik. Het glas reflecteert...' Elisabeth Keller draait onder water rondjes met haar heupen, linksom en rechtsom.

'Mevrouw Keller, u vertelde mij over de inbraak bij u thuis. En over een safe in de wijnkelder van uw man.'

'Zei ik dat?' vraagt ze ontwijkend.

'Ja, u hebt zelfs heel gedetailleerd beschreven hoe u die avond thuiskwam en uw man hebt gebeld.'

Elisabeth Keller zwijgt. Ze probeert duidelijk tijd te winnen en begint aan een nieuwe oefening, waarbij ze haar armen voor zich uitstrekt en weer intrekt.

'Weet u nog waar uw man die avond was?'

'Ik geloof in Genève.'

'In een hotel?'

'In het Beau Rivage. Daar logeert hij altijd als hij daar is. Waarom wilt u dat weten?'

'O, alleen voor de volledigheid,' antwoordt Sita. Ze kijkt weer naar het huis. 'Mevrouw Keller,' fluistert ze, 'weet u eigenlijk dat uw man heeft verklaard dat er helemaal geen inbraak bij u heeft plaatsgevonden?'

'Ja,' mompelt Elisabeth Keller. Ze ziet er diep ongelukkig uit, haar witte badmuts doet haar ouder lijken dan ze is.

'Maar de safe was opengebroken. Dat hebt u toch zelf gezien?'

'Ik... ik weet het niet.'

'Hoe bedoelt u?'

'Misschien is er geen inbraak geweest.'

Sita gelooft haar oren niet. Had Morten dan toch gelijk? Heeft ze Elisabeth Keller dan toch verkeerd ingeschat? 'U hebt het toch niet verzonnen?'

'Nee, nee! Echt niet... maar ik ben er niet meer helemaal zeker van. Misschien heb ik het...'

'Mevrouw Keller, waarom weet u het niet helemaal zeker meer?'

Elisabeth Keller stopt met haar oefeningen. Het water om haar heen komt tot rust. 'Mijn man heeft mij de safe vandaag laten zien,' fluistert ze. 'Helemaal onbeschadigd. Ik bedoel, niets aan te zien. Nog geen krasje.'

'Misschien heeft hij hem laten maken?'

'Ik weet niet zoveel van die dingen, maar de safe die ik heb gezien, was zo zwaar beschadigd... er zat echt een groot gat in de deur. Dat krijg je niet zomaar gerepareerd, toch?'

'Misschien heeft hij een nieuwe gekocht.'

'Het is een zwaar ding, weet u. Ingebouwd in de muur.' Het wateroppervlak is nu zo glad als een spiegel. De lampen onder water belichten haar gezicht van onderen en zetten haar in een kille gloed. 'Er was niets te zien. Geen krasje, geen kruimel op de vloer, zelfs het stof op de wijnflessen in de kast ervoor wekte de indruk alsof er in tijden niets was aangeraakt.'

'Maar herkende u de safe? Ik bedoel, was het hetzelfde merk safe als u eerder hebt gezien?'

‘Ik weet het niet. Ik kon niet alles zien...’ zegt Elisabeth Keller zachtjes. ‘Mijn geheugen is... soms lijkt het spelletjes met me te spelen.’

Sita staat erbij alsof ze door de bliksem is getroffen. Geheugenproblemen. Dat zou veel verklaren. Ook haar netheidsmanie. Dingen heel precies op dezelfde plek neerleggen, altijd precies op hetzelfde tijdstip gaan zwemmen. Elisabeth Keller bestrijdt haar geheugenuitval met stiptheid en netheid. ‘Maar als u geheugenproblemen hebt, wil dat toch niet zeggen dat u dingen verzint die helemaal niet zijn gebeurd?’

‘Het kan ook een nachtmerrie zijn geweest,’ zegt Elisabeth Keller zachtjes. ‘Ik heb vaak nachtmerries en ben ook erg bang voor inbrekers. Daarom hebben we ook die videocamera’s en een alarminstallatie.’

Sita voelt zich plotseling een rund. *Foutieve inschatting.* Zie je wel: ze heeft echt het een en ander gemist. Ze heeft zich in de luren laten leggen door een vrouw die kennelijk veel grotere problemen heeft dan zo op het eerste oog leek. Ze denkt aan het gesprek bij de voordeur met Otto Keller, en hoe ze hem in het nauw probeerde te drijven. Ze was zo zeker van haar zaak! Ze had gedacht dat ze later haar actie kon verantwoorden. Maar het tegendeel blijkt het geval. ‘Mevrouw Keller,’ verzucht ze, ‘nog één vraag. Toen uw man u de safe liet zien, hebt u toen nog aan hem gevraagd wat erin zat?’

‘O, ja. Hij heeft hem zelfs opengemaakt.’

‘Echt? En wat zat erin?’

‘O, wat waardepapieren. Aandelen en zo.’

‘En daarom hield uw man die safe voor u geheim? Om een paar aandelen?’

Elisabeth Keller bijt op haar lippen en kijkt naar het water. Ze beweegt alsof ze nerveus van haar ene voet op de andere wipt. Het water rimpelt zachtjes en tekent strepen op haar gezicht.

‘Er zat nog iets anders in de safe,’ concludeert Sita.

Elisabeth Keller knikt.

'Namelijk?'

'Mijn man mag er absoluut niet achter komen dat u het van mij hebt,' fluistert ze. 'Belooft u me dat?'

'Ik kan u dat niet beloven,' verzucht Sita, 'maar als dat wat u in de safe hebt gezien iets met de verdwijning van uw dochter te maken heeft, dan moet u het mij vertellen.'

Elisabeth Keller twijfelt. Ze kijkt naar het huis. De verlichte ramen weerspiegelen in het wateroppervlak.

'Mevrouw Keller, vertel het mij gewoon. Als het niets met uw dochter te maken heeft, dan beloof ik u dat ik het niet zal verraden.'

'Ik wil niet dat hij in de problemen raakt,' mompelt Kellers vrouw. 'Die heeft hij al genoeg. Weet u, politiek is zo... moeilijk. Maar ik wil ook weten wat er met Sinje is gebeurd... ik bedoel, misschien heeft het niets met elkaar te maken...'

'Mevrouw Keller, alstublieft.'

'... een pistool,' zegt ze plotseling.

'Wat?'

'In de safe. Het was een pistool.'

'En u weet zeker,' vraagt Sita met nadruk, 'dat het niet weer een van uw nachtmerries was?'

Elisabeth Keller schudt haar hoofd. 'Hij heeft het laten zien. Het was van zijn vader. Ik geloof dat het daarom zo belangrijk voor hem was. Bovendien zei hij dat hij zich veiliger voelde met een wapen in huis. En hij zei dat hij geen wapendiploma...'

'Wapenvergunning,' corrigeerde Sita.

'Ja, precies. Daarom wilde hij niet dat iemand van het bestaan van die safe wist. En hij wilde dat ik me er niet ongerust over maakte. Ik hou niet van wapens. Ik wil zoiets niet in huis hebben. Daarom had hij me nooit iets verteld over dat pistool, begrijpt u? Ik dacht, hij vertrouwt me niet, het moet om iets veel... ergers... gaan... maar dit verklaart alles, toch?'

'Ja, misschien wel,' mompelt Sita.

'Denkt u dat het iets met Sinje te maken heeft?'

'Ik weet het niet,' zegt Sita eerlijk. 'Hebt u het pistool goed bekeken? Kunt u het beschrijven?'

'Oef. Ik heb daar totaal geen verstand van. Ik weet alleen dat het er wat ouder uitzag. Niet zoals de pistolen in misdaadseries op tv. O, ja, en in de greep was een ster gegraveerd. Meer kan ik er niet over zeggen.'

Veel wapens heeft Sita in haar leven niet gezien, maar die ster is zo markant dat ze meteen weet dat het om een Makarov moet gaan, een pistool van Russische makelij. 'Kwam de vader van uw man uit de Sovjet-Unie?'

'Nee. Hoe komt u daarbij? Alleen al de naam Keller... Hij kwam uit, wacht even, Dresden, geloof ik.'

'Uit Oost-Duitsland dus. Hebt u hem nog gekend?'

'Nee. Hij is al lang dood. Ik heb Otto in 1992 in Berlijn leren kennen. Toen leefde zijn vader al niet meer. Waarom vraagt u dat?'

'Weet u wat zijn vader deed?'

'Nee, daar heeft Otto nooit iets over verteld. Waarom wilt u dat allemaal zo precies weten?'

'Zomaar,' zegt Sita. Maar de gedachte aan die Makarov laat haar niet los. Als Otto's vader in de DDR gewoond had en in het bezit was geweest van een Makarov, zijn er maar een paar mogelijkheden die kunnen verklaren hoe hij aan dat pistool kwam, en wel: de politie, de Stasi of het Nationale Volksleger.

Sita's blik dwaalt over de achtergevel van de villa, plotseling schrikt ze. Op de bovenverdieping wordt in een van de kamers het licht uitgedaan.

33

Potsdam-Sacrow
Donderdag 14 februari 2019
19.44 uur

Tom hoort driftige tikken van een wandelstok op de vloertegels in de gang. Dan een schurend geluid, als van een grendel die opzijgeschoven wordt. Het kleine, ruitvormige raampje in de deur lijkt vanzelf open te gaan.

'Bent u gevolgd?' De stem vanuit de gang kraakt als een oude boom. Alleen hebben bomen meestal geen Saksisch accent.

'Ik ben niet achterlijk,' moppert Tom, 'maar ik heb het koud. Doe de deur open, Morten. U hebt míj gebeld, niet andersom.'

In het raampje verschijnt Mortens doorgroefde gezicht in het schijnsel van een oude zaklamp, waarmee hij Tom beschijnt. Wantrouwend bekijkt hij zijn bezoeker en hij trekt verbaasd zijn haarloze wenkbrauwen op als hij ziet dat Tom naakt is. 'Vrijwillig,' bromt hij. 'U hebt haast, zo te zien.'

'Ik ken de regels, ik dacht, vooruit maar,' zegt Tom zuur.

'Waar is uw telefoon?' Morten knippert met zijn ogen en schijnt omlaag, waardoor zijn rimpels wel ravijnen lijken.

'In de auto,' zegt Tom, 'bij mijn andere spullen.'

'En dat kleine ding in uw hand?' wil Morten weten.

'Autosleutels.'

'Gooit u die in dat bloemperk daar.'

Tom rolt met zijn ogen, maar doet wat de oude man vraagt. Het zou zinloos zijn om hem uit te leggen dat het echt autosleutels zijn en niet een als een sleutelbos vermomd opnameapparaatje. Wat opnameapparatuur en zendertjes betreft is de oude Morten zwaar paranoïde.

'U hebt nog steeds die mooie Mercedes,' stelt Morten vast. 'Hij ziet eruit als nieuw.'

'U leeft in het verleden. De auto is meer dan dertig jaar oud.'

'Laat u hem hier staan, als hij u niet bevalt.'

'U hebt geen rijbewijs meer,' werpt Tom tegen.

Heribert Morten lacht vreugdeloos. 'Agenten en Stasi-officieren. Jullie denken altijd dat jullie alles weten.'

'In die tijd waren er ook al flinke verschillen tussen beiden volgens mij.'

'U zou zich weleens kunnen vergissen,' gnuift Morten. 'Wat auto's betreft. In de schuur achter mijn huis staat mijn oude Volvo nog. Ik ga er af en toe in zitten om een sigaartje te roken. Daar kunnen we ook heen gaan.'

'Ik heb het koud,' brengt Tom hem in herinnering.

De deur zwaait open, hij stapt naar binnen. In de gang stort een lamp uit de jaren zeventig zijn licht over hem uit. Heribert Morten is midden tachtig, een uitgeteerde man met opgetrokken schouders en dun haar dat over zijn gevlekte schedel strak achterover is gekamd. De gelijkenis met zijn zoon Jo is op het eerste gezicht niet te zien.

'Draait u zich om. Ik moet u ook van achteren zien.'

'Gelooft u werkelijk dat ik daar een microfoon heb verstopt?'

'Geloven telt niet.' De oude man beschijnt Toms onderrug en gromt. Dan doet hij de zaklamp uit en legt hem op de uitgesleten tegelvloer. 'Het is goed. U bent schoon.' Hij wenkt Tom hem te volgen en sloft de woonkamer in. Blauwe pantoffels, pyjama en ochtendjas, net als tijdens zijn vorige bezoek. Behalve dat zijn kleren om hem heen fladderen alsof alles hem twee maten te groot is. Heribert Morten is afgevallen.

De kamer met de aangrenzende serre puilt uit, alsof Morten senior alles wat hem lief is daarheen heeft gebracht: stapels foto's, meters boeken in kasten, een verzameling verrekijkers, opgestapelde dozen en een hele collectie porseleinen figuurtjes die in een ver verleden wel door ene mevrouw Morten zullen zijn verzameld.

In een hoek staat een onopgemaakt bed, in de serre een asbak op een kampeertafeltje met twee rotan stoelen. Morten wijst met zijn wandelstok naar een vervilte bruine deken, die over de leuning van een stoel hangt. Zwijgend pakt Tom hem, stof dwarrelt rond als hij hem openvouwt en om zijn schouders slaat. Hij gaat zitten, de gevlochten zitting van de stoel prikt door de deken.

Heribert Morten vist moeizaam een sigaartje uit een verfomfaaid kartonnen doosje, zijn handen trillen als hij hem met een lucifer aansteekt.

'Vorige keer had u losse tabak,' zegt Tom.

De oude man grijnst scheef. 'Nood breekt wetten.' Hij blaast een rookkringel in Toms richting.

'Waarom wilde u mij spreken?' vraagt Tom.

Morten vertrekt zijn gezicht alsof hij pijn heeft. 'Ik kan mijn zoon niet bereiken. Hij neemt niet op als ik hem bel.'

'Ik ben niet bepaald een specialist in vader-zoonbetrekkingen,' protesteert Tom. Zijn blik valt op twee foto's in zilveren lijstjes die in de serre op de vensterbank staan. Heribert Mortens kleinkinderen Maja en Verena, Jo Mortens tweeling. Tom heeft hem die foto's met de allergrootste moeite kunnen bezorgen. Heribert Morten had dat tijdens hun vorige gesprek geëist. De meisjes moesten onderhand een jaar of dertien zijn. 'Wat er ook is misgegaan tussen u en uw zoon is uw zaak. En als ik me het goed herinner is dat al bijna tien jaar geleden gebeurd.'

Heribert Morten kijkt hem strak aan. Hij wil heer en meester zijn in deze situatie, maar zijn ogen verraden zijn onzekerheid. 'Die zaak bij de Berlinale. Er is iets wat Joseph moet weten.'

Tom spitst zijn oren. 'U weet iets over de zaak bij de Berlinale?'

'Het schoot me vandaag pas te binnen toen ik hoorde dat Bauer is doodgeschoten.'

'U bedoelt dat er een connectie is?'

'Ik vrees van wel, ja.'

'Welke dan?'

Heribert Morten krabt aan een wondje op zijn hoofd. De spaarzame, net nog strak gekamde haren staan alle kanten op. 'Kunt u mij iets over Bauer vertellen?'

'Ik ben hier niet om uw vragen te beantwoorden. Ik dacht dat ú mij iets wilde vertellen.'

'Kom, kom, niet zo kinderachtig,' moppert Morten. 'Ik kan u niet helpen als u mij niet helpt.'

Tom neemt hem zwijgend op. Heribert Morten is een fossiel. In de DDR-tijd was hij als arts werkzaam voor de Stasi. Maar zelden heeft Tom iemand meegemaakt die zo handig met kruimels informatie strooit om anderen informatie te ontlokken. 'Goed,' verzucht hij. 'Bauer is, nee, hij wás ondernemer. In de jaren negentig is hij met een farmacieconcern...'

'Mijn hemel. Vertelt u mij toch niet wat ik allang weet,' onderbreekt Morten hem. 'Ik wil horen wat ik nog niet weet. Wat hebt u ontdekt toen hij werd neergeschoten?'

'U kent Wolf Bauer? Waarvan?'

'Wie kent Bauer niet?'

'Wist u van de safe in zijn kelder?'

Morten glimlacht vaag. 'Ik had erom gewed dat hij er een had.'

'Die safe is, hoe zal ik het zeggen... gesmolten. Met een thermische lans, de inhoud van de safe werd ermee verbrand.'

Heribert Morten fronst zijn wenkbrauwen. 'Alles?'

'Tot op de laatste snipper. Hebt u een idee wat erin gezeten kan hebben?'

Morten perst zijn lippen op elkaar en haalt zijn schouders op. Met holle wangen neemt hij een trekje van zijn sigaar. 'Verder nog iets?'

Tom knikt bedachtzaam en probeert zijn gesprekspartner te doorgronden. 'Ja. Er is nog iets. Bauers dochter is verdwenen. Sinds acht uur vanochtend.'

Morten doet zijn ogen dicht. 'Mijn god,' mompelt hij. 'Ik vermoedde al zoiets.'

'Wat vermoedde u?'

'Dat het niet goed kon blijven gaan, niet voor altijd,' mompelt hij. 'Is er verder nog iets wat ik over de zaak zou moeten weten?'

'Meer schiet mij, wat Bauer betreft, niet te binnen.'

'En het geval Sinje Keller? Was daar nog iets bijzonders mee?'

Tom kijkt naar Heribert Morten. Zijn gelaten houding heeft plaatsgemaakt voor diepe verontrusting. Hij is lijkbleek en krabt opnieuw aan het wondje op zijn hoofd.

'Wat weet u in hemelsnaam?' vraagt Tom. 'Als u ook maar een flauwe notie hebt van wie of wat erachter zou kunnen steken, zeg het dan.'

'Nee, nee, nee, u begrijpt het niet.' Morten zwaait opgewonden met zijn linkerhand. Zijn ogen heeft hij nog steeds dicht, alsof hij in zichzelf naar iets speurt. 'Was er nog iets? Ik moet dat weten!'

'Er is nog iets, ja,' zegt Tom aarzelend. 'Een kleinigheid maar. We zijn er nog niet uit wat het te betekenen heeft. Het lijkt erop dat de dader in het geval van Sinje Keller op de plaats delict het getal negentien heeft achtergelaten.'

Morten doet zijn ogen weer open en staart Tom aan. 'O, mijn god,' verzucht hij. 'Het moest een keer gebeuren. Ooit moest het gebeuren.'

'Waar hebt u het over, in godsnaam? Wát moest gebeuren?'

'Ik kan u dat nu niet uitleggen. Ik weet veel minder dan u denkt. Het enige wat u moet weten, is dat u geen tijd te verliezen hebt. U moet mijn zoon waarschuwen. Onmiddellijk! Belt u hem. Zijn dochters lopen gevaar.'

34

Berlijn, Club Odessa
Donderdag 14 februari 2019
20.21 uur

Ze trommelt de beat mee met haar vingers. Alles is blauw, alleen de witte muren zijn roze. Duizenden glinsterende lichtjes van de spiegelbol reflecteren tot in de verste uithoeken van het heelal. Ze zwiept met haar heupen, links, rechts, links. Een hand in de lucht. Ze zwaait met haar haren, die nog naar seks ruiken. De coke is weliswaar uitgewerkt, maar hier zo hoog te staan, maakt haar high.

Haar vingertoppen rusten op de rand van de platenspeler. Ze scratcht. De boxen pompen het geluid door de ruimte, iedereen steekt de armen in de lucht als ze ermee stopt en de beat weer vol doorkomt. Wham! Een golf deint over de dansvloer. Ze laat de muur van geluid rond de dansvloer slingeren. Dit is...

Haar telefoon licht op.

Shit. Net nu.

Ze zet haar koptelefoon af, de muziek wordt een zacht, schel geschetter. De dansvloer is leeg. Haar telefoon rinkelt doordringend. Op het display staat 'Biene'.

Ze zucht. Was het maar vast morgen, dan kon ze echt losgaan. Ze neemt haar telefoon op. 'Bientje, wat is er?'

'Hé, Gisell, waar ben je?' Haar zusje snikt zachtjes.

'Huil je?'

'Nee. Nou. Ja...'

'Gaat-ie weer tekeer?'

Sabine barst in luid snikken uit. Ze is dertien, en in tegenstelling tot haar jongere broer niet bepaald de oogappel in het gezin.

'Wat heeft die klootzak nu weer gedaan?'

'Je kunt je niet voorstellen hoe het hier is zonder jou.'

'Bientje, alsjeblieft. Zeg op, wat is er gebeurd?'

'Hij schreeuwt alleen maar tegen me. Ik mag niks meer. Echt helemaal niks. Ik haat hem. Ik wil hier weg.'

'Lieverd,' zegt Gisell, 'daar moet je nog even mee wachten.'

'Jij hebt het voor elkaar,' fluistert Sabine. 'Jij kunt doen en laten wat je wilt.'

'Dat is ook niet altijd zo sexy als jij denkt, hoor,' sputtert ze tegen. Ze hoopt dat het haar zusje een beetje troost. En bovendien, denkt ze, je hebt geen idee hoe lang ik erop moest wachten. Maar dat kan ik nu beter niet zeggen.

'Weet je wat er is gebeurd?' vraagt Sabine snikkend.

'Vertel op, Bientje.'

'Mijn hele gezicht is blauw,' fluistert ze. 'De hele linkerkant.'

'Heeft hij je geslagen?' vaart Gisell uit. Een golf van woede welt in haar op. Ze ziet haar vader in gedachten voor zich en zou zich het liefst op hem storten, al zou het niets uithalen. 'De klootzak. Wat had je gedaan?'

'Hij was in zijn werkkamer, ik liep zo naar binnen. Ik had een negen voor wiskunde, voor het eerst. Stel je voor!'

'Lieverd, dat is geniaal! Echt geniaal!' prijst Gisell haar.

'Ik wilde het aan hem laten zien, maar hij stond daar wat te prutsen. Ik zag het eerst niet. Het was achter dat grote schilderij. Papa heeft daar een safe, en...'

'Heeft hij een safe?' vraagt Gisell. 'In zijn werkkamer? Dat wist ik helemaal niet.'

'Ik had er ook geen idee van.' Sabine laat haar stem dalen en fluistert: '... dus ik kom binnen, hij staat daar bij die safe, schrikt zich wezenloos, draait zich om en...' Ze begint weer te snikken.

'Ach Bientje, wat verschrikkelijk.'

'Gisell?' Bientje haalt haar neus op en probeert zich te vermannen.

'Ja?'

'Kan ik bij jou komen?'

'Bientje, je weet dat dat niet gaat. Hij maakt ons allebei af als hij erachter komt. En dat komt hij.'

'Waarom mag jij doen wat je wilt en ik niet?' zegt Sabine huilend.

'Omdat ik tweeëntwintig ben,' zegt Gisell vol medelijden. Wat een kuttroost, denkt ze op hetzelfde moment. Niks troost. 'En mama dan?' vraagt ze, al weet ze het antwoord al.

'Mama is mama,' zegt Sabine. Ze zou net zo goed kunnen zeggen: Mama is er niet. 'Je zei toch dat je nu geld verdient. Kun je me niet adopteren of zo?'

Gisell moet lachen, al voelt ze haar tranen opkomen. 'Lieverd, dat gaat niet. Maar als je zestien bent kom je bij mij, oké?'

'Dat duurt nog drie jaar!' jammert Sabine.

'Ik weet het,' zegt Gisell. Ze bijt haar kiezen op elkaar tot het pijn doet. Ze moet aan Bene Czech denken. Plotseling schiet de idiote gedachte door haar hoofd dat hij ongetwijfeld ergens een pistool heeft. Meer dan één waarschijnlijk. Misschien toch een reden om nog een keer met hem in bed te duiken.

'Gisell?'

'Ja?'

'Ik ben zo blij dat jij er bent.'

'Ik hou van je, lieffie. Meer dan van wie ook.'

'Ik hou ook van jou.'

'Wees voorzichtig, goed? Ontloop hem zo veel mogelijk.'

'Ja,' snikt Sabine. 'Ik moet ophangen. Ik wil niet dat hij ziet dat ik met je bel.'

‘Slaap lekker, Bientje.’

‘Welterusten.’

Gisell legt haar telefoon naast de platenspeler en staart voor zich uit. De lichtvlekken dansen voor haar ogen. Czech spookt door haar hoofd. Dat bungelende kruis voor haar neus. Zijn hand daar, waar nog nooit iemand haar had aangeraakt. Ze denkt aan dat pistool. Maar een pistool is niet de oplossing.

Stel dat hij het zou overleven. Dan gingen ze er allemaal aan.

35

Potsdam-Sacrow
Donderdag 14 februari 2019
20.34 uur

Zwarte sleutel op donkere aarde. Tom zit met Heribert Mortens zaklamp op zijn hurken in het bloembed en woelt met zijn vingers door de vochtige aarde, op zoek naar zijn autosleutels.

Als hij ze vindt, klopt hij de aarde eraf en blaast er nog een keer hard op. De centrale deurvergrendeling klikt, hij rukt het portier open, pakt zijn telefoon, die op zijn kleren ligt, en kiest Jo Mortens nummer. Maar die neemt niet op, dus laat Tom een bericht achter dat hij dringend terug moet bellen.

Snel schiet hij weer in zijn kleren. Hij start zijn auto en keert. Zijn koplampen strijken nog één keer langs het huis. De hobbelige weg door het bos verdwijnt in de mistflarden. Tom stuurt met links, met rechts kiest hij Sita's nummer. Geen gehoor. Het volgende nummer is van Grauwein, die na vier keer overgaan opneemt.

'Tom? Luister, ik heb net mijn handen vol...'

'Peer! Goed dat ik je te pakken heb. Ik heb dringend Morten nodig, maar hij neemt niet op. Is hij toevallig bij jou?'

'Hangt ervan af hoe je dat opvat,' zegt Grauwein. 'In zekere zin wel.'

'Oké, geef hem even.'

'Dat gaat niet. Hij zit op het meer.'

'Hij is waar?'

'Op het meer. De Machnower See. Heb je het niet gehoord?'

'Nee,' zegt Tom. 'Wat is er... Kut!' Hij staat boven op de rem. Zijn auto slingert en glijdt dan met blokkerende wielen van het bospad de weg op. Een hard rijdende auto wijkt op het laatste moment uit en verdwijnt luid toeterend in de mist.

'Tom? Alles oké?'

'Jaja,' zegt hij afwerend. 'Waar zijn jullie? Machnower See?'

'Exact. En je gelooft niet wat er gebeurd is.'

'Hoe dan ook,' zegt Tom terwijl hij de kortste weg naar Machnower See in slaat, 'ik heb Morten zo snel mogelijk nodig.'

'Uitgesloten. Ik krijg hem daar niet weg. Hier staat alles op z'n kop.'

'Wat is er dan, verdomme?'

'Je gelooft het niet,' zegt Grauwein, 'eerlijk niet. Let op. Rond zeventien uur twintig, vlak nadat jullie vertrokken, krijgt de centrale een telefoontje. Een vent gaat wandelen met zijn hond langs de Zehlendorfer Damm, loopt over de brug en ziet in de schemering een roeiboot op het water, een flink eind verderop. Het is eigenlijk al te donker om nog iets te kunnen zien, maar aan de overkant staat een straatlantaarn, waardoor het bootje goed te zien is. En raad eens wat die vent aan het doen is. Die op de boot, bedoel ik.'

'Peer, zeg op. Ik heb nu geen tijd voor raadseltjes.'

'Hij gooit iets in het water. Iets groots, zei de wandelaar. Hij tilde het over de rand heen.'

'Mijn god,' fluistert Tom.

'Exact,' zegt Grauwein. 'Dus wij het hele programma afgewerkt. Waterpolitie, bergingsteam, duikers. Het meer ziet er nu uit alsof er een feestje is.'

'En? Hebben jullie iets gevonden?'

'Nou en of. Het meer is weliswaar groot, maar zo ondiep als een plas. Op het diepste punt hooguit vier meter, ook daar waar onze bootsman dreef. En nu komt het: we hebben twee lijken gevonden. Ongeveer dertig meter bij elkaar vandaan.'

'O, god. Sinje Keller en Julia Bauer?'

'Bijna,' zegt Grauwein. 'Met Sinje Keller zit je waarschijnlijk goed. Het is nog niet officieel, maar we gaan ervan uit. Maar dat andere lijk – hou je vast – ligt er al minstens twintig jaar.'

'Wat?'

'Ja. Nauwelijks meer dan een skelet. En dat is nog niet alles. Weet je hoe die twee lijken op de bodem bleven?'

'Wacht even,' zegt Tom. 'Wil je zeggen dat beide lijken op dezelfde manier zijn verzwaard?'

'Yep. Namelijk in gaas gewikkeld en met stenen.'

Toms adem wordt afgesneden. Instinctief haalt hij zijn voet van het gaspedaal en wijkt uit naar rechts.

'Tom? Ben je er nog?'

'Ja, ik ben er nog.'

'Dat kan geen toeval zijn, toch?'

'Zoveel toeval bestaat niet. Net als anderhalf jaar geleden. Dezelfde signatuur.'

'Maar die dader hebben we gepakt,' zegt Grauwein. 'Die is dood. Wie is hier dan in godsnaam bezig?'

En vooral: wie is dat tweede lijk? denkt Tom.

Zijn handen knijpen het stuur fijn. Toch niet van Vi?

Nee, dat zou krankzinnig zijn.

Hoe zou dat kunnen.

Niet meer aan denken.

Doorstrepen, die gedachte.

Maar het is te laat. In zijn hoofd bevindt zich een kamer waarin die gedachte zit te wachten. Bij elk onbekend lijk zwaait de deur naar die kamer open, of hij wil of niet.

'Peer?' zegt Tom.

'Ja?'

'Heb je al iets kunnen vaststellen? Aan dat andere lijk, bedoel ik. Leeftijd? Geslacht?'

'Wacht even. Hier staat een van de lijkschouwers. Ik vraag het even.'

Tom hoort voetstappen en een lang gesprek, te zacht om iets te verstaan. Beelden van Viola overspoelen de kamer in zijn hoofd, hoe ze hem smeekt om met haar naar *Dracula* te kijken en hij – grote, grote broer – weigert. Hoe hij een zwarte veer in haar haren steekt. Hoe ze met de sleutel in haar hand wegloopt, zo gelukkig dat ze een geheim met hem deelt. Hoe ze zelf die witte veer achter haar oor steekt.

'Tom?' meldt Grauwein zich weer. 'Naar het postuur te oordelen een man.'

Tom slaakt een diepe zucht van verlichting.

'Kennelijk nogal fors. Steekwonden in de rug en de borst. Omdat de botten grotendeels vrij liggen, kun je de sporen zien. Op de schedel zit een fractuur rond het linkeroog. Volgens de lijkschouwer ziet het er vreemd uit, perfect rond. Het moet met iets scherps zijn gedaan, misschien het uiteinde van een metalen buis of zoiets.'

Tom houdt zijn adem in. Nu zwaait de deur naar een andere kamer open, een kamer die hij deelt met Bene. Hoe is dit mogelijk? Heeft het dan echt allemaal met elkaar te maken?

'Hoe groot zou de doorsnede van die buis moeten zijn?'

'Wacht even,' zegt Grauwein. Even later vervolgt hij: 'Vijf of zes centimeter. Iets groter dan een sifon onder een wastafel, maar met even scherpe randen.'

Nee, geen sifon, denkt Tom. Eerder de lens van een fototoestel. Zijn fototoestel. Was het maar vijftig jaar geleden! Toen bestond er nog geen DNA-onderzoek, waren er geen pathologen die aan de hand van een minuscuul botsplintertje een dader konden identificeren.

'Oké, dank je,' zegt hij hees. 'Peer? Ik wil dat je Morten inseint. Zeg hem dat het een kwestie van leven en dood is. Hij moet me bellen. Onmiddellijk.'

Grauwein blijft even stil. 'Ja, doe ik. Maar kun je me niet gewoon zeggen waar het om gaat?'

'Dat kan ik alleen tegen hem zeggen. Ik hang nu op.'

Tom drukt op de rode knop en kiest meteen het interne alarmnummer op het hoofdkantoor. 'Hallo? Tom Babylon, rechercheteam 7. Hoofdinspecteur Morten en zijn gezin zijn net bedreigd. Stuur meteen, echt nú meteen een surveillancewagen naar zijn huis en geef aan zijn vrouw door dat zij en de kinderen onder geen beding het huis mogen verlaten. En laat de agenten posten tot wij het sein vrij geven.'

Hij legt zijn telefoon terug op de bijrijdersstoel en staart naar de uitgestorven weg. Die mist! Waarom heeft hij dit niet meteen gedaan?

Tom? Vi, vanaf de bijrijdersstoel.

Ja?

Waarom ben je niet opgelucht?

Opgelucht?

Was je niet bang dat ík het was die daar in het water lag?

Natuurlijk was ik dat. En natuurlijk ben ik opgelucht.

Maar er was ook nog iets anders.

Hoe bedoel je? Dat ik me zorgen maakte over Mortens dochters? Of dat ik bang ben dat iemand erachter komt wie die man twintig jaar geleden heeft vermoord?

Denk je echt dat je daar nog voor gepakt wordt?

Ik heb niet graag een moord op mijn geweten.

Je geweten is nogal gevoelig.

Zegt mijn tienjarige zusje?

Al zie je het niet aan me af, ik heb een hoop meegemaakt. Eigenlijk alles wat jij ook hebt meegemaakt. Maar dat bedoelde ik niet.

Wat bedoelde je dan?

Je was niet opgelucht. Eerder teleurgesteld.

Hoezo teleurgesteld?

Omdat ik het niet was die daar in het water lag.

In godsnaam, nee. Ik ben heel blij dat jij dat niet was.

Soms denk ik dat je pas echt blij zou zijn als je eindelijk zekerheid kreeg. Zelfs als dat zou betekenen dat ik niet meer leef.

Dat mag je niet eens denken, hoor je me?

36

Berlijn-Kreuzberg
9 augustus 2001
23.44 uur

Sita lag op haar rug en keek naar het plafond, waarin fijne scheurtjes een chaotisch patroon vormden. Zesentwintig uur geleden wilde ze zich nog voor de trein werpen, in de volle overtuiging dat ze daar alle reden van de wereld voor had. Ze voelde zich lelijk, uitgestoten, volkomen waardeloos.

Ze hield haar adem in. In de stilte hoorde ze Bene naast zich ademen, voelde ze de warmte van zijn lijf en het dekbed waar ze samen onder lagen, een warmte die haar hele lichaam vervulde, haar hals, haar buik, haar benen, haar schoot.

Ze had zich in haar vorige leven dat zesentwintig uur geleden ineens voorbij was – in die zin was haar zelfmoord toch succesvol geweest – soms voorgesteld hoe het zou zijn om na de seks met een jongen in bed te liggen, maar dat idee was voor haar altijd fictief gebleven, iets totaal onwaarschijnlijks, maar als het er in het echte leven niet van kwam, wilde ze het zich tenminste een keer voorstellen. In haar gedachten had ze altijd aangekleed naast haar prins gelegen, minimaal in haar ondergoed, het liefst nog in een T-shirt of een pyjama. Als ze maar beschermd was.

Maar nu lag ze hier en elk stukje van haar huid zoog zijn warmte op, wilde zich laten strelen, ademde hem in. Het was alsof de trip waarin ze samen verzeild waren geraakt was over-

gegaan in een nog veel betere trip. In haar nieuwe leven, dat haar intens wild en tegelijkertijd volmaakt kitscherig leek. Wat er verder nog zou komen: dit leven zou ze nooit meer opgeven.

'Waaraan denk je?'

Ze schrok. 'Je bent wakker.'

'Hm-m.'

Ze draaide zich om en keek hem aan. Rood haar. En die tattoo in zijn nek. 'Wat is dat?' vroeg ze, en ze volgde met haar vingers de lijnen.

'Een vleugel,' zei Bene trots.

'Het is maar een kleintje. Is-ie groot genoeg om mee te vliegen?'

'Niet brutaal worden, kleintje. Bovendien heb ik er twee van. Eén aan elke kant.'

Sita grijnsde. 'Wanneer heb je die laten zetten?'

Bene ontweek haar blik. 'Een jaar geleden ongeveer.'

'En waarom?'

'Waarom wil je dat weten?' Bene keek haar geërgerd aan. 'Waarom neemt iemand een tattoo? Omdat het cool is. Simpel toch. Heb je toch geen reden voor nodig.'

'O, sorry, ik dacht gewoon... Het spijt me,' mompelde Sita.

'Al goed,' bromde hij.

Bene staarde naar het plafond alsof daar iets was. 'Ik heb hem laten zetten na... na die toestand met die gast,' zei hij ten slotte.

'Echt? Na die... steekpartij?'

'Nee, dat was het niet. Zo is het niet gegaan.'

'Sorry.'

'En hou eens op met steeds sorry zeggen.'

'Wat is er dan gebeurd, toen?'

'Ik heb je toch verteld over die vriend. Hij en ik zijn door een of andere gast overvallen. Hij wilde ons afmaken. Een reus van een kerel, dertig of veertig of zo, en zúlke armen.' Met zijn handen gaf hij een indrukwekkende omvang weer.

'Maar waarom dan?'

'Dat doet niet ter zake.' Met een handgebaar veegde Bene de vraag weg.

'En hoe heb je hem dan...?'

'Mijn maat en ik hebben elkaar gered, snap je? Hij eerst mij, en toen ik hem. Ik was het hem als het ware verschuldigd. En omdat die reus hem bij zijn strot had – echt bij zijn strot – heb ik toegestoken. Ik heb zo'n Zwitsers mes. Altijd bij me.'

'Mijn god,' fluisterde Sita.

'Wat had ik dan moeten doen? Hij had me afgemaakt als ik het anders had aangepakt.'

'Dus was het eigenlijk noodweer,' zei Sita.

'Ja, eigenlijk wel. Maar wie gelooft zoiets, achteraf?'

Sita's ogen werden groot. 'Wil dat zeggen dat je op de vlucht bent voor de politie?'

Bene zag haar verbazing en grijnsde. 'Nee, kleintje, dat niet. Het grappige was... wij zijn er zomaar vandoor gegaan, maar het lijk is nooit gevonden.'

'Hè?'

'Echt. Iemand moet het hebben laten verdwijnen.'

'Wat eng.'

'Zeg dat wel.'

Ze zwegen even.

'Je bent dapper,' zei Sita uiteindelijk.

'Ik weet het niet,' zei Bene twijfelend. 'Het was van achteren.' Hij hief zijn arm. 'Zo, snap je?'

'Je was dapper,' herhaalde Sita. 'Je hebt je vriend bevrijd, en mij ook!'

Bene grijnsde scheef. 'Ja, dat was heftig. Maar jij was ook niet mis. BAM!' Hij schopte het dekbed een stuk de lucht in. Ze lachten. Sita drukte zich dankbaar tegen hem aan en voelde hem plotseling verstarren.

'Wat... kut, wat moet dat?' riep Bene. 'Wat moeten jullie hier?'

Sita draaide zich om en volgde zijn blik. Ze bevroor op slag. In het halletje tussen de gang en de kamer stonden drie gestalten met zwarte bivakmutsen over hun hoofd. Ze hadden alle drie leren jacks aan, een van hen droeg er een verwassen, grijs T-shirt onder, met een doodshoofdlogo van een of andere heavymetalband; een schedel zonder huid, met vrij liggende spieren en zenuwen.

'Oog om oog,' zei hij zacht. Het klonk dof, onder die bivakmuts. Als op commando stortten ze zich op Bene en Sita. Een van de drie zat schrijlings op Sita's borstkas en hield haar vuisten in bedwang waarmee ze om zich heen probeerde te slaan. Sita schreeuwde, iemand stompte haar tegen haar kaak, een hand sloot zich over haar mond.

'Maak ze af,' brulde die in dat heavymetalshirt. Hij haalde een jachtmes tevoorschijn en gaf het aan de derde jongen. Zijn vingers sloten zich om het heft alsof hij kracht probeerde te verzamelen.

'Schiet op!'

Hij hief het mes. 'Deze is voor mijn vader!' zei hij. Toen stak hij. Eén keer. En nog een keer. Bene brulde, Sita werd door de gast met dat shirt van het bed getrokken. Hij sloeg van achteren zijn arm om haar nek, wurgde haar en hield met zijn andere hand haar mond dicht. Ze worstelde, beet hem in zijn hand. Hij schreeuwde kort, en drukte nog harder tegen haar hals. Haar luchtpijp werd pijnlijk dichtgeperst. Ze proefde bloed, begon wild te schoppen en zag Bene onder het bloed op bed liggen. Ze sloeg om zich heen, maar haar vuisten raakten alleen maar lucht.

'Help me!' hijgde de gast achter haar. 'Dat wijf draait door!'

De gast die met zijn mes over Bene stond gebukt, bevroor alsof hij niet kon geloven wat hij net had gedaan.

De derde greep naar Sita's enkels, maar ze kreeg haar rechtervoet los en trapte hem in zijn gezicht. Hij brulde en hief zijn armen.

Sita hapte vertwijfeld naar lucht, probeerde zich om te draaien maar de arm om haar nek week geen millimeter.

'Hij is eraan,' riep de gast die haar vasthield. 'Wegwezen hier.'

De gast die ze in zijn gezicht had geschopt, kwam op haar af. 'Dat kutwijf nemen we mee.'

Die met het mes riep: 'Geef d'r een hoek! Ik kan dat gebrul niet meer aanhoren!'

Het laatste wat Sita zag was Bene, roerloos, badend in het bloed op zijn matras. Toen ramde een vuist haar gezicht als een metrostel, en maakte een einde aan haar nieuwe leven, dat net een dag oud was.

DONDERDAGAVOND

37

Berlijn-Kreuzberg
Donderdag 14 februari 2019
20.37 uur

Lukas Mazur gooit een aspirine en een oranje vitaminetablet in een glas water. Beide lossen bruisend op. Zijn hoofdpijn zal er hooguit iets minder van worden. Maar de aanblik van de bruisende tornado in het glas doet hem aan vroeger denken, en dat is tenminste iets: vroeger waren zij zelf de storm.

Heel Kreuzberg sidderde voor hen.

Tegenwoordig hebben Libanezen en Turken en god mag weten wie nog meer hier de boel in handen.

Hij had graag gewild dat het destijds iets meer had opgeleverd. Hoe was het in godsnaam misgelopen? Ze waren zo verdomde bevoorrecht, toen. Bevoorrecht, hij haat dat woord. Het omvat alles waar hij toen ook al van moest kotsen. De elite, die halfbakken rechts-liberalen. Weledelgeboren, met een naam op een blinkend koperen bordje en een gouden lepel in hun reet.

Zij waren een ander soort elite.

De tornado in het glas is gaan liggen, hij slaat het mengsel van acetylsalicylzuur en oranje vitaminetroep in één keer achterover.

Hij kijkt naar de donkere binnenplaats. De waslijnen met plastic coating glimmen in het schijnsel van verlichte ramen. In de meeste woningen brandt een gelig licht, in een paar huizen verspreiden tv's een blauw, flikkerend licht. Hij kijkt graag naar de binnenplaats. De aanblik ervan is beter te verdragen dan die van de keuken. Niet dat hij iets tegen keukens heeft, maar de schoonmaakkunsten van zijn huisgenoot zijn niet te harden. Als alles toen anders was gelopen, had hij nu geen medebewoner nodig gehad. Nu is hij op een uitkering aangewezen.

Hij laat nog een glas met leidingwater vollopen, dan gaat zijn telefoon. Er wordt geen nummer weergegeven.

Hij neemt op met een korzelig 'Ja'.

'Met mij.'

'Wat is er aan de hand?' vraagt Mazur.

'Ik kan wel wat hulp gebruiken.'

'Ik ook,' zegt Mazur terwijl hij naar de vuile borden en het bestek in de gootsteen kijkt.

'Ben je alleen?'

'Brand los.'

'Het gaat om een vrouw.'

'Oké,' zegt Mazur zachtjes.

'Moet eruitzien als willekeurig. Het liefst...' De man aan de andere kant van de lijn aarzelt even, 'als een beroving of zo.'

'Definitief?'

De man zwijgt.

Mazur schraapt zijn keel. Soms hoef je maar iets in het niets te roepen en komt er meteen antwoord. Maar meteen zoiets... 'Dat gaat wel iets kosten.'

'Is dat een ja?'

'Dat is onderhandelen.'

'Jaja. Dat komt wel goed. Dus?'

'Twintig keer zoveel als voor die inbraak op die woonboot.'

'Ben je gestoord?'

'Nee. Volwassen. Ik heb mijn kosten. De zaken lopen niet meer zoals vroeger. Er is geen vangnet meer. Bovendien is het nogal wat, wat je van me vraagt.'

‘Oké. Laat dan maar zitten.’

Mazur slikt. Vraagt zich af of hij te hoog heeft ingezet. Aan de andere kant: hoeveel mensen bestaan er die je zomaar kunt bellen voor zoiets en die ook nog hun bek dichthouden? Het is niet iets waar je iemand even voor van de straat plukt. Vooral niet als je die man aan de andere kant van de lijn bent. Dan schiet hem te binnen dat die andere twee er ook nog zijn. Wat als een van hen het wel doet? Voor minder? ‘Goed,’ zegt Mazur, ‘het vijftienvoudige.’

‘Tien keer, meer zit er niet in.’

‘Twaalf,’ zegt Mazur met een grijns, ‘je zit omhoog, kennelijk.’

Stilte.

‘Goed, twaalf dan.’

‘Klinkt als vroeger,’ zegt Mazur.

‘Hou op over vroeger,’ zegt de ander. ‘Vroeger bestaat niet meer.’

Ja, jammer, denkt Mazur. ‘Hoe heet ze?’

‘Ik stuur het je. Maar het moet snel gebeuren. Heel snel.’

Mazur beëindigt het gesprek, legt zijn telefoon in de vensterbank en kijkt weer naar de binnenplaats. Misschien is dit zijn kans om uit dit krot te komen. Een startkapitaaltje. Misschien lukt het hem zelfs om wat bewijzen te verzamelen en later nog wat meer geld te vragen. Zo af en toe. Hij glimlacht. Als een soort lijfrentepolis. Het zou zonder meer verdiend zijn.

Zijn telefoon zoemt twee keer kort achter elkaar.

Het eerste appje bevat een naam, een adres en een code om trackingsoftware in te voeren. De tweede is een foto van een lange vrouw in een zwarte broek en een witte blouse. Haar huidskleur is even donker als haar ogen. Haar haren zijn gemillimeterd, ze heeft een litteken dat van haar linkeroor over haar kaak omlaagloopt.

Mazur staart naar de foto.

Met de telefoon in zijn hand loopt hij door de gang naar zijn kamer. Hij maakt de vergrendelde laden onder zijn bureau open. Derde lade van boven. Het kartonnen doosje, helemaal achterin. Tussen zijn paspoort, de wiet, het vaccinatiebewijs van Igor, zijn Australische ridgeback die drie jaar geleden is gestorven, vindt hij de polaroid. Hij is achttien jaar oud, er staat een jonge vrouw op, naakt, in de kamer boven in het oude pakhuis.

Geen twijfel. Zij is het.

Lukas Mazur overweegt of dat iets verandert. Hij kijkt naar de naakte vrouw. Vrouw? Eigenlijk was het eerder nog een meisje, toen. Maar als hij dat denkt, krijgt hij de pest in. De herinnering overspoelt hem zo hevig, dat alles van toen weer tastbaar wordt; de schaamte evengoed als de opwinding. En hij houdt niet van schaamte. Je hebt er geen reet aan.

Hij weet dat hij meteen aan de slag moet. De goedkope zwarte vodden moet aantrekken die hij in een zak in zijn klerenkast bewaart voor speciale gelegenheden en die hij later moeiteloos kan laten verdwijnen. Hij moet zijn helm opzetten, op zijn bejaarde Yamaha stappen en gas geven.

Als die polaroid er maar niet was. En dat kloterige, nutteloze gevoel waar hij geen zin in heeft. En dat hem alleen door háár weer overvalt!

Fuck, denkt hij. We hadden het toen af moeten maken, dan was het allemaal anders gelopen. Ze hadden het gewoon niet netjes afgehandeld. Bij hem niet, en daarna ook niet bij haar. Twee graven op de hei en er had geen haan meer naar gekraaid.

Ze dachten dat het wel los zou lopen.

Nee. Ze hadden helemaal niet gedacht.

Ze waren gewoon een stelletje arrogante klootzakken geweest, toen.

38

Machnower See bij Berlijn
Donderdag 14 februari 2019
21.07 uur

Het stoplicht springt van groen op oranje. Sita drukt haar gaspedaal dieper in en scheurt over het kruispunt, nog vóór het licht rood is. De Clayallee gaat hier over in de Teltower Damm, waar straks de Machnower Straße op volgt.

'Je weet wat ik... ri... kee.' De verbinding hapert, Frohloffs woorden worden digitaal vermalen.

'Wat zeg je?' vraagt Sita.

'Hè?'

'Ik kon je niet verstaan. De verbinding.'

'O,' zegt Frohloff. 'Ik zei: je weet wat ik riskeer.'

'Wat is het probleem? Je beschikt toch over de middelen?'

'Zolang ik oppervlakkig zoek is er niets aan de hand. Dat kan iedereen. Maar we weten allebei dat dat niets oplevert.'

'En als je dieper zoekt, wat gebeurt er dan?'

'Dan riskeer ik dat het Openbaar Ministerie in actie komt. Bij bepaalde zoektermcombinaties en in bepaalde archieven zitten algoritmes die als slapende honden werken. Dan volgt er een melding als iemand een zoekopdracht geeft. Vooral als daar een computer van de recherche voor wordt gebruikt.'

'Kun je dat niet omzeilen?'

Frohloff bromt. 'Alleen met veel geluk. En eerlijk gezegd voel ik me daar met alle ophef rond deze zaak niet erg prettig bij.'

'Alsjeblieft. Het is heel belangrijk. En als deze zaak rond is, gaan we samen eten, goed?'

'Echt? Eindelijk?' vraagt Frohloff verrukt.

'Eten! Niet wat jij denkt.'

'Wat denk jij dan dat ik denk. Hou eens op met die clichés van je,' zegt hij verontwaardigd. 'Soms werkt het op mijn zenuwen dat jij altijd meent te weten wat iedereen denkt.'

'Oké, sorry. Zo bedoelde ik het niet.'

'Zeker wel. Ik hang nu op en ga aan de slag. En het enige wat ik jou kan adviseren: blijf uit de buurt van de Machnower See. Je weet hoe Morten is: als hij je naar huis stuurt, stuurt hij je naar huis.'

'Ik zeg gewoon tegen hem dat ik het van jou heb gehoord en dat jij vond dat hij dringend mijn hulp nodig had.'

'Lul,' zegt Frohloff.

'Kut dan toch zeker,' corrigeert Sita hem.

Ze groet hem en legt haar telefoon op de bijrijdersstoel. Druppels spatten uiteen op de voorruit. Ze moet denken aan die donkere wolkengebergten aan de horizon, die middag. Het bleef regenen, maar het onweer is nu kennelijk overgetrokken.

Even later bereikt ze de flauwe bocht voor de brug bij het meer. Toms Mercedes staat langs de stoep en verder twee surveillancewagens, de auto van de arts en die van de technische recherche. Grauwein staat erachter, kennelijk haalt hij net iets uit zijn kofferbak. Ze parkeert haar Saab net voor de bocht aan de bosrand. Een smal pad, gemarkeerd met waarschuwingstape, leidt naar de oever van het meer. Door de takken ziet ze de schijnwerpers op het meer. Een collega van de surveillance controleert haar pasje.

Haar schoenen waren berekend op Grunewald, nu zakken ze op het pad weg in de modder. Als het niet zo koud was, zou ze op haar blote voeten verder lopen. Aan de oever is een drijvende steiger geïmproviseerd. Ze herkent Tom aan zijn silhouet. Op een meter of vijfentwintig liggen een paar kleinere en een iets grotere boot van de Waterpolitie rond een drijvend platform, aangelicht van alle kanten. Sita ziet twee brancards. Langs de rand van het platform zetten twee duikers net hun zwembrillen af en gespen hun zuurstofflessen los. Kennelijk wordt de bodem van het meer nog steeds afgezocht. Mortens pezige gestalte staat bij de brancards, hij praat met een man, vermoedelijk de patholoog-anatoom.

Sita gaat naast Tom staan. 'Jij hebt het ook net gehoord,' concludeert ze.

Hij kijkt haar van opzij aan. 'Hm-m.'

'Is dat van Sinje Keller al bevestigd?'

'Min of meer. Grauwein zegt dat ze lijkt op Sinje Keller en ze heeft een gat in haar borst dat past bij een pin.'

'Mijn god,' fluistert Sita, 'en wij maar denken dat ze het misschien toch had gespeeld...'

Tom vertrekt geen spier en staart gespannen naar het water, terwijl Morten net in een boot stapt.

'Tom? Is alles in orde met je?'

'Jaja,' zegt hij ontwijkend. 'Ik moet alleen heel dringend Morten spreken.'

'Wat is er dan? Je ziet eruit alsof je...'

'Dat kan ik je nu niet zeggen. Laat me, alsjeblieft. Ik moet eerst Morten spreken.'

'Werken wij nou samen of heb ik iets gemist?' vraagt Sita, maar Tom reageert niet.

De buitenboordmotor van de boot jankt, het geluid verandert in een regelmatig gebrom, nog geen minuut later legt de rubberen opblaasboot aan langs de steiger. Morten haalt nerveus zijn handen door zijn zwart glanzende haar. De stress en de vermoeidheid maken zijn gezicht nog scherper en uitgeteerder dan anders.

'Jo.' Tom loopt op Morten af, die net onhandig uit de wiebelende boot op de wankele steiger stapt. 'We moeten praten. Nu meteen.'

Morten kijkt van Tom naar Sita. 'Wat doen jullie hier? Jullie hadden vrij. Was ik soms niet duidelijk genoeg?' Hij wil langs Tom lopen, maar die houdt hem met zijn uitgestoken arm tegen.

'Wacht even. Eén woord.'

Morten kijkt Tom dreigend aan, maar die doet of hij het niet ziet en fluistert hem iets in zijn oor. Sita kan niet verstaan wat hij zegt, maar Mortens blik verandert op slag van woedend naar ongeloof, zelfs naar blinde paniek. Zonder iets te zeggen pakt hij zijn telefoon uit zijn jaszak en kijkt op het scherm, dat kennelijk vol staat met gemiste oproepen. 'Kut!' sist hij en hij kiest gehaast een nummer.

Het duurt geen twee seconden voor er opgenomen wordt. 'Lydia, met mij. Sorry, ik had het geluid uitgezet. Zijn de meisjes bij jou? Wat? Maja niet?'

Tom kijkt hem ontzet aan.

'Sinds wanneer?' snerpt Morten.

Wat is hier in godsnaam aan de hand? denkt Sita.

'Dat kan toch niet waar zijn!' roept Morten uit.

Tom is lijkbleek geworden.

'Kut! Blijf waar je bent,' schreeuwt Morten in de telefoon. In het tegenlicht van de schijnwerpers ziet Sita speekseldruppels uit zijn mond vliegen. 'Nee! Niets! Niets doen. Dat doe ik. Jij blijft bij Verena. Sla je arm om haar heen en houd haar goed vast.' Hij hangt op en rent in de richting van de weg. Tom wil achter hem aan, maar Morten brult: 'Laat me met rust, godverdomme! Laat me allemaal met rust!'

Grauwein, die net onderweg is naar de steiger, kijkt Morten verbluft na. 'Wat heeft die ineens?'

Tom pakt zijn telefoon en kiest een nummer. 'Het ergste wat je kan gebeuren als je kinderen hebt.'

'Dat begrijp ik niet. Wat heeft dit te betekenen? Wie bel je?'

'Bruckmann,' zegt Tom. 'We hebben Bruckmann nodig.'

39

Diedersdorfer Heide bij Berlijn
10 augustus 2001
1.48 uur

Sita ontwaakte langzaam uit haar slaap, alsof haar hersens de werkelijkheid steentje voor steentje als een mozaïek opnieuw moesten leggen – en ze wist niet eens of die steentjes wel het goede beeld weergaven. Ze hoorde stemmen in de verte. Maar waarom bleef het zo donker? Waarom kostte ademhalen haar zoveel moeite? Haar kaak voelde opgezwollen aan, en als ze probeerde haar kiezen op elkaar te klemmen, voelde ze een snijdende pijn.

Haar handen en voeten waren vastgebonden, onder haar rug was het koud. Kleine steentjes drukten door haar kleren. Maar ze was toch naakt geweest? Nu had ze weer iets aan. Ze probeerde diep in te ademen, maar kreeg een lap katoen in haar mond. Het smaakte oud en naar stof. Wat was dat? Had iemand een zak over haar hoofd getrokken? Bijtende rook steeg op in haar neusgaten, misschien van een kampvuur.

Plotseling zag ze Bene voor zich. Hoe hij daar op bed lag, met wijdopen ogen. Neergestoken. Zijn bloed over de hele matras. Bene was dood.

De gedachte trof haar als een mokerslag. Ze werd misselijk, moest overgeven, maar tegelijkertijd ging er ergens in haar achterhoofd een waarschuwingslampje branden. Je hebt een zak over je hoofd. Als je nu moet overgeven, krijg je helemaal geen lucht meer!

Ze probeerde zich te concentreren op de stemmen. Ze hoorde het rinkelen van glazen of flessen. Ze proosten, dacht ze, die smeerlappen proosten en drinken.

'Hoe hij daar lag, hé,' gromde Mes. 'Als een vis. Mond open, ogen open...'

'Ja, man. Missie volbracht,' zei Haan. Hij klonk niet zo dronken als Mes. 'Ik heb nog nooit zoveel bloed gezien. Doe mij nog eens zo'n worstje?'

'Kut. Hij had het verdiend,' zei Vlo. 'Ik vraag me alleen af of we hem wel zo hadden moeten laten liggen. Ik bedoel, nu wordt hij gevonden en...'

'Heb je het nou nog steeds niet begrepen?' snauwde Mes. Het klonk alsof hij zijn mond vol had. 'Er gebeurt niets. Ze houden ons erbuiten, omdat ze ons nodig hebben.'

'Ja, tot nu toe wel,' zei Vlo, 'maar blijft dat zo?'

'Je komt net kijken,' vond Mes. 'Hier, neem er nog eentje.'

'Ik heb geen honger. Hebben jullie ook al eens, ik bedoel... hebben jullie ook...?'

'Wat? Iemand vermoord? Nee, dit was de première.'

'Hoe weten jullie dan dat ze ons erbuiten houden?'

'Omdat ze dat altijd doen. De ene hand wast de andere,' zei Haan. 'Maar je hebt gelijk. Het kan geen kwaad om er een keer bij stil te staan.'

'Nadenken helpt nu niet veel meer,' gromde Vlo. 'Ik bedoel, dat lijk is één ding, maar we hebben ook nog een getuige. Die heeft alles gezien.'

'We waren gemaskerd,' zei Mes.

'De tering met je maskers. Ze weet toch wie we zijn. Die herkent onze stemmen toch,' sprak Vlo hem tegen.

Even werd het stil. Sita hoorde hoe ze dronken.

'Misschien heb je wel gelijk,' gaf Haan toe. 'Dat lijk is inderdaad één ding, maar als er iemand komt die naar ons wijst, dat is wel even wat anders.'

'Dus?' wilde Mes weten.

‘Vlo heeft gelijk. Ze is een getuige.’

‘Ja, dus?’

‘Betekent dat dat jullie haar ook willen…’ vroeg Vlo.

‘Maak je niet zo druk, man. Drink nog wat,’ zei Haan.

Weer proostten ze.

‘We moeten haar duidelijk maken dat ze haar mond moet houden,’ stelde Vlo voor.

‘Heel slim,’ prees Mes hem, ‘héél slim.’ Het klonk alsof hij opstond. ‘Ik heb ook al een goed idee hoe we dat kunnen aanpakken.’ Sita hoorde hem naderbij komen. ‘Ze heeft een souvenir nodig.’

Mes stond nu vlak voor haar. ‘Hé, kijk eens. Volgens mij trilt ze. Die is wakker.’

Sita beet haar kiezen op elkaar. De pijn in haar kaak explodeerde, maar dat verdomde trillen hield tenminste op.

‘Even kijken,’ zei Mes.

Sita voelde dat hij haar kleren beetgreep, vervolgens klonk het alsof de stof werd opengesneden of opengescheurd. Koude lucht streek langs haar huid.

‘Wat doe je?’ riep Vlo.

‘Wat denk je?’ antwoordde Mes. ‘Was toch jouw idee. Ik zal het haar duidelijk maken. Kom maar kijken.’

Mes begon aan haar broek te trekken.

‘Nee, alsjeblieft, nee,’ fluisterde ze. De voetstappen van de twee anderen kwamen dichterbij.

‘Hou je bek,’ beet Haan haar toe. ‘Geen woord! Anders kun je het krijgen, net als hij.’ Hij sneed de broek van haar lijf, toen de rest van haar kleren.

‘Kijk eens aan,’ zei Mes. ‘Ziehier. Onze getuige.’

De anderen zeiden niets.

Sita beet op haar lip tot ze bloed proefde.

‘Vlo, kijk. Dit is die hoer die je ballen aan gort trapte. Doet het nog pijn?’

‘Wat ben je van plan?’ fluisterde Vlo hees.

'Vriend, ik heb het plan van de eeuw,' zei Mes. 'Wat doe je met koeien als je duidelijk wilt maken dat ze van jou zijn?'

'Brandmerken,' zei Haan.

Sita's adem stokte. Dit was niet waar. Dit kon niet waar zijn!

'Bingo!' riep Mes. 'En weten jullie ook wat we haar voor brandmerk geven?'

'Je bent gestoord,' protesteerde Vlo. 'Wat heeft dat voor zin?'

'Nou, stel je voor dat ze naar de smerissen gaat en laat zien wat er met haar gebeurd is. "Kijk eens wat die smeerlappen met me hebben uitgevreten." En dan trekt ze haar hemdje uit en dan staat daar...'

Even hing er een stilte in de lucht, alsof Mes daarin iets tekende. Alleen het geknetter van een tak in het vuur was hoorbaar. Sita beet haar kiezen weer op elkaar. Ze hoopte dat als ze het maar hard genoeg deed, ze misschien bewusteloos zou raken, maar het tegendeel was het geval: ze voelde de pijn steeds minder.

'Dat is geniaal,' fluisterde Haan. 'Echt, man. Soms ben je een stom rund, maar dit... dit is pure cosa nostra, man.'

'En denk je echt dat het iets uithaalt?' vroeg Vlo.

'We zullen het zien,' zei Mes. 'Maar als iets werkt, dan dit wel!'

'Oké. Sleep haar naar het vuur,' zei Haan.

'Néé!' gilde Sita.

'Wacht even,' hield Mes hen tegen. Sita voelde hoe hij schrijlings op haar kwam zitten, zich vooroverboog en haar borsten greep. 'Eerst,' zei hij zachtjes, 'maken we het nog even gezellig.' Zijn adem stonk naar bier, zijn kleren naar rook. 'Als bedankje voor dat bijten en schoppen van je, Motzifotzi.'

40

Machnower See bij Berlijn
Donderdag 14 februari 2019
21.57 uur

Bruckmanns eerste reactie is een diep zwijgen. Zijn tweede reactie is een stortvloed aan beslissingen. 'Tom, jij neemt voorlopig de leiding van het team over. Je rapporteert bij belangrijke stappen altijd uitsluitend aan mij, afgesproken?'

'Afgesproken,' zegt Tom.

'Als de staatssecretaris je belt, zeg je maar dat hij mij moet bellen. Duidelijk?'

'Duidelijk.'

'En als Otto Keller je belt, zeg je maar...'

'Dat hij u moet bellen. Duidelijk,' zegt Tom.

'Goed. Ik probeer Jo te bereiken. Laten we hopen dat hij opneemt als hij mijn nummer ziet. Misschien kan ik hem een beetje... tot bedaren brengen. We zien elkaar bij hem thuis. Friedrich-Wilhelmstraße 217 in Tempelhof. En neem Sita mee, ik ga ervan uit dat we haar goed kunnen gebruiken. Jo zal in alle staten zijn. Ik zou dat in elk geval zijn. De rest bespreken we als we een beter zicht op het geheel hebben.' Bruckmann hangt op zonder te groeten.

De Zehlendorfer Damm ligt erbij alsof hij is leeggeveegd. Tom heeft een magnetisch zwaailicht op zijn dak gezet en scheurt door Kleinmachnow. Huizen en kale bomen schieten om en om aan hen voorbij. Sita zit op de bijrijdersstoel en kijkt stil voor zich uit. Sporen van druppels trillen in de wind. Tom vraagt zich af of ze nadenkt of dat de recente gebeurtenissen haar nog in hun greep hebben. Sinje Keller is dood, Wolfgang Bauer ook. Er is een derde, raadselachtig lijk gevonden – raadselachtig voor haar, althans – en er zijn twee meisjes vermist...

'Hij heeft Sinje Keller vermoord,' zegt ze. 'Wat is hij van plan, volgens jou? Gaat hij Julia en Maja ook vermoorden? Ervan uitgaande dat hij ze heeft, en er geen andere oorzaken voor hun verdwijning zijn.'

'Hij heeft ze. Alle andere verklaringen zijn toch totaal onwaarschijnlijk,' zegt Tom, 'en ja, ik heb me ook afgevraagd wat hij met ze van plan is.' Het antwoord houdt hij liever voor zich.

'Waarom Jo's dochter? Wat denk jij?'

'Ik begrijp het niet,' zegt Tom. 'Ik bedoel, tussen Bauer en Keller zou een of ander verband kunnen bestaan. Die toestand met die safes zou iets kunnen betekenen. Ze zijn beiden rijk, maken allebei deel uit van het Berlijnse establishment... maar Jo? Hoe past die daarin?'

'We hebben het hier vanzelfsprekend over de vaders, toch? Die zijn het eigenlijke doelwit. Hij ontvoert hun kinderen om hun vaders te laten lijden. Zijn we het daarover eens?'

'Ja, eens,' bromt Tom. Een stoplicht springt op rood. Hij haalt zijn voet van het gas, kijkt links en rechts en steekt de kruising over. 'Daarom zei de dader ook: "Kijk wat jullie te wachten staat." Wolf Bauer en Otto Keller zaten allebei in de zaal. Hij richtte zich direct tot hen, en tegelijkertijd tegen een groep.'

'Maar Jo zat niet in het publiek.'

'Nee, Jo niet. En toch lijkt het erop dat hij ook bedoeld werd... tenzij...' Tom remt abrupt. De Mercedes stopt met piepende remmen.

'Wat is er?'

'Tenzij... Jo helemaal niet bedoeld werd.'

‘Dat begrijp ik niet. Wie zou er dan zijn bedoeld?’

‘Verdomme,’ fluistert Tom. Hij slaat met zijn vlakke hand op het stuur. Dan schakelt hij in zijn achteruit en keert om.

‘Wat doe je? Waarom draai je om?’

Tom geeft gas, het stuur glijdt door zijn vingers, de auto schiet vooruit, terug de weg op die ze net gekomen zijn.

‘Tom, wat is er?’

‘Ga maar na. Wat als in geval van Maja niet Jo het doelwit is, maar zijn vader?’

‘Dat volg ik niet,’ denkt Sita hardop. ‘Als het bij die andere om de kinderen gaat, dan zou de dader, als hij de oude Morten wil treffen, toch Jo ontvoeren?’

‘Nee. Hij ontvoert kinderen of jongvolwassenen die de vaders dierbaar zijn. Het moet tenslotte pijn doen. In het geval van Heribert Morten had onze dader echter een probleem: de oude man heeft niemand meer, de verstandhouding met zijn zoon is verstoord. De enige mensen die hem dierbaar zijn, zijn zijn kleinkinderen.’

‘Oké, maar waarom,’ vraagt Sita, ‘lijkt het je waarschijnlijker dat de dader de oude Morten op het oog heeft en niet de jonge?’

‘Ik weet het niet zeker. Het is eerder... het past beter, ook bij hoe Jo reageerde. Hij leek geen flauw idee te hebben dat zijn dochters in gevaar waren. Het kwam voor hem totaal onverwachts, maar zijn vader wíst het.’

‘Maar wat als Jo het gevaar gewoon niet heeft onderkend, maar zijn vader de tekenen wel wist te duiden?’

‘Dat kan ik me niet voorstellen. Jo is rechercheur. Als er iets was geweest, een of ander motief, had hij ten minste een vermoeden gehad, een vaag gevoel dat er iets dreigde. Zoals Keller dat had. Otto Keller was niet verbaasd. Hij was ontzet. Hij wist meteen dat de zaak ernstig was. Hij was ervan overtuigd dat de film echt was en geen fake, al wist hij dat zijn dochter bereid zou zijn om aan een fakefilm mee te werken. En Bauer? Die belde ons al toen zijn dochter net een uur van de radar was verdwenen. Daar hebben we ons toch nog over verbaasd? Ik weet zeker dat hij vanaf het begin wist wat er aan de hand was.'

'En Jo wist het niet.'

'Nee, maar zijn vader wel.'

'De vraag is alleen,' vraagt Sita zich af, 'hoe hij het wist.'

'Waarschijnlijk door wat hij over Keller en Wolf hoorde. Hij kent ze beiden van vroeger. Er moet een connectie tussen die drie bestaan.' Hij loopt het gesprek met Heribert Morten nog een keer na in zijn hoofd. 'Het moet die negentien zijn geweest,' zegt hij. 'Toen ik hem van die negentien vertelde, wist hij het plotseling zeker. Toen wist hij dat zijn kleinkinderen gevaar liepen.'

'Ik begrijp het,' mompelt Sita. De huizen van Kleinmachnow vliegen voorbij. Het flikkerende blauwe licht wordt door de motorkap weerkaatst. Tom ziet uit zijn ooghoek dat Sita haar handen tot vuisten heeft gebald. 'We moeten Bruckmann bellen,' zegt ze uiteindelijk. 'Hij moet weten dat we niet komen. Hij moet alleen met Jo praten.'

Tom passeert de kruising waar ze al eerder langskwamen, opnieuw met rood licht. 'Ik weet eerlijk gezegd niet of Bruckmann hem wel thuis zal treffen. Als ik Jo was, zou ik daar nu niet heen gaan.'

'Je bedoelt... o, nee!' Sita kijkt hem ontzet aan, '... dat hij dezelfde redenering volgt als wij?'

Tom knikt grimmig. 'Daarom was hij ook zo woedend. Hij denkt dat zijn vader hem een geintje heeft geflikt. En Jo haat zijn vader.'

'En is nu onderweg naar hem.'

Tom drukt het gaspedaal nog iets dieper in. In de achteruitkijkspiegel flikkert een enkele koplamp, maar Tom kijkt alleen voor zich uit.

41

Diedersdorfer Heide bij Berlijn
10 augustus 2001
4.37 uur

Sita's benen weigerden haar of wat dan ook te dragen. Ze had wonden op haar buik, haar heupen, over haar hele lijf. Elke beweging brandde. Een licht windje streek door de grashalmen, de maan scheen. Duisternis had ze nu niet kunnen verdragen. Te veel licht ook niet. Waarom was er niemand om haar hand vast te houden? Haar hier weg te halen? Naar een verborgen kamer met een warm bed. Haar hand in die van haar mama. Of in die van Bene?

Benes hand zou ze nooit meer vast kunnen houden. Tranen schoten haar in de ogen.

Ze stelde zich die kamer voor. Warme kleuren, verlicht door een lage zon, een kussen zo zacht als veren – laat alles weer goed komen. Maar ze wist dat er voor haar geen weg meer bestond naar zo'n kamer. Ze was gevangen in het vagevuur. Alsjeblieft geen duisternis, geen licht. Geen warmte, maar ook geen kou. Als ze maar niets hoefde te voelen.

Ze trilde over haar hele lijf. Ze hadden haar met niets achtergelaten.

Geen kleren.

Geen woede.

Alleen schaamte.

Misschien was dat het ergste. Dat haar schaamte nog groter was dan haar woede. Drie mannen.

Zelfs wat ze met Bene had beleefd was niet mooi meer, alleen nog maar smerig.

Ze kroop op handen en voeten door het gras, zag niet meer waar ze heen moest en of ze ooit ergens aan zou komen. Waarom was er hier alleen maar gras, gras en nog eens gras? Bomen en struiken? Ze richtte zich op een glooiend heuveltje links van haar.

Dat was haar doel.

Ze moest die heuvel op.

Misschien kon ze daarvandaan iets zien. Een lichtje, of zo, iets wat iets goeds voorspelde.

Ze had elk gevoel voor tijd verloren, wist niet hoe lang ze bezig was die heuvel te beklimmen. Ze wist alleen: ik ga het redden. Toch voelde ze al haar krachten wegvloeien. Ze verlangde terug naar de rails op het metrostation. Ze zag de trein op zich afstormen, de ijzige koplampen, en wilde ze omhelzen.

Een tochtvlaag streek over haar huid. Lange grashalmen streken langs haar armen, alsof iemand haar prikte. Haar aanspoorde, 'Ga door' tegen haar fluisterde.

Ze richtte zich op. Knieën en handen. Vooruit, steeds maar vooruit. Grashalmen streken over haar gezicht. Twijgjes en steentjes haalden haar huid open. Voor haar lag de top van de heuvel. Ze kroop naar het hoogste punt, bereikte het en toen sloeg plotseling de wind haar vol in het gezicht. Koud. Wild. Als een oplawaai. Ze stond weer op de koppeling, raasde door de nacht, hing aan een trein en zag licht. Nee, een verlicht huis.

Plotseling werd ze overvallen door woede.

De woede op zichzelf dat ze op had willen geven. De woede op degenen die haar vernederd hadden. De woede op God, die dit liet gebeuren. En – als in een eeuwige kringloop – weer op zichzelf omdat ze zo laf was geweest om haar kutleven niet bij de strot te grijpen. Het moest toch meer te bieden hebben dan dit hier allemaal. Op dat moment besloot ze het te krijgen. Alles.

En ooit, ze voelde het in haar diepste binnenste, zou ze ook achter die drie aan gaan.

Bij alles wat anderen haar hadden aangedaan, had ze nooit echt aan wraak gedacht. Maar nu deed ze dat wel, voor het eerst in haar leven.

Dat gevoel was zo overweldigend, zo indringend, dat de pijn die ze voelde een welkome aansporing was – hoe erger, hoe beter.

Terwijl ze naar het huis in de verte kroop, voelde ze bij elke beweging de open wond in haar zij. Ze rook het verschroeide vlees, ze voelde het gloeiend hete lemmet waarmee die smeerlappen dat getal in haar huid hadden gebrand.

Negentien.

Ze hadden gelachen, grappen gemaakt. Zich voorgesteld hoe ze daarmee voor een dokter zou staan, voor de politie, en dat niemand haar zou helpen.

Maar ze zou ook niemand iets vragen.

Niemand, bezwoer ze zichzelf, zou hier ooit iets over te horen krijgen.

Tot het zover was.

42

Potsdam-Sacrow
Donderdag 14 februari 2019
22.27 uur

Kut. Ook nog regen. Lukas Mazur staart tussen de regendruppels die over het vizier van zijn helm glijden, naar de achterlichten van de donkerblauwe Mercedes.

Het leek allemaal een stuk eenvoudiger dan het nu is.

Eerst had hij de code van de trackingsoftware ingevoerd. De Saab was snel gevonden. Die reed de kant van Kleinmachnow op. Maar op de plek zelf was het zo'n kermis dat het hem uitgesloten leek dat hij er kon doen waar hij voor kwam. Dat de vrouw dan ook nog met een boom van een agent in een andere auto stapte, beviel hem nog minder. Maar wat had hij voor keus? Hij stapte weer op zijn motor en volgde de Mercedes, die midden in Kleinmachnow ook nog eens omkeerde, zodat hij even had gedacht dat die twee merkten dat ze werden gevolgd.

De remlichten van de Mercedes gloeien op, de richtingaanwijzer knippert. Mazur mindert vaart. Waar gaan ze in godsnaam heen? Hier is toch alleen maar bos? De auto slaat af, de achterlichten verdwijnen tussen de bomen. Het blauwe zwaailicht raakt verstrikt tussen de kale takken. Ook dat nog, een bospad!

Mazur zet de lichten van zijn Yamaha uit. Hij rijdt langzaam het donkere bospad op; hij rijdt stapvoets. Het is nat, het pad is modderig. De achterlichten van de Mercedes hebben inmiddels een flinke voorsprong.

Mazur klapt zijn vizier omhoog, anders ziet hij niets. Het bospad bestaat voor een deel uit kasseien met hier en daar nog sporen van asfalt, voor het overige deel uit provisorisch met aarde gevulde gaten. Zijn stuur klapt voortdurend naar links en naar rechts. De rode achterlichten en het blauwe zwaailicht zijn zijn enige oriëntatiepunten in het donker.

Hij vraagt zich af wat er gebeurt als die twee stoppen en uitstappen. Het geluid van de motor zal hem meteen verraden. Dus stapt hij af en zet hij zijn motor tegen een stapel hout langs het pad. Het is sowieso te donker om verder te rijden, zelfs als hij zo langzaam rijdt, is het risico te groot dat hij omvalt.

Hij zet zijn helm af en gaat te voet verder.

De achterlichten zijn verdwenen. Óf een bocht, óf ze zijn gestopt.

Hij voelt naar het jachtmes op zijn heup. Is een roofoverval in een bos wel geloofwaardig? De vraag is wat hij met die agent moet. Die zal wel bewapend zijn.

Klotemist! Waarom zijn ze niet gewoon naar huis gegaan, apart, dan had hij de klus tussen de auto en haar huis kunnen klaren, of in het trapportaal.

Hij recht zijn schouders en balt zijn vuisten. Goed. Je moet de dingen nemen zoals ze zich aandienen. Het bos heeft ook voordelen. Niemand kan hem hier zien aankomen. Niemand zal hem zien weggaan. Hij kan in alle rust afmaken wat hij jaren geleden al is begonnen. Waarom speelt dan ineens zijn slechte geweten weer op? Misschien omdat nu iemand anders het vonnis over haar heeft uitgesproken.

Hij wilde het eerst niet, maar nu moet hij.

Eigenlijk, vindt Mazur, zijn ze allebei slachtoffer van de omstandigheden.

43

Potsdam-Sacrow
Donderdag 14 februari 2019
22.33 uur

Tom stuurt zijn auto langs het scheef hangende hek de oprijlaan van Heribert Mortens huis op. Zijn koplampen beschijnen het onderste deel van het huis, zijn zwaailicht laat het bovenste deel van het huis verschijnen en dan weer verdwijnen.

Het is harder gaan regenen, de ruitenwissers trekken slierten water over de voorruit. Sita buigt zich voorover, kijkt naar de vlekkerige muren en de dichtgetimmerde ramen van de bovenverdieping. 'Mijn god. Ik vond Beelitz al spookachtig, maar dit...'

'Daar,' zegt Tom. Wijzend op een vw Passat die rechts van het huis is geparkeerd.

'Is die van Jo?' vraagt Sita.

'In elk geval een dienstwagen, kijk maar naar het nummerbord.' Hij stopt, zet de motor en het zwaailicht uit, ze stappen uit. Het huis heeft zich in de duisternis teruggetrokken. Alleen in de gang brandt licht. Het raampje in de voordeur is een baken in het donker. De deur staat op een kier, een smal streepje licht valt op de traptreden.

Met een paar snelle stappen is Tom bij het huis. Hij loopt de gang in, gevolgd door Sita en roept: 'Jo?'

'Jo?' Geen antwoord. 'Meneer Morten? Bent u daar?'

'Hallo? Wie is daar?' Tom herkent het Saksische accent en

Heribert Mortens stem. Hij komt vanuit de woonkamer, waar ook zijn bed staat.

'Meneer Morten, ik ben het, Tom Babylon.'

'Wat doet u hier? Het is midden in de nacht,' roept Heribert Morten. 'Verdwijn, of ik roep de politie.'

Tom loopt door de gang. Het licht bij de ingang reikt niet ver. De deur naar de woonkamer is dicht. 'Meneer Morten, is alles in orde met u? De voordeur stond open.'

'Mijn hemel, ja,' hoort hij Morten achter de deur. 'Bent u traag van begrip? Laat me met rust en verdwijn.'

Sita trekt haar wenkbrauwen op. 'Heel charmant,' mompelt ze.

Tom legt zijn vinger op zijn lippen, duwt de klink naar beneden en stoot de deur open. In het halfduister zitten twee mannen in de serre tegenover elkaar.

'Hou je erbuiten, Tom. Dit is mijn zaak.'

Tom doet het licht in de woonkamer aan. 'Dag Jo.'

'Bespaar je de begroeting.' Jo zit recht tegenover zijn vader en houdt hem onder schot met zijn dienstwapen. Heribert Morten is lijkbleek en knippert met zijn ogen tegen het felle licht.

'Jo, doe dat niet,' zegt Tom. 'Leg dat ding weg.'

'Integendeel.' Jo Morten drukt de monding van de loop op de met ouderdomsvlekken bezaaide hand van zijn vader. 'En jij bent wel de laatste die me zal tegenhouden.'

'Jo?' Sita komt ook de kamer binnen. 'We hebben dezelfde vragen als jij. Laat ons ze stellen. Hij zal ons vertellen wat we willen weten.'

'Ha!' snauwt Morten, 'dan kennen jullie dit stuk stront slecht.'

Hij drukt zijn pistool onder de kin van zijn vader en dwingt hem zijn hoofd in zijn nek te leggen. 'Voor jullie zit iemand die zijn halve leven in folterkelders heeft doorgebracht. Denk je echt dat hij jullie serieus neemt? Die lacht jullie in je gezicht uit.'

'Jo, alsjeblieft,' mompelt zijn vader.

‘Noem me niet Jo,’ stuift Morten op.

‘Je bent mijn zoon. Laten we praten als…’

‘Ik ben je zoon niet, en dankzij jou heb ik niet de flauwste notie wiens zoon ik eigenlijk wel ben.’

Tom en Sita kijken elkaar aan.

‘Het is toch goed met je gegaan,’ verdedigt Heribert Morten zich. ‘Je hebt altijd alles gekregen wat je wilde.’

‘En wat als ik bij mijn eigen ouders had willen opgroeien? Of ze tenminste had willen leren kennen? Wie ben jij dat je dacht dat je dat voor mij kon beslissen?’

‘Jo?’ vraagt Tom zacht. ‘Sinds wanneer weet je dat?’

‘Sinds een jaar of tien,’ gromt Morten. ‘En weet je? Ik moest er zelf achter komen. Deze godvergeten lafbek heeft me er namelijk nooit iets over gezegd. En nu wil ik godverdomme weten waar Maja is!’

‘Ik heb toch geen idee wat er is gebeurd,’ verweert de oude man zich.

Jo Morten staat op en slaat hem in zijn gezicht.

‘Jo! In godsnaam!’ roept Sita.

‘Hoe kun je zeggen dat je geen idee hebt,’ grauwt Morten, ‘je wist het. Dat heeft Tom gezegd, of niet soms? Jij hebt tegen hem gezegd: “Zeg tegen Jo dat zijn kinderen gevaar lopen”.’ Hij haalt het pistool onder de kin van zijn vader vandaan en zet het weer op zijn linkerhand. ‘En nu wil ik weten wat je uitgevreten hebt. En waar mijn dochter is. Anders sta ik niet voor mezelf in, begrepen?’

Tom grijpt naar zijn schouderholster en trekt zijn dienstwapen. ‘Joseph, zo is het genoeg,’ zegt hij beslist.

‘Wat dan? Wou je mij neerschieten?’ Morten kijkt Tom vijandig aan. ‘Doe maar. Of laat mij dit hier afmaken. Mijn dochter is ontvoerd en dit stuk stront hier…’ Het pistool trilt in zijn hand, ‘dit stuk stront weet iets. Hij kan helpen haar leven te redden, maar hij zegt niets! En dat pik ik niet, hoe lang je ook je wapen op mij gericht houdt, begrepen?’

'Goed, Jo,' zegt Sita. 'Goed. Ik begrijp je. Maar laten we rustig blijven, oké?' Ze drukt voorzichtig de loop van Toms pistool omlaag. Tom knikt en steekt zijn wapen weer weg.

'Waar is Maja?' brult Morten.

'Ik weet het niet,' antwoordt zijn vader vertwijfeld.

Jo Morten pakt met een snelle beweging zijn vaders hand, drukt die op het kampeertafeltje en slaat met al zijn kracht met de kolf van zijn pistool op zijn wijsvinger. Heribert Morten brult van de pijn. De vingertop is opengescheurd, er steekt een stukje bot door de huid heen.

'Waar – is – ze?'

'Ik weet het niet,' jammert de oude man.

'Zeg me dan wie!'

'Ik heb geen idee. Alsjeblieft. Je moet me...'

Nu slaat Morten op zijn middelvinger. Zijn vader gilt het opnieuw uit en trekt zijn hand terug.

'Jezus, Jo, genoeg!' schreeuwt Tom.

'Wat nou?' hoont Morten. 'Heb je medelijden? Wat denk je dat dit heerschap in Hohenschönhausen met mensen heeft gedaan? Misschien zelfs met mijn ouders vóór ze werden gedwongen mij af te staan?'

'Jo,' perst Heribert Morten tussen zijn op elkaar geklemde kaken door.

'Noem me geen Jo!'

'Wat had ik voor keus?' jammert de oude man. 'Dat was het systeem. Het gold voor ons allemaal. Wat denk je dat er gebeurd zou zijn als...'

'We weten wat er gebeurde als iemand een keer niet laf was!' spuwt Jo Morten. 'Die kwam dan bij jou terecht. En jij hield hem dan zo lang bij bewustzijn dat de folteraars er alles uit kregen wat ze wilden.'

'Ze zouden mij toch ook hebben opgesloten.'

'Geloof je dat zelf? Later misschien, toen je er al tot aan je nek in zat. Maar in de tijd dat het begon... Je hebt ervan geprofiteerd, er maximaal je voordeel mee gedaan. Het grote huis, je dierbare Volvo, het geld...'

'Jo, dat was voor jou! Dat was toch allemaal alleen maar voor jou?'

'Hou godverdomme je bek dicht.' Morten drukt de loop van zijn pistool nu op zijn vaders knie. Zijn hand trilt. 'Zeg me wat er met Maja is gebeurd. En wel nu.'

'Alsjeblieft, nee!' Heribert Mortens gezicht gloeit op de plek waar zijn zoon hem heeft geslagen. Tranen lopen over zijn wangen.

'Vijf,' zegt Jo Morten.

Zijn vader kijkt hem doodsbang aan.

'Vier.'

'Ik kan het je niet zeggen.'

'Drie.'

'Jo! Doe het niet,' zegt Sita. 'Het kan ook anders.'

'Twee.'

Heribert Morten perst zijn lippen op elkaar.

'Een.'

'Joseph!' waarschuwt Tom hem, en hij trekt weer zijn wapen.

Morten schiet, nadat hij zijn pistool een paar centimeter naar links heeft getrokken. De kogel slaat in de parketvloer, splinters vliegen in het rond. Heribert Morten gilt. Het duurt heel even voor hij doorheeft dat de kogel hem niet heeft geraakt.

'Maar de volgende is raak,' dreigt zijn zoon, die het pistool meteen weer op zijn knie zet. 'Vijf.'

Tom stapt naar voren en richt zijn pistool op de hand waarmee Jo Morten zijn wapen omklemt.

Heribert Morten schudt zijn hoofd en huilt.

'Vier.'

'Hou op,' bezweert Sita Jo.

'Drie.'

'Ik mag het niet zeggen,' snikt de oude man.

'Wat niet?' vraagt Morten.

'Ik mag het niet.'

'Wat heeft dat te betekenen, ik mag het niet?'

'Anders gebeurt er iets,' fluistert Morten senior.

'Dat kan me toch geen reet schelen wat er met jou gebeurt,' blaft zijn zoon. 'Twee!'

'Niet met mij. Met iemand anders!'

'Iemand... wat?'

'Iemand anders.' Heribert Mortens schouders schokken. Zijn gezicht is vlekkerig. Hij beeft over zijn hele lichaam. 'Alsjeblieft,' smeekt hij. 'Het gaat niet om mij. Het kan me niets schelen wat er met mij gebeurt. Ik probeer alleen... ik mag het niet zeggen... anders wordt het alleen maar nog erger...'

Jo Morten kijkt vol afschuw naar zijn vader.

Sita loopt naar hem toe, legt haar hand op de zijne en schuift het pistool opzij. Voorzichtig pakt ze het uit zijn hand. Jo Mortens handen zijn ijskoud, hij trilt. Hij zet zijn handen op zijn knieën en wiegt zachtjes naar voren en weer naar achteren. Hij staart langs zijn vader in het niets, zijn ogen zwart en troosteloos. Tranen stromen over zijn wangen.

Heribert Morten kreunt en haalt bevend adem. Hij staart naar zijn hand, naar zijn gehavende vingers, maakt een ondefinieerbaar geluid en begint te hyperventileren.

'Meneer Morten?' Tom buigt zich over hem heen en legt een hand op zijn arm. 'Hallo! Blijft u rustig. Blijf ademhalen. Het is in orde. Blijft u alstublieft rustig.'

Heribert Mortens ledematen sidderen. Zijn ogen draaien weg, hemelwaarts, zijn kin zakt op zijn borst. Hij raakt bewusteloos.

Sita pakt haar telefoon uit haar zak en kiest het alarmnummer.

Jo Morten kijkt als verlamd van zijn vader weg. 'Hij heeft ergens een stoorzender staan,' mompelt hij. 'Je hebt hier geen bereik. Alleen buiten kun je bellen.'

44

Potsdam-Sacrow
Donderdag 14 februari 2019
23.01 uur

Sita rent naar de voordeur met haar telefoon in haar hand. Het plenst buiten. Geen verbinding. Ze beschermt haar telefoon met haar jack. Met lange passen loopt ze weg bij het huis, de donkere weg op waarover ze met Tom aan is komen rijden.

Nog steeds geen contact.

Daar! Het icoontje verschijnt op haar scherm.

Ze kiest het alarmnummer, maar bedenkt zich plotseling dat ze niet weet waar ze precies is.

'Alarmnummer Berlijn, waarmee kan ik u van dienst zijn?' zegt een stugge, rustige mannenstem.

'Hallo, Sita Johanns hier, politiepsycholoog. Ik...' Ze verstijft en laat haar telefoon zakken. Voor haar staat een man, in het zwart gekleed met een wilde haardos, die tegen zijn slapen plakt. In zijn rechterhand houdt hij een jachtmes.

De man van de centrale zegt iets, maar uit haar telefoon klinkt slechts een onduidelijk gekraak dat wordt overstemd door de neervallende regen. Sita draait zich om, wil wegrennen, terug het huis in, maar haar schoenen blijven steken in de zachte bodem. De man is snel en grijpt haar arm vast. Sita probeert zich los te trekken, haar telefoon valt op de grond. 'Tóóóm!' schreeuwt ze uit alle macht. Een vuist landt in haar maagstreek, ze valt. De man aarzelt geen seconde, schopt haar tegen haar borstkas en in haar onderlijf. Ze hapt vertwijfeld naar lucht, slaat dubbel van de pijn en probeert overeind te komen om te vluchten, maar komt niet verder dan een halve meter.

De man pakt haar, werpt haar ruw op haar rug en zet zijn mes op haar keel. 'Geen geluid, hoor je?' Hij grijpt haar bij haar broekband, scheurt de knoop los en trekt haar broek omlaag. 'Je bent groot geworden, Motzifotzi,' snauwt hij.

Sita kijkt hem verbijsterd aan.

In een oogwenk is ze weer op de Diedersdorfer Heide. Ze ruikt weer het kampvuur, haar verbrande vlees, hoort de drie jongens klinken met bierflessen, hun honende gelach.

De man trekt haar slip omlaag. De regen is zo koud dat het brandt. Ze wil niets voelen, en voelt toch alles. Mes, Vlo, Haan. Ze kan niet zien wie van de drie het is. Zijn haren plakken als zwarte strepen aan zijn gezicht. Haar lichaam gloeit van zijn trappen.

'Wat een toeval, hè, dat we elkaar weer zien,' zegt hij. 'Je bent de verkeerde voor de voeten gelopen. En ik ben hier om je dat te vertellen.'

Sita hoort hoe de regen naast haar oren het struikgewas geselt. Het klinkt als het knetteren van het kampvuur waar ze het mes in hadden gehouden. Het mes dat nu tegen haar keel drukt. Ze sluit haar ogen, voelt de pijn. Ze wil dat het pijn doet, net als op de hei. Hoe erger hoe beter. Tot ze merkt dat haar woede weer in haar opwelt.

Hij schuift naar voren tussen haar benen en bekijkt haar. 'Heb je ons aandenken bewaard? Laat eens zien? Ik ben helemaal vergeten hoe het eruitziet.' Hij trekt haar jack en witte blouse omhoog en staart naar waar de negentien nu door een tatoeage wordt bedekt.

'Je hebt het weg laten halen,' fluistert hij ongelovig.

Wat dacht je dan, klootzak!

De pijn vreet door haar onderlijf. Haar handen woelen door de modder, zoekend naar iets bruikbaars. Daar! De vingers van haar rechterhand stuiten op iets vlaks, iets hards. Haar telefoon!

'Jammer dat hier geen vuur is,' zegt hij lachend. Met zijn vrije hand knoopt hij zijn broek los. 'Echt jammer!'

Haar vingers klemmen zich vaster om haar telefoon dan ze ooit iets heeft omklemd.

Hij frummelt aan zijn kleren, krijgt zijn broek niet los en is heel even afgeleid.

Met alle kracht die ze in zich heeft, ramt ze de zijkant van haar telefoon in zijn slaap. Als in vertraging valt hij zijwaarts van haar af, belandt naast haar op de grond. Ze worstelt zich overeind, weet dat het nog niet voorbij is, dat hij elk moment weer op kan staan. Ze stort zich op hem, gaat schrijlings op hem zitten en beukt met haar telefoon in zijn gezicht, ze beukt en beukt, en merkt dan pas dat ze schreeuwt.

Iemand roept haar naam. Vlakbij, steeds harder. 'Sita! In godsnaam, SITA!'

Een stem in haar hoofd fluistert dat het Tom is, maar ze houdt pas op met slaan als zijn hand haar arm vastgrijpt. 'Stop, Sita, het is goed.'

Hij pakt haar onder haar oksels, omarmt haar van achteren en trekt haar bij de man weg. Haar schreeuwen gaat over in snikken. Tom gaat met haar op de grond zitten, trekt zijn jack uit en spreidt dat over haar schoot uit. Dan neemt hij haar in zijn armen en wiegt haar voorzichtig heen en weer. 'Ik ben hier,' zegt hij zachtjes. 'Het is goed.' Hij blijft het herhalen tot ze het ineens hoort.

'Haal me hier weg, alsjeblieft,' fluistert ze. 'Ik moet hier weg.'

'We moeten op onze collega's wachten. Het spijt me. Maar we kunnen naar binnen. Daar is het tenminste droog.' Tom strijkt haar over haar natte, stoppelige haar. 'Wat is hier in godsnaam gebeurd? Wie is dat?'

'Ik heb geen idee.'

'Als de arts en onze collega's er zijn, handelen we snel alle formaliteiten af, en dan breng ik je naar huis.'

Sita schudt haar hoofd. 'Niet naar huis. Die vent zei dat ik iemand voor de voeten heb gelopen, dat hij daarom hier was. Ze weten vast waar ik woon. Kun je me ergens anders heen brengen? Ergens waar het veilig is?'

'Een hotel?'

'Ik wil niemand zien.'

'Snap ik,' zegt Tom. 'Ik weet wel iets. Een garage. Niemand weet van het bestaan ervan, alleen ik.'

VRIJDAG EN ZATERDAG

45

Toms garage
Vrijdag 15 februari 2019
1.25 uur

Tom loopt zijn garage uit de binnenplaats op. Een tiental andere garages verdringen zich om het trieste pleintje. De scheuren in het asfalt staan vol onkruid. Het regent niet meer. De plassen liggen er roerloos bij en weerspiegelen de buik van de halvemaan.

Sita heeft om een moment privacy verzocht en Tom is onrustig door alles wat er is gebeurd, maar ook door een gedachte die bij hem opgekomen is en die hij dringend met Bene moet bespreken. Hij kijkt naar de heldere maan in de plassen terwijl zijn telefoon contact zoekt met het prepaidnummer dat hij onder een enkele B heeft opgeslagen.

Sita en hij zijn net een halfuur geleden hier aangekomen. Onderweg had ze geen woord gezegd, alleen maar met afgewend hoofd uit het raam zitten staren. Tom zette zijn auto een straat verderop neer, het laatste stukje liepen ze. Een oude gewoonte. Hij wil niet dat iemand zijn auto voor zijn garage ziet staan. Niemand mag een link leggen tussen hem en die plek. Die garage is zijn wijkplaats, twee garages naast elkaar eigenlijk, door een deur met elkaar verbonden.

De verbleekte, blauwe, zware garagedeur gleed soepel open, alsof Tom er gisteren nog was, hoewel hij er sinds de geboorte van Philip niet meer is geweest.

Hij deed het licht aan en sloot de deur van binnenuit af. Sita's oog viel op de afgedekte Harley midden in de garage. 'Wow,' mompelde ze, 'is die van jou?' Het leek alsof ze blij was ergens over te praten, als het maar niet over de gebeurtenissen in het bos was.

'Min of meer,' zei Tom. Het was een geschenk van Bene, en met geschenken van Bene moest je uiterst voorzichtig zijn. Meestal zaten er haken en ogen aan. Bijna altijd leidden ze vroeg of laat tot verzoeken om een tegendienst.

'Rij je er niet op?'

'Hij is van een oude vriend geweest.'

Tom opende de tussendeur, de enige toegang tot de tweede garage, waarvan hij de voordeur had dichtgemetseld. Die ruimte is goed geïsoleerd, elektrisch verwarmd, beschikt over luchtverversing, elektriciteit, stromend water en een toilet. Vroeger deed het dienst als zijn eigen fotolab. De plastic bakken en het vergrootapparaat zijn inmiddels naar een hoek verbannen, in plaats daarvan staan er nu een laptop en een printer. Tegen de muur bevindt zich een veldbed met een oude deken. Tom zette de elektrische kachel aan en zette hem hoog. Sita plofte op het veldbed, wikkelde zich in de geruite deken en keek sprakeloos naar de met foto's bedekte muur tegenover zich.

Tom kent de foto's door en door, bijvoorbeeld die van de Potsdamer Allee in Stahnsdorf. Links de bakker, rechts een woonhuis, ertussenin geklemd de winkel met het blauwe bord FOTO GRASSER. Een glazen deur met een gebogen stang, in de etalage maar een paar foto's op een gedrapeerde zijden doek. Naast die foto hangt, met een punaise vastgeprikt, een portret van de toenmalige eigenaar.

Daaronder hangen de foto's van de buiten gebruik gestelde spoorbrug over het Teltowkanaal, en van de plek waar destijds het lijk werd gevonden, dat van Viola naar men zei. Verder foto's van haar graf en snapshots van zijn kleine zusje zelf, die hij heeft opgeblazen van oude foto's van zijn vader en, en, en... De garage is als een kamer in zijn geheugen, een donkere, stille plek die niemand kent. Hier kan hij alleen zijn met Vi. Hij hoeft zijn hand maar uit te strekken om zijn verleden aan te kunnen raken.

De garage is een van de weinige dingen waarvoor hij zijn vader dankbaar is. Op zijn achttiende verjaardag had hij gevraagd of hij de garage mocht gebruiken, en tegen alle verwachtingen in had zijn vader toegestemd.

Twee jaar later, toen hij aankondigde dat hij bij de politie wilde, ontstond er ruzie. Om redenen die hij niet kon achterhalen was zijn vader ertegen, zozeer dat hij in zijn hulpeloosheid dreigde dat als Tom dat deed, hij de garage wel kon vergeten. Hij wilde zelfs de sleutel terug, maar Tom weigerde dat, vertrok uit huis, richtte de garage in en gaf zich op voor het toelatingsexamen voor de politieschool.

Het duurde twee jaar voor ze weer een woord tegen elkaar zeiden. Maar nooit over de garage. Daar ging het nooit over, alsof het een plek was die niet bestond.

Sita's ogen bleven hangen aan een foto van Viola naast een foto van een witte veer. Zo'n veer had Viola achter haar oor gestoken toen Tom haar voor het laatst had gezien.

'Niets zeggen,' zei hij.

'Ik kijk wel uit,' mompelde Sita.

'In het kastje onder de wastafel vind je handdoeken, en misschien zelfs nog wel een nieuwe tandenborstel.'

'Dank je. Zou je me even...'

'Natuurlijk,' antwoordde Tom en hij liet haar alleen.

Nu staat hij op de maanverlichte binnenplaats en wacht tot Bene zijn telefoon opneemt. Halftwee. Niet de beste tijd om iemand te bellen, maar Bene staat zelden voor elf uur op en ligt er zelden voor een uur of drie in.

'Mijn lievelingsinspecteur,' begroet Bene hem spottend.

'Heb je iets kunnen vinden over die oude man en dat meisje?' vraagt Tom zonder omwegen.

'Je bedoelt Finja Krüger?' vraagt Bene.

'Hè? Je weet haar naam?'

'Zeker. En die man heet Bernhard Krüger.'

'Hoe kom je aan die naam?'

'Nou ja, ik ken een paar mensen die in het publiek zaten, dus heb ik wat rondgevraagd. Berlinale. Een oudere man, met zo'n jonge begeleidster... dat valt op... leek me zo. Zegt de naam Natascha Behringhoff je iets?'

'Geen idee.'

'Actrice. B-categorie. Altijd op weg naar de top, maar ze komt er nooit. Alleen haar lijf is A, Triple-A zelfs. Eentje die het ook het liefst maximaal tentoonstelt. Spuitlijm op je tieten, dan hoef je ze minimaal te bedekken...'

Tom rolt met zijn ogen. 'En wat is er met die Miss Triple-A?'

'Nou ja, Natascha zat naast dat kind.'

'Wat?'

'Ze vertelde dat die ouwe nogal chagrijnig reageerde toen ze hem met "sugardaddy" had aangesproken. Ze had vast al iets gedronken. Doet ze wel vaker, daarom merk je het niet meteen aan haar.'

'Kon ze een beschrijving van hem geven?'

'Driedagenbaardje. Zeventig, blauwe ogen, maar dat wist ze niet zeker vanwege zijn pet. Ze heeft meer op die kleine gelet. Maar we hebben wel de plaatsen van die twee. Eén blik op de gastenlijst en hup, ik had hun namen.'

'Jij hebt inzicht in de gastenlijst?' vraagt Tom verbluft. Hij moet denken aan hoe druk staatssecretaris Schiller zich maakte over de kennelijk zo dringend noodzakelijke discretie.

'Natuurlijk,' zegt Bene. 'Die krijg ik altijd drie weken van tevoren. Er staan altijd x mensen op die later bij mij in de club opduiken.'

'En waarom bel je mij dan niet?'

'Nou ja, die namen, daar is iets mee. Ik heb wat research gedaan...'

Eén ding kun je Bene niet ontzeggen, denkt Tom. Als hij iets doet, doet hij het grondig.

'Er zijn elf Bernhard Krügers in Duitsland,' vervolgt Bene. 'Drie daarvan ongeveer van de juiste leeftijd, maar niet in Berlijn. In heel Duitsland bestaan er twee Finja Krügers, maar die zijn allebei boven de dertig.'

'Kut,' bromt Tom. 'Valse namen dus.'

'Yep,' zegt Bene. 'Iemand heeft daar een opa-met-kleindochteract opgevoerd. Met sugardaddy zat Natascha er niet eens zo ver naast.'

'Hoe zijn ze aan die kaarten gekomen?'

'Verder reiken mijn contacten niet, helaas,' zegt Bene. 'Je bent me iets verschuldigd. Dat weet je wel, hè?'

'Dat zullen we nog wel zien,' zegt Tom. 'Misschien kan ik het meteen inlossen.'

'Hoe bedoel je?'

'Er zijn nieuwe ontwikkelingen. We hebben een paar uur geleden het lijk van Sinje Keller gevonden in de Machnower See.'

'Fuck,' mompelt Bene, 'echt vreselijk. Al kan ik Keller niet uitstaan.'

Tom zwijgt.

'Was dat het?' vraagt Bene. 'Ik bedoel, op je gebruikelijke houd-het-voor-je-gelul na? Want dat noem ik geen inlossen.'

'Dat je het voor je houdt is in je eigen belang,' zegt Tom. 'We hebben namelijk nog een lijk gevonden, en hou je vast, ik vermoed dat het om die vent uit de fotozaak gaat.'

'Uit de... wat? Bedoel je... uit Grassers winkel?' Even is Bene sprakeloos. 'Dat meen je niet,' fluistert hij ten slotte.

'Wel. Beide lijken lagen in het meer, vrij dicht bij elkaar. Beide op dezelfde manier afgezonken. Gaas met een paar stenen om ze onder te houden.'

'Fuck. Hoe hangt dat met elkaar samen?'

'Dat vraag ik me ook af,' geeft Tom toe.

'Wat wil dat zeggen? Onderzoeken jullie, ik bedoel...'

'Heb je dat mes nog?'

'"Heb je dat mes nog?"' gnuift Bene. 'Dat ding is een kutaandenken. Dat is me heilig.'

'Laat het verdwijnen. Je weet waar de technische recherche tegenwoordig toe in staat is.'

'Jaja, al goed. In dat soort zaken was je altijd al slimmer dan ik. Jij wilde destijds per se die camera ophalen. Die heb je al lang weggegooid, zeker?'

'Al lang,' zegt Tom, en hij denkt aan de oude Pentax die naast zijn laptop in de garage ligt.

Bene zucht. 'Jij had altijd al een smerisziel. Jij wist hoe ze dachten, en waar je mee uit moest kijken.' Hij zwijgt even alsof hij in het verleden is blijven hangen. 'Hé,' zegt hij plotseling, 'weet je wat mij ineens te binnen schiet? Die kerel, ons lijk dus, die was toch op zoek naar je zusje?'

'Ja, dat was hij,' zegt Tom. De herinnering aan hoe die man hen tweeën destijds had toegetakeld, stond in zijn geheugen gegrift.

'Maar niet voor zichzelf,' vervolgt Bene. 'Hij deed het voor iemand anders... Hoe noemde die gast zich ook alweer die jullie toen niet hebben gepakt? Die ene waar jullie alleen maar over hebben gehoord, maar die nooit is opgedoken?'

'De Duivel,' zegt Tom zachtjes. Hij vermoedt wat er nu komt, hij dacht aan hetzelfde en precies daarom heeft hij Bene gebeld. Omdat hij wilde weten of zijn idee vergezocht was, of dat ook Bene dezelfde conclusie trekt.

'Oké,' zegt Bene. 'We hebben ons altijd afgevraagd waarom dat lijk uit die fotozaak verdwenen is. Maar één ding lijkt me duidelijk: de enige die er belang bij had, was de opdrachtgever van die gast – de Duivel dus.'

'Ja,' zegt Tom.

'Dat denk jij ook?'

‘Yep.’

‘Maar als de Duivel dat lijk heeft laten verdwijnen, en de dode Sinje Keller op dezelfde plaats opduikt, op dezelfde manier verzwaard... dan betekent dat toch...’

‘Precies,’ zegt Tom.

‘... dat de Duivel weer terug is,’ maakt Bene zijn gedachte af.

Even zwijgen ze allebei.

‘Jij hebt kennelijk ook een smerisziel,’ zegt Tom dan.

‘Ik ben gewoon op de andere kant van de maan beland,’ reageert Bene. ‘Ik hoop dat je die smeerlap te grazen neemt. Laat me weten als ik je ergens mee kan helpen. Maar... Tom?’

‘Ja?’

‘Doe jezelf een lol en geloof niet dat je Vi nog gaat vinden.’

Tom kijkt omhoog naar de hemel. Om de halvemaan zit een melkachtige halo. Hij zucht. ‘Je bent echt een klootzak.’

‘Ik weet het.’

‘Maar de enige met wie ik erover kan praten.’

‘Dat weet ik ook,’ zegt Bene, en hij hangt op.

46

Berlijn, Politiebureau Keithstraße
Vrijdag 15 februari 2019
9.13 uur

Sita zit tussen haar collega's in de vergaderruimte van de recherche. Bruckmann, Frohloff, Grauwein, Nicole Weihertal, Berti, Beier en Börne en nog een paar mensen die erbij zijn komen zitten – de zaal is vol. Ze hoort Tom praten. Ze verstaat hem, maar zijn woorden dringen niet door haar pantser heen. Tom had haar aangeboden dat ze in de garage kon blijven, hij had gezegd dat ze dit zichzelf niet hoefde aan te doen.

Maar het is háár verhaal. Ze weet dat ze moet.

Terwijl Tom een ruwe samenvatting van de gebeurtenissen geeft en iedereen op de hoogte stelt van de laatste ontwikkelingen, voelt ze de weerstand van de andere collega's tegenover hem. Niemand is erg op Morten gesteld, maar nu zijn dochter Maja is ontvoerd en hij tijdelijk op non-actief is gesteld, sympathiseert plotseling iedereen met hem en zijn er een paar die zich afvragen waarom uitgerekend Tom zijn plaats inneemt. De meeste collega's mogen Tom, daar ligt het niet aan, maar iedereen weet dat hij de neiging heeft eigenmachtig beslissingen te nemen en dat hij daar al meermaals voor op de vingers is getikt.

'Ons probleem is nu,' zegt hij, 'dat we weliswaar twee getuigen hebben, maar dat beide niet verhoord kunnen worden. Heribert Morten ondervindt de gevolgen van zijn hartinfarct van gisteren en Lukas Mazur heeft een kaakfractuur, zijn neusbeen is verbrijzeld en moet worden rechtgezet, om nog maar te zwijgen van de verwondingen aan zijn hoofd. Als hij al terugkomt van de intensive care, zal het nog wel even duren voor hij bij bewustzijn is, en dan hebben we nog geen idee hoe hij eraan toe zal zijn.'

Sita voelt de blikken van de aanwezigen. Iedereen weet dat Mazur heeft geprobeerd haar te verkrachten, waarschijnlijk zelfs te vermoorden. Iedereen begrijpt waarom ze erop los geslagen heeft. Toch is er iets wat niet goed aanvoelt. Ze heeft een drempel overschreden naar een ruimte zonder controle, een ruimte zonder wetten of moraal. Ze was zichzelf niet meer, heeft ze tegen zichzelf gezegd. Maar dat klopt niet helemaal. Dat razende iets, dat haar vreemde wezen, vervuld van haat, maakt deel van haar uit. De schok die dat inzicht teweegbracht, is nog niet uitgewerkt. Ze hield zichzelf voor een beter mens. Ze weet nog hoe ze kort daarvoor zag hoe Jo Morten de vinger van zijn eigen vader met de kolf van zijn pistool verpletterde. Ze herinnert zich haar afschuw daarover, haar glasheldere besef van goed en fout op dat moment. En toch was ze een paar minuten later in het bos nog veel wilder tekeergegaan. Ze verwijt zichzelf niet dat ze zich heeft verweerd, maar als Tom er niet was geweest, was ze op Mazur in blijven slaan tot er van zijn gezicht niets meer over was.

Ze weet dat ze het onderzoeksteam zal moeten inwijden, dat ze hun zal moeten vertellen over de brandwonden op haar huid, over die negentien, van Mes, Vlo en Haan, maar ze is als verlamd. Vannacht in de garage was er een kort moment, toen ze voor de foto's van Toms zusje zat. Ze had Tom verzocht haar even alleen te laten en had toen besloten om hem alles te vertellen. Maar toen hij terugkwam, leek hij veranderd. Gesloten. Het moment was voorbij.

En hier, met al die mannelijke collega's haar ziel binnenstebuiten keren en alles nog eens opnieuw moeten beleven; het was ondenkbaar.

'Peer?' vraagt Tom. 'Was er iets te vinden in Mazurs telefoon?'

'We hebben het mail-, WhatsApp- en sms-verkeer bekeken. Niets recents, maar het zou verwijderd kunnen zijn. Er was een oproep gisteren, via een prepaidtelefoon. Dat is vast iets, maar met prepaid houdt het helaas op. Verder hebben we trackingsoftware gevonden die ons naar een zendertje onder Sita's auto leidde. Dat is alles.'

Een zender onder haar auto. Sita vraagt zich af wanneer die dan is aangebracht, en vooral: door wie.

'Oké, dank je,' zegt Tom. 'Dus, om het nog een keer langs te lopen: van drie mannen zijn dochters ontvoerd. Maja Morten, dertien jaar oud, Julia Bauer, vijftien jaar oud, en Sinje Keller, twintig. Zij is dood. We weten dus dat de dader tot het uiterste in staat is, de beide meisjes bevinden zich dus in levensgevaar, als ze niet al dood zijn. Het enige goede bericht is dat onze duikers de Machnower See bijna volledig hebben afgezocht en dat er niet meer lijken zijn gevonden. Dat geeft nog een greintje hoop. Wat het motief betreft, hebben we nog steeds een levensgroot probleem. We zoeken naar banden tussen de drie personen die, denken we, het doelwit waren van de ontvoeringen, omdat zij eronder moeten lijden. Dat zijn, als eerder gezegd, Heribert Morten, Wolf Bauer en Otto Keller.'

'Kunnen we eigenlijk uitsluiten dat er nog meer bij komen?' vraagt Frohloff. 'Dus dat er nog meer meisjes worden ontvoerd?'

'Nee,' zegt Tom, 'al ben ik ervan overtuigd dat de andere doelwitten al lang weten dat het om hen gaat.'

'Vanwege die negentien?' vraagt Berti.

'Precies. Het cijfer bij de lift is de beslissende aanwijzing. De film was een soort startschot, en Heribert Morten heeft met zijn reactie bewezen dat die negentien de sleutel is, wat er ook met die negentien wordt bedoeld.'

Nicole Weihertal steekt verlegen haar hand op. Haar wangen kleuren rood tot in haar hals, wat door haar strak naar achter gebonden haren nog meer wordt benadrukt. 'Maar als de betrokkenen weten dat het om hen gaat, waarom melden ze zich dan niet bij de politie? Dat kan toch alleen betekenen dat ze iets...' Ze kijkt naar Bruckmann en zwijgt plotseling, alsof ze ineens beseft wat ze zegt. Ze heeft het tenslotte over de zittende burgemeester.

'Je slaat de spijker op de kop,' zegt Tom. 'De getroffenen hebben iets te verbergen. Dat wat er gebeurd is, laat geen andere conclusie toe. Vooral als je er de executie van Wolf Bauer en de inbraak in zijn safe bij betrekt.'

'Moeten we Keller niet eens aan de tand voelen dan?' stelt Frohloff voor.

Even valt iedereen stil. Iedereen is zich de draagwijdte van Frohloffs voorstel ten volle bewust, ze kijken allemaal automatisch naar Bruckmann, die zich tot nog toe buiten het gesprek heeft gehouden. 'Ik heb vannacht nog met Otto Keller gebeld,' verklaart hij nu. 'Ik denk dat jullie wel kunnen vermoeden hoe hij op het bericht van het overlijden van zijn dochter heeft gereageerd. Ik denk niet dat hij nu bereid is om op onze vragen in te gaan.'

'Maar ondertussen is Keller de enige van de slachtoffers met wie we überhaupt kunnen praten.'

Bruckmann haalt zijn schouders op. 'Ik zal eens met de officier van justitie gaan praten.'

'Waarom met het Openbaar Ministerie?' vraagt Tom. 'Otto Keller is geen verdachte. We kunnen het discreter aanpakken, als we rugdekking krijgen.'

'Die rugdekking kan ik niet geven,' zegt Bruckmann. 'Dat kan alleen de eerste hoofdcommissaris. Voor zover ik weet zijn ze met elkaar bevriend.'

‘Het gaat om het leven van twee onschuldige meisjes,’ zegt Tom.

Bruckmann zucht. ‘Dat is ongetwijfeld het beste argument dat we hebben.’ Hij kijkt op zijn horloge. ‘Twee uur,’ bromt hij. ‘Ik zal kijken wat ik doen kan. Ik meld me.’ Hij staat op en zet zich daarbij zo zwierig af dat de stoel nog twee rondjes draait. Hij is nog niet weg of iedereen begint door elkaar te praten.

Tom slaat met zijn vlakke hand op tafel. ‘We zijn er nog niet. Alsjeblieft!’

De onrust ebt weg.

‘Peer. Kun je al iets vertellen over het mannelijke lijk dat we in het meer hebben gevonden?’

‘Nou ja, het DNA-onderzoek loopt. Kijken of dat iets oplevert. Man, rond de veertig, fractuur rond de oogkas, sporen van messteken, zowel voor als achter op de ribbenkast. Soort en grootte wijzen op een relatief klein lemmet, waarschijnlijk een zakmes. Meer verraadt het raadselachtige heerschap nog niet, en het register en andere databanken leveren vooralsnog niets op.’

‘Oké. We handelen de zaken in volgorde van belangrijkheid af. Het belangrijkste is het zoeken naar de dader van de moord op Sinje Keller en de ontvoerder van de beide verdwenen meisjes.’

Er klinkt instemmend gemompel.

‘Börne. Lutz,’ gaat Tom verder, ‘wat is de stand van zaken rond de man die vermoedelijk het lijk van Sinje Keller in het water heeft gegooid? En van de surveillanten op Schwanenwerder? Zijn er getuigenverklaringen die ons verder helpen?’

Börne laat zijn mondhoeken zakken. ‘Niets,’ zegt hij.

‘We hebben meer tijd nodig,’ licht Frohloff toe. ‘Veel meer tijd.’

‘Als we aan die meisjes denken is tijd wel het laatste wat we hebben.’

'Er is nog iets,' neemt Grauwein opnieuw het woord. 'De afdeling Ballistiek heeft rapport uitgebracht over Wolf Bauer. De schutter heeft vermoedelijk gebruikgemaakt van een Bushmaster BA 50, kaliber 50 BMG. Zachte patroonpunt en stopkracht. Spat uit elkaar bij de inslag. Kleine intreewond, grote uittredewond. Het geweer valt onder de precisiewapens en wordt ook voor militaire doeleinden gebruikt. Niet erg gebruikelijk in Duitsland. Maar nu komt het. In augustus 2010 vond er een incident plaats bij Teupitz, ongeveer vijftig kilometer ten zuiden van Berlijn. Een boswachter vond een aantal patronen van het kaliber 50 BMG. Iemand had op een boom geschoten, op een boomstronk ernaast lag een kapotgeschoten pompoen. De boswachter heeft de plek daarna nog regelmatig gecontroleerd. Op 22 augustus, ongeveer om 22.00 uur, hoorde hij er weer schoten en heeft hij er melding van gemaakt bij de politie. De collega's zijn erheen gereden en troffen er twee tieners aan. Ze verklaarden dat ze de schoten ook hadden gehoord en zich uit angst hadden verstopt. Omdat er niemand gewond was geraakt, werd het geval als afgesloten beschouwd.'

'Zijn die patronen er nog, zodat we ze kunnen vergelijken?'

'Daarom vertel ik dat hele verhaal juist,' zegt Grauwein. 'Die munitie is met hetzelfde geweer afgeschoten als waarmee Wolf Bauer is doodgeschoten.'

Frohloff fluit zachtjes tussen zijn tanden. 'Zo, zo!'

'Is het wapen geregistreerd?' vraagt Tom.

'Kunnen we niet zeggen. Maar in heel Duitsland zijn er niet meer dan honderdnegenentwintig geregistreerde Bushmaster-geweren.'

'Oké. Check eerst die in het gebied Berlijn en Brandenburg,' zegt Tom. 'Al kan ik me niet voorstellen dat iemand zo stom is om iets als dit met een geregistreerd wapen te doen, tenzij hij het heeft gestolen.'

'Hoe oud waren die jongens destijds eigenlijk?' vraagt Berti.

‘Dertien en veertien,’ zegt Grauwein, ‘tieners dus.’

‘Oké,’ zegt Tom. ‘Berti, wil jij dat op je nemen en kijken of die jongens nog iets weten?’

‘Komt in orde.’

‘En neem Nicole mee.’

‘Prima,’ reageert Berti. ‘Overigens, hoe zat dat met Fleischauer? Had die niet ook een geweer?’

‘Een luchtbuks,’ preciseert Grauwein. ‘Zoals Tom zo mooi zei: meer iets voor de kermis. Maar je hebt gelijk, we kunnen het nog een keer checken. Misschien heeft hij nog wel meer wapens op zijn boot liggen.’

Tom knikt. ‘Goed. Aan de slag. We moeten snel werken. Denk erom: onze dader doet dat ook. Als we nog kans willen maken om Maja en Julia levend te vinden, telt elke minuut.’

‘Sita?’ Tom kijkt haar aan. ‘Wij nemen het huis van die Mazur voor onze rekening. Kijken of we daar nog iets vinden.’

47

Berlijn-Mitte, Charité Ziekenhuis
Vrijdag 15 februari 2019
9.38 uur

Lukas Mazur kijkt naar zijn hartslag op de monitor en vraagt zich af wat hem te doen staat. Hij wil niet riskeren dat hij bewusteloos raakt, maar het is beter om het erop te wagen dan hier te blijven liggen wachten tot iemand komt afmaken waar die hoer mee was begonnen.

Anderhalf uur eerder zag hij het licht. Het leek alsof hij erin zweefde, alsof er geen boven en beneden was. Alles draaide. Het leek alsof zijn hoofd tot aan zijn kruin met water of een andere vloeistof was gevuld: het dreigde te barsten. En dan dat constante gehamer; daarbij voelde zijn neus aan als een verstopte rioolpijp.

Hij knipperde met zijn ogen, maar kreeg er maar ééntje open. In het bos was alles donker. Waar was dat bos verdomme gebleven? Hij wilde weer slapen, maar plotseling steeg een golf misselijkheid in hem op, zo snel dat hij niet op tijd doorhad dat hij op zijn rug lag. Hij verslikte zich, moest hoesten en verslikte zich meteen weer. Toen hoorde hij een stem, een vrouwenstem en werd hij op zijn zij gerold.

Eindelijk kreeg hij weer wat lucht. Alles plakte, maar hij was tenminste weer wakker.

'Nou, het moest er even uit, hè?'

Hij knipperde weer met zijn ogen. Meer dan één oog kreeg hij nog steeds niet open, maar door een waas zag hij een vrouw die zijn mond afveegde.

'Dit is de derde keer sinds de narcose,' zei ze.

Verpleegster, dacht hij.

'Had u veel gegeten voor dit gebeurde?'

'Wat is er dan gebeurd?' wilde hij vragen, maar een vlammende pijn schoot door zijn kaken. Er kwam alleen wat onverstaanbaar koeterwaals over zijn lippen.

'Een schedel van beton,' zei de verpleegster. 'Alleen uw kaak en neus zijn gebroken. Kom, we zetten u even overeind...'

Ze drukte op een knop, het bovenste deel van het bed kwam omhoog. Ze pakte de besmeurde deken, legde haar hand in zijn nek en trok zijn hemd uit. Hij zat naakt in bed, zijn hoofd hing machteloos voorover en hij staarde naar zijn pik.

Op dat moment begreep hij wat er gebeurd was.

'Godverdegodver,' mompelde hij.

'Het doet pijn, ik weet het. Ik zal eens kijken of we de dosis kunnen verhogen.'

'Nee,' kreunde hij. 'Adrnln.'

'Wat?'

'A-dre-na-line.'

'U wilt adrenaline? Nee. U hebt rust nodig en moet niet proberen uit bed te komen.' Ze trok hem een schoon hemd aan en legde een schone deken over zijn bed. 'Ik haal de dokter even. Doe niets doms.' Ze zwaaide dreigend met haar mollige wijsvinger. 'Er zit bewaking voor de deur.'

Ze was nog niet weg of Mazur keek om zich heen. Rechts van hem stond een metalen standaard op wieltjes, met de monitor die zijn vitale functies bijhield erop, en daaronder de pomp die de dosering van zijn medicatie regelde.

De display toonde een veel te lage bloeddruk en polsslag. Geen wonder dat hij zich zo slap voelde. Hij boog zich over de medicijnpomp en keek of hij een sticker zag waarop hij kon zien wat voor pijnstiller hij kreeg. Hij werd duizelig, deed zijn ogen even dicht, of liever één oog, het andere lag nog dwars.

Op het derde snoer van boven meende hij de sticker voor adrenaline te zien. Zijn hand trilde toen hij zijn hand uitstrekte naar de knop, maar het lukte hem om de dosis een beetje te verhogen. Waar een niet afgemaakte opleiding al niet goed voor was! Hijgend leunde hij weer in zijn kussens en wachtte op de arts. Hij hoopte maar dat die idioot hem geen antipsychotica gaf.

Anderhalf uur later is Lukas Mazur zo wakker dat hij denkt dat hij zijn bed uit kan. De vraag is alleen of het ook lukt om het ziekenhuis uit te komen. Hij móét eruit! Hij heeft gefaald, en dat betekent niet alleen dat hij geen geld krijgt; zoals de zaken er nu voorstaan is hij in verzekerde bewaring, zodat hij ook een gevaar vormt voor zijn opdrachtgever, en een gevaar zijn, een gevaar zoals hij dat is, is niet best.

Hij dient zichzelf nog een extra dosis adrenaline toe, wacht even, zet het alarm uit en trekt de katheter uit zijn arm. Even op het wondje drukken, dan zijn voeten uit het bed. Bij de eerste stappen wankelt hij. De wasbak is zijn eerste doel. Hij krimpt ineen als hij zichzelf ziet. Hij draagt een zwart masker dat zijn neus beschermt. Eén oog is opgezwollen, zijn haar is afgeschoren. Op zijn hoofd zitten drie grote pleisters, op zijn voorhoofd bevindt zich een snee die met zes steken is gehecht. En dan nog zijn kaak, de arts had het uitgelegd. Op twee plaatsen gebroken en met titanium platen vastgezet. Die hufter straalde van trots over zijn prestatie. 'U hebt geluk gehad,' had hij er droogjes aan toegevoegd. Een nieuwe behandelmethode, waardoor hij zijn mond alweer open kreeg.

Fuck! Wat had dat kutwijf aangericht?

De volgende keer dat hij haar te grazen neemt, zweert hij zichzelf, zal hij haar eerst steken en dan pas pakken.

Hij hinkt naar de kast. Zijn kleren zijn droog. Mooi. Maar zijn telefoon is weg. Dat is klote.

Hij kleedt zich aan. Als hij de veters van zijn laarzen strikt, moet hij bukken en dreunt zijn hoofd. Hij propt verbandgaas en een paar steriele naalden in zijn zakken. Dan pakt hij de injectienaald van de pijnstiller en de adrenaline. Vervolgens draait hij de klemmen van de bovenste doseerpomp los en haalt hem uit de houder. Hij weegt het gewicht en de stevigheid van de metalen standaard, is er min of meer tevreden over, kijkt nog een keer om zich heen en loopt naar de deur. Nog een keer diep ademhalen. *Geronimo!*

Hij trekt de deur open. De verpleegster heeft niet gelogen. Er zit een agent, die hem aankijkt als een vis. Mazur slaat met de standaard op zijn hoofd. De agent valt op de grond. Mazur kijkt naar links en naar rechts. Niemand te zien op de gang. Het zit even mee, voor de verandering. Hij bukt zich, sleurt de agent zijn kamer in en duwt de deur achter zich dicht. Hij is duizelig. Zijn hoofd voelt aan als een klok waar net met een hamer op is geslagen. Hij gaat even op de stoel naast de deur zitten en haalt diep adem. Dan fouilleert hij de agent. In zijn achterzak zit een portemonnee met politiepenning en toch nog bijna zeventig euro. Hij stopt ze weg. Dan grijpt hij naar de holster en morrelt aan de sluiting. Zijn kop bonkt zo hard dat het lijkt of hij moet kotsen. Van woede zou hij het liefst meteen om zich heen knallen.

Na een eindeloos gefriemel houdt hij het pistool in zijn hand. SIG Sauer P6. Dienstspuit.

Vanaf nu kan het alleen maar beter worden.

Wie er ook aan gaat vandaag, denkt hij: ik in elk geval niet.

48

Berlijn-Kreuzberg
Vrijdag 15 februari 2019
10.44 uur

Tom rijdt door de Nostitzstraße. De kasseien glimmen na een korte bui die de zon heeft verdreven. 'Het donkerbruine huis op de hoek. Mazurs huis bevindt zich op de vierde verdieping. Als we het kadaster mogen geloven.'

Sita's blik zwerft langs de haveloze gevel omhoog. Vierkante ramen met witte, kunststof kozijnen. Afgebladderd gips. Dringend toe aan een opknapbeurt. Ertegenover een Turkse garage die tweedehandsauto's verkoopt. Mercedes, Volkswagen en BMW, vooral oudere modellen.

Tom parkeert zijn auto dubbel.

Aan Mazurs sleutelbos hangen drie gewone sleutels en een kleinere. Tom maakt de deur open en ze stappen een donker portaal in. Kale muren in plaats van verzorgde, charmante Berlijnse oudbouw. Op de vloer versleten tegels uit de jaren zeventig. Het ruikt er muf. Bij de achterdeur staan twee kinderwagens en een gammel kinderfietsje met zijwielen, groene rubberlaarzen en slippers. Geen lift.

De trap kraakt onder hun voetstappen. Langs de trapleuning loopt een zwarte streep over de muur. Op de vierde verdieping zijn zes deuren. Naast de laatste hangt een plakkertje boven de bel. MAZUR/SCHINDLER, staat erop. Als Tom op de bel drukt, floept de verlichting op de gang met een klik uit.

Vanuit het trappenhuis komt nog wat licht, maar de deur hult zich in het donker.

Sita drukt op de lichtschakelaar. Met nog een klik springt het licht aan het plafond weer aan. Een matgele, plastic bol met een gloeilamp erin. De lamp zit vol zwarte spikkels. Dode insecten waarschijnlijk. Sita maakt een gespannen indruk.

'Alles oké?' vraagt Tom.

'Niet alles,' zegt Sita, 'maar ik ben hier en dat is oké.'

Tom knikt. Hij duwt de deur open en roept: 'Hallo?'

Geen antwoord.

'Waar die Schindler ook uithangt, niet hier, kennelijk,' mompelt hij. Ze lopen naar binnen. Rechts de keuken. Veel vuile vaat, een paar flessen en een raam dat uitkijkt op een donkere binnenplaats. In de gang nog drie deuren. Het toilet heeft geen ramen, daar is niets te zien. De volgende deur is afgesloten. Op de deurpost hangt een draadloze intercom scheef. Iemand heef er met stift SCHINDLER op gekrabbeld.

Mazurs deur is ook op slot. Er zit geen gewoon slot op, maar een zwaarder veiligheidsslot. 'Ze vertrouwen elkaar nogal, zo te zien,' mompelt Tom. Hij probeert de sleutels aan Mazurs bos en maakt de deur open. De kamer meet ongeveer vier bij zes meter. Op een paar pallets ligt een futon. Verder staan er een kast, een bureautje, een draaistoel en midden in de kamer een bankje om gewichten op te heffen. De muur achter het bed is zwart geschilderd, de kamer is rondom behangen met posters van heavymetalbands, alleen boven het bed hangt een poster van een Harley.

'Lijkt die van jou wel,' vindt Sita.

Tom zegt niets. Opent de kastdeuren. Twee leren jacks, truien, en broeken, alles verrassend netjes opgevouwen en weggehangen, alle riemen netjes opgerold.

Sita kijkt naar het bureautje en wijst op de kast eronder. 'Zijn archiefkast zit op slot.'

Tom probeert de kleine sleutel. Hij past. In de bovenste

twee laden zitten paperassen en een paar ongeopende brieven. 'Sociale Zaken, bankafschriften, rekeningen,' mompelt Tom als hij erdoorheen bladert.

Hij trekt de derde lade open. Er zit een kistje in. Wat stuff, een ID en nog wat rommel. Plotseling valt zijn oog op een verbleekte polaroid van een naakte, jonge vrouw.

Sita is naar het bed gelopen. Naast het nachtkastje staan twee honkbalknuppels.

Tom staart naar de jonge vrouw op de polaroid. Het duurt even voor hij Sita herkent. Hij draait zich om en houdt de foto zonder een woord te zeggen voor haar op.

Sita heeft net een honkbalknuppel opgepakt en laat die weer zakken. Haar donkere ogen blijven even hangen bij de foto. Heel langzaam, alsof ze tijd nodig heeft om na te denken, zet ze de knuppel weer terug. Ze is lijkbleek, met hese stem zegt ze: 'Dat moet ik wel zijn.'

'Dat zie ik,' reageert Tom. 'Hoe zit dat met jullie?'

'Ik wilde al met je praten,' verzucht Sita.

'Nogal laat, niet?'

Ze staart hem aan. 'Je hebt geen idee.'

'Vertel op, dan.'

'Eigenlijk valt er niet veel te vertellen,' zegt Sita koeltjes. Ze klinkt plotseling alsof ze uit zichzelf is getreden, naast zichzelf staat. 'Ik was zestien. Er hingen drie gasten rond in Kreuzberg die zich Haan, Mes en Vlo noemden. Ze hebben me ontvoerd, gefotografeerd en... verkracht.'

Haar laatste zin blijft in de lucht hangen, Tom heeft een moment nodig om hem te verwerken. Buiten toetert een auto onafgebroken. Sita is niet tegen Toms blik bestand en kijkt naar de vloer.

'Het... dat spijt me,' zegt Tom. 'Ik wilde niet...'

'Een van hen,' vervolgt Sita, 'was kennelijk Mazur.'

'Weet je de namen van de anderen ook?'

'Nee. Geen flauw idee. Alleen hun bijnamen van toen, zoals

ik zei. Haan, Mes en Vlo. En na die affaire ben ik ze nooit meer tegengekomen.' Ze slikt. 'Geef me alsjeblieft die foto.'

Tom geeft haar de polaroid. 'Welke van de drie is dan Mazur?'

'Ik denk Mes.' Sita laat de foto in haar binnenzak verdwijnen. 'Maar er is nog iets wat ik je moet vertellen. Ik was er in het begin niet zeker van of het gewoon toeval was. Het was zo... absurd.' Ze zucht diep en worstelt even met zichzelf. 'Die drie hebben met een gloeiend mes een negentien in mijn huid gebrand. Hier.' Ze wijst naar haar linkerzij net onder haar borst.

Tom kijkt haar met openhangende mond aan. 'Jezus,' fluistert hij. 'Dat had je tegen me moeten zeggen.'

'Ik weet het,' bekent ze zachtjes.

Tom voelt een diepe woede opkomen, maar weet ook dat verwijten nu niets uithalen.

'Jouw geheimen, mijn geheimen,' zegt ze. Ze probeert te glimlachen, maar haar lippen trillen.

'Het spijt me.' Ze veegt een traan weg.

'Mij ook,' zegt Tom. Hij moet denken aan de dode in de fotowinkel van Grasser. 'En ik ben waarschijnlijk de laatste die het je mag verwijten. Maar anderen zullen dat des te meer doen.'

'En als we het voor ons houden?'

'Ik weet niet hoe lang dat gaat lukken.'

Ze knikt. 'Ja, snap ik.'

'Weet je trouwens waarom ze dat deden, met die negentien, waarom uitgerekend dat getal?'

'Ik heb dat eerlijk gezegd nooit goed begrepen. Voor die drie betekende het een of ander verbond, alsof dat getal ze macht verleende, ze beschermde.'

'Bedoel je dat esoterisch?'

Sita schudt haar hoofd. 'Als die jongens een ding níét waren, dan was het esoterisch.'

Lukas Mazur heeft de capuchon van zijn trui over zijn hoofd getrokken. Zijn gezicht verdwijnt in de schaduw, maar de neusbeschermer, het gezwollen oog en de blauwe plekken op zijn kaak kan hij niet verbergen.

De taxi heeft hem direct voor de deur afgezet. Lopend had hij het nooit gehaald. Omdat hij geen sleutels of telefoon meer heeft, belt hij op de tweede verdieping aan. Een raam zwaait open, een oudere vrouw steekt haar hoofd naar buiten. 'Wat is er?' roept ze.

'Pardon. Ik ben mijn sleutels vergeten. Kunt u de deur opendoen?'

Zonder iets te zeggen knalt de vrouw het raam weer dicht. Even later klinkt de deurzoemer. Hij loopt naar binnen. Als hij de trap ziet, kreunt hij en grijpt hij zich aan de leuning vast. Trede voor trede worstelt hij zich naar boven. Hij zou graag zijn kiezen op elkaar klemmen, maar als hij dat doet, explodeert de pijn. Snuivend bereikt hij de bovenste verdieping.

Een minuut pauze. Zijn hartslag raast. De uitputting, de adrenaline – wat een kutcombinatie. Maar alles is beter dan in dat kutziekenhuis te liggen wachten. Langzaam strompelt hij naar de voordeur, hij legt zijn oor ertegen en luistert.

Hij trekt de SIG Sauer uit zijn broekband en ontgrendelt hem.

Dan tast hij met zijn vingers over de bovenkant van de deurlijst, vindt de sleutel en steekt die geluidloos in het slot. De lamp boven zijn hoofd dooft met een zachte klik.

Tom hoort het zachte geluid waarmee de deur wordt geopend. Hij houdt zijn wijsvinger voor zijn lippen, Sita zwijgt. Hij trekt zijn pistool uit de holster en drukt zichzelf tegen de muur naast de deur naar de woonkamer. Sita zoekt dekking achter hem, ook tegen de muur.

Ze horen voetstappen op de gang. Iemand kreunt.

Met zijn wapen in de aanslag draait Tom snel om de deurpost, zijn pistool op de gang richtend. 'Geen beweging! Politie!'

In het halfduister staat een gestalte met wijd opengesperde ogen van schrik. Tom schat hem op eind dertig, zijn donkerblonde, vlassige haar reikt tot op zijn schouders, hij draagt een donkerblauw schippersjack. Langzaam steekt hij zijn handen in de lucht.

'Wat... jezus! Man, je laat me schrikken,' brengt hij met moeite uit. 'Wat doet u in mijn huis?'

'Meneer Schindler?' vraagt Tom.

'Ja, godsamme! Hoe komt u erbij om hier gewoon...' Hij zwijgt en vraagt zich af of het wel verstandig is te protesteren terwijl hij onder schot wordt gehouden.

'Pardon,' zegt Tom, 'ik wilde u niet laten schrikken. We hebben een paar vragen voor uw medebewoner, de heer Mazur.' Op dat moment gaat zijn telefoon over.

Lukas Mazur duwt de deur open, geen licht in de gang vóór hem, geen licht achter hem. Hij ziet vrijwel niets, niet eens de gebruikelijke lichtstrepen onder de deuren. Die klootzak heeft vast de rolluiken neergelaten. Fuck.

Met zijn rechterhand omklemt hij zijn wapen, met zijn linkerhand tast hij naar de lichtschakelaar. Die moet toch ergens naast die verdomde deur zitten? 'Gero?' vraagt hij.

Stilte.

Zijn schedel dreunt. De druk is bijna ondraaglijk. Hij voelt elke afzonderlijke hartslag in zijn haarpunten. Die godvergeten adrenaline.

'Gero?' roept hij nog een keer, iets harder. 'Geen geintjes nou! Ik heb een blaffer, maar ik wil gewoon praten, ja?' Ja! De schakelaar. Hij drukt op het knopje, hoort het klikken, maar het licht blijft uit.

Fuck. Fuck. Fuck.

Misschien is hij er helemaal niet, is daarom alles donker en dicht. Ligt wel voor de hand. Had hij zijn telefoon maar. De deuren naar de kamers doemen langzaam op uit de duisternis. Heeft hij de stoppen eruit gedraaid? Dan kan het een val zijn. Of gewoon gierigheid.

Mazur doet twee stappen naar achteren. Vindt daar de lichtschakelaar voor de gang.

Klik.

Eindelijk.

Weer twee stappen vooruit. Zijn schaduw valt over de deur naar de woonkamer. Rechts tegen de muur een kastje. Hij ziet nu tenminste iets. Nog twee stappen vooruit, langzaam, voorzichtig.

Hoort hij daar iets?

Plotseling wordt het iets donkerder. Zijn schaduw op de vloer krijgt gezelschap. De deur achter hem slaat met een luide knal dicht.

49

Teupitz bij Berlijn
Vrijdag 15 februari 2019
10.54 uur

Nicole Weihertal slaat van de Bahnhofstraße af de Löptener Weg in. Berti zit naast haar. Hij heeft zijn rugleuning zo ver omlaaggedraaid dat hij onderweg in slaap is gevallen. 'Tsjonge, hier wil je nog niet dood gevonden worden,' bromt hij. 'Nog geen vijftig kilometer buiten Berlijn en je zit al in de rimboe.'

Nicole zwijgt. Ze komt uit Lübbenau in het Spreewald, een stadje waar mensen nog eelt op hun handen hebben. Gemanicuurde nagels, zoals die van Berti, heeft daar niemand. Hier ook niet, trouwens.

De weg maakt een paar bochten, dan naderen ze een geel huis met een spits, rood dak met satellietschotel. Gebouwd in de jaren vijftig, schat ze. Omgeven door een keurig geschilderd lattenhek. Links van het huis een garage, rechts een kas met smoezelige glaspanelen.

'We zijn er,' zegt Nicole. Ze parkeert achter een vrachtwagen met het verbleekte opschrift KLOSTERMANN, SANITAIR EN VERWARMING.

'Nou, dan gaan we maar eens kijken hoe groot hij is geworden,' zegt Berti.

Ze stappen uit en bellen aan. Een vrouw met strogeel haar en een schort doet open. Ze doet Nicole aan haar moeder denken.

'Mevrouw Pesch?' Berti houdt zijn politiepenning onder

haar neus. 'Pfeiffer en Weihertal,' zegt hij, wijzend naar Nicole. 'Recherche, Berlijn. We zijn op zoek naar Frank Cogan, hij zou vandaag...'

'Recherche? Wat is er gebeurd?' Mevrouw Pesch kijkt geschrokken van de een naar de ander.

'Niks,' stelt Nicole haar gerust, 'maakt u zich geen zorgen. We willen alleen even met de heer Cogan praten.'

'Uitgerekend nu?' vraagt ze. 'Hij zei dat hij om twaalf uur weg moet en, nou ja, hij is de snelste niet. Ik heb het toilet in de kelder echt nodig.'

'Mevrouw Pesch, het duurt niet lang,' verzekert Berti haar.

Ze wrijft haar handen af aan haar schort. 'Vooruit dan maar. Eh, u moet de trap links achterin af. Gewoon achter uw neus aan. En doet u de deur achter u dicht. Ik ben in de keuken als er iets is.'

Berti doet de deur naar de kelder open, ze lopen de trap af. 'Bléh,' zegt hij zachtjes. Nicole grijnst. Geen feest voor gevoelige reukorganen.

In een kleine, met gele tegels beklede badkamer stuiten ze op een jonge man, die in een blauwe overall op zijn knieën zit. Hij draagt lange handschoenen, een van zijn armen steekt in de afvoer van een verwijderde toiletpot. Berti kijkt vol walging naar Nicole.

'Meneer Cogan?'

De jonge man draait zich plotseling om en staart Nicole en Berti aan.

'Recherche, Berlijn.' Berti laat zijn penning weer zien.

Cogan haalt zijn arm uit de afvoer, pakt de politiepenning en bestudeert hem.

'Mooi,' zegt hij als hij hem weer aan Berti teruggeeft. Die pakt hem met zijn vingertoppen aan en maakt aanstalten om de kraan boven de wasbak open te draaien.

'Dat zou ik niet doen,' zegt Cogan. 'Dan komt de stront via de pomp weer omhoog. Alles ligt open.'

Berti zucht en scheurt een stuk toiletpapier van de rol.

Nicole zou er hard om hebben gelachen, maar de stank is haar ook bijna te veel.

'Wat is er loos?' vraagt Cogan. Volgens Frohloff is hij vijfentwintig. Zijn neus staat scheef, zijn blauwe ogen, die vreemd ver uit elkaar staan, dwalen onrustig rond, en hij heeft dun, blond haar.

'Kunnen we dat even buiten bespreken?' vraagt Berti.

'Liever niet. Ik heb net iets in de afvoer gegoten en moet nu even afwachten of het helpt.'

'Mooi,' zegt Berti, al drukt zijn gezicht het tegendeel uit. 'U was in augustus 2010 met een vriend ergens in het bos en hebt toen gezien dat iemand daar aan het schieten was.'

Cogan fronst zijn voorhoofd. 'Man, dat is een eeuwigheid geleden. Uw collega's hebben mij toen de hemd van het lijf gevraagd. U denkt toch niet echt dat ik het me nu nog herinner? Wat is er gebeurd dat u daar nu weer mee aan komt zetten?'

'Het gaat om het wapen dat destijds werd gebruikt. Met hetzelfde wapen is onlangs iemand doodgeschoten.'

Cogan doet zijn mond open... en weer dicht. 'Aha,' zegt hij, 'ik begrijp het.'

'Helpt dat een beetje? Misschien kunt u ons gewoon nog een keer vertellen hoe het ging. Wat deed u daar, in dat bos?'

'Wat ik daar deed? Geen idee. We waren paddenstoelen aan het plukken, geloof ik.'

'Paddenstoelen plukken,' zegt Berti. 'Een jongen van zestien en een van vijftien.'

'Ja. Dat is toch niet verboden? Augustus is paddenstoelentijd.' Cogan veegt met zijn mouw over zijn voorhoofd. Zijn ogen schieten nerveus tussen Berti en Nicole heen en weer.

'U was dus paddenstoelen aan het plukken en hoorde toen schoten?'

'Ja. Met regelmatige pauzes. Tak. Tak. Tak. We waren bang, dat weet ik nog. We dachten dat het jagers waren en zijn plat op onze buik gaan liggen, zodat ze niet zouden menen dat wij het wild waren, dachten we.'

'Aha,' zegt Berti sceptisch. Hij kijkt Cogan zwijgend aan, en die wordt steeds nerveuzer. 'Waarom hebt u uw aanwezigheid niet kenbaar gemaakt? Gewoon geroepen dat u daar was? Dan zou toch niemand u voor wild houden?'

Cogan heeft even tijd nodig voor hij antwoord geeft. 'Nou ja, dat was... eh... Zo ging het niet. We dachten dat van die jagers, maar wisten het niet zeker. Het hadden ook duistere types kunnen zijn, en dan leek roepen ons niet erg handig, toch?' Hij kijkt Nicole bijna smekend aan. 'En als er met dat wapen iemand is neergeschoten waren het ook echt duistere types.' Hij lijkt plotseling erg tevreden met zichzelf. 'Dan hebben we het toch goed gedaan?'

Nicole wil iets vragen, maar Berti is haar voor. 'U hebt dus al die tijd op uw buik gelegen. Hoe lang was dat?'

'Geen idee. Twintig minuten misschien? Tot ze weg waren.'

'Hoezo ze? Waren het er meer?'

Cogan knippert met zijn ogen. 'Het waren er twee, geloof ik. Ze praatten met elkaar.'

'Kon u verstaan waarover?'

'Nee, we hoorden alleen gemompel.'

'En toen "ze" weg waren, hebt u toen nog iets gehoord? Een motorfiets? Een auto of zo?'

'Nee, echt niet.' Cogan trekt een hulpeloos gezicht. 'Ik zou u graag helpen, maar...' Hij haalt zijn schouders op.

Berti kijkt hem streng aan, maar Cogan weerstaat zijn blik. Óf hij heeft niets te verbergen, óf hij liegt goed. 'Moet zwaar zijn, uw werk,' zegt hij meelevend.

'Maar het ruikt wel beter dan uw baan,' zegt Berti zuur. 'Dank voor uw tijd.' Hij geeft Nicole een teken dat ze klaar zijn, steekt zijn hand op ten afscheid en loopt de badkamer uit.

Cogan grijnst naar Nicole. 'Ik hoop dat ik u heb kunnen helpen.'

'O, zeker,' zegt Nicole glimlachend. Ze wijst op het toilet. 'Mijn vader zit ook in het sanitair.'

'Echt waar? Zo, zo,' zegt Cogan.

'Hij had, geloof ik, liever een zoon gehad. Sanitair is voor kerels, zei hij altijd.'

'Heeft hij wel een beetje gelijk in. Uw vader.'

'Nicole,' roept Berti uit de gang. 'Kom je?'

'Hij zou u vast aardig vinden,' zegt ze tegen Cogan.

Hij grijnst breeduit. 'We kunnen wel een keer afspreken. Mijn nummer staat op de vrachtwagen voor de deur.'

'Nicole!' roept Berti ongeduldig. 'Ik loop vast naar de auto.'

'Ik moet gaan,' zegt Nicole glimlachend. Ze draait zich om en staat op het punt om de badkamer uit te lopen, maar op de drempel blijft ze staan, met haar rug naar Cogan toe. 'O, één ding nog. Was het eigenlijk kort of lang, dat geweer?'

'Lang,' reageert Cogan zonder nadenken. 'Zo'n lange, zwarte loop op zo'n gespreide standaard.'

Nicole draait zich om en kijkt hem aan.

Cogan kijkt terug, glimlacht en staat er wat vreemd bij in zijn overall met die besmeurde rubberen handschoen. Nu pas begrijpt hij wat hij net heeft gezegd, en zijn glimlach verdwijnt.

Het geluid van een deur die wordt dichtgeslagen klinkt door de kelder.

'Berti?' roept Nicole. Cogan komt op haar af.

50

Berlijn-Kreuzberg
Vrijdag 15 februari 2019
11.02 uur

Tom hangt op en staart even in de verte.

'Alles oké?' vraagt Sita.

'Bruckmann,' zegt Tom kortaf. Ze hebben het een en ander te bespreken, maar zolang ze niet alleen zijn, zegt hij liever niets. Schindler heeft ondertussen zijn jas uitgetrokken en staat in de gang, afwisselend verontwaardigd en bezorgd. 'Meneer Schindler. Hoe lang woont u hier al samen met de heer Mazur?'

Schindler fronst zijn voorhoofd. Bruine lokken vallen over zijn gezicht. Zijn bakkebaarden kunnen wel wat verzorging gebruiken. 'Een jaar of twee. Luister eens, ik weet niet wat hij uitgevreten heeft, maar die vent is een freak. Als ik het had geweten was ik hier nooit komen wonen.'

'Wat bedoelt u met freak?'

'Hebt u die poster gezien?'

'Ik ken een paar heel gewone mensen die heavy metal draaien,' zegt Tom schouderophalend. 'Naar wat voor muziek luistert u?'

'Ik? Eh, ik vind Chris de Burgh erg goed.'

'Dan had u het misschien even over muziek moeten hebben voordat u hier introk,' vindt Tom.

'Was dat ironisch bedoeld?' Schindler kijkt hem wantrouwig aan.

‘Zijn er nog andere redenen waarom u Mazur een freak vindt?’

‘Ik weet niet goed hoe ik het moet zeggen... er valt niet met hem te praten. Hij heeft van die... ideeën. Ook als het over orde gaat. Twee lege bierflesjes in de keuken en er is al gedoe. En als je gedoe met hem hebt, kijkt hij je aan met een blik alsof hij een ijspegel in je nek wil rammen.’

‘We weten,’ zegt Tom, ‘dat Mazur vroeger lid was van een bende in Kreuzberg. Zeggen de namen Haan, Mes en Vlo u iets?’

Schindler kijkt spijtig. ‘Nooit eerder gehoord. Zeggen me helemaal niets.’ Hij klopt wat roos van zijn zwarte overhemd. Sita kijkt hem van opzij aan. ‘Gaat u hem nu arresteren?’

‘We hebben hem net gearresteerd.’

‘Hm. Klote. Vanwege de huur. Ik bedoel, het huurcontract loopt via hem. Moet ik er nu uit?’

‘U kunt de woning sowieso beter een paar dagen verlaten,’ zegt Tom. ‘Ik heb net gehoord dat hij voortvluchtig is. Hij heeft een agent neergeslagen en hem zijn pistool afgenomen.’ Tom voelt hoe Sita, die nog steeds een stukje verderop staat, verstijft. ‘Als ik u was, zou ik dringend uit zijn buurt blijven. Hij is gevaarlijk.’

‘Godverdomme. Echt? Nu?’ klaagt Schindler.

Tom knikt.

‘Krijg ik dan politiebewaking of zo?’

‘We surveilleren voor de woning. Voor als hij terugkomt.’

‘En hoe zit het met geld? Voor een hotel?’

‘Het spijt me. Dat kan ik niet voor u regelen. Kunt u niet even naar vrienden of familie?’

‘Ik zit liever in een hotel,’ moppert Schindler.

‘Dat zult u dan zelf moeten betalen. Dank u voor uw hulp, en nogmaals onze excuses voor het binnendringen.’

‘Het is toch altijd hetzelfde gezeik in dit kutland,’ klaagt Schindler. ‘Als het erop aankomt, sta je er altijd alleen voor.’

Tom reageert maar niet, hij knikt naar Sita en ze lopen naar buiten. Hun voetstappen galmen door het trappenhuis. In de donkere gang ziet Sita er met haar gemillimeterde haar en donkere kringen onder haar ogen kwetsbaarder uit dan ooit.

'Het spijt me dat Mazur is ontsnapt,' zegt Tom.

'Hij was toch net geopereerd, en net uit narcose? Ik snap het niet. Hoe heeft hij zo snel kunnen ontkomen?' vraagt Sita vertwijfeld. 'En in zijn toestand ook nog een agent neerslaan?'

'Dat had ik ook graag geweten,' bromt Tom, 'maar je kent Bruckmann. Die zegt nooit een woord te veel.'

Ze lopen naar buiten en steken de straat over. Een windstoot blaast een lege koffiebeker over de stoep. De lucht weifelt tussen paars en donkergrijs. Tom opent het portier van zijn Mercedes. Er spetteren een paar regendruppels op de blauwe lak van zijn auto.

'Heeft hij wel iets over Keller gezegd?' vraagt Sita.

'Ja. Dat heeft hij. We kunnen erheen. Maar hij zei ook dat we bij hem bot zullen vangen.'

'Dat godvergeten politieke moeras.' Woedend trekt Sita haar portier open. 'Ik word er langzamerhand gek van.'

'Ik ook.' Tom stapt in, start de auto, draait aan zijn stuur als hij plotseling Morten ziet, die van de andere kant van de straat op hen af komt lopen. Zijn openhangende regenjas wappert in de wind. Hij lijkt op een vogel op veel te lange, dunne poten.

'Dat is toch Jo?' zegt Sita verbaasd.

Morten zwaait opgewonden naar hen en gebaart dat ze op hem moeten wachten. Tom zet de motor weer uit. Morten trekt het achterportier open, stapt hijgend achter Tom in en trekt het portier weer achter zich dicht. Tom kijkt hem zwijgend via zijn achteruitkijkspiegel aan.

'En nu een sigaret,' bromt Morten smachtend.

'Wat doe jij hier?' vraagt Tom. 'Moet jij niet bij je vrouw zijn?'

'Wat zou ik daar moeten? Ik moet iets doen. Ik kan Maja toch niet in de steek laten?'

'Wilde je naar het huis van Mazur?' vraagt Tom.

'Ik wilde naar jou.' Hun blikken kruisen elkaar in de achteruitkijkspiegel. Morten ziet er rusteloos en vertwijfeld uit. 'Als iemand begrijpt dat je niet stil kunt zitten en rusteloos toekijken ben jij het wel, toch?'

Hoe vreemd de dingen soms lopen, denkt Tom. Toen Morten zijn baas was, verlangde hij soms wanhopig naar een beetje begrip, maar had hij vaak tandenknarsend moeten constateren dat Morten hem dat niet kon geven. Nu lijken de rollen omgedraaid.

'Wat wil je?'

'Kunnen we dat alleen bespreken?' zegt Morten met een hoofdknik naar Sita. Tom ziet de weerzin in haar ogen. 'Nee,' zegt Tom. 'Sita is erbij. Een andere optie is er niet.'

Morten aarzelt even, knikt weer en mompelt een 'Sorry' in Sita's richting. Ze accepteert zijn excuses zwijgend.

'We moeten naar mijn vader,' zegt Morten.

'Naar het ziekenhuis?' vraagt Sita. 'Is hij weer aanspreekbaar?'

'Nee, ik bedoel naar Sacrow, naar zijn huis.'

Een plotselinge hoosbui ratelt op het dak van de auto en onderbreekt hun gesprek. De hemel ontlaadt zich, het water loopt in golfjes over de voorruit en laat de straat verdwijnen.

'Wat moeten we daar?' vraagt Tom. 'De collega's van Tempelhof hebben het huis vannacht ondersteboven gekeerd en niets gevonden.'

'Als mijn vader wil dat iets niet gevonden wordt, dan vindt niemand het ook. Je hebt hem toch ontmoet,' zegt Morten. 'Ik ken het huis als mijn broekzak en ben ervan overtuigd dat hij dingen bewaart die ons kunnen helpen Maja te vinden. We moeten opschieten. Ik weet zeker dat wij niet de enigen zijn die op dat idee komen. Vooral als ik denk aan wat er met Bauer is gebeurd.'

Tom en Sita kijken elkaar aan. Sita's knikje geeft de doorslag. Tom start de motor weer en zet zijn ruitenwissers aan. 'Als iemand ernaar vraagt,' zegt hij, 'dan heb ik je er als getuige bij gehaald.'

'Dank je,' mompelt Morten. 'O, nog iets. Kun je twee agenten bij mijn vader in het ziekenhuis laten posten?'

'Maak je je zorgen om hem?'

Morten kijkt opzij uit het raam. 'Kan ik het helpen?' bromt hij. 'Die klootzak heeft me opgevoed. Dat valt niet meer terug te draaien...'

Tom glimlacht. Hoe grof Morten ook is, ook hij heeft zijn momenten. 'Heb ik al gedaan,' zegt hij. 'Er zitten twee agenten voor zijn deur.' Hij doet zijn raampje open. De regen doorweekt zijn linkerarm en -schouder. Snel zet hij zijn zwaailicht op het dak.

51

Teupitz bij Berlijn
Vrijdag 15 februari 2019
11.16 uur

Nicole Weihertal deinst een stap terug. Ze legt haar hand op het wapen op haar heup, kijkt Frank Cogan vastberaden recht in zijn ogen en hoopt maar dat hij haar niet op de proef zal stellen. 'Ik wil alleen de waarheid horen. Dat is alles,' zegt ze zachtjes.

Cogan blijft staan. Zijn ogen dwalen rusteloos rond. Kille, blauwe ogen die van haar pistool naar de gang en naar haar zwerven, alsof hij zijn opties afweegt.

'Ach, kut,' mompelt hij, en hij laat zijn schouders zakken. Zijn agressieve houding maakt plaats voor berusting.

Bovenaan de keldertrap zwaait de deur open. 'Nicole?' roept Berti Pfeiffer. 'Wat is er?'

'Kom nog even naar beneden, alsjeblieft,' zegt Nicole luider. Ze hoort zijn voetstappen achter zich, dan staat hij naast haar. Chagrijnig, sceptisch kijkend.

'Ik geloof dat de heer Cogan plotseling iets te binnen is geschoten,' zegt ze.

Cogan rolt met zijn ogen.

'Het zal me benieuwen,' bromt Berti.

'Hoewel de heer Cogan zei dat hij al die tijd niets had gezien, wist hij ineens hoe het geweer eruitzag,' verklaart Nicole. 'En zal ik u vertellen waarom u dat wist? Ik denk dat u zelf hebt geschoten. Twee jongens die de verleiding niet konden weerstaan om het geweer van hun vader in het bos uit te proberen. Heb ik gelijk?'

'Het geweer was helemaal niet van mijn vader,' mompelt Cogan.

'Officieel zeker niet,' zegt Berti. 'Wij hebben nergens een wapenvergunning van uw vader kunnen vinden.'

'Het was zijn geweer niet, zeg ik toch,' houdt Cogan vol.

'Van wie was het dan?' vraagt Nicole.

Cogan strijkt nerveus met zijn linkerhand door zijn haar. Zijn rechterhand steekt nog steeds in die smerige handschoen, die houdt hij van zich af om zijn overall niet vies te maken. 'Het stond in het rek bij de Berlijnse beveiligingsmaatschappij waar hij toen werkte. Python heette die firma, die bestaat niet eens meer, voor zover ik weet.'

'Ach. En hij heeft dat wapen gewoon mee naar huis genomen,' zegt Berti.

'Nee, luister nou. Mijn vader heeft er echt niets mee te maken. Hij was er slecht aan toe in die tijd. Hij had diabetes. Er waren dagen dat hij niet eens kon lopen van de pijn. Hij deed ook alleen maar bureaudiensten. Gewoon naar alarmknopjes kijken, en als er eentje afging, moest hij bewakers of de politie alarmeren. Wel zo makkelijk. Maar dan nog... toen hij het echt zwaar had, heeft hij zijn baas gevraagd of het goed was dat ik in noodgevallen af en toe een dienst overnam.'

'Moest u niet naar school?'

'Nou ja, het waren meestal late diensten. En wij hadden de poen nodig.'

'Wist uw moeder ervan?'

'Die? Nou ja. Toen mijn vader nog een knappe vent in uniform was, was ze dol op hem, maar toen het met hem bergafwaarts ging, smeerde ze 'm als een dief in de nacht.'

'Dus u hebt uw vaders plaats ingenomen, en toen dat geweer uit de wapenkast van de firma gehaald. Zomaar?'

Cogan haalt zijn schouders op. 'Ik wist waar alles lag. Mijn vader had mij dat ding een keer laten zien. Hij had niet veel om trots op te zijn, maar dat was cool, natuurlijk. Een echt scherpschuttersgeweer. Net als van die snipers, uit films. En toen zat ik met mijn maat, Freddy, een beetje te fantaseren hoe het zou zijn als...'

'En toen hebben Freddy en u in het bos geschoten.'

'Ja, verdomme, toen we ineens de politie hoorden, deden we het in onze broek. Godzijdank kwamen ze met sirenes en al erop af. We hadden nog tijd genoeg om het wapen te begraven. Maar stom genoeg liepen we ze op weg naar huis recht in de armen. Toen hebben we dat verhaal verzonnen dat we schoten hadden gehoord en ons hadden verstopt.'

'En wat is er met dat wapen gebeurd?' wil Berti weten.

'Nou ja, wat denk je? We zijn 's nachts teruggegaan en hebben het weer opgegraven. Godzijdank zat het in zo'n foedraal, anders hadden we hem nooit meer schoon gekregen. Ja, en toen hebben we dat ding weer teruggebracht.'

Nicole en Berti kijken elkaar aan. Berti knikt.

'Waar was u gisteren om veertien uur dertig?' vraagt Nicole.

Cogans ogen vernauwen zich tot spleetjes. 'Is dat het tijdstip waarop...?'

'Zegt u nou maar gewoon wat u toen deed.'

'Kut,' zegt Cogan. 'Dat was die Bauer. Die rijke stinkerd. Die is toch gisteren neergeschoten, ik zag het op het nieuws...'

'Waar was u om veertien uur dertig!' onderbreekt Berti hem driftig.

'O, hier,' zegt Cogan. 'Die pomp hier is een kloteding. Om de haverklap stuk. Vraag maar aan mevrouw Pesch.'

'Aha,' zegt Nicole ontgoocheld. Ze denkt even na. 'En hoe zat dat met die bewakingsfirma? Python, zei u toch?'

'Ja, precies. Die bestaat dus niet meer. De eigenaar raakte in de problemen en was plotseling verdwenen, waarschijnlijk naar het oosten...'

'Hoe heette hij?' vraagt Nicole.

'Sarkov. Yuri Sarkov heette hij. Denkt u dat hij er iets mee te maken heeft?'

52

Berlijn-Kreuzberg
Vrijdag 15 februari 2019
11.40 uur

Lukas Mazur voelt een lichte druk in zijn nek. Koud metaal. De loop van een...

'Gero, laat dat. Ik wil echt alleen praten.'

'Dat wapen op de vloer,' zegt een stem achter hem. 'Voorzichtig.'

Mazur kan zich niet herinneren die stem ooit eerder te hebben gehoord. 'Wie bent u?'

'Eerst dat wapen.'

Mazur buigt zich langzaam voorover en legt het pistool op de grond.

'En nu vier stappen naar voren.'

Hij loopt langs de SIG Sauer verder de woning in. Hij hoort hoe de man het wapen opraapt, dan werpt hij hem een paar handboeien en een zwarte muts toe.

'Omdoen, opzetten en omlaagtrekken tot over je neus.' Een onprettige stem: bijna gevoelloos, en schel, wat niet goed past bij het lichte, Russische accent.

De handboeien sluiten met dat typische metalen geluid om zijn polsen. De muts is krap, en als hij hem over zijn hoofd trekt, ziet hij sterretjes van de pijn. De stof is ondoorzichtig, het lijkt alsof hij stekeblind is.

De man leidt hem door een deur naar een stoel.

Mazur is dankbaar dat hij kan zitten. De adrenaline is uitgewerkt, hij is duizelig.

'Waar is Gero?' vraagt de man.

'Hoe moet ik dat weten?'

Even is het stil.

'Luister eens,' verzucht de onbekende, 'we kunnen dit snel afhandelen... of langzaam. Ik heb een pen bij me, een tang, ijzerdraad, en ik heb de tijd. U hebt geen idee wat een mens daar allemaal mee kan doen.' Zijn Russische accent vormt zijn woorden om tot een traag deinende, vreugdeloze melodie. 'In dat geval moet ik u verzoeken nog even op te staan en uw broek te laten zakken. Dan kom ik makkelijker bij uw genitaliën. Tenzij u toch besluit met mij te praten. Want eerlijk gezegd, ik zou liever niet willen dat het pijnlijk wordt.'

Mazur voelt het in zijn liezen trekken. Hij is geen lafaard, en god weet dat hij wel een paar mensen kent die nare dingen uithalen bij anderen. Maar deze man klinkt zo kil en achteloos dat de angst hem om het hart slaat.

'U bent blijven zitten. Goed zo,' stelt de man vast. 'Ik ga ervan uit dat u mij nu in één zin de hele waarheid vertelt. Ik zal u niet meer onderbreken. U bent volwassen, u weet waar u voor hebt gekozen. Mocht ik alsnog de indruk krijgen dat u zich niet aan de waarheid houdt, zal ik u dwingen op te staan. Hebben wij een deal?'

Mazur knikt.

'Mooi. Dus: waar is Gero?'

'Luister man. Ik weet echt niet waar Gero is. Ik zoek hem ook.'

'Waarom zoekt u hem?'

'Waarom, waarom,' kreunt Mazur. 'Omdat de hele shit me boven mijn hoofd begint te groeien. Ik moest twee klussen doen. Die toestand op die woonboot, en het gedoe met die Johanns, een meisje van vroeger. Beide liepen mis. Ik wilde weten of Gero weet wat er aan de hand is. Of hij ook telefoontjes krijgt en zo.'

'Wie heeft die meisjes ontvoerd?'

'Die meisjes? Ik begrijp niet wat u...'

'De dochter van Bauer en van Morten.'

'Waar hebt u het over? Ik weet niet eens dat ze ontvoerd zijn, laat staan dat ik ook maar een flauw idee heb waar ze kunnen zijn.'

'Het kan me niet schelen waar ze zijn. Ik wil weten wie het heeft gedaan.'

Mazurs hoofd gloeit onder de muts. Zijn koorts stijgt, hij heeft dringend pijnstillers nodig. 'Ik... echt... ik ben alleen maar gebeld. Twee keer. De eerste keer moest ik inbreken op een woonboot, en toen moest ik die Johanns uit de weg ruimen. Dat is alles.'

'Wie precies heeft u gebeld?'

'Zo gaat dat niet, daar weet u vast alles van. Een prepaidmobieltje met nummeronderdrukking. Eentje van vroeger, uit de bende. Hij wilde dat ik op de boot documenten zou gaan zoeken.'

'Wat voor documenten?'

'Rapporten, zei hij, rapporten met een lichtbruine kaft en met eindeloos lange cijfercodes erop. Vijfentwintig getallen of meer.'

De man zwijgt even. 'Hebt u die rapporten gevonden?'

'Nee, verdomme. Hoewel ik die hele boot overhoop heb gehaald. Ze waren er niet.'

'De eigenaar van de boot, hoe heet die? En waar ligt die boot?'

'Fleischauer,' zegt Mazur. 'Bij de sluizen. Tiergarten. De laatste boot voor de brug.'

'Oké. Laatste vraag: waar is Ferdi?'

'Ferdi, Gero, man, ik weet het niet. Echt niet. We hebben het gehad met elkaar. Vooral na die toestand met Vlo's vader, toen. Ferdi was altijd al een psycho.'

'Maar van Gero had u toch het adres, en u wist waar de sleutel lag. Hebt u ook Ferdi's adres?'

'Nee, Ferdi is ervandoor gegaan, destijds. Geen idee. Hij zou net zo goed in Italië kunnen zitten, in Kroatië of god mag weten waar. Gero's adres heb ik alleen omdat we elkaar toevallig op straat tegenkwamen. Hij nam me mee hierheen. We dachten dat we wat konden kletsen over vroeger, maar het is nogal uit de hand gelopen.' Dat het misliep omdat Gero hem betrapte met zijn hand in diens portemonnee toen hij net van het toilet kwam, verzwijgt hij liever. Los daarvan heeft Mazur niet het idee dat hij deze gast op de een of andere manier zou kunnen helpen. Hij haalt diep adem. Het praten put hem uit, zijn opgekalefaterde kaken gloeien bij elk woord. Maar wat maakt het uit, denkt hij, het gaat hier niet om zomaar iets, maar om alles. Maar waarom zegt die vent dan niets meer? 'Hallo? Bent u daar nog?'

'Ik ben er nog,' zegt de man doodkalm.

Mazur schuift over zijn stoel heen en weer, wachtend op de volgende vraag, maar die komt niet. Er is alleen die stilte, deze duisternis. En het bonken in zijn hoofd. Hij denkt aan wat die man van hem eiste. De waarheid. Die had hij hem toch gegeven, voor zover hij kon? Maar het is de vraag of die man dat ook vindt. De waarheid is alleen de waarheid als je erin gelooft.

'Luister eens,' zegt Mazur. Zijn mond is droog, hij likt over zijn lippen. 'Ik zou er geen enkel probleem mee hebben om u te vertellen waar ze uithangen, begrijpt u? Wat heb ik eraan om dat voor u achter te houden? Die twee kunnen me geen reet schelen.'

Weer die stilte. Het zou verdomme een stuk makkelijker zijn als die gast hem gewoon iets vroeg. Onder Mazurs muts vormen zich zweetdruppels. De vochtige stof jeukt. Zijn hart gaat als een wilde tekeer. 'Echt, gelooft u mij...'

'Ik geloof u.'

Een golf van opluchting overspoelt Mazur. Hij zucht diep.

'Ik moet alleen even nadenken,' verklaart de onbekende, 'over wat ik met u aan moet.'

53

Potsdam-Sacrow
Vrijdag 15 februari 2019
12.03 uur

De Mercedes hobbelt als ze van de weg afslaan, het bospad op. De ruitenwissers vegen eensgezind de regen van de voorruit. Druipende boomstammen doemen op in het licht van de koplampen en verdwijnen weer, kale takken zwiepen heen en weer in de wind. Sita voelt hoe haar handen verkrampen. Het is net twaalf uur geleden dat ze hier in het bos bijna werd vermoord, en de man die haar wilde ombrengen, is weer op vrije voeten.

Toms telefoon meldt een sms-bericht, hij geeft hem aan haar. 'Kun je even kijken of het belangrijk is?'

Sita kijkt op het scherm. 'Berti,' zegt ze. 'Het gaat om dat geweer waar Bauer mee is vermoord. Nicole en hij hebben de naam van de eigenaar achterhaald. Hij was althans tot 2010 de eigenaar ervan. Hij heet Yuri Sarkov.'

'Nooit van gehoord,' mompelt Tom. 'Jij, Jo?'

'Geen idee,' zegt Morten vanaf de achterbank.

'Tot 2011 eigenaar van de firma Python,' leest Sita voor. 'Een Berlijns beveiligingsbedrijf. Daarna opgeheven. Nauwe banden met Vico von Braunsfeld. Python was het beveiligingsbedrijf van zijn tv-zender. Volgens VICLAS zijn de banden tussen Sarkov en Von Braunsfeld onderzocht toen de laatste in 2011 op mysterieuze wijze om het leven kwam, maar er is nooit iets bewezen.'

'Beveiliging,' zegt Tom. 'Klinkt als een voltreffer. Het zou passen bij wat er bij Bauer is gebeurd. Ik bedoel ook de manier waarop die safe en de inhoud ervan zijn vernietigd.'

'Blijft de vraag,' oppert Morten, 'wie hem die opdrachten gaf. Of dat hij toch op eigen houtje opereert.'

'De man was overduidelijk bij iemand in dienst,' zegt Sita. 'Dat hij in opdracht handelde, lijkt veel logischer. Ook omdat hij geen eigen bedrijf meer heeft. Zijn firma is tenslotte opgeheven.'

De koplampen strijken langs stapels omgehakte bomen langs het pad. 'Sarkov... Sarkov,' mompelt Sita voor zich uit. 'Op de een of andere manier komt zijn naam me bekend voor. Als ik maar wist... Tom, mag ik je telefoon even gebruiken. Even een kort berichtje naar Frohloff...'

'Natuurlijk. Ga je gang. Zet mijn naam erbij. Misschien krijg je dan sneller antwoord.'

Hé, Lutz.
Zegt de naam Yuri Sarkov jou iets? Python Security, tot 2011 gevestigd in Berlijn. En hoe zit het met Keller en die Makarov van zijn grootvader? Je zou je toch bij mij melden? Liefs, Sita.

Een zacht geluid van een opstijgende raket en de sms is onderweg. Sita kijkt op als ze net langs het hek rijden. Op het perceel is geen andere auto aanwezig. Ze hebben het rijk alleen.

Tom parkeert de auto en zet de motor uit. Heel even heerst er een volmaakte stilte, alleen de regen trommelt op het dak. 'Heb je een sleutel?' vraagt hij aan Morten.

'Nee. Hij heeft de sloten verwisseld toen wij...' Morten zucht. 'Heb jij gereedschap bij je?'

'Wil je inbreken?' vraagt Sita.

'Het is toch mijn eigen huis?'

Sita zwijgt.

‘Ik heb iets in de kofferbak liggen,’ zegt Tom.

Ze stappen uit. Windvlagen trekken aan hun kleren, de regen slaat hen van opzij in het gezicht. Tom haalt een koevoet uit de kofferbak, terwijl Sita zich afvraagt waarom Tom met gereedschap rondrijdt dat je eerder bij een inbreker verwacht.

Heribert Mortens huis rijst stil en donker op tussen de bomen. De wind rukt aan de dichtgetimmerde luiken voor de ramen.

Morten gaat hen voor. Hij loopt om het huis heen naar een achteringang bovenaan een trap met twee treden. Zonder iets te zeggen wrikt hij de koevoet ter hoogte van de deurklink tussen de deur en de deurlijst. De wind speelt met zijn ingevette haar en blaast het alle kanten op. De regen glanst op zijn voorhoofd; het lijkt of hij zweet van de inspanning.

De deurlijst naast het slot breekt, houtsplinters vliegen in het rond. Morten trekt nog een keer hard, dan springt de deur open. Voorzichtig stappen ze over de drempel een grote keuken in. Sita wil in het halfduister het licht aandoen, maar Morten houdt haar tegen. ‘Doe maar niet.’

‘Denk je dat hier iemand is?’ vraagt ze.

‘Gevolgd zijn we niet,’ zegt Tom. ‘Althans, ik heb de laatste kilometers op de weg niemand gezien.’

Sita kijkt om zich heen. De vloer is betegeld in schaakbordmotief. De keukenkastjes hebben er minstens een halve eeuw dienst op zitten. Op de gaskachel staat een gebutste ketel, in de gootsteen liggen wat borden en bestek.

Morten gaat hun voor naar de gang. Een hoog plafond, smal en lang. Aan de muur reproducties. Eentje met de ruïne van de Frauenkirche in Dresden. ‘Van Siegfried Adam,’ mompelt Morten. ‘Vindt die ouwe mooi.’ Na een scherpe hoek naar rechts staan ze bij de voordeur. Een statige houten trap leidt naar de bovenverdieping, maar in plaats van naar boven te lopen, trekt Morten een deur in de vestibule open, waarachter een smalle trap naar beneden afdaalt. De verf bladdert van de treden, die kraken als ze erop lopen. Een spin met lange poten verdwijnt in een scheur in de muur.

Onderaan de trap blijft Morten staan. 'Ik neem aan dat de collega's ook de kelder hebben doorzocht. Maar dit hier hebben ze vast niet gevonden.' Hij bukt zich, pakt met beide handen de uitstekende rand van de onderste trede en klapt die omhoog.

Sita kijkt verbluft naar de zich openende trap. De onderste vijf treden klappen als een geheel omhoog, alsof ze door scharnieren zijn verbonden. Links en rechts zit een mechanisme met stalen veren, die knarsen als de treden omhoogkomen. Daaronder wordt een steile, kale betonnen trap zichtbaar. Morten drukt op een lichtknop die in het hout is weggewerkt, maar daarbeneden blijft alles in duisternis gehuld. 'Min twee, noemde hij het hier altijd,' zegt hij en hij doorzoekt zijn jaszakken. 'Verdomme, ik had toch een zaklamp. Nou ja, laat maar.' Moeizaam, alsof de techniek hem vreemd is, schakelt hij de zaklamp van zijn telefoon in.

Voorzichtig dalen ze langs de steile treden af en komen ze in een lange, tunnelachtige gang. In het licht van hun telefoons zien de muren er verweerd uit. Met haastige stappen gaat Morten voorop. De gang maakt een knik en eindigt voor een gepantserde deur. 'Koude oorlog,' zegt hij. 'De partijbazen hadden allemaal een eigen bunker. Hij was geen partijbaas, maar veel scheelde het niet.'

'Dit lijkt me wel een van de allerbest verstopte schuilplaatsen,' zegt Sita.

'In zichzelf schuilhouden is mijn vader altijd een meester geweest,' zegt Morten droog. Hij trekt aan een lange grendel en doet de deur heel langzaam open. De scharnieren knarsen.

Sita kijkt in de stikdonkere bunker. Koude druppels lekken van het plafond op hun hoofd en in hun nek. 'Is hier licht?'

Morten probeert een schakelaar, maar weer blijft het donker. 'We zullen het met onze telefoons moeten doen.'

54

Potsdam-Sacrow
Vrijdag 15 februari 2019
12.23 uur

Tom moet bukken om de bunker te betreden. Binnen kan hij net staan, maar langs het plafond lopen leidingen waaraan hij zijn hoofd zou kunnen stoten, dus kromt hij zijn rug.

'Er zijn twee ruimten,' licht Morten toe. 'De woonruimte en een soort badcel. De waterleiding en de riolering zijn al lang stuk, maar hij had geen geld. Waarschijnlijk zag hij er het nut niet van in de boel nog te laten opknappen.'

In het licht van zijn telefoon ziet Tom drie britsen, een primitief klein aanrecht, een kale keukentafel met drie stoelen en een metalen kast. Onder de tafel ligt een oud kleed, dat onder het tafelblad beschimmeld is. Op de plekken in het plafond waar het water doorheen sijpelt, is het beton gaan verkruimelen, her en der ligt het beton als as op de vloer. Tegen een van de muren staat een leeggeruimde kast. Ernaast hangt een vlekkerig muurkleed.

'Vroeger werden hier voorraden gehamsterd,' zegt Morten. Hij schuift de kast opzij. In de vloer eronder zit een rechthoekige plaat, aan één kant zitten scharnieren en erbovenop bevindt zich een combinatieslot.

Tom en Sita kijken elkaar aan. 'Jij wist dat je vader een geheime safe in de kelder had?'

'Natuurlijk,' zegt Morten. Hij hurkt en draait aan het combinatieslot. 'Ik heb er vroeger nooit bij stilgestaan. Zoals ik al zei, mijn vader heeft zijn hele leven van alles en nog wat voor mij verborgen gehouden.' Hij morrelt aan het slot en vloekt zachtjes. 'De hufter. Hij heeft de combinatie veranderd.'

'Je kende de combinatie?'

'Min of meer. Sinds ik met hem heb gebroken, bleef hij maar proberen mij te overtuigen dat hij alles wat hij uitgevreten heeft, alleen maar uit liefde voor mij had gedaan.' Hij snuift verbitterd. 'Dokter Heribert Morten en de liefde! De man die in Hohenschönhausen mensen in leven hield, zodat die Stasi-beulen ze nog langer konden martelen...' Hij draait weer aan de wieltjes. 'Hij beweerde althans dat elke cijfercombinatie die hij gebruikte, van zijn bankpas tot het cijferslot van zijn fiets, was afgeleid van mijn geboortedatum. Dat moest een soort liefdesverklaring voorstellen...'

Morten frunnikt weer aan het slot, maar er gebeurt niets. 'Misschien was dat ook gewoon gelogen.'

'Waar is het breekijzer?' vraagt Tom.

'Dat heb ik bij de achterdeur laten staan,' zegt Morten. 'Ik ga het wel even halen.'

Hij draait zich op zijn hakken om en loopt de bunker uit. Zijn voetstappen weergalmen in de tunnel, dan verdwijnt het licht van zijn telefoon om de hoek van de knik in de gang.

Tom kijkt om zich heen. Zijn blik valt op een kleine gereedschapskist van groen plastic, die eerder op een stuk speelgoed lijkt. Naast twee verroeste schroevendraaiers ligt er een setje moersleutels in. 'Ook goed,' mompelt hij. 'Kun jij het licht even vasthouden?' Hij geeft zijn telefoon aan Sita en knielt naast de ijzeren plaat. Hij zet twee moersleutels links en rechts op de beugel van het slot, drukt de uiteinden van de sleutels tegen elkaar en wrikt met één krachtige draai het slot los. De beugel breekt op de plek waar die de ijzeren plaat vergrendelt.

'Ik vraag me weleens af wie je nou echt bent,' zegt Sita.

'Onlangs zei iemand nog tegen mij dat ik de ziel van een smeris heb.'

'En hoe goed kent die persoon jou?'

Tom klapt de ijzeren plaat weg. In een soort ijzeren bak ligt een pakket dat in oude plastic boodschappentassen is gewikkeld en met plakband is verzegeld. *Dertig jaar* DDR, *Fackelzug der Freie Deutsche Jugend* staat erop, boven een illustratie van een fakkel in oranje en blauw. Als Tom het plakband lostrekt, blijft de kleur van de plastic tas aan de tape hangen. Een ordner met een gebobbelde kaft komt tevoorschijn, stampvol paperassen. Stofjes dansen in het licht. De papieren zijn gesorteerd met behulp van tabbladen met daarop twaalfcijferige codes. 'Stasi-rapporten,' fluistert Tom.

'Zie je ergens namen?' vraagt Sita.

Tom bladert door de stapel. De meeste documenten lijken kopieën, maar ertussen zitten originele papieren. 'Kijk, dienstdossiers.' Tom wijst naar de twaalf cijfers van een identificatienummer en daarna op het vakje met de persoonsnaam.

'Heribert Morten,' fluistert Sita.

Tom knikt grimmig. 'Het lijkt erop dat hij zijn dossier vóór de opheffing van de Stasi heeft laten verdwijnen.'

'Kijk eens naar die andere dossiers?' vraagt Sita.

Tom bladert terug en begint bij het eerste dossier: PKZ 110762430036.

Bauer, Wolf.

Dan de tweede: PKZ 170963430225.

Keller, Otto.

'Mijn god. Ze waren allemaal lid van de Stasi,' fluistert Sita.

Tom fluit zachtjes tussen zijn tanden door. 'Het lijkt er wel op, ja.'

'Maar hoe kan Otto Keller zittend burgemeester zijn als hij medewerker van de Stasi is geweest?'

'Geen idee,' mompelt Tom. 'Maar als dat uitlekt, heeft hij

zijn langste tijd gehad. Wat dat betreft heeft hij alle reden om deze papieren te vrezen.'

'Wat denk je dat er in Bauers safe heeft gezeten? Dezelfde dossiers?'

'Ik denk het wel. De meeste papieren hier zijn kopieën. Misschien had Keller ook iets soortgelijks in zijn kluis. Als het verhaal van die inbraak bij hem klopt, dan is iemand hen drieën waarschijnlijk op het spoor gekomen.'

'Maar wat heeft dat dan met hun dochters te maken?'

'Geen idee. Maar... wacht, hier zijn er nog meer. Kijk, de volgende is ene mevrouw Scheffler, Marie-Louise...'

'Geen verkeerde beweging!' roept een stem achter hen. Tom en Sita verstarren. Heel voorzichtig draaien ze zich om. In het vale licht van Toms telefoon loopt Morten door de gang naar hen toe, begeleid door twee mannen, die allebei een pistool in hun hand hebben.

Morten kijkt verbeten en bang tegelijk. Hij loopt op sokken.

De oudere van de twee mannen is over de vijftig, hij draagt een randloze bril en heeft een grijze hoed op. In zijn linkerhand houdt hij een kleine zaklantaarn vast. De tweede man draagt een zwarte neusbeschermer en ziet er vreselijk toegetakeld uit. Pas in tweede instantie herkent Tom Mazur.

'Daar heb je dat kutwijf,' mompelt Mazur nasaal.

'Hou je bek,' zegt de man met de hoed.

Sita deinst terug, haar adem stokt.

'Die is voor mij, Yuri, meer vraag ik...'

'Bek dicht,' blaft de onbekende. Hij richt zijn wapen op Tom. 'Klap die map dicht!' Hij en Mazur blijven op de drempel van de gepantserde deur staan. 'En dan rustig aan mij geven.' De stem van de man klinkt kalm, onverschillig bijna, er klinkt een licht, zangerig Russisch accent in mee. 'Gewoon op de grond leggen en dan met je voet hierheen schuiven.'

Toms gedachten buitelen over elkaar heen. Dat Russische accent, die belangstelling voor die dossiers... Hij moet aan

Wolf Bauer denken, aan de vernielde safe en aan het geweer waarmee Bauer werd neergeschoten. Hoe noemde Mazur die man? Yuri? Dan moet de man met de hoed dus Yuri Sarkov zijn. Koortsachtig zoekt hij naar een uitweg, maar die is er niet. De bunker is een val. Met zijn voet geeft hij de map een zet richting Sarkov.

Morten staart naar de map die over de grond glijdt. Zijn ogen dwalen langs het geforceerde beugelslot.

'Nu je wapen. Met twee vingers. En dan jullie telefoons.'

Tom haalt zijn SIG uit de schouderholster en legt hem op de grond. Sita legt zijn telefoon ernaast.

'Is dat alles?' vraagt Sarkov.

'Die van mij heb je al,' zegt Morten knarsetandend als hij zijn telefoon ook op de grond legt.

'Alles naar mij toe!'

Morten schuift de beide telefoons en Toms wapen de gang in.

Sarkov bukt zich, ontgrendelt Toms wapen en ruilt hem tegen zijn eigen wapen. 'En jij, goede vriend...' met een gebaar met Toms wapen dirigeert hij Morten weg. 'Bij de anderen.'

Morten klemt zijn kaken op elkaar en gaat naast Tom en Sita staan. Sarkov verliest hen geen seconde uit het oog en schuift de ordner en de telefoons met zijn voet verder achter zich de gang in, waarbij hij half achter Mazur komt te staan. Zonder het vale licht van Toms telefoon zijn ze allebei niet meer dan donkere silhouetten, met slechts één puntje licht in Sarkovs hand.

'Schiet ze neer,' zegt Sarkov tegen Mazur. 'Alle drie.'

Mazur hoort Sarkovs bevel als door een waas. Het pistool in zijn hand lijkt te gloeien. De koorts brandt als een permanente kortsluiting door zijn lichaam. Hij staart naar Sita en moet denken aan de polaroidfoto in zijn la, maar deze keer windt het hem niet op. Nog geen vonkje in zijn liezen. Het liefst zou hij het hele magazijn in zijn pistool in haar donder jagen, maar om haar met een paar schoten uit haar lijden te verlossen, vindt hij eigenlijk zonde. Zij is tenslotte de schuld van dit alles.

Maar – fuck – hij heeft in de verste verte niet de puf om het haar betaald te zetten. Een hele strip Viagra zou niet eens helpen. Is het wel goed dan, nu gewoon schieten?

Ergens in zijn hoofd gaat een waarschuwingslampje branden.

Sita grijpt naar Toms hand. Haar vingers gloeien. Zijn eigen hand voelt ineens ijskoud aan. Razendsnel schieten er beelden door zijn hoofd. Anne tussen omgewoelde lakens. Phils hoofdje op het koele plekje tussen zijn schouder en zijn hals. Vi met een witte veer achter haar oor en een even brutale als onweerstaanbare grijns om haar lippen. En de zwarte veer die hij zelf een keer achter haar oor heeft gestoken. Het is allemaal zo onwerkelijk. Het gaat zo snel. Hij dacht altijd dat hij meer tijd zou hebben voor hij zou sterven. Dat hij tijd zou hebben om afscheid te nemen.

'Waar wacht je nog op?' vraagt Sarkov. 'Ze zijn alle drie getuigen...'

Mazurs waarschuwingslampje zwelt aan tot een brandende zon. Sarkov staat achter hem, en dat bevalt hem niet. Helemaal niet. Voor Sarkov zijn hier niet drie getuigen, maar vier! Waarom zou hij anders het wapen van die smeris hebben gepakt?

'Ik ben toch niet achterlijk.' Mazur draait zich om naar Sarkov, die hem met gefronst voorhoofd aankijkt, en richt zijn wapen op hem. 'Ik weet toch waar dit op uitloopt. Ik...'

Een schot davert. Het wapen in Sarkovs hand ontvlamt. De zaklamp in zijn andere hand schijnt in het rond.

Mazur wankelt, steekt een arm in de lucht. Tom stort zich

naar voren, grijpt hem vast en houdt hem als een schild voor zich. Sarkov schiet opnieuw. Mazur richt zich kreunend op. Tom duwt hem naar voren, in Sarkovs richting. Mazur stort in zijn armen. Het licht zwaait, valt op de grond. Nog een schot. De kogel ketst zingend af op metaal. Tom trekt de gepantserde deur met al zijn kracht dicht. De scharnieren kermen, stribbelen tegen.

Plotseling staan Sita en Morten naast hem om te helpen. De deur is half dicht als er een doffe dreun weerklinkt. Het metaal trilt; Mazur moet ertegenaan gevallen zijn. '*Svolotsj!*' vloekt Sarkov. Een laatste restje licht dringt uit de gang door de kier. Nog een duimbreed, dan is het hun gelukt. Sarkov springt op de deur af, de zaklamp op de vloer vergroot zijn schaduw tot die van een reus. Plotseling steekt het pistool door de kier. Tom laat de deur los en slaat zo hard op het pistool, dat het wapen weer verdwijnt. Op hetzelfde moment trekken Sita en Morten de deur dicht. Hij kraakt als hij in de deurlijst valt. Het laatste licht is verdwenen. Tom kan zijn eigen hand niet eens zien.

'De grendel,' hijgt hij. 'Hoe doe je die dicht?'

'Laat mij maar,' zegt Morten. In het donker wringt hij zich langs Tom. Metaal schraapt over metaal als hij de deur vergrendelt: eerst bovenaan, dan van onderen. 'Gelukt,' zegt hij kuchend. Tom zakt opgelucht op de vloer. Hij voelt dat Sita naast hem zit. Ze zitten schouder aan schouder, hij hoort haar gejaagd ademhalen.

De duisternis is totaal.

'Iedereen oké? Niemand gewond?'

'Niks aan de hand,' mompelt Sita.

'Met mij is alles goed,' bromt Morten.

'Hoe zit dat met die deur?' zegt Tom, 'krijg je die van buitenaf open?'

'Niet als hij van binnenuit vergrendeld is, zoals nu,' verzekert Morten hem.

‘Mijn god,’ zegt Sita, ‘dat was Yuri Sarkov, hè?’

‘Ja, waarschijnlijk wel. De man die Bauer heeft doodgeschoten,’ antwoordt Tom. ‘Heeft de bunker nog een andere uitgang?’

‘Ja, aan de achterkant. De deur zit in de badkamer.’ Een paar vonken sproeien op in het donker, dan ontvlamt Mortens Zippo-aansteker. ‘Kom mee, snel, vóór Sarkov op het idee komt om naar een tweede ingang te gaan zoeken.’

In het licht van Mortens aansteker lopen ze het badkamertje in, dat alleen uit een wasbak en een toilet bestaat. De waterleidingen lopen naast de stroomkabels over de muur. De achteruitgang is kleiner dan de ingang en lijkt op een nooduitgang. Morten schuift een grendel opzij, maar de deur wijkt geen millimeter.

‘Oké,’ zegt Tom, ‘met z'n drieën.’

Morten zet de brandende Zippo op de grond. Met vereende krachten werpen ze zich tegen de deur. Bij de derde poging geeft hij mee en zwaait hij met een piepend geweeklaag open. Uit de tunnel erachter slaat een kille tochtvlaag hun tegemoet.

‘Kun je dat aan de andere kant horen?’ vraagt Sita.

‘Maakt niet uit,’ zegt Tom. ‘Wegwezen hier. Zo snel mogelijk.’

Morten pakt zijn Zippo en gaat voorop. Zijn donkere silhouet werpt een dansende schaduw over Tom en Sita, die hem op de voet volgen. Door het plafond sijpelt water in hun haar, het ruikt er naar aarde en schimmel, vuistgrote ratten schieten voor hun voeten weg. Een flauwe bocht, eerst een naar links, dan een naar rechts, dan een trap die uitkomt bij een luik. Morten zet zich eronder schrap, duwt een schuif opzij en tikt dan het deksel van zijn Zippo dicht. De vlam dooft.

Samen met Tom duwt hij het luik op een kiertje open. Tom ziet houten wanden en kasten. Een schuur, nog niet half zo groot als een garage. De deur is dicht, ze zijn alleen.

Morten duwt het luik helemaal open, ze klimmen de gang uit. Regen roffelt op het platte dak, in het schuurtje blaast de wind tussen de verweerde planken door. Op de grond en in de kasten staan plantenpotten, rollen binddraad, zakken aarde, een gieter en een rol kippengaas. Morten rammelt voorzichtig aan de houten deur van de schuur. 'Verdomme. Op slot.'

Zonder iets te zeggen pakt Tom een flinke schroevendraaier van een plank en hevelt de deur uit zijn scharnieren. Voorzichtig kijkt hij naar buiten. Het woonhuis ligt er recht tegenover, een meter of dertig verderop, aan de andere kant van de tuin. Tussen het huis en de schuur staan geen struiken of bomen om je achter te verschuilen, er is nog niet eens een richel of oneffenheid. Aan de rechterkant, ongeveer vijftien meter bij hen vandaan, bevindt zich de afrastering om de tuin. Daarachter ligt het bos. Als Sarkov de tuin in de gaten houdt, zal hij hen zien zodra ze de schuur uit komen. 'We moeten snel zijn,' zegt Tom, 'die Sarkov is geslepen. Als hij naar een andere uitgang zoekt, zal hij meteen aan deze schuur denken.' Hij steekt de schroevendraaier in zijn broekband.

Morten knikt grimmig. 'Dus naar de auto en hulp halen. Het liefst in een wijde boog om het huis.'

'En wat als hij ons ziet en schiet?' vraagt Sita.

'We gaan de een na de ander, met wat tijd ertussen,' zegt Tom. 'Een kleiner doelwit en meer kans voor ons.' Hij kijkt naar de ramen van de serre, zoekend naar een aanwijzing dat Sarkov daar misschien op de loer ligt, maar hij zou net zo goed in een spiegel kunnen kijken. 'Ik ga eerst.'

Sita knikt aangedaan, grijpt zijn hand en knijpt erin.

'We zien elkaar bij de auto,' mompelt Tom. Hij schiet de deur door en rent gebukt in de richting van de bosrand. De wind blaast ijskoude regen in zijn gezicht. De bodem is doorweekt, een mengeling van verwilderd gras en mos, en staat vol plassen, waarin zijn voeten water doen opspatten en een smakkend geluid maken. Een blik opzij naar het huis. Donkere ramen, de tuin, het gras, de schuur – alles trilt onder het lopen alsof je er in een spiegel naar kijkt. Nog maar een paar meter naar de bosrand. De beste gelegenheid voor een schot ligt nog voor hem. Het hek. Anderhalve meter hoog, een raster van kruislings op elkaar gespijkerde, ronde palen.

Tom zet zijn voet erop, zwaait een been over het hek, glijdt met zijn schoen van het natte hout en komt aan de andere kant in een modderpoel terecht. Hij krabbelt overeind en rent naar de beschutting van de hoge bomen. Als hij omkijkt, ziet hij Morten rennen. Tussen de bomen ziet hij een stukje verder zijn donkerblauwe Mercedes staan. Tom rent verder. Op het pad voor het huis staat een grijze Audi, Sarkovs auto waarschijnlijk. Hij pakt de schroevendraaier, slaat het raam aan de bestuurderskant in, trekt het portier open, forceert de bekleding van de stuurkolom en trekt de ontstekingskabels eruit. Bij de Mercedes staan Morten en Sita, allebei doorweekt.

'Ruiken jullie dat?' vraagt Sita.

Vanaf het huis waait hun een schroeilucht tegemoet.

'Dat ruikt naar... O, nee,' kreunt Morten. 'Hij steekt de boel in de fik.'

'Godverdomme!' roept Tom. 'De dossiers!'

'Wat voor dossiers?' vraagt Morten.

'Oude Stasi-dossiers. Je vader, Keller en Bauer waren kennelijk alle drie Stasi-leden. Die documenten uit die verborgen kluis zijn waarschijnlijk het beste spoor om te achterhalen wat hier in godsnaam gaande is.'

Morten kijkt naar het huis van zijn vader.

'Vergeet het maar,' zegt Tom, en hij grijpt hem bij zijn arm.

'Je bedoelt dat ik moet toezien hoe hij alle sporen wist? Het gaat hier om míjn dochter.' Morten trekt zich los.

'Jo! Wacht!'

Morten negeert hem en loopt naar het huis toe. Zijn donkere regenjas fladdert om zijn uitgeteerde lijf. Zijn voeten steken in kletsnatte sokken.

'Kut,' kreunt Tom. Hij kijkt Sita aan die waarschuwend haar hoofd schudt. Dan rent hij achter Morten aan.

Het huis rijst voor hen op als een burcht. Achter het ruitvormige raampje in de voordeur kringelen rookslierten in de oranje weerschijn van opschietende vlammen.

Het pad achterom is door de regenvlagen niet te zien. Toms schoenen glijden weg in de modder. Hij loopt gehurkt naar de keukendeur, die openstaat, en houdt de schroevendraaier in zijn vuist. Rook komt naar buiten walmen. De keuken is leeg.

Tom trekt zijn natte trui over zijn hoofd en drukt hem ter bescherming tegen zijn neus en lippen. Hij sluipt door de keuken de gang in. Acht stappen tot de hoek waarachter het trappenhuis ligt. Het oranje schijnsel wordt feller. Iemand hoest zachtjes. De rook prikt in zijn ogen, ademen gaat moeilijk. Met moeite onderdrukt hij zijn eigen hoestreflex.

Op de hoek blijft hij staan en waagt één blik in het kleine halletje achter de voordeur. De houten trap naar de bovenverdieping staat in lichterlaaie. Jo Morten ligt roerloos op de grond. Sarkov knielt achter hem, met zijn rug naar Tom toe. Hij heeft Morten een wapen in zijn hand geduwd. Nu trekt hij hem overeind tot hij half zit. Morten hangt slap in zijn armen. Sarkov houdt Mortens hand met het wapen tegen zijn slaap. In de weerschijn van de vlammen zitten ze daar als een paar in omhelzing. Het vuur loeit boven de trap als een sissend, alles verscheurend monster. Sarkov hoest. Tom houdt zijn adem in en laat zijn trui los. Hij heeft allebei zijn handen nodig.

Sarkovs hand omklemt die van Morten, zijn wijsvinger kromt zich als Tom achter hem staat. Met zijn linkerhand slaat Tom het pistool weg bij Mortens slaap, met zijn rechterhand ramt hij met alle kracht die hij kan vinden de schroevendraaier in Sarkovs zij.

Het pistool gaat af. Sarkov schreeuwt, slaat dubbel en laat

het pistool in Mortens hand los. Tom trekt de schroevendraaier in Sarkovs lichaam omhoog en probeert met zijn andere hand het pistool te grijpen. Sarkov brult van de pijn. Hij haalt met zijn elleboog naar achteren uit. Tom trekt op het allerlaatste moment zijn hoofd weg, de klap schampt zijn kaak zijdelings, maar toch verslapt zijn greep om de schroevendraaier even, hij moet hem loslaten.

Sarkov trekt zich los, krabbelt overeind. De schroevendraaier steekt uit zijn zij. Een telefoon valt uit zijn jaszak, en stuitert over de vloer. Sarkov wankelt en richt zijn wapen op Tom, die gebukt op een knie voor hem zit. Tom gooit zijn been naar voren en trapt Sarkov vol op een knie. Met een kreet van pijn slaat die tegen de vloer. Hij lost nog een schot, maar dat zwiept over Toms hoofd heen. Ze liggen vlak naast de brandende trap. Tom stort zich op Sarkov, houdt zijn arm met het pistool in een ijzeren greep, zet een knie op zijn borst, maar Sarkov stompt met zijn linkervuist op zijn nier. Tom kreunt van de pijn, ademt diep in en hoest. Sarkov worstelt zich los en komt wankelend overeind. Het vuur vreet zich een weg langs de trap omhoog en bereikt de bovenverdieping. Trillend richt Sarkov zijn pistool. Met zijn laatste krachten trapt Tom hem opnieuw onderuit. Sarkov verliest zijn evenwicht, zwaait met zijn armen en klapt ruggelings op de brandende traptreden. Vonken sproeien in het rond. Met een kreet laat hij het wapen vallen en probeert zich aan de trapleuning overeind te hijsen, maar die staat ook in brand. Zijn kleren vatten vlam, en als in vertraging breekt de trap onder zijn gewicht en stort hij met de brandende traptreden en al in de kelder.

Tom staart naar het gat in de trap. Dan pakt hij Morten bij zijn kraag en trekt hem weg bij de vlammen. Naar de voordeur, maar die is op slot, zodat alleen de weg terug door de gang naar de keuken overblijft.

'Tom! In godsnaam!' Sita komt naar hem toe gerend, met

een natte doek voor haar eigen gezicht en voor hem een andere in haar hand. Tom houdt het ding voor zijn neus en mond. Samen slepen ze Morten door de keuken naar buiten.

De kou doet goed: gulzig zuigt Tom zijn longen vol frisse regenlucht.

'En Sarkov?' zegt Sita hoestend.

'Dood, denk ik.'

'En de mappen?'

'Geen idee. Waarschijnlijk heeft hij ze verbrand.'

'En je telefoon?' vraagt Sita.

'Verdomme. Die heeft Sarkov nog.'

'We moeten de brandweer bellen, en een ambulance. Ik heb foto's gemaakt van de akten. Niet veel, maar een paar.'

'Er viel een telefoon uit Sarkovs zak, die moet nog in de hal liggen, maar...'

Sita kijkt naar het huis. 'Wacht even.'

Voor Tom kan protesteren is ze weer naar binnen gerend. Hij wil achter haar aan, maar besluit bij Morten te blijven. Het vuur heeft zich nog niet zo ver verspreid dat Sita de kans loopt dat het dak boven haar instort. Hij knielt naast Morten en tast naar zijn halsslagader. Goddank! Zijn hartslag is duidelijk te voelen. Tom tikt hem tegen zijn wang. 'Jo! Word wakker, Jo! Wakker worden!'

Maar Morten reageert niet.

Net als Tom zich afvraagt waar Sita blijft, verschijnt ze hoestend in de deuropening. Ze houdt iets in een natte doek gewikkeld en reikt het hem aan als een kostbare trofee. 'Ik heb 'm! Hij was behoorlijk heet, ik weet niet of hij het nog doet. Het pistool heb ik ook meegenomen.' Plotseling ziet ze Morten liggen. 'Hoe gaat het met hem?'

'Zijn hart klopt, maar ik krijg hem niet bij bewustzijn. Hij moet snel naar het ziekenhuis.'

Sita wikkelt de telefoon uit de natte doek en probeert het alarmnummer te bellen. 'Verdomme. Het scherm blijft zwart.'

'En als je hem aan- en weer uitzet? Of een harde reset?'

'Harde reset?'

'Power en Home-button een paar seconden tegelijkertijd ingedrukt houden.'

Sita drukt de toetsen in en wacht even.

Tom kijkt naar Morten en moet aan Maja denken. Aan de vertwijfelde woede waarmee Jo zijn vader toetakelde. Hij zou voor Vi hetzelfde hebben gedaan, en voor Phil al helemaal. Hij denkt aan hoe hij eergisteren wakker werd, met de uitgeputte Phil op zijn borst – een vredig beeld, en tegelijkertijd eentje van volstrekte overgave. Kinderen kunnen zich niet verweren. Dat moeten hun ouders voor hen doen. Maar Morten ligt daar roerloos, terwijl Maja god mag weten waar is en dringend hulp nodig heeft.

'Doet 't niet,' zegt Sita.

'We moeten Jo naar de auto dragen. Hij heeft zo snel mogelijk een dokter nodig.' Tom stopt zijn pistool weer in de holster. Het warme metaal onder zijn oksel is een aansporing. 'Het dichtstbijzijnde ziekenhuis is Havelhöhe. Hooguit tien kilometer. We brengen hem erheen, en dan gaan we Maja en Julia zoeken.'

55

Berlijn-Kladow, Kliniek Havelhöhe
Vrijdag 15 februari 2019
14.55 uur

Sita zit op een brancard op de afdeling Spoedeisende Hulp van Kliniek Havelhöhe. Ze heeft een deken omgeslagen gekregen, haar kleren hangen over de centrale verwarming. Toms autosleutels zwaaien onafgebroken om haar lange vingers. Ze kan niet besluiten of het nerveuze spelletje haar nou kalmeert of haar juist nog nerveuzer maakt.

Ze hadden zich opgesplitst. Bij het verlaten van Kladow was Tom uitgestapt, op zoek naar een telefoon om de brandweer en hun collega's te alarmeren. Sita was met Morten rechtstreeks naar het ziekenhuis doorgereden.

De artsen hadden Mortens vitale functies onderzocht en zich behouden optimistisch getoond. Morten was weer bijgekomen, maar een hoofdwond gaf aanleiding tot zorg; de zwelling moest onder controle worden gehouden. Daarna kwam de gebruikelijke check-up: een MRI-scan en een longtest om rookvergiftiging uit te sluiten.

Sinds de ziekenbroeders Morten hebben afgevoerd, zit Sita op hete kolen. Haar gedachten cirkelen rusteloos om de dossiers, Otto Keller, Sinje en de beide andere verdwenen meisjes, Maja en Julia. Ze wil niets liever dan met Tom overleggen, maar Tom is er nog steeds niet. Ze kijkt op haar horloge, vraagt zich af of ze Bruckmann moet bellen of dat het genoeg is om Frohloff op de hoogte te stellen. Frohloff sowieso. Hij zou toch onderzoeken hoe het zat met de Makarov die Keller bezat? Waarschijnlijk had hij al geprobeerd om haar te bereiken, maar haar eigen telefoon ligt nu eenmaal in een brandend huis.

Ze staat op en loopt naar de receptie van de afdeling, waar een vaste telefoon staat. Ze kiest het nummer van de centrale op Tempelhof en laat zich doorverbinden.

'Frohloff,' zegt de onderzoeker.

'Met mij. Sita.'

'Sita! Waar ben je?' Frohloff klinkt bezorgd. Kennelijk is hem al ter ore gekomen dat er iets is gebeurd. 'Alles goed met je?'

'Met mij wel.'

'En Morten?'

'Dat is nog niet helemaal duidelijk, maar hij staat er beter voor dan wij dachten.'

'Goddank.'

'Zo te horen ben je al op de hoogte.'

'Hier is de hel losgebarsten,' zegt Frohloff. 'Na Toms telefoontje heeft Grauwein een kort mailtje rondgestuurd. Bruckmann is persoonlijk naar Sacrow afgereisd om een beeld van de plek te krijgen. Chapeau dat jullie die Sarkov hebben uitgeschakeld. Al was het natuurlijk beter geweest als we hem nog hadden kunnen verhoren.'

'Over verhoren gesproken,' zegt Sita. 'Hoe zit dat met Keller en zijn Makarov, of liever, die van zijn vader?'

'Wacht even.' Sita hoort gedruis en dan hoe Frohloff opstaat om de deur van zijn kamer dicht te doen. 'Dat is een nogal heet hangijzer,' fluistert hij alsof hij bang is dat hij ook achter een dichte deur nog kan worden afgeluisterd.

'Dat wapen?' vraagt Sita.

'Keller überhaupt. Ik heb geprobeerd om het een en ander te achterhalen, met rugdekking van Bruckmann, maar om wat voor reden dan ook ben ik teruggefloten, en wel door Cornelius Schiller in hoogsteigen persoon.'

'De staatssecretaris meldt zich persoonlijk bij jou om een onderzoek stil te leggen?'

De schuifdeur van de wachtruimte glijdt opzij, en daar verschijnt Tom in het gezelschap van een verpleger. Hij heeft droge kleren aan – een spijkerbroek en een strakke, grijze trui. 'Lutz, wacht even. Tom komt net binnen.' Ze zwaait naar hem en wijst naar de hoorn. Met een druk op een knop zet ze de telefoon op luidspreker.

'Hé, Lutz,' zegt Tom. In één gebaar verzoekt hij de verpleger hen alleen te laten.

'Hoi, Tom. Goed gedaan, met Sarkov,' zegt Frohloff. 'Ik vertelde Sita net dat ik wat achtergronden van Keller aan het onderzoeken was, maar toen werd teruggefloten.'

'Teruggefloten? Door wie?' vraagt Tom.

'Eerst kreeg ik Schillers assistente op mijn dak, heel officieel, en die verbond mij vervolgens door met Schiller himself.'

'Nog even voor de duidelijkheid,' zegt Sita. 'Schiller heeft je verboden om Kellers verleden te onderzoeken?'

'Nee, niet verboden. Hij heeft erom verzocht. Maar je weet hoe dergelijke verzoeken zijn bedoeld...'

'En jij hebt je eraan gehouden,' concludeert Sita bitter.

'Nee. Hoe kom je daarbij?'

Sita grijnst onwillekeurig. 'Lutz, je bent de beste.'

'Fijn dat het tenminste iemand opvalt,' mokt Frohloff. 'Luister. Ernst Keller, Otto Kellers vader, was inderdaad kolonel van de Nationale Volksarmee in de DDR. Wat de herkomst van de veronderstelde Makarov in de safe van onze zittende burgemeester in theorie zou kunnen verklaren.'

Tom kijkt Sita vragend aan.

'Leg ik je nog uit,' fluistert ze.

'Maar dit terzijde,' vervolgt Frohloff. 'Ik vroeg me af wat zijn zoon in de DDR-tijd eigenlijk deed. Ik bedoel: hoe waarschijnlijk is het dat de zoon van een kolonel van de Volksarmee zijn opleiding volledig buiten de Partij en het politieke systeem om doorloopt?'

'En?' vraagt Tom.

'Ik heb al onze databanken doorgeplozen, de West-Duitse dus. Resultaten: nul. Niets over Otto Kellers DDR-verleden. Alleen dat hij rechten studeerde, promoveerde, enzovoorts. Verder helemaal niets.'

'En wat zeggen de Stasi-archieven?'

'De BSTU,' verzucht Sita, 'kun je vergeten. Als het snel moet tenminste.' Ze denkt aan die keer, jaren geleden, dat ze via een officiële aanvraag meer te weten probeerde te komen over waar haar vader uithing. 'De Stasi had een onvoorstelbaar gecompliceerd registratiesysteem, met verwijzingen van A naar B naar X, en dat nog vóór je een dossiernummer of een verwijzing naar een bepaalde persoon tegenkomt. Het duurt allemaal eeuwig. In de archieven liggen onafzienbare hoeveelheden dossiers. Een normale aanvraag duurt twee jaar. Als de officier van justitie een persoonlijke aanvraag doet, misschien een of twee maanden.'

'Nou ja,' zegt Frohloff, 'als Lutz zich er persoonlijk tegenaan bemoeit, gaat het een stuk sneller.' Hij geniet van de verblufte stilte aan de andere kant van de lijn.

'Hoe heb je dat geflikt?'

'Ik heb een heel goede kennis bij de BSTU. Haar zoektocht was misschien niet zo grondig als gebruikelijk, maar op basis van zijn geboorte- en inschrijfdatum konden we zijn vermoedelijke registratienummer vaststellen, een getal van twaalf cijfers dat iedere DDR-burger kreeg toegewezen. Het napluizen van het juiste nummer was, nou ja, nogal een gedoe, maar uiteindelijk kwamen we eruit.'

'Wat wil dat zeggen? Hebben jullie iets over Keller gevonden?' vraagt Tom.

'Een zwart gat in het dossieruniversum,' zegt Frohloff droog.

'Dus?'

'De dossiers van Otto Keller en zijn vader zijn verdwenen.'

Sita en Tom kijken elkaar aan.

'Of,' vervolgt Frohloff, 'ze zijn kort voor 1989, kort voor de ontbinding van de Stasi vernietigd, of...'

'Hoeveel dossiers zijn er toen vernietigd?' wil Sita weten.

'Kilometers archiefkasten... hoeveel precies weet niemand. Mielke heeft er halverwege november opdracht voor gegeven. Het is pas gestopt toen burgerrechtenactivisten in januari 1990 het hoofdkantoor van de Stasi bestormden. De dossiers waren in kolencentrales verbrand of in repen gesneden en met water vermengd. "Verpulpen", noemden ze dat. Maar er staan tot op de dag van vandaag nog zestienduizend zakken met half vernietigde dossiers. Destijds moesten medewerkers op bevel van de leiding dag en nacht documenten met de hand verscheuren. Sinds halverwege de jaren negentig wordt er gewerkt aan de reconstructie van dat materiaal. Maar het is een gigantische operatie. Er is becijferd dat het met dertig mensen zevenhonderd jaar gaat kosten om die klus te klaren.'

'Onvoorstelbaar,' verzucht Sita, 'wat een chaos moet dat zijn geweest. Dan moest het zeker ook mogelijk zijn om doelgericht dossiers te ontvreemden.'

'Voor iemand die toegang had en wist waar de documenten lagen wel, ja. Maar erg eenvoudig was het niet. Bovendien werden veel Stasi-medewerkers in verschillende dossiers vermeld, overigens zelden onder hun eigen naam, meestal onder een valse naam. En de identiteit achter een alias was alleen te achterhalen via geheime documenten en het kaartsysteem van de Partij.'

'Wat wil zeggen dat als je die documenten en dat kaartsysteem liet verdwijnen, niemand meer kon vaststellen wie de Stasi-medewerker met het alias "XY" was,' concludeert Tom.

'Precies,' zegt Frohloff.

'Dat wil zeggen,' borduurt Sita hierop door, 'in ons geval heeft iemand overduidelijk dossiers verduisterd...'

'Overduidelijk is misschien wat overdreven,' werpt Frohloff tegen, 'maar het is mogelijk.'

'Wij weten waar een aantal van die dossiers terechtgekomen zijn,' zegt Sita. 'In de kelder van het huis van Heribert Morten. We hebben ze daar vanmiddag ingezien.'

'Dat meen je niet!' zegt Frohloff perplex. 'En dat vertel je me nu pas! Wat stond erin?'

'We hadden geen tijd om ze te lezen. Sarkov heeft ze waarschijnlijk in het huis verbrand. Met een beetje geluk hebben we er een paar foto's van op Toms telefoon. Maar dat ding heeft dicht bij het vuur gelegen en is waarschijnlijk beschadigd.'

'Verdomme!' vloekt Frohloff. 'Net als bij Bauer. Daar zijn de dossiers ook vernietigd.'

'Bauer, de oude Morten en Keller,' zegt Tom. 'Alle drie waren betrokken bij het staatsapparaat van de DDR. Dat vormt de verbinding tussen de drie ontvoerde meisjes. De dader lijkt zich op de een of andere manier te willen wreken. De vraag is alleen: waarom?' Tom denkt even na. 'Het enige wat ik weet is dat Morten senior in Hohenschönhausen als arts meermaals medewerking verleende aan verhoren. Een enkele keer was hij er ook bij als er werd gemarteld.'

'Jo Mortens vader was een folteraar?' zegt Frohloff geschokt.

'Niet direct, en het ging ook niet altijd om fysieke folteringen. "Witte marteling' heette het indertijd. Meestal ging het om psychische druk, maar ook daarbij waren grensgevallen die nooit naar buiten mochten komen. Heribert Morten was – zo heeft hij het me althans anderhalf jaar geleden zelf verteld – verantwoordelijk voor de medische verzorging van de slachtoffers zodat ze het langer volhielden, als dat nodig was.'

'Mijn god,' mompelt Frohloff. 'Dat zou een motief kunnen

zijn, maar... als we langs die weg gaan zoeken, zal de lijst wel eindeloos zijn. Dat kan wel even duren.'

'Misschien is er een ander aanknopingspunt. Lutz, kun jij alsjeblieft de naam Marie-Louise Scheffler invoeren?' stelt Sita voor.

'In welk verband?'

'Die naam dook op in hetzelfde dossier waarin Keller, Bauer en Heribert Morten werden genoemd. Misschien komen we daar verder mee.'

'Natuurlijk. Doe ik. Wacht even. Ik kan het hier zó in een zoekvenster intikken.'

Sita hoort Frohloff typen, dan valt er een korte stilte. 'Ah, hier. Dit kan iets zijn,' zegt hij, 'Marie-Louise Scheffler. Overleden op 5 december 2016, voormalig staatsburger van de DDR, Oost-Berlijn... kinderloos... een zus... wacht even... ik zie hier dat haar man nog leeft. Wigald Scheffler. Is inmiddels vierenzeventig. Ik heb hier zijn adres.'

'Mooi. Heel goed,' zegt Tom. 'Doe me een plezier, geef Berti en Nicole het adres en vertel ze wat we net hebben besproken. Laat ze langsgaan en uitzoeken wat zijn vrouw in de DDR-tijd deed, wie ze was, en of er een connectie met de andere drie bestaat.'

'Komt in orde,' zegt Frohloff staccato. Het klinkt alsof hij meeschrijft. 'Verder nog iets?'

'Ja,' zegt Tom. 'Kun je alsjeblieft de namen Haan, Mes en Vlo nazoeken? Zowel apart als samen. Ze vormden een jaar of twintig geleden een jeugdbende in Kreuzberg.'

'Klinkt als bijnamen. Heb je ook hun echte namen?'

'Mes was Lukas Mazur,' zegt Tom.

'Die gast die uit de kliniek is ontsnapt en voor jullie ogen door Sarkov is doodgeschoten?'

'Die, ja.'

'En die anderen?'

'Daar weet ik de namen niet van,' zegt Sita.

'Oké, ik zal het proberen, maar het zal wel even duren. Verwacht er niet te veel van. Bijnamen zijn vaak een doodlopend spoor, althans, in zoekmachines. Op straat heb je waarschijnlijk meer kans.'

'Oké, probeer het toch maar,' zegt Tom, 'en alvast bedankt voor de moeite.'

'Geen probleem,' zegt Frohloff, 'tot...'

'Wacht,' onderbreekt Sita hem. 'Kijk ook nog even naar de naam Bene.'

Tom kijkt haar van opzij aan en fronst zijn voorhoofd.

'Bene?' vraagt Frohloff. 'Hoorde die er ook bij?'

'Integendeel, maar hij zat destijds wel in hetzelfde milieu. Hij was even oud als de anderen, misschien zelfs nog wel iets jonger. Zestien of zeventien. Hij had ruzie met ze.'

'Bene dus,' verzucht Frohloff. 'Nog een bijnaam...'

'Dat weet ik niet. Misschien ook wel zijn echte naam, of de verkorting van Benedikt. Hij had in elk geval rood haar.'

'Rood haar.' Frohloff schiet in de lach. 'Dat schiet niet erg op. Of wel.'

'Hoe bedoel je?' wil Sita weten.

'Heel simpel. Het schiet niet op omdat rood haar gewoon niet specifiek genoeg is, of wel, omdat ik bij rood haar meteen aan Bene Czech moet denken.'

'Czech?'

'Ja. Bene Czech.'

'Zegt me niets,' zegt Sita.

'Dan ken je hem niet omdat je diensttijd bij ons te ver achter je ligt. In het openbaar wordt zijn naam nooit genoemd. Maar bij ons valt hij regelmatig. Czech is de spin in het web van het criminele circuit. Nachtclubeigenaar, prostitutie, georganiseerde misdaad, drugs. Onze jongens hebben hem al tijden in het vizier, maar hebben hem nog nooit iets kunnen aanwrijven.'

'De Bene die ik bedoel was toen zeker geen grote jongen,' zegt Sita. 'En bovendien is hij dood.'

'Wanneer is hij dan overleden?' wil Frohloff weten.

'In augustus 2001. Die andere drie hebben hem neergestoken.'

'Tja. Waar dan?'

'In Kreuzberg.'

'Wacht, ik kijk effe.' Frohloff typt. Sita hoort hem even zachtjes voor zich uit mompelen, en dan weer verder typen. 'Hm. Óf die jongens hebben zijn lijk laten verdwijnen, óf jouw Bene leeft gewoon nog.'

'Dat meen je toch niet?' vraagt Sita.

'Ik kan je alleen vertellen wat mijn computer zegt: een moord in Kreuzberg, op ene Bene of überhaupt iemand met rood haar, met die leeftijd, in augustus 2001 levert geen enkele treffer op. En in de periode erna zijn er ook geen ongeïdentificeerde lijken gevonden die voldoen aan jouw criteria.'

Sita houdt haar ogen even dicht. Herinneringen dwarrelen op als herfstbladeren in de wind. Bene, neergestoken op zijn bed. Zijn kreten, al dat bloed. Zou hij het toch hebben overleefd? 'Die Bene Czech, kun je me daar wat meer over vertellen?'

'Vraag maar aan Tom,' zegt Frohloff. 'Die weet evenveel over Czech als iedereen hier. Dan kan ik beginnen met zoeken. Tot later, dus. Ik meld me. O, hoe eigenlijk? Grauwein zei dat jullie allebei geen telefoon meer hebben, toch?'

'Ik stuur je een nummer,' zegt Tom.

Sita legt de hoorn weer op de haak en kijkt Tom aan. Zijn blauwe ogen boren zich afwerend in de hare. 'Hoe kom jij in godsnaam op de naam Bene?' vraagt hij.

Sita probeert zijn blik te weerstaan. 'Die Czech, heeft die echt rood haar?'

'Ja, nou. Roder vind je het nergens.'

'En jij hebt hem weleens ontmoet?'

'Ja. Dat klopt.'

'Hoe lang kennen jullie elkaar al?'

Tom aarzelt even. Die aarzeling, en de scherpe toon waarmee hij tegen Sita uitviel, verraden hem.

'Jullie kennen elkaar niet alleen, jullie kennen elkaar zelfs heel goed, toch? Waren jullie vrienden?'

'Lang geleden,' zegt Tom met een afwerend gebaar. 'Maar het liep niet zo lekker.'

'Hoe lang geleden?'

Tom kijkt haar wantrouwig aan. Met de blik van iemand, denkt Sita, die naar iets wordt gevraagd waar hij absoluut niet over wil praten. 'In elk geval voor hij werd neergestoken,' zegt Tom ontwijkend.

'O, mijn god,' fluistert Sita. Ze slaat haar hand voor haar mond. 'Jij bent het, hè?'

Tom kijkt haar verward aan. 'Wie ben ik?'

'Jij bent de vriend met wie hij...' Ze breekt haar zin af, doet haar ogen dicht en haalt diep adem.

'Met wie hij wát?'

Sita probeert zichzelf onder controle te houden. De wind is aangewakkerd tot een storm. De bladeren jagen om haar heen. Hoe heeft ze zich zo kunnen vergissen? Bene heeft het echt overleefd. 'Hij heeft het me verteld, Tom.'

'Waar heb je het over? Wát heeft hij je verteld?'

'Jullie hebben... jullie hebben samen iemand vermoord, toen.'

Ze zwijgen lang.

'Ik weet niet wat Bene je heeft verteld,' zegt Tom, 'maar ik geloof niet dat het ons op dit moment helpt om Maja en Julia te vinden. En eerlijk gezegd,' voegt hij eraan toe, 'als ik aan de dikte van die stapel dossiers bij Heribert Morten denk, zouden er zomaar nog veel meer meisjes kunnen verdwijnen.'

Sita denkt aan Jo Morten, aan zijn telefoontje met Maja, waar ze toevallig getuige van was. Hij was een totaal ander mens toen hij met zijn dochter belde. Haar hart krimpt ineen. Ze probeert de verbijsterende gedachte dat Bene leeft nog even te verdringen. 'Oké,' verzucht ze. 'En wat stel je voor? Wat gaan we doen?'

'Er zijn twee opties,' zegt Tom. 'We richten ons op Keller. Hij moet iets weten over de mensen die mogelijkerwijze nog in aanmerking komen. En ik weet zeker dat hij precies weet waar die negentien voor staat. De andere optie is...'

'... dat we naar Bene rijden,' vult Sita zachtjes aan. 'Omdat hij de enige is die Haan, Mes en Vlo nog uit die tijd kent. Als we Haan of Vlo vinden, komen we er ook achter hoe het zit met die negentien.'

'Oké,' zegt Tom. 'We doen beide. Ik bel Bruckmann. Hij moet Keller verhoren, en wij richten ons samen op Bene.'

Sita knikt werktuigelijk.

Bene.

Twintig jaar heeft ze hem uit haar gedachten verbannen, omdat hij tegelijkertijd de mooiste én de ergste herinnering aan haar jeugd belichaamde. Door Bene leeft ze nog, maar door hem heeft ze ook al die ellende meegemaakt.

56

Berlijn, Club Odessa
Vrijdag 15 februari 2019
15.34 uur

Gisell staat voor de stalen deur. Het kleine zwarte kijkgaatje met ingebouwde camera kijkt haar aan als een kil kunstoog. Ze heft haar hand en wil aankloppen – maar ook weer niet. Wat een cliché, denkt ze, maar het is zoals het is. Ze krijgt het warm bij de gedachte tegenover hem te moeten zitten.

Maar één nummertje, meer niet. Dat had ze zich voorgenomen. Als deal om in de club te mogen draaien. Daar was niets verwerpelijks aan. Vóór haar hadden talloze anderen zich ook omhooggeneukt, met heel wat minder plezier in de transactie.

Maar ze had er geen rekening mee gehouden dat hij zoveel indruk op haar zou maken. Die littekens. Die tattoos. Die rode baard, die dwingende blik. En hoe zijn mensen naar hem kijken; alsof ze voor hem door het vuur zouden gaan.

In het begin wilde ze het niet toegeven, maar hij heeft iets weg van haar vader. Al is Bene Czech veel directer. Bene is dol op vrouwen en neemt wat hij wil. Niet dat hij niet vraagt, maar zijn vraag zit verpakt in wat hij doet. En als je niet wilt, kun je altijd nee zeggen. Zoals zij nee had kunnen zeggen.

Haar vader daarentegen accepteert geen nee. Op haar maakt hij altijd de indruk van iemand die zich constant verschuilt, zonder dat het iemand opvalt. Alleen thuis kan hij zich niet verstoppen. Zijn losse handen, zijn blik als hij naar jonge vrouwen kijkt. De verborgen safe in zijn werkkamer waarover Sabine haar in hun laatste telefoongesprek vertelde. Dat verhaal omschrijft hem eigenlijk het best: geheimhouden, verstoppen, afsluiten. Dat is haar vader ten voeten uit.

Dan liever iemand die zijn eigen bordeel in een souterrain runt. Niet bepaald politiek correct, moreel hoogstaand zeker ook niet. Maar immoreel zijn is op een bepaalde manier toch minder weerzinwekkend dan die vervloekte dubbele moraal. In dat opzicht is Bene een coole gast. Die is gewoon recht voor z'n raap.

Gisell klopt op de deur. Drie keer, even wachten, dan nog een keer. De zoemer bromt, ze loopt naar binnen. Benes rijk bestaat uit Russische overdaad en Duitse smaakverwarring. Bruin tapijt met een dieprood, zijden barokmotief. Aan het plafond hangen twee jugendstil kroonluchters, al vraagt de hoogte eigenlijk om minder ruimte verslindende lichtarmaturen. Aan de muren minikroonluchters tussen afzichtelijke schilderijen. Alleen dat ene dat lijkt op een werk van Otto Dix kan er in haar ogen mee door. Er staat een in elkaar verstrengeld groepje in wit, groen en grijs gehulde figuren met doodshoofdkoppen op, die onder een door hen zelf aangestoken vuurwerk een onheilspellende dans opvoeren. Heel even vraagt ze zich af of het misschien gewoon echt is. Ze neemt zich voor het werk van Dix een keertje te googelen.

Bene staat achter zijn renaissancebureau met zijn rug naar haar toe tussen twee roodfluwelen fauteuils in. Als hij zich omdraait, fonkelt het kruis aan zijn halsketting. Zijn lichte ogen kijken haar onderzoekend aan. 'Je bent er vroeg bij,' zegt hij. 'Je hoeft pas om tien uur te draaien.'

'Ik weet het,' zegt ze. Meer krijgt ze niet over haar lippen, ze kan zichzelf wel slaan.

Hij blijft haar aankijken. 'Het beviel je wel, hè?'

'En wat als?'

‘Voelt een beetje alsof ik je vader naai. Wat me prima bevalt. Ik weet alleen niet of het wel zo slim is.’

‘Jij weet wie mijn vader is?’

‘Wat denk jij dan? Dat ik niet oplet?’

Het liefst zou ze in de grond wegzakken. Die verdomde schaduw. Hoe hard ze ook wegrent, hij haalt haar altijd in. Ze moet weer aan Bienes laatste telefoontje denken. Haar gesnik galmt nog steeds door haar hoofd. ‘Mijn vader is een klootzak.’

‘Is me bekend,’ knikt hij.

‘Waarom zeg je dat? Ken je hem?’

‘Laten we zeggen dat hij een paar van mijn plannetjes heeft doorkruist,’ reageert Bene ontwijkend.

‘Daar is hij goed in,’ zegt Gisell met een wrang lachje. ‘En je kunt er niets tegen doen.’

‘Je kunt tegen iedereen iets doen.’ De manier waarop hij dat zegt, doet haar de rillingen over de rug lopen. Niet omdat ze zich zorgen maakt om haar vader, maar omdat heel even datgene wat haar zo aantrekt in Bene, heel angstaanjagend wordt.

‘Wil dat zeggen dat je iets tegen hem aan het ondernemen bent?’

Bene glimlacht ijzig.

Duidelijk, denkt Gisell. De stomste vraag van de eeuw. Als dat zo zou zijn, ben ík wel de laatste die hij er iets over vertelt. Ze krijgt ineens zin in een lijntje. Dan zou ze zich wat meer op haar gemak voelen. Haar mond is kurkdroog, de woorden komen hees en ruw over haar lippen. ‘Nou ja, als je hem wilt fucken,’ zegt ze zachtjes, ‘begin dan maar bij mij.’

57

Berlijn, Club Odessa
Vrijdag 15 februari 2019
17.02 uur

Sita steekt als in trance met Tom de Marlene-Dietrich-Platz over. De beer van de Berlinale hangt nog op zijn plek en lijkt niet erg onder de indruk van alle ophef. Op andere plekken in Berlijn gaat het festival door, alleen hier niet.

Ze lopen door de glazen deur de foyer van het theater in. Tom gaat haar voor over de brede trap naar het souterrain. Boven de vrije ruimte aan weerszijden van de trap is een enorm net gespannen, alsof de exploitant bang is dat bezoekers van het theater zich van de hoogste rangen in de diepte zouden kunnen storten.

Een man in een slechtzittend pak ontvangt hen bij de deur.

De club is leeg. De royale dansvloer is afgescheiden met een heuphoog, wit muurtje. De bovenverdieping van de club is een om de dansvloer gebouwd balkon. De bars zijn rechts, het plafond, met stucwerk rozetten gedecoreerd, is rondom beschilderd met wolken, in het midden hangt een enorme discobol.

Het geluid van hun voetstappen weerkaatst tegen de muren.

Erachter ligt een wirwar aan gangetjes, ze komen bij een stalen deur met camerabewaking. De man met het pak en een verdacht grote bult onder zijn linkeroksel klopt aan en laat hen alleen. Sita probeert zich voor te stellen hoe Bene aan de andere kant op een monitor kijkt en haar gezicht bestudeert.

Tom heeft haar komst aangekondigd, hij weet dus wie er voor zijn deur staat.

De zoemer weerklinkt, ze gaan naar binnen.

Haar hart gaat tekeer en ze geeft zichzelf zinloze adviezen als: blijf rustig. Om tijd te winnen laat ze Tom voorgaan. De twee begroeten elkaar als vrienden die ruzie hebben gehad.

Even vertrouwd als afstandelijk.

Zijn rode baard is het eerste wat haar aan Bene opvalt, en de tattoo van de reusachtige vlinder om zijn hals, die de veel kleinere, oude tattoo subtiel omkranst. In zijn gezicht heeft hij een paar verse krabsporen. Zijn haar is strak achterovergekamd en in een paardenstaartje gebonden. Mijn god, en dat bovenlichaam. Ze herinnert zich de gewichten die destijds in zijn kamer rondslingerden. De slungelige puber van weleer is een man met een indrukwekkende torso geworden. En een crimineel die als bikkelhard bekendstaat.

Bene kijkt naar haar. Zijn ogen dwalen over haar lichaam, haar gezicht, blijven haken aan het litteken over haar kaak. Een korte trilling rond zijn mondhoeken geeft een vermoeden van wat hij denkt. Ze zijn er allebei niet ongeschonden uit gekomen. Hij loopt op haar af, heel behoedzaam, wat een vreemd contrast vormt met zijn uiterlijke verschijning, waar niets behoedzaams aan is.

'Fuck, fuck, fuck,' zegt hij als hij zijn armen spreidt.

'Is dat een manier om een oude vriendin te begroeten?' zegt Sita.

Hij grijnst scheef. 'Waar heb jij uitgehangen?'

Ze omhelzen elkaar bedeesd.

'Ik ben toen uit Berlijn vertrokken,' zegt ze.

'Alleen?'

'Met mijn moeder. Naar het noorden. Naar de kust.'

'Kan ik me indenken. Tom heeft me verteld wat ze met je hebben uitgespookt.'

'Ik was ervan overtuigd dat je dood was. Je hele matras zat

onder het bloed. Hoe heb je het in godsnaam overleefd?'

'Zoals die dingen gaan. Geluk. Goede artsen. Het heeft maar een haartje gescheeld. Duurde eventjes.'

Sita wijst op de schrammen in zijn gezicht. 'En dat?'

'Wat? Dit hier? Niets belangrijks.'

'Doet er niet toe, hè?'

Bene knikt bevestigend. Zijn gezicht staat ernstig. Zijn blik boort zich in die van Sita. 'Je ziet er goed uit.'

'Jij ook.'

Hij doet een stap terug. 'Jullie zijn hier vanwege Mazur en die anderen, toch?' concludeert hij. 'Nadat je mij belde, Tom, heb ik nog even rondgebeld. Mazur schijnt een zonderling te zijn geweest. Niets over te vinden. Er is één kroeg waar hij regelmatig opdook, bij hem om de hoek. Willy's. Volgens de eigenaar kwam hij daar altijd alleen, en vertrok hij ook weer alleen.' Bene zwijgt even. 'Als ik eerder had geweten waar dat stuk stront uithing, was ik even langsgegaan.'

'En die andere twee?'

'Die heeft niemand in een eeuwigheid gezien. Ondergedoken. Toen al. Met Mazur samen of ieder voor zich.'

'Dus,' vraagt Tom, 'nadat jullie door ze zijn neergestoken, hebben jullie ze nooit meer gezien?'

'Ik ben ook uit Berlijn weggegaan, na die toestand. Achteraf dacht ik: het ging ze om die affaire in dat fotolaboratorium. Het was wraak. Die gast die mij neerstak, zei: "Dit is voor mijn vader."'

Tom staart Bene aan. 'Serieus? Je bent neergestoken vanwege toen, en hebt mij er geen woord over gezegd?'

Bene haalt zijn schouders op. 'Jij wilde niets meer met me te maken hebben, toch, na die zaak in dat fotolab?'

'Onzin,' zegt Tom, 'ik wilde niets meer met je te maken hebben toen ik hoorde dat je liep te dealen bij de Kottbusser Tor.'

'We gaan hier toch niet de moraalridder lopen uithangen...' bromt Bene.

‘Godverdomme. Ze hadden toch ook kunnen proberen om mij af te maken? Waarom heb je me niet gewaarschuwd? Of tenminste gebeld?’

‘Wat doe je nou moeilijk? Ze hadden het op mij gemunt. Waarom had ik je daarin moeten betrekken? Wees blij!’

Tom kijkt Bene diep gekwetst aan. ‘Je had het tegen me moeten zeggen.’

‘Waarom? Wat had je eraan willen doen? Mij helpen? We hadden geen schijn van kans tegen ze gehad. Daarom ben ik ’m ook gesmeerd.’

‘Wat betekent dat je bang was dat ze het nog een keer zouden proberen? Hoe lang ben je weg geweest?’

‘Zes jaar.’

‘En toen?’

‘... waren die drie pleite. Geen idee waarom, maar ze waren van de aardbodem verdwenen. Ik heb ernaar geïnformeerd vóór ik terugkwam, maar niemand wist iets. Ik dacht: mooi, die zitten in de bak, of iemand heeft ze uit de weg geruimd – misschien hebben ze problemen gekregen met een paar zware jongens. Vond ik fijn. Toen heb ik het erbij gelaten. Dat zou ik nu niet meer doen, nu ik weet wat ze Sita geflikt hebben. Maar toen...’

‘Betekent dat dat je niets voor ons hebt?’ vraagt Tom ongelovig.

‘Helaas,’ zegt Bene.

‘Geen naam, geen adres, niets?’

Bene schudt zijn hoofd. ‘Sorry.’

‘En hoe zit het met die loods?’ vraagt Sita.

Tom kijkt haar verbaasd aan. ‘Wat voor loods?’

‘Afgebroken,’ zegt Bene met een wegwerpend gebaar. ‘Daar heb ik jaren geleden al eens een mannetje langsgestuurd. Die heeft mij dat verteld.’

‘Wat voor loods?’ houdt Tom vol.

‘Kun je je de foto herinneren die je in Mazurs lade vond?’

vraagt Sita hem. 'Die is in een loods gemaakt, op zolder. Die drie hebben mij daar een tijdje vastgehouden. En Bene heeft me eruit gehaald.'

'Hebben we niets aan,' bromt Bene. 'Afgebroken is afgebroken.'

'Weet jij de straatnaam nog?' vraagt Sita.

Bene schudt zijn hoofd. 'Jij?'

'Nee, helaas. Ik wilde daar alleen maar weg, toen.'

Tom kijkt van Bene naar Sita en weer terug. 'Het lijkt wel een liefdesgeschiedenis, tussen jullie.'

'Was dat zo?' vraagt Sita aan Bene.

Zijn blik verzacht. Heel even lijkt zijn gezicht weer op dat van vroeger: smal, zonder baardje, zijn haar korter, wijd uitstaand. Sita herinnert zich hoe ze met hem bij de Muur was blijven staan, buiten adem, zwetend, met bonkend hart, en hoe ze hem toen gekust had.

'Ja,' zegt Bene, en hij klinkt alsof hij niets liever zou doen dan de tijd terugdraaien. Plotseling bedenkt Sita dat Bene haar weliswaar heeft gered, maar dat zij Bene ook had kunnen redden: van de Bene die hij nu is geworden. Als Haan, Mes en Vlo er niet waren geweest.

Al is ze bang voor wat het in haar teweeg kan brengen, toch slaat ze haar armen om hem heen. 'God wat ben ik blij dat we elkaar terugzien.'

Bene houdt haar zwijgend vast.

Sita maakt zich voorzichtig weer los en glimlacht.

'We moeten ervandoor. Voor Maja en Julia telt elke minuut,' onderbreekt Tom hen. 'Laten we naar het hoofdbureau rijden om met Frohloff te overleggen en te kijken of Bruckmann bij Keller iets wijzer is geworden.' Hij wendt zich tot Bene. 'Heb jij een telefoon en een simkaart voor me?'

'Prepaid?'

'Heb je andere dan?'

Bene grijnst.

'Als ik maar kan bellen,' zegt Tom.

Bene pakt een oud model Nokia. 'Opgeladen,' zegt hij, en hij geeft Tom er een simkaart bij.

Sita huivert als ze door de glazen deuren naar buiten lopen. De wind blaast haar kil in het gezicht. Hoog aan de gevel klappert iets. Een van de touwen waarmee het doek van de Berlinale vastzat, is losgeraakt. De ontmoeting met Bene heeft een stortvloed aan gevoelens en herinneringen losgemaakt, ze heeft moeite om zich staande te houden.

De Mercedes staat dubbelgeparkeerd. Tom stuurt zijn nieuwe telefoonnummer naar Frohloff, Grauwein en Bruckmann, haalt zijn politieparkeerkaart achter de voorruit weg, wil de motor starten, maar aarzelt plotseling. 'Er klopt iets niet.'

'Hoe bedoel je?'

Tom leunt achterover in zijn stoel en kijkt naar de ingang van het theater. 'Dat met die loods.'

'Ik volg je niet.'

'Nou, dat hij zei dat hij dat adres niet meer wist. En de manier waarop hij aan je vroeg of jij het adres nog wist.'

Sita probeert zich de uitdrukking op Benes gezicht en zijn stem voor de geest te halen, maar er gebeurde zoveel tegelijk, het lukt niet. 'Mij is eerlijk gezegd niets opgevallen.'

'Ik ken Bene lang genoeg. Zoiets vergeet hij niet. En als hij iets vergeet, is het niet belangrijk.' Hij kijkt Sita aan. 'Was die loods belangrijk voor hem?'

'Ja, natuurlijk,' zegt Sita, 'maar zit je nu niet spijkers op laag water te zoeken?'

'Misschien. Maar aan de andere kant: de manier waarop hij aan je vroeg of jij het adres nog wist... waarom wil hij dat überhaupt weten?'

'Vertrouw je hem niet?'

'Ik weet het niet. Bene heeft altijd een verborgen agenda. Hij speelt nooit open kaart. Anders zou hij nu ook niet zijn waar hij is. Mij heeft hij er ook vaker bij gelapt. Herinner je je die neonazi nog, in die kroeg?’

‘Je bedoelt Kröger? Ja, natuurlijk.’ Sita ziet het café in Neukölln zo voor zich, de agressieve sfeer, het onverholen racisme tegenover haar en het plotseling oplaaiende geweld, waarbij Tom nog bijna een oog was kwijtgeraakt.

‘Die tip kwam toen van Bene,’ zegt Tom. ‘Later bleek dat het puur eigenbelang was.’

‘Wow,’ zegt Sita verbluft. ‘Waarom heb je me dat destijds niet verteld?’

‘Ik kon toch niet weten dat jij Bene kende?’

Sita knikt stil. Nog meer gevoelens die meedrijven in de stroom. Hoe krankzinnig dat Bene zowel in het leven van Tom als in het hare zo’n belangrijke rol speelde, en ze dat allebei zo lang niet van elkaar wisten.

Tom kijkt haar van opzij aan. ‘Weet je zeker dat je je het adres van die loods niet kunt herinneren?’

‘Wil je erlangs?’

‘Het is een poging waard. Zoals ik zei: er klopt iets niet.’

‘Maar die loods is afgebroken.’

‘Zelfs als dat waar blijkt, dan kunnen we nog in de buurt vragen of iemand zich die drie herinnert. Het staat vast dat Mazur en de anderen op de een of andere manier te maken hadden met die negentien. Als we kunnen achterhalen hoe, leidt dat ons misschien naar de meisjes.’

‘En Keller?’

‘Als Bruckmann iets uit hem krijgt, meldt hij zich wel.’

Sita haalt haar schouders op. ‘Oké, als jij dat wilt. Dan moeten we naar Prenzlauer Berg. Ik weet nog dat daar ergens een kruising met de Michelangelostraße was, met een woonblok ernaast. Het viel me op omdat die mooie straatnaam totaal niet paste bij dat lelijke woonblok. Daarvandaan kunnen we wat rondrijden.’

‘Goed. Doen we.’ Tom start en rijdt weg.

58

Berlijn-Lichtenberg
Vrijdag 15 februari 2019
17.38 uur

Nicole Weihertal gaat aan de eettafel zitten. Berti Pfeiffer loopt nog te dralen. Hij voelt zich zichtbaar onwel. De tijd lijkt hier te hebben stilgestaan. Het behang stamt uit de jaren zeventig, grote bruine ruiten op zanderig geel. De tafel is rond, om de rand is het fineer afgesleten. Een hanglamp werpt een cirkel van licht op het tafelblad, waarop de verpleegster twee glazen water heeft neergezet. Daarna is ze naar de slaapkamer gelopen om Wigald Scheffler te gaan halen.

Ze bevinden zich op de zesde verdieping van een inwisselbare flat in de Liebenwalder Straße, waarvan er hier heel veel zijn. Berti, denkt Nicole, kan niet tegen de geur.

Ze zag het bij de voordeur al aan hem. Die typische geur van ouderdom, vermengd met de geur van urine die met bleekmiddelen is weggepoetst, is hem te machtig. Het ruikt naar verzorgingstehuizen, ze neemt zich voor aan Berti te vragen hoe het met zijn ouders gaat en waar ze wonen.

De verpleegster, een vriendelijke Thaise, stelde zich voor als Nisha An Vu. Nicole vroeg zich meteen af hoe zo'n kleine, sierlijke vrouw een zorgbehoevende oude man uit bed kreeg. Nu komt ze lichtvoetig achter een rolstoel de woonkamer in, een magere, uitgeteerde man voortduwend. Als Nisha An Vu hem aan tafel schuift, tilt hij zijn handen van de armsteunen, om niet onder de rand van de tafel bekneld te raken.

'Zo, meneer Scheffler. Uw bezoek. De mevrouw en meneer zijn van de...'

'Recherche, jaja,' gromt Scheffler, 'dat weet ik wel.'

Zijn ogen staan bijzonder levendig. Nicole voelt zich plotseling door hem begluurd. Berti lijkt hem weinig te interesseren.

'Moordzaken, om precies te zijn,' zegt Berti.

'Allemaal één pot nat,' zegt Scheffler met een afwerend gebaar. 'Recherche, politie, Volkspolizei, geheime dienst, de staat zit overal achter. Dat zei mijn Marie-Louise ook altijd.'

'Pardon,' reageert Berti koeltjes, 'maar die vergelijking lijkt me niet erg...'

'Goedemiddag, meneer Scheffler,' zegt Nicole vriendelijk. Ze staat op en geeft hem een hand. Zijn vingers zijn koud en broos. Berti doet zijn mond open, maar Nicole werpt hem een bestraffende blik toe. Haar intuïtie fluistert haar in: één verkeerd woord en hij vertelt ons niets meer.

'Dank u dat u tijd voor ons wilde vrijmaken,' zegt Berti nu duidelijk vriendelijker, en ook hij reikt Scheffler de hand.

'Al goed, al goed,' mort Scheffler. 'Ik heb verder toch niets omhanden. Ik probeer alleen de dag door te komen.' Hij kijkt Nicole aan. 'Wilt u een stuk taart, jongedame?'

'Meneer Scheffler...' Nisha An Vu buigt zich over hem heen en fluistert discreet in zijn oor: 'We hebben geen taart.'

'Dank u, heel vriendelijk,' reageert Nicole. 'Voorlopig ben ik heel tevreden met het water.'

'Vroeger hadden we altijd taart,' beklaagt Scheffler zich. 'Marie-Louise bakte graag. Het hele huis rook ernaar.'

Nicole glimlacht. 'Mijn moeder ook altijd. Het liefst vlaaien. De laatste keer dat ik er was had ze twee bakplaten vol met abrikozenvlaai gebakken. Ik kreeg niet eens op wat ze op mijn bord legde. Wat maakte uw vrouw het liefst?'

'Kruimelvlaai of pruimenvlaai, of voor de kinderen marmercake. Simpele dingen, maar iedereen was er dol op.'

'Hebt u kinderen?' vraagt Nicole verbaasd. Frohloff had het tegenovergestelde beweerd in zijn briefing.

'Nee, nee, de kinderen voor wie ze zorgde. Wij konden geen kinderen krijgen. Daarom werkte mijn vrouw zo graag in de kinderopvang.'

'Waar werkte ze precies?' vraagt Berti.

Scheffler fronst zijn voorhoofd alsof hij niet begrijpt wat dat uitmaakt. 'In het begin hier. In de buurt.'

'In Lichtenberg?' vraagt Berti door.

'Nieuwerwetse onzin,' moppert Scheffler. 'Alles moet steeds maar nieuwe namen krijgen. Zodra een nieuwe regering aantreedt, woon je ergens anders, al ben je helemaal niet verhuisd. Hohenschönhausen. Zo heet het hier.'

'Kunt u zich de oude collega's van uw vrouw nog herinneren?' wil Nicole weten.

'Collega's? Nee, daar had ze het nooit over.' Hij dwaalt even af met zijn gedachten. 'Misschien ben ik het een en ander vergeten. Ik ben dol op kinderen, weet u, maar... kent u het VEB Kosmetik Combinat in Berlijn? Mijn god, wat hadden we het druk in die jaren. Dus als ik 's avonds thuiskwam, was ik blij dat ik daar niet zoveel over te horen kreeg.' Hij trok een vies gezicht. 'Had ik niet aan moeten denken, 's avonds ook nog háár verhalen te moeten aanhoren.'

'Maar de namen Otto Keller, Heribert Morten of Wolf Bauer, zeggen die u iets?'

Scheffler tuurt ingespannen nadenkend voor zich uit. 'Alleen van tv, geloof ik. Van het nieuws. Bauer, is dat niet die man die ze in zijn villa hebben neergeschoten?'

'Ik bedoel eigenlijk of u die naam nog van vroeger kent.'

Scheffler kneedt zijn onderlip. 'Ik geloof... Nee, zoals gezegd: mijn vrouw maakte er niet veel woorden aan vuil.'

'Maar waar werkte u vrouw dan? Hoe heette de crèche?'

‘Crèche? Nee, nee, dat heette anders,’ meent Scheffler.

‘Weet u het adres nog?’

Scheffler trekt een scheve mond. ‘Bij de paarse heks was dat.’

‘Bij de... pardon, wat?’ vraagt Nicole.

‘De paarse heks, Margot Honecker,’ zegt Scheffler alsof Nicole wel onnozel moet zijn. ‘Vanwege haar haren.’ Hij grijnst. ‘Haar permanent. Dat verven ging niet helemaal goed. Ze had ook nog andere bijnamen. De Blauwe Eminentie, de Paarse Draak, het Beest, Miss Slim...’ somt hij op.

‘Uw vrouw zat bij Margot Honecker?’ vraagt Berti verbaasd.

‘Ja, nee, niet direct. Dat was vanaf 1980, op Honeckers ministerie. Hoe heette het ook alweer? Het ministerie voor Volksopvoeding. Op de derde etage, kamer 19.’

‘Pardon,’ zegt Nicole.

Berti Pfeiffer richt zich kaarsrecht naast haar op.

‘Kunt u dat nog een keer herhalen?’

Scheffler kijkt eerst naar Berti, dan naar Nicole. ‘Kamer 19, ministerie voor Volksopvoeding, hoek Wilhelmstraße en Unter den Linden. Als je kinderen zocht... nou ja, die mensen werden naar mijn vrouw gestuurd, om zich daarvoor op te geven. Dat was haar werk. En Honecker verkondigde soms zelf dat er kinderen beschikbaar waren. Dat werd rondgefluisterd, vroeger. Volgens mijn Marie-Louise ging het om bijna tienduizend kinderen.’

59

Berlijn-Prenzlauer Berg
Vrijdag 15 februari 2019
18.47 uur

Tom mindert vaart. Zwijgend rijden ze langs muren en loodsen.

Lang hoeven ze niet te zoeken. Op de kruising Michelangelo- en Griefswalderstraße staat de langgerekte, plompe woonkazerne die Sita zich herinnerde. Daarvandaan doorkruisen ze de nabijgelegen straten en stuiten ze op het industrieterrein aan de Lehnderstraße, vol binnenplaatsen, garages en loodsen.

'Daar,' zegt Sita wijzend. 'Die schoorsteen herinner ik me nog.'

Tom rijdt nog langzamer. Aan de linkerkant een grote poort, daarachter een niet al te grote loods. Boven de ingang hangt een tl-buis, die de entree verlicht. 'Dat is hem.'

'Weet je het zeker?' vraagt Tom.

'En of,' fluistert Sita. 'Ik geloof mijn ogen niet. Die loods staat er gewoon nog.'

Tom rijdt er stapvoets langs. 'Óf degene die Bene erlangs gestuurd heeft, heeft destijds de waarheid niet gesproken, óf Bene heeft ons voorgelogen.'

Twintig meter verderop parkeert hij zijn auto. Ze stappen uit en lopen naar de loods.

De lucht is vochtig na de regen van de voorbije dagen, maar de lucht lijkt schoongeveegd: de maan komt op achter de daken, enkele straatlantaarns tekenen cirkels op de gebarsten tegels van de stoep. Onkruid woekert langs de met graffiti overdekte muur die de loods omsluit.

De ijzeren poort naar het terrein is op slot, de muur is rondom voorzien van ijzeren punten.

'Je weet zeker dat het hier was?' vraagt Tom.

'Heel zeker, ja.'

'Hm. Geen bel, geen naambordje, niets.' Tom kijkt onderzoekend naar de poort en de muur.

'Roepen?' vraagt Sita.

'Liever niet. Ik zou graag even rondkijken op het terrein.'

'Wéér huisvredebreuk?'

'Hoe zat het ook weer met jou en die woonboot?' vraagt Tom.

'Ik had toestemming van Morten.'

Tom inspecteert de muur op uitsteeksels. 'Als het je geruststelt, heb je nu mijn toestemming. Ik ben nu je baas.'

Samen klimmen ze over de muur, die ongeveer twee meter hoog is. Op het terrein liggen half verrotte pallets, beschimmelde plastic panelen, kartonnen bekers, lege bierflessen, een paar kapotte, houten transportkisten. Een kat rent geschrokken weg. Voor de roldeur van de loods staat een donkerblauwe Ford Transit met de laadklep open. Hij heeft een Berlijns kenteken: B-GS 7298. *Berlin-Große-Stadt*, zeven twee, negen acht, prent Tom zich in. Op de laadklep staan drie, met spijkers verzegelde kisten. Het lijkt alsof ze er net zijn neergezet. Een paar meter naast de roldeur zit een gebutste metalen deur, waarvan de groene verf afbladdert. Hij staat op een kier.

Sita en Tom kijken elkaar aan. Tom legt zijn wijsvinger op zijn lippen, trekt zijn wapen, wijst naar zichzelf en naar de deur, vervolgens op Sita en de straat achter de muur en geeft Sita de Nokia die hij van Bene heeft gekregen.

Sita pakt de telefoon aan, tikt tegen haar voorhoofd, wijst naar zichzelf, naar hem en naar de deur.

Tom rolt met zijn ogen. Hij weet dat het zinloos is om Sita af te brengen van wat ze in haar hoofd heeft.

Voorzichtig lopen ze samen naar de deur. Tom trekt hem nog een klein stukje verder open en gluurt naar binnen. De loods is donker en leeg. Er valt net genoeg maanlicht door een paar dakramen om te zien dat er nog een hele rij opgestapelde kisten staat en dat er achterin een ijzeren trap is, die naar een veranda leidt.

Sita buigt zich naar hem toe en fluistert in zijn oor. 'De kamers waar ik je over vertelde, zijn allemaal boven.'

Tom knikt. Geruisloos sluipen ze naar binnen. De kisten staan als zwarte vierkanten in de schemering, willekeurig opgestapeld. Wat zou erin vervoerd worden? vraagt Tom zich af. Met de veranda en de trap in zicht, sluipt hij naar de volgende stapel. Deze deksels zijn allemaal los, de kisten staan open. Nergens zijn vrachtbrieven of etiketten te bespeuren waarmee je de herkomst of inhoud van de kisten zou kunnen terugvinden.

Sita wijst op de veranda. Tom knikt, en ze lopen naar de trap. Wat hier ook gaande is, als er een antwoord te vinden is, dan boven in die kamers.

De metalen trap veert licht als Tom en Sita tree voor tree naar boven klimmen. Halverwege de trap blijft Tom staan en kijkt om zich heen. Hij moet denken aan de transportauto voor de deur, met die drie kisten op de laadklep. Zouden die ook leeg zijn? Hij wil net verder lopen als hij op de veranda, achter een geopende deur iets ziet bewegen. 'Liggen,' roept hij, en hij laat zich op de treden vallen. Op hetzelfde moment knalt een schot. Een projectiel raakt zijn jas en trekt een scheur vlak boven zijn linkerheup. Sita gilt, de trap trilt als ze zich achter hem laat vallen. Tom mikt op de deur, maar hij ziet niets. Nog een schot knalt, halverwege de deur licht het mondingsvuur op. Tom richt zich een heel klein stukje op en schiet drie keer kort achter elkaar. Hij richt op een punt iets boven het mondingsvuur en bukt zich opnieuw, hopend dat de trap steil genoeg is om hem en Sita genoeg dekking te geven. Het geluid van de schoten weerkaatst tussen de muren, sterft weg, een doodse stilte valt.

Tom ligt plat op de traptreden en durft nauwelijks adem te halen. Hoe is het in godsnaam met Sita? Hij zou het haar graag vragen, haar helpen, maar gezien de plek waar de schoten vandaan kwamen, kan een centimeter gaan verliggen al gevaarlijk zijn.

Een minuut verstrijkt. Dan nog twee. Heel langzaam richt hij zich op en kruipt over de treden verder naar boven. Nog geen gerucht te horen. Tom richt zich op en snelt gebukt naar de deur, waarachter zich de kamers moeten bevinden. Op de drempel ligt een roerloos lichaam. Van een man, in een slecht zittend pak. Een kogel heeft zijn hals doorboord, een andere zijn schouder. Een donkere plas vormt zich rondom hem, golft over de drempel op het metalen rooster van de veranda, donkere draden bloed druipen omlaag op de vloer van de loods.

'Godverdomme,' mompelt Tom.

Achter hem komt Sita de trap op gelopen.

'Alles oké met je?' vraagt hij.

'Ja. Alles heel.' Dan ziet ze de dode en verstijft ze. 'O, mijn god. Dat is toch...'

'Die vent die ons in de Odessa naar Bene bracht.'

'Betekent dat dat Bene er iets mee te maken heeft?'

'Iets moet hij ermee te maken hebben,' zegt Tom bitter. 'Wat dan ook.'

'Maar hoe dan?'

'Ik vermoed om dezelfde reden als jij gehad zou hebben. Die drie jongens met die negentien hadden hem bijna vermoord.'

'En je bedoelt dat dat genoeg is om zo'n wraakorgie te ontketenen?' vraagt Sita.

‘Dat Bene zich wil wreken, kan ik me levendig voorstellen. Maar dat hele deel met die ontvoerde meisjes en vooral met Sinje Keller... snap ik nog steeds niet. Maar laten we nu eerst maar eens kijken wat er in die kisten van die transportbus...’

Een harde klap treft hem op zijn achterhoofd en legt hem het zwijgen op. Hij valt op de grond, voelt de val nauwelijks, hij hoort alleen nog Sita’s kreet, maar die sterft weg in de verte alsof hij overwaait, en maakt plaats voor een suizende stilte die zijn hoofd tot in alle hoeken vult en al het andere verjaagt.

60

Berlijn, Politiebureau Keithstraße
Vrijdag 15 februari 2019
19.33 uur

Nicole Weihertal zit op de kamer die ze met Berti Pfeiffer deelt en ziet hoe hij zwijgend achter zijn bureau staat en door het raam op de binnenplaats uitkijkt met de hoorn van de telefoon tegen zijn oor. De spiraallijn naar het toestel staat strakgespannen en trilt als Berti een van zijn nerveuze bewegingen met zijn hoofd maakt.

Ze had graag zelf met Tom gebeld om hem de uitkomst van haar verhoor mee te delen. Maar ze is de jongste van het team, Berti laat het niet toe en laat zich de kans niet ontnemen om het succes van hun onderzoek op zijn eigen conto te boeken. Daarom ergert het hem des te meer dat hij Tom niet kan bereiken, ook niet via het nieuwe nummer dat Tom om halfzes heeft doorgegeven.

Gefrustreerd legt hij de hoorn weer op de haak. 'Tot zover de dienstorder: "Zorg dat je altijd bereikbaar bent",' mompelt hij.

'Heeft Tom dat gezegd?'

'Nee. Hoeft ook niet. Mijn god, wat leren ze jullie tegenwoordig eigenlijk op de politieschool?' Hij pakt de hoorn weer op, toetst een nummer in en wacht even. 'Verdomme, wat is er aan de hand? Bruckmann is ook onbereikbaar.'

'Probeer anders zijn secretaresse,' stelt Nicole voor.

'Toch niet om halfacht. Die zit allang thuis voor de tv te haken.'

Nicole bijt op haar lip en slikt haar commentaar op het achterhaalde vrouwbeeld van haar collega in. Berti kiest alweer het volgende nummer en gaat voor het raam staan, alsof het al duidelijk is dat hij zich op lang wachten moet instellen. Het spiraalsnoer danst nerveus op en neer. 'Lutz? Hallo, met mij, Berti. Weet jij waar Tom uithangt...? Niets gehoord? Hoe kan iemand eigenlijk de leiding overnemen en dan niet bereikbaar zijn...? Nou, ja, ik bedoel alleen maar... En Bruckmann...? Oké, ik begrijp het... nee, ik heb hem iets dringends te vertellen. Ik regel het wel... Maar, hé, als iedereen hier toch gevlogen is, zullen we dan even afspreken en bij elkaar leggen wat we hebben? Dan haal ik Grauwein er ook bij. Kom jij deze kant op? Ah, ik snap het... Tien uur is mij wat aan de late kant. Reageer nou niet meteen zo... ik begrijp dat zoiets tijd kost... oké, om tien uur in Tempelhof. Misschien dat Bruckmann en Keller dan ook eindelijk klaar zijn... Ja, tot zo.'

Hij hangt op en kijkt Nicole met een lege blik aan, alsof hij met zijn gedachten heel ergens anders is. Dan zucht hij, pakt zwijgend zijn mobiel en tikt een bericht in.

'Wat doe je?' vraagt Nicole voorzichtig.

'Bruckmann een sms sturen. Ik heb het langzamerhand gehad met Tom. We hebben hier toch een aanspreekpunt nodig. Bovendien verhoort Bruckmann Keller op dit ogenblik. Hij moet toch weten wat wij hebben ontdekt over het getal negentien.'

'Waarom loop je niet naar beneden naar de verhoorcellen? Dan kun je het hem zelf vertellen.'

'Bruckmann is bij Keller thuis langs. Ik neem aan dat het niet erg goed gaat met onze burgervader. Hij was vandaag in het mortuarium en heeft zijn dochter gezien.'

Nicole knikt aangedaan. Op zulke momenten beseft ze hoe kort ze hier nog maar werkt en hoe groot het verschil tussen haar en de anderen nog is. Als ze zich voorstelt hoe Keller voor zijn dochter staat, denkt ze automatisch aan hoe haar eigen vader zou reageren in Kellers plaats. Ze zou dolgraag iets harder zijn, maar tegelijkertijd merkt ze dat de geroutineerde omgang met de dood van haar collega's haar angst aanjaagt.

'Ik snap het,' zegt ze kortaf. 'En wat doen we tot tien uur?'

'Ik sluit het even kort met Grauwein en probeer iemand te vinden die ons iets meer kan vertellen over het ministerie van Volksopvoeding en het thema adoptie. Misschien dat iemand zich Marie-Louise Scheffler nog kan herinneren.'

'Oké, en wat kan ik doen?' vraagt Nicole.

'Jij rijdt zo snel als je kunt naar Keller.'

'Waarom dat?'

'Ik weet niet of Bruckmann tijdens het verhoor op zijn telefoon kijkt, en ik wil dat hij het weet. In geval van twijfel is die informatie over die negentien net wat hij nodig heeft om Keller over te halen eindelijk iets los te laten. En we moeten een beslissing nemen over hoe het met Tom verdergaat als we hem niet kunnen bereiken.'

61

Berlijn-Prenzlauer Berg
Vrijdag 15 februari 2019
20.46 uur

Tom doet zijn ogen open. Hij ligt op zijn zij, om hem heen is het aardedonker. Hij heeft een prop in zijn mond, zijn hoofd doet zeer alsof iemand het als aambeeld heeft gebruikt. Zijn handen en voeten zijn vastgebonden. Hij probeert zich te strekken, maar zijn voeten stoten ergens tegenaan. In golven komt zijn geheugen terug. De schoten in de hal, de dode op de veranda, de klap op zijn hoofd... om hem heen ruikt het naar... ja, waarnaar eigenlijk? Het voelt aan als... hout.

Iemand heeft hem in een van die houten kisten opgesloten! Dan denkt hij meteen aan Sita. Zou zij ook in een kist liggen?

Hij probeert zijn benen te bewegen. Hij wil zijn knieën optrekken om tegen de wand van de kist te kunnen trappen, maar hij heeft nauwelijks ruimte om kracht te zetten. Het is maar een hulpeloos trapje, maar het maakt een hoop lawaai. Hij luistert. Trapt nog een keer en meent een echo te horen die typerend is voor een grote ruimte. De kist lijkt dus nog in de loods te staan. Hij duwt tegen het deksel, maar het haalt niets uit, de kist is dichtgespijkerd, net als die drie op de laadklep van de vrachtauto.

Tom moet aan Bene denken en vraagt zich opnieuw af of zijn oude vriend hier echt achter zit. Met alles wat Bene en hem scheidt, is er nog zoveel wat hen verbindt, dat hij er niet aan wil denken.

Je hebt toch altijd geweten waartoe hij in staat is, fluistert Viola in zijn oor.

Ja, godverdomme. Maar geen onschuldigen. Hij zou zich nooit aan onschuldigen vergrijpen. Waarom zou hij?

Heb je dan niet gezien hoe hij naar Sita keek?

Bedoel je dat... hij het allemaal vanwege Sita doet?

Die meisjes zijn toch allemaal ongeveer even oud als Sita toen, toch? Wat als het hem om haar gaat? Om de pijn dat die gasten Sita van hem hebben afgenomen?

Jezus, Vi, je bent tien, hoe kom je op zulke ideeën?

Ik denk van jou...

Dat Bene zich wil wreken op de jongens die hem bijna hadden vermoord – oké. En natuurlijk hebben ze Sita van hem afgenomen. Dat klopt. Wat die negentien daar ook mee te maken heeft, dat getal is in elk geval de band tussen de betrokkenen. Maar dat hij hun dochters erbij betrekt...

Denk jij dat Bene vrouwen nooit iets zal aandoen?

Vrouwen? In godsnaam. Sinje, Julia – vooral Maja. Dat zijn toch nog bijna kinderen.

Je weet toch wat Bene uitspookt in de kelder van de Odessa. Hoe oud denk je dat de jongste is die daar voor hem werkt?

Hoe moet ik dat weten? Geen idee.

Zie je wel.

Ik kan niet geloven dat hij meisjes vermoordt. Niet Bene.

Wat niet mag bestaan, kan niet bestaan?

Kun je niet even je kop houden?

Tom trapt opnieuw met zijn voeten tegen de houten wand van de kist. Hij ziet de bestelbus met die drie kisten voor zich. Wat als die meisjes daar in zitten? Maar waarom zijn het er dan drie? Is eentje misschien nog van Sinje Keller? Nee, dat slaat nergens op. Het zou logischer zijn als...

Je hebt gelijk, fluistert Vi. *Misschien is het nog niet voorbij...*

... als die derde kist voor een ander meisje is, eentje die de dader nog wil gaan halen...

Tom verzamelt al zijn krachten, spant al zijn spieren en trapt woedend tegen de wand. Het hout trilt een beetje, maar breekt niet. Even houdt hij in. Hij onderdrukt de paniek die de benauwde ruimte in hem oproept, en probeert de afmetingen van de kist nauwkeuriger in te schatten. Hij lijkt iets hoger dan breed te zijn, wat gunstig zou moeten zijn bij het kracht zetten om te trappen.

Moeizaam probeert hij zich om te draaien. Zijn lichaam schampt langs de houten planken. Als hij zich half heeft omgedraaid krijgt hij kramp in zijn rechterbeen. Minuten later ligt hij eindelijk op zijn rug, badend in het zweet en buiten adem. De lucht is zwaar, hij vraagt zich af hoe lang er nog genoeg zuurstof is, vooral als hij zich zo inspant. Komt er wel lucht door de kieren tussen de planken?

Hij probeert zijn knieën op te trekken. Hij heeft nu inderdaad een paar centimeter meer om met zijn benen uit te halen. Hij drukt zijn hoofd tegen de achterkant van de kist en trapt zo hard als hij kan. De kist trilt, de klap dringt door zijn schedeldak, het geluid dreunt door zijn hoofd, maar de wand geeft geen millimeter mee.

Hij probeert zich te herinneren hoe de kisten eruitzien, hoe ze zijn gemaakt, of er ergens een zwak punt te vinden is. Had hij maar beter opgelet. Hij trapt nog een keer, nu dichter bij de rand waar de spijkers zitten, nog een keer en nog een keer, op regelmatige afstanden. Zou iemand hem horen? Dan was diegene al lang komen kijken. Als Maja en Julia ook in kisten waren opgesloten, moet hun hetzelfde zijn overkomen. Ze zullen vast hebben geprobeerd zich te bevrijden, maar vermoedelijk tevergeefs. Hij weet dat hij sterker is dan de meisjes, maar met het formaat van deze kisten is zijn lengte allesbehalve een voordeel.

62

Berlijn, Club Odessa
Vrijdag 15 februari 2019
22.09 uur

Claudia Liebrecht kijkt nerveus omlaag naar de dansvloer. De club loopt langzaam vol.

Waar blijft Gisell?

Om tien uur precies is het dj-time. Dat is nu precies negen minuten geleden. Iedere top-dj, iedere top-D-Jane heeft zijn of haar eigen intro. De meesten maken er een hele show van, sommigen doen zelfs een galmende countdown tot precies tien uur. Of ze starten een pompeus geproduceerde intro. Wat je verder ook van hen vindt, ze zijn tenminste punctueel. In elk geval in de Odessa. Voor Czech is tien uur stipt heilig, en regels die Czech opstelt, worden uitgevoerd. Door haar, in dit geval, zij is verantwoordelijk voor het personeel van de club.

Claudia kijkt naar de tijd op de laptop. Oké, de playlist voor de *prep time*, de tijd voor het eigenlijke optreden, is lang genoeg. Dat is het probleem niet. Maar zolang die lijst speelt, is alles zo lauw. Als disco met een paar rondzwervende lichtvlekjes en cocktails. Maar dit is de Odessa! Lasershow! Light gloves! Megasound. De beste drugs, de beste hoeren, de beste dj's en de duurste champagne. De Odessa is hypnose, extase, allesbehalve lauw.

De gasten verzamelen zich aan de bar. Een poenig type heeft drie flessen Dom besteld en entertaint een hele club vertegenwoordigers en mannen in pakken, die hun stropdassen hebben losgetrokken. De reclame danst met het bedrijfsleven. Er hangen een paar acteurs rond, omringd door modellen en groupies. Door de Berlinale is de club drukker dan normaal. Het schandaal met die snuffmovie heeft voor nog meer publiciteit gezorgd. Het doet denken aan een snelweg, waar tegenliggers zich vergapen aan een verschrikkelijk ongeluk aan de andere kant van de vangrail. De club onder het schandaaltheater. We feesten daar waar die affaire zich afspeelde.

Godverdomme. Al veertien over! Die gaat flink op haar lazer krijgen van Czech. Een wonder trouwens, dat hij zich nog niet heeft gemeld. Voor de zesde keer die avond kiest ze Gisells nummer. Voicemail. Alweer. Wie denkt die kleine slet wel dat ze is?

'Hallo,' zegt een stem achter haar. 'Weet u waar mijn zus is?'

Claudia draait zich met een ruk om. In het halfduister staat een meisje van hooguit twaalf of dertien, met lang, blond haar, schuchter glimlachend.

'Wie heeft jou binnengelaten?' vraagt Claudia grof. 'Entree vanaf achttien, hier.'

'Sorry,' zegt het meisje. 'Ik heb ze bij de deur verteld dat mijn zus hier werkt en ik haar dringend moet spreken.'

'O. En wie is je zus?'

'Gisela.' Het meisje steekt parmantig haar kin naar voren. 'Ze noemt zich Gisell. Ze zou hier vanavond draaien.'

'Jij bent Gisells zusje?' vraagt Claudia verbijsterd. 'Hoe heet je dan?'

'Sabine.' De ogen van het meisje dwalen over de dj-booth, de computer, de draaitafels. 'Waar is ze?'

'Ik heb geen flauw idee. Ze had allang hier moeten zijn,' zegt Claudia.

Sabine lacht onzeker. Ze maakt een gespannen indruk, haar huid lijkt wel wit porselein. Als ze nog een keer goed kijkt, meent Claudia een weggeschminkte zwelling op haar rechterwang te zien.

'Ik heb geprobeerd haar te bellen,' zegt het meisje, 'maar ze neemt niet op.'

'Ik weet het,' zegt Claudia bitter, 'ik probeer het ook al de hele tijd.'

'Maar ze komt nog, toch?' Sabine kijkt haar met grote, smekende ogen aan.

Dat ontbrak er nog maar aan! Niet alleen komt Gisell niet opdagen, nu moet ze ook nog op haar zusje gaan passen? Claudia haalt haar schouders op. 'Ik heb geen idee. Het lijkt er niet erg op. Je kunt beter weer naar huis gaan.'

Sabine kijkt haar wanhopig aan. 'Maar... maar... dat kan niet,' zegt ze, en ze begint zachtjes te snikken.

63

Berlijn-Prenzlauer Berg
Vrijdag 15 februari 2019
21.55 uur

... acht, negen, tien, trappen!

Korte pauze.

En nog een keer: een, twee, drie...

Toms benen branden als vuur. Zijn spieren trillen als hij zijn benen intrekt. De klappen die volgen als zijn vastgebonden voeten de houten wand raken, gaan hem door merg en been. De lucht in zijn gevangenis is stroperig, het jeuken van de zweetdruppels op zijn gezicht maakt hem krankzinnig. Hij zou ze graag met zijn handen wegvegen, maar ook die zijn vastgebonden.

Hoeveel trappen nog, in godsnaam?

Hij heeft ze geteld. Honderdtwee keer heeft hij al vergeefs tegen de houten wand getrapt. En terwijl hij hier in die kist ligt, wordt misschien al het volgende meisje ontvoerd, en wachten Maja en Julia nog altijd tevergeefs op verlossing.

... negen, tien, trappen!

Hij moet aan Bene denken en kan zich nog altijd niet voorstellen dat hij de kwade genius is achter dit alles. Maar waarom heeft hij dan gelogen over de loods? Wat spookte die lijfwacht van hem hier uit?

... negen, tien, trappen!

In de luide galm klinkt het geluid van krakend hout door.

Tom houdt in. Trekt zijn knieën weer op, balt zijn vuisten en trapt opnieuw. Het hout versplintert, de houten wand geeft plotseling mee. Zijn voeten schieten uit de kist, hij voelt plotseling een scherpe pijn in zijn linkerkuit, misschien door een uitstekende spijker of schroef.

Maar de pijn is geen partij voor zijn gevoel van triomf.

Snel trekt hij zijn benen weer op in de kist en tast met zijn voeten de randen af naar splinters of punten van spijkers. Dan tijgert hij met zijn voeten vooruit de kist uit. Frisse lucht! Eindelijk! Door een daklicht schijnt de maan hem tegemoet. In het halfduister kijkt hij om zich heen. Vergeleken met de duisternis die heerste in de kist, lijkt alles om hem heen te baden in het licht. De vraag is: waar is Sita?

Hij gaat moeizaam rechtop zitten en inspecteert de versplinterde kist. Waar hij de zijkant eruit getrapt heeft, steekt een schroef uit het hout. Hij hobbelt ernaartoe en begint het touw om zijn polsen erlangs te wrijven, tot het touw draad voor draad knapt. Na een paar minuten zijn zijn handen vrij, hij haalt de knevel uit zijn mond en maakt het touw om zijn voeten los.

'Sita?' roept hij met gedempte stem. 'Waar ben je?'

Ergens vandaan klinkt heel zacht en gesmoord: 'Mmmhm.'

'Ik haal je eruit. Maar je moet me laten zien in welke kist je zit.'

'Mmmhm.'

Tom probeert op te staan, maar zijn spieren weigeren dienst. Op handen en voeten kruipt hij naar een stapel en hijst zich overeind.

'Mhhm.'

Hij volgt haar stem en strompelt langs de kisten tot hij de hare heeft gevonden.

'Hé! Ik haal je eruit.' Voorzichtig beklopt hij het deksel. Sita antwoordt met een gesmoord gekreun.

'Ik moet iets zoeken waar ik de kist mee openkrijg.'

Hij kijkt om zich heen door de loods en ziet de trap. 'Wacht. Ik ben zo terug.'

Gehaast klimt hij de trap op. Zijn benen zijn zwaar, ze trillen alsof hij net een marathon heeft gelopen. Op de veranda, op de drempel naar de gang erachter, ligt, in een zwarte plas, nog steeds de man die hij heeft doodgeschoten. Zijn gezicht is leeg, zijn spieren zijn slap, ontspannen door de dood. Tom kent zijn naam niet eens, weet niet of hij een vrouw heeft, een broer of een zus misschien – aan een kind wil hij niet eens denken. Het enige wat hij weet is dat nog een geestverschijning zich bij de anderen zal voegen die 's nachts om zijn bed komen staan. Dat hij uit noodweer heeft geschoten verandert daar niets aan.

Tom fouilleert hem. Geen wapen natuurlijk, geen telefoon. Bene – of wie dan ook – moet het hebben meegenomen. Hij wankelt verder, opent lukraak deuren. Aan het eind van de gang is een soort gereedschapshok. Metalen schappen vol mechanische onderdelen, motoren, kunstarmen en -benen, in een hoek hangen twee skeletten aan haken. Kennelijk reserveonderdelen van een spookhuis of iets dergelijks.

Tom bewapent zich met een schroevendraaier en een tang.

Vijf minuten later heeft hij het deksel van Sita's kist losgewrikt en haar van haar touwen bevrijd. Trillend en kreunend wrijft ze over haar polsen en enkels. Tom gaat naast haar zitten en slaat een arm om haar heen. 'Gaat het?'

'Oké,' mompelt Sita, langs haar kind wrijvend, 'maar die godvergeten kist...' Tranen wellen op in haar ogen, maar ze veegt ze meteen weer weg.

'Ben je duizelig?'

Vermoeid schudt ze haar hoofd. 'Geen hersenschudding als je dat bedoelt. Jij?'

'Koppijn,' gromt Tom. 'Ik zal eens kijken hoe we hieruit komen.'

'De heftruck,' oppert Sita. 'Toen met Bene hebben we hier

ook vastgezeten. In het contactslot van de heftruck zat een sleutel, daar zat ook de sleutel van de deur aan.'

Even later komt Tom terug. 'Geen sleutel,' zegt hij. 'Het rolluik zit dicht, er is geen beweging in te krijgen. De deur waardoor we binnen zijn gekomen is op slot.'

'Dan moeten we over het dak,' zegt Sita. 'Boven moet ergens een dakraam of een luik zijn.'

'Kun je lopen?'

'Het zal wel gaan. Heb je een telefoon? Je pistool?'

'Alles weg,' zegt Tom als hij haar overeind helpt. 'Heb je iemand herkend?'

'Nee. Het ging allemaal veel te snel. Een man met een bivakmuts. Had iedereen kunnen zijn. Ik wilde wegrennen, maar hij sloeg me op mijn kin. Toen ik een beetje bijkwam, legde hij net het deksel op mijn kist...'

Samen lopen ze de trap op en de gang boven in. Achter de eerste deur is een vertrek met twee bureaus en een rij lege kasten, maar geen luik. In de tweede kamer zit een soort dakvenster van doorzichtig plastic. Tom schuift er een tafel onder, draait de grendel opzij, ze klimmen op het dak. De koude nachtlucht doet Tom huiveren. Hij is nog bezweet, zijn kleren zijn klam. Boven de dakrand steekt een vluchtladder uit, ze klimmen naar beneden. De binnenplaats is leeg. Geen vrachtwagen, geen kisten.

Uitgeput blijven ze staan. Een neonlamp stort zijn licht over hen uit. Sita's stoppels glanzen, haar huid heeft een olijfkleurige gloed, haar donkere ogen stralen de bijzondere energie uit die alleen iemand kent die de diepste, zwartste bodem heeft bereikt en geleerd heeft dat er maar één weg terug is – opstaan, doorgaan.

'Weet je wat ik denk dat er in die kisten in die auto zit?' vraagt Tom.

Sita grimast. 'Hetzelfde als ik, waarschijnlijk.'

'Verdomme! We waren er zó dichtbij. Als het klopt hadden we die kisten alleen maar open hoeven maken...'

'Ik ben eerlijk gezegd pas op het idee gekomen toen ik zelf in die kist lag,' zegt Sita, 'wat het alleen maar erger maakt. Wat denk jij dat er in die derde kist zat?'

'Ik vermoed,' zegt Tom, 'dat er nog een meisje vermist is.'

'O, mijn god.' Sita trekt wit weg. 'Je hebt gelijk. Dat zou een verklaring kunnen zijn. Maar wie dan?'

'Waarschijnlijk een dochter van nog een andere Stasi-medewerker. Als we die papieren uit Mortens kelder nog hadden... dan zouden we weten wie er in aanmerking komt.'

'De enige andere naam die ik me herinner is die Marie-Louise Scheffler,' zegt Sita, 'en die is dood. En bovendien zei Frohloff dat ze kinderloos was.'

'Maar er waren nog meer documenten.'

'En we hebben geen flauw idee over wie.'

'Maar we weten nu wel waar we heen moeten.'

Sita trekt haar wenkbrauwen op.

'Naar de Odessa,' zegt Tom grimmig. 'Kom.' Met een paar lange passen is hij bij de muur. Hij negeert de pijn in zijn benen, klimt erop en springt op straat. Hij hoort hoe Sita zich ook optrekt. Op de kasseien van de Lehderstraße weerspiegelen koplampen. Een auto nadert snel, Tom loopt er recht op af.

Sita springt van de muur. 'Tom, wacht!' roept ze. 'Wat als Bene daar niet is?'

'Geen idee,' roept hij zonder zich om te draaien, 'maar als we de meisjes willen vinden is Bene ons enige spoor. Hij heeft er iets mee te maken, dat staat vast. En ik wil godverdomme weleens weten wat.'

Hij loopt zwaaiend met zijn armen de weg op. De auto, een oude BMW, remt, raakt in een slip en blijft staan. De verchroomde bumper raakt Toms scheenbenen. Hij steunt met zijn handen op de oranje motorkap en buigt zich dreigend voorover. De chauffeur, een man van een jaar of dertig met een sikje en een pet op, gooit met een kwaad gebaar zijn portier open, ziet Toms woedende blik en besluit in zijn auto te blijven zitten.

'Recherche Berlijn,' zegt Tom. 'Ik heb uw telefoon nodig.'

64

Berlijn-Grunewald
Vrijdag 15 februari 2019
22.11 uur

Nicole Weihertal staat op de oprijlaan voor de poort. Hier woont hij dus. De straat is stil en leeg, alsof het geld van de mensen hier al het leven verjaagt. Ze vermant zich en drukt op de bel. Vier letters staan er op het melkwit oplichtende naambordje. DR. W.B.

Het borsthoge traliehek is gekroond met lange, kaarsrechte punten. Oude sparren met hangende takken onttrekken een voor Grunewald relatief kleine villa met een rood pannendak aan nieuwsgierige blikken.

'Hallo?' meldt zich een vrouwenstem via de intercom. Ze klinkt alsof ze iemand verwacht.

'Eh, goedenavond. Nicole Weihertal, recherche Berlijn. Excuseert u mij voor het late tijdstip, maar ik moet dringend uw man spreken.'

'O, wacht u even. Ik doe open.' De vrouw klinkt geïrriteerd, maar niet onvriendelijk. Bijna alsof zulke late verstoringen voor haar routine zijn. Het slot klikt, Nicole doet het hek open. Een smalle oprijlaan leidt naar het huis, dat van dichtbij veel groter lijkt.

Een magere vrouw van in de vijftig wacht haar op bij de voordeur, in het schijnsel van een kil, wit licht. Ze heeft lang, donker haar en doet Nicole aan Catherine Zeta-Jones denken. Haar bruine, roodomrande ogen lijken uitgeblust. Als Nicole komt aanlopen, maakt ze aanstalten om iets te zeggen, maar op dat moment duikt Walter Bruckmann achter haar op. Hij draagt een broek die knelt om zijn bovenbenen, net als zijn overhemd om zijn buik. 'Is in orde, liefste,' zegt hij tegen zijn vrouw als hij zijn arm om haar heupen legt en haar met zachte aandrang weer naar binnen duwt. 'Ik handel het wel af.' Bruckmanns vrouw gehoorzaamt en verdwijnt naar boven.

'Nicole,' zegt Bruckmann op een toon waarin verbazing, afwijzing en de mededeling dat ze hem bij iets belangrijks stoort om voorrang strijden. 'Wat doe jij hier?'

'Pardon, ik, eh...' stamelt ze. 'Nou ja, ik was bij de heer Keller, ik wilde u... Pfeiffer heeft me gestuurd, er zijn nieuwe ontwikkelingen in de zaak en we kunnen Tom Babylon niet bereiken... ik moest u op de hoogte brengen, voor als u niet naar uw telefoonberichten hebt gekeken...'

'Je bedoelt dat met die negentien?' vraagt Bruckmann met een sceptische blik.

'Ah, u weet ervan.'

Bruckmann zucht, zijn blik wordt milder. 'Ocharme, daar had je toch niet speciaal voor langs hoeven komen? Wat een onzin. En dat was Berti's idee?'

Nicole kijkt Bruckmann geïrriteerd aan. Kennelijk hecht hij veel minder waarde aan de wending in de zaak dan zij en Pfeiffer, of er zijn achter hen om al dingen besproken waarin zij niet zijn gekend. 'Nou ja,' zei ze, 'hij wilde dat u het voor uw gesprek met de heer Keller wist. Dat ik hier sta is eerlijk gezegd...' Ze stokt eventjes. 'Dat was dus mijn idee. Ik dacht dat het belangrijk was. Vanwege Josephs dochter...'

Bruckmann kijkt haar met een ernstige blik aan. 'Ik weet zeker dat Jo dat zal waarderen en ik doe dat ook. Verschijn morgen gewoon punctueel op de vergadering, dan...' Zijn telefoon gaat over in zijn zak. Hij zwijgt, haalt hem uit zijn zak en kijkt met een gefronst voorhoofd naar zijn scherm. 'Houdt het dan nooit op, vandaag?' bromt hij. 'Tom? Ben jij dat?'

Tom Babylon? denkt Nicole verbijsterd. Waar heeft die al die tijd in godsnaam uitgehangen?

Bruckmann luistert een tijdje. 'Ford Transit, donkerblauw, ja. Heb je het kenteken?' vraagt hij. 'B-G-S geen nummers, oké.' Weer luistert hij aandachtig. 'Nee, nee, dat vat ik niet verkeerd op. De feiten spreken duidelijk tegen Czech, hij is méér dan verdacht. Ik handel het af.'

Nicole hoort Toms stem in Bruckmanns telefoon, hij praat hard en opgewonden, maar toch verstaat ze geen woord van wat hij zegt.

'Nee, Tom. Het spijt me, maar jij ligt er voorlopig uit. Berti neemt het over.'

Tom eruit? denkt Nicole. Een berisping, had ze verwacht, maar niet dit.

'Dat vraag je in volle ernst?' Bruckmann zucht geïrriteerd, wendt zich van Nicole af en doet twee stappen terug de gang in. 'Goed. Je hebt me net uitgelegd waarom je als leider van het onderzoeksteam urenlang niet bereikbaar was. Dat begrijp ik. Maar wat ik niet begrijp, en ook niet tolereer, is dat je ondanks Jo Mortens tijdelijke verlof hem toch hebt betrokken bij het onderzoek. Het was je plicht om hem erbuiten te laten. Je weet toch wat hij met zijn vader heeft uitgehaald? Het resultaat is dat Heribert Morten in het ziekenhuis ligt en niet verhoord kan worden. Jo Morten ligt ook in het ziekenhuis, en zijn vrouw, die hem nu godverdomme meer dan ooit nodig heeft, staat er alleen voor. Snap je nu waarom ik je van de zaak haal? Nog afgezien van het feit dat ik het gevoel krijg dat ik je tegen jezelf in bescherming moet nemen!'

Plotseling is het stil aan de andere kant van de lijn. Tom zwijgt.

'Jij en Sita,' zegt Bruckmann, 'kunnen nu het beste gewoon naar huis gaan. Zeker na wat jullie net hebben doorstaan.

En...' Bruckmann steekt zijn wijsvinger op alsof Tom hem kan zien. 'Nee. Geen tegenspraak. Dit is een dienstorder. Je hebt me op de hoogte gesteld, de rest handel ik af met onze collega's.'

Zonder een groet beëindigt hij met een diepe zucht het gesprek. 'Mafketel,' mompelt hij, en hij kijkt Nicole aan. 'Draag je je dienstwapen?'

'Ja, natuurlijk,' zegt ze verbaasd.

'En je bent met de auto?'

'Ja?'

'Mooi.' Bruckmann pakt zijn jack van de kapstok, maakt een kluisje achter de voordeur open en haalt zijn dienstwapen eruit.

'Lieverd,' roept hij over zijn schouder. 'Ik moet helaas nog even weg.' Hij loopt naar buiten, trekt de deur achter zich dicht en beent met driftige passen langs Nicole in de richting van het hek. 'Kom, kom,' roept hij. 'We doen een huiszoeking, en verrichten waarschijnlijk ook nog een arrestatie.'

Arrestatie? Nicole denkt dat ze hem niet goed heeft verstaan. Vol ongeloof loopt ze achter hem aan. Wat heeft Tom in godsnaam gezegd dat er plotseling een arrestatie ophanden is? Bruckmann staat al bij het portier van de vw Passat waarmee ze gekomen is. 'Zo plotseling, zonder arrestatiebevel?' vraagt ze terwijl ze de centrale vergrendeling uitschakelt.

'Ken je Bene Czech?' vraagt Bruckmann.

'Ja, waarom?'

'En je weet ook wat "imminent gevaar" betekent?' Hij stapt in en trekt het portier achter zich dicht.

Nicole stapt in op de bijrijdersstoel. 'Bestaat er een connectie tussen Czech en de afdeling van Marie-Louise Scheffler op het ministerie van Volksopvoeding?'

'Eerlijk gezegd, kind, hebben we andere prioriteiten dan het checken van onderzoeksdetails,' zegt Bruckmann. 'Heb je een idee van de druk waaronder alles hier plaatsvindt? We hebben een serieuze verdachte, en daar gaan we op af. Heb je daar nog iets aan toe te voegen?'

'Eh, nee,' zegt Nicole.

Bruckmann zet de pook van de automaat op D en rijdt weg, het stuur in zijn linker-, zijn telefoon in zijn rechterhand. De metalen band van zijn Rolex glanst als een fonkelnieuwe handboei. Nicole hoort hoe hij razendsnel aanwijzingen doorgeeft. Ze voelt zich als in een roes. Ze wilde altijd zo graag midden in de actie zitten. Nu gebeurt het, maar op de een of andere manier voelt het niet goed.

Voorzichtig pakt ze haar eigen telefoon. Bruckmann is zo druk bezig dat hij het niet ziet. Snel tikt ze een berichtje, ze wil net op Verzenden drukken, maar besluit dan anders. Snel wist ze Berti's nummer, tikt een ander nummer in en verstuurt het bericht.

Een fractie van een seconde later vraagt ze zich af of ze net niet een onvoorstelbare blunder heeft begaan.

65

Berlijn, Club Odessa
Vrijdag 15 februari 2019
22.23 uur

Gisell stormt de treden naar het dj-podium op. De inleidende muziek suddert voort op driekwart van het gebruikelijke volume. Ze weet dat ze veel te laat is. Onder andere omstandigheden zou Bene waarschijnlijk haar kop eraf trekken, of zijn huisdraak Madam Liebrecht zou dat voor hem doen.

Toch houdt het haar minder bezig dan het gevoel dat de zaken uit de klauwen beginnen te lopen. Het eerste lijntje van de dag was niet genoeg. Ze heeft er net nog een genomen en wacht nog op het inmiddels zo vertrouwde gevoel van onoverwinnelijkheid, maar ze komt niet los van de gedachte dat het een warboel is in haar hoofd.

Ze had altijd gedacht dat dj zijn een grotere kick was dan wat dan ook.

En nu? Nu heeft ze weer met Czech het bed gedeeld. Voor de tweede keer vandaag al. Je reinste verslaving.

Fuck.

Boeien.

Ze grijnst. Nu kan hij tenminste niet piepen. Als hij zo laat komt, komt zij ook te laat.

Dan doet ze haar countdown wel om halfelf. *Mijn show. Mijn regels.*

Ze trekt de deur naar haar dj-booth open en blijft als vastgenageld staan als ze recht in die vertrouwde grote ogen van haar zusje kijkt.

'Godverdomme. Dat werd tijd ook,' vloekt Claudia Liebrecht.

'Biene,' zegt Gisell, 'mijn god, wat doe jíj hier?'

'Sorry,' mompelt Sabine. 'Ik hield het niet meer uit.'

'Zie maar hoe je dit nu weer rechtbuigt,' zegt Claudia.

'Hou je bek, jij,' sneert Gisell terug.

Sabine kijkt haar met grote ogen aan.

'Ik zou niet graag in jouw schoenen staan,' bitst Claudia. Ze loopt zo snel langs Gisell weg, dat die een tochtvlaag voelt.

Gisell loopt op Sabine af en slaat haar armen zo stevig om haar heen dat ze bijna geen lucht meer krijgt.

Ze laat Sabine weer los, kijkt haar aan en veegt met haar mouw de tranen van haar wangen. 'Heeft die heks je iets te drinken gegeven?'

Sabine schudt haar hoofd.

'Ik haal zo iets voor je, oké?'

Sabine knikt.

'Weten papa en mama dat je 'm bent gesmeerd?'

'Papa heeft alle deuren afgesloten. Ik ben uit het raam geklommen. Hij denkt vast dat ik slaap.'

Gisell strijkt door haar haren. Ze ziet Sabines kamer voor zich. Hij is op de eerste verdieping, er is niets op de gevel waar ze zich aan vast zou kunnen houden. Ze moet gewoon gesprongen zijn. Een wonder dat ze zich niet heeft bezeerd. 'Je bent me er eentje, echt.'

'Is dat allemaal van jou?' Sabine wijst over het muurtje naar de dansvloer. De inmiddels volgestroomde club biedt van bovenaf een fascinerende aanblik.

Gisell lacht. 'Van mij? Nou ja, laten we zeggen: vanavond wel ja.'

Sabine rolt met haar ogen. 'Dat bedoelde ik toch. Ik ben niet achterlijk.'

‘Oké. Weet je wat?’ stelt Gisell voor. ‘Ik ga beginnen. Wat je nu ziet, is nog niks.’

Sabine knikt. ‘Yo,’ zegt ze, *‘let’s get the party started.’*

‘Als je maar niet denkt dat ik Pink voor je draai,’ zegt Gisell met een grijns.

Sabines droevige blik is verdwenen, haar ogen fonkelen.

66

Berlijn, Club Odessa
Vrijdag 15 februari 2019
22.49 uur

‘Denk je echt dat dat een goed plan is?’ vraagt Sita.

Tom zegt niets. Met lange passen snelt hij over de Marlene-Dietrich-Platz richting de entree.

‘Tom, toe nou. De collega’s zijn onderweg. Bruckmann weet ervan. Frohloff ook. Er wordt uitgekeken naar de bestelbus. Wacht tenminste tot...’

‘Ik moet naar Bene. Ik wil godverdomme nu weten wat hij ermee te maken heeft,’ werpt hij tegen. Zijn telefoon gaat in zijn jaszak over. Hij blijft staan en pakt de telefoon die hij van die man met de pet heeft meegenomen. ‘Hoi, Lutz. Iets nieuws? Wat? Wát heb je gekregen...? Van wie?’

Sita ziet hoe hij een tijdje met gefronst voorhoofd luistert.

‘Zeg dat nog eens? Hoeveel? Oké, duidelijk, dank je.’ Tom stopt de telefoon weg. ‘Die godvergeten klootzak,’ bromt hij.

‘Wat is er?’ vraagt Sita. ‘Wie bedoel je?’

‘De collega’s zijn onderweg.’

‘Dat zei ik toch,’ verzucht Sita.

‘Met twee ME-busjes,’ vult Tom aan.

‘Wat? Wat heeft dat te betekenen? Waarom zoveel?’

‘Bruckmann interpreteert wat ik hem verteld heb kennelijk op zijn eigen manier en plant een overval. Nog een reden om snel met Bene te praten.’

De rij wachtenden voor de Odessa reikt tot de toegangsdeur naar het souterrain. Tom loopt langs de rij de trap af.

Sita heeft moeite om hem bij te houden. 'Tom, wacht!' roept ze. 'Als Bene er echt iets mee te maken heeft, is hij gevaarlijk. Misschien heeft Bruckmann gelijk dat hij hier een heel peloton op afstuurt.'

'Sita, hou op. Ik moet met Bene praten, en wel vóór de hele cavalerie binnenstormt. Als Bene er überhaupt is.'

'Tom, in godsnaam!' Sita houdt hem bij zijn mouw vast. 'Je neemt het te persoonlijk op.'

'Zo persoonlijk als jij met Mazur?' vraagt hij als hij zijn arm weer lostrekt.

Ze kijkt hem woedend aan. 'Volgens mij is er een principieel verschil,' zegt ze zachtjes.

'Bene en ik kennen elkaar sinds ons twaalfde,' protesteert hij. 'Je hebt geen idee wat wij allemaal samen hebben meegemaakt. Dus godverdomme, ja! Het ís persoonlijk.' Hij loopt door.

'Tom!' Sita rent achter hem aan. Onderaan de trap controleren twee uitsmijters de ingang naar de club. Ze dragen blauwe pakken van glimmende zijde en sneeuwwitte overhemden. Uit de geopende deuren achter hen dreunt een hypnotiserende beat. Blacklight, paars en rood licht flakkeren ritmisch mee.

Tom neemt een van de bewakers terzijde en fluistert iets in zijn oor. De man knikt, wijst zijn collega op Sita en gebaart Tom om achter hem aan te lopen. Met lange passen lopen ze weg. Sita wil achter hen aan, maar de andere bewaker verspert haar de weg.

'U niet mee,' zegt hij rustig. De stem van een bariton. Hij spreekt met een Russisch, in elk geval Slavisch accent. Sita kijkt hem perplex aan. Toms rijzige postuur verdwijnt in het gewoel rond de ingang van de club. Ze kan niet geloven dat hij haar zo laat staan. Geërgerd laat ze de bewaker haar politiepenning zien. 'Luister eens, als u geen problemen wilt, laat u mij nu door naar mijn collega.'

De bewaker kijkt met een uitdrukkingsloos gezicht langs haar heen.

'Verdomme! Kunt u niet lezen? Recherche, Berlijn. Ik onderzoek een moord. U laat mij nu door of u wordt beschuldigd van het hinderen van een politieonderzoek.'

'Collega zegt: jij blijft buiten,' licht de man toe. 'En als die zegt, ik doe.'

Tom loopt achter de man in het blauwe pak aan door de club. Hij weet de weg ook zonder hem wel, maar de bewaker heeft zijn orders en zou hem nooit alleen naar Bene laten gaan. Weer vraagt Tom zich af hoe alles nou precies zit. Die bestelbus, die leugen over de zogenaamd afgebroken loods, de schoten van een van Benes medewerkers en dat wat Frohloff hem net heeft verteld...

De dansvloer puilt uit, de bars staan vol. Achter de balustrade op de eerste verdieping verdringen de gasten zich om een glimp van de dansvloer op te vangen. Boven het dj-podium hangt een enorm beeldscherm, waarop abstracte beelden meegolven met de muziek. Een blonde, jonge dj met een koptelefoon wiegt mee met de beat, met een hand bedient ze haar mengpaneel, aan haar andere hand draagt ze een handschoen met blauw laserlicht, die patronen tekent op de wolken uit de rookmachines. De reusachtige discobol werpt vlekken op de deinende massa.

Wat had Bruckmann ook weer precies aan de telefoon tegen hem gezegd? De feiten spraken tegen Czech. Maar hoe zit het dan met wat Frohloff hem zojuist vertelde? Zou de Bene die hij kent, echt jonge meisjes verkrachten, ontvoeren en vermoorden?

De bewaker loopt met hem langs de rechterbar naar achteren, ze lopen langs de loges, een paar hoeken met banken waarboven lichtarmaturen een gedempt licht verspreiden, dan komen ze bij de trap die backstage leidt. De muziek uit de club dringt nog maar zachtjes door. De lucht is plakkerig, het ruikt er naar een mengsel van zweet en die typische rookmachinegeur.

Nog een paar stappen, dan staan ze voor de stalen deur.

De bewaker klopt aan en kijkt demonstratief in het oog van het spionnetje in de deur. Het slot klikt. Tom pakt de man bij zijn achterhoofd en ramt hem met zijn slaap tegen de deurpost, zodat hij als een zak aarde tegen de vloer klapt. Tom grijpt onder zijn oksel waar zijn schouderholster zit en trekt zijn pistool tevoorschijn. Een Glock 43, plat, klein, zes schoten. Een pistool dat uitstekend in een jaszak past.

Hij stoot de deur verder open en loopt met het wapen in de aanslag de kamer in. Bene staat achter zijn bureau en kijkt hem verbluft aan. Met zijn voet schopt Tom de deur achter zich in het slot. 'Waag het niet om je handen ook maar één centimeter te verplaatsen,' snauwt hij hem toe.

'Godsamme, wat krijgen we nou?' Bene kijkt hem verbijsterd aan.

'Dat weet je precies, vuile leugenaar.'

Benes ogen vernauwen zich. Zijn verbijsterde gezicht schiet in de pokerfacemodus, hij haalt zijn schouders op. 'Dan ben ik benieuwd hoe je me dit gaat uitleggen.'

Tom loopt langzaam met zijn wapen in de aanslag op Bene af, zonder hem ook maar een seconde uit het oog te verliezen.

'Die gast die jij naar die loods in de Lehderstraße hebt gestuurd... die had ons bijna neergeschoten.'

Bene wordt op slag lijkbleek. 'Jij was in de Lehderstraße? Met Sita?'

'Nou en of.'

'Kut. En Reiter?'

'Reiter? Heette hij zo? Die is dood. Ik heb hem doodgeschoten, maar jij hebt hem op je geweten.'

'Fuck,' mompelt Bene. Op zijn gezicht tekent zich oprechte ontzetting af.

'En nu wil ik godverdomme weten wat dat allemaal te betekenen had. Waarom moest jij iemand daarheen sturen? Waarom heb je dat niet aan ons overgelaten?'

'Waarom, waarom?' bromt Bene. 'Wat is dat voor stupide vraag? Ik wilde mijn kans grijpen om die gasten terug te pakken die Sita en mij destijds te grazen hebben genomen.'

'Die Reiter had ons bijna vermoord!'

'Man, wat had je daar dan ook te zoeken? Ik kon toch niet weten dat jij daar zou opduiken?'

'Hoe ben je in godsnaam op het idee gekomen om die Reiter daarheen te sturen? Jij zult die loods toch wel eerder hebben doorzocht?'

'Natuurlijk heb ik dat gedaan. Maar er was nooit iets te vinden. Ik heb er een tijdje naar zitten zoeken, maar het enige wat ik vond is dat de loods sinds de jaren negentig van een firma op de Bahama's was. Zo'n typisch im- en exportding. Te groot voor drie Kreuzberger klootzakjes. Hoe dan ook, die loods wordt al jaren niet meer gebruikt. Pas toen wij het er vanmiddag over hadden, schoot me te binnen dat Haan, Mes of Vlo, of zij samen misschien op het idee waren gekomen om er weer gebruik van te maken. Dus heb ik er iemand heen gestuurd...'

'... met de opdracht om alles daar op te ruimen.'

'Zoals ik zei: ik kon toch niet weten dat jullie daar komen binnenwandelen en Reiter er meteen op los knalt?'

'Je bent zo'n onvoorstelbare idioot. We waren zó dichtbij. Door jou is de dader weer ontkomen.'

'Wat zeg je nou? Was hij dáár?'

'Ja!' slingert Tom hem woedend in het gezicht. 'En nu is hij pleite. Met de twee meisjes. En hij is nu waarschijnlijk nog een derde meisje aan het halen. En het mooiste is: op dit moment gaat de hele Berlijnse politiemacht ervan uit dat jíj de dader bent.'

Bene kijkt hem sceptisch, bijna spottend aan. 'Dat meen je niet.'

'Dat meen ik bloedserieus.'

'Flauwekul. Hoe willen jullie dat bewijzen?'

'Daar zou ik me niet te veel illusies over maken. Je weet toch hoe dat gaat. De verdenking is voldoende om je op te pakken. In de zoektocht naar bewijzen zal er een hoop stof opdwarrelen. Wie weet wat ze allemaal bij je vinden...'

Benes spot maakt plaats voor diepe ernst. 'Lekker dan. En nu? Wat wil jij?'

Tom laat het wapen zakken. 'Ik bel mijn collega's en fluit ze terug, maar onder één voorwaarde. Klaar met al die spelletjes, en jij vertelt me nú alles wat je weet. Over de loods. Over die drie jongens. En als je nog iets hebt weten te achterhalen over Finja Krüger wil ik dat ook nu weten, en niet pas als je weer eens op het idee komt dat je iets van míj nodig hebt.'

Benes hersens werken op volle toeren. Zelfs nu, denkt Tom, overweegt hij nog of het zin heeft om eromheen te praten en iets achter te houden. Dan haalt Bene zijn schouders op. Niet onverschillig, maar als iemand die zijn nederlaag voorlopig accepteert. 'Ik weet niet veel,' zegt hij, 'maar wat ik weet zal je niet erg bevallen.'

'Hou op met het orakel uit te hangen. Zeg het me gewoon.'

Bene zucht diep. 'Ik laat het je zien, anders geloof je me niet.' Hij loopt naar een kast en trekt de onderste la ervan open. Er komt een rode, verkreukelde bundel stof uit tevoorschijn. Bene gooit het naar Tom.

Die vangt het verrast op.

'Die komt uit de garderobe. Is daar op de dag van de opening van de Berlinale blijven hangen.'

Tom vouwt de bundel open. Het is een rode meisjesjas. Vragend kijkt hij Bene aan. 'Is het wat ik denk dat het is?'

'Kijk eens in de jaszak? De rechter?'

Tom trekt de rits open, graait in de jaszak en vindt een

klein, opgevouwen papiertje. Hij legt de jas weg en vouwt het papiertje open. Blauwe letters op wit, gelinieerd papier. Het handschrift is netjes, dat van een volwassene. In twee regels staat er een adres in Berlijn op geschreven. Een adres dat Tom onmiddellijk herkent.

67

Berlijn, Club Odessa
Vrijdag 15 februari 2019
23.11 uur

Gisell zet haar koptelefoon recht. De linkerschelp over haar oor om naar de muziek te luisteren die klaarstaat, haar rechteroor vrij om met de zaal mee te luisteren. De zaal is alles. Ze zet de volumeknop twee streepjes boven de rode markering van het maximum. ‘Clubregels,’ heeft Claudia er bij haar ingestampt: ‘Nóóit boven het maximum. Als het te hard wordt, kunnen mensen aan de bar niet meer kletsen. Als er niet meer kan worden gekletst, wordt er minder besteld.’

Nou ja, misschien. Maar Claudia begrijpt gewoon niet wat echt vet is. Hoe heftiger de party, des te meer wordt er besteld!

Gisell start de volgende track.

De dansvloer is vol. De mensen hebben zin in feesten. Tegenover haar podiumpje staat een man van in de dertig naar haar te kijken. Klassiek geval van iemand die op dj’s geilt.

Niet verkeerd, denkt ze. Gespierd, iets duisters in zijn blik. Precies waar ze op valt.

Als Bene er niet was...

Nu ‘Paradise’ van Crash Course.

De track doet de membranen van de boxen trillen. Gisell krijgt kippenvel over haar hele lichaam. Het intro is waanzinnig. Die hoge toon van een viool blaast je tegen de vlakte en doet je hart zingen, denkt ze... Nee, vóélt ze.

Ze knipoogt naar Sabine die naast haar achter het mengpaneel staat. Er glimmen kleine zweetdruppeltjes op haar voorhoofd van het dansen, haar ranke lijf golft. Ze glimlacht, kijkt als gehypnotiseerd naar de menigte en wiegt haar heupen in slow motion heen en weer.

'Cool, hè?' roept Gisell.

Sabine straalt.

Gisell reikt haar de laserhandschoen aan. 'Wil je?'

Haar bevestigende knikje is puur geluk.

Die vent staat nog steeds hun kant op te staren. Nu blijft zijn blik aan Sabine hangen.

Kijk ergens anders heen, viespeuk! Ze steekt een middelvinger naar hem op. *Wie aan mijn zusje komt, kan het schudden.*

Het intro breekt als een golf. De beat zet in als een explosie.

Niets geeft zo'n kick, zelfs coke niet.

Gisell steekt haar rechterarm in de lucht, springt mee op de maat en schreeuwt de longen uit haar lijf.

Die vent is verdwenen.

Sita staat bij de ingang, naast de rij wachtenden en kookt van woede. Ze wacht op een kans, één moment van onachtzaamheid, maar de man voor de deur staat er als een rots, hij weet precies wat hij doet. Alleen dat hij nog steeds mensen binnenlaat is idioot. Met deze aanloop moet het binnen allang vol zijn.

'Sita? Wat doe jij hier?'

Sita draait zich om. Bruckmann staat voor haar, daarnaast Nicole Weihertal, Berti Pfeiffer en nog minstens tien collega's in uniform.

De portier grijpt naar zijn broekriem, pakt een walkietalkie en houdt die voor zijn mond.

'Stop,' roept Bruckmann, 'geen mededelingen, aan niemand. Politie Berlijn.' Hij wendt zich tot de mensen in de rij. 'Hier houdt het even op. Niemand erin, voorlopig.' Hij roept twee agenten in uniform en posteert hen bij de ingang. 'Hou die man met zijn walkietalkie in de gaten. Ik wil niet dat hij onze komst aankondigt.'

De intercom op Benes bureau begint te ruisen, een paar keer snel achter elkaar. Kort, kort, kort, dan drie keer met langere pauzes ertussen, dan weer kort, kort, kort.

'Kut,' mompelt Bene. 'Er is iets mis. Iemand seint sos.'

Tom is nog bezig de inhoud van het briefje uit de kinderjas te verwerken. 'De collega's zullen er wel zijn,' mompelt hij. Als verdoofd vouwt hij het papiertje weer op en stopt het in zijn zak. Het voelt alsof iemand de grond onder zijn voeten vandaan heeft getrokken.

'Godverdomme, wil je ze gewoon even bellen?' snauwt Bene.

Tom pakt zijn telefoon en draait Bruckmanns nummer. 'Die zijn er sneller dan ik dacht.'

Bene buigt zich over zijn computer, klikt rond met zijn muis, staart naar het scherm. 'Godver,' vloekt hij, 'ze zijn al binnen.'

Tom loopt om het bureau heen met de telefoon aan zijn oor en wacht tot Bruckmann opneemt. Op de monitor staan beelden van de negen bewakingscamera's. Het beeld van de ingang toont twee agenten in uniform die de toegang tot de club versperren.

'Kun je iemand bereiken?'

'Nog niet,' zegt Tom.

'Als ze al in de club zijn, kun je het vergeten. Binnen versta je jezelf niet eens meer. En je telefoon over horen gaan, lukt al helemaal niet.'

'Lekker dan,' zegt Tom.

'Ook lekker is dat je collega's kennelijk niet weten waar de achteruitgang is,' zegt Bene grinnikend. Hij wijst op de bewakingsbeelden in de hoek rechtsonder. 'Daar had ik toch als eerste iemand heen gestuurd.' De camera is kennelijk buiten aan de muur bevestigd en laat een deur zien met een bel en een straatlantaarn, die de lege stoep en een stuk van de straat beschijnt. Net voorbij het licht van de straatlantaarn staat een bestelbus.

'Kun je inzoomen?' vraagt Tom.

'Tuurlijk.' Bene klikt op het beeld en het vult het hele scherm.

Op hetzelfde moment springt Bruckmanns voicemail aan.

'Mijn god, dat kán toch niet.' Tom laat zijn telefoon zakken en staart naar het scherm. In één klap is de rode regenjas met het briefje volkomen bijzaak geworden. De bestelbus bij de achteringang is een donkerblauwe Ford Transit. Het kenteken is, ondanks de afstand, nog duidelijk te lezen: B-GS 7298. Die cijfers waren hem ontschoten, maar nu hij het kenteken ziet, is er geen twijfel meer mogelijk.

'Wat is er?' vraagt Bene. 'Krijg je hem niet te pakken?'

'Die bedrijfsauto,' zegt Tom, wijzend naar het scherm. 'Die zoeken we. Die stond vandaag voor de loods. Ik vermoed dat hij van de man is die ons heeft neergeslagen, waarschijnlijk dezelfde man die de meisjes heeft ontvoerd.'

Bene kijkt hem verbluft aan. 'Weet je dat zeker?'

'Ik heb het kenteken onthouden.'

'Fuck.' Bene buigt zich voorover alsof hij in zijn scherm wil kruipen. Het kruis om zijn nek bungelt boven zijn bureau. 'Wat heeft dat te betekenen?'

'Twee mogelijkheden,' zegt Tom. 'Of die man is hier omdat hij tot jouw troepen behoort en verstopt zich bij jou, of hij is hier op zoek naar meer meisjes.'

Sita heeft machteloos moeten toekijken hoe haar collega's de club in liepen. Bruckmanns bevel was overduidelijk. 'Jij blijft hier. Als Czech zich verzet, waar ik van uitga, dan is dit geen plek voor een politiepsychologe.'

Het aantal wachtenden neemt af. Een paar gasten houden

hun telefoon omhoog en filmen de agenten voor de ingang, anderen schrijven berichten over wat er gaande is. Bovenaan de trap ontstaat onrust. Een man baant zich een weg door de menigte. Pas als hij beneden is, herkent Sita Lutz Frohloff. Met een rood gezicht schuift hij de laatste mensen opzij.

'Sita, goddank,' hijgt hij in plaats van een begroeting. 'Het zou kunnen dat...' Zijn telefoon gaat over, hij kijkt naar zijn scherm en neemt op. 'Tom? Ja. Wat? Hallo? Ik versta je slecht. Kun je dat herhalen? Oké... wat voor een auto? Hallo, Tom? Ik versta je niet... Hallo?' Frohloff kijkt naar zijn scherm, verbreekt de verbinding en probeert Tom terug te bellen.

'Verdomme. Onbegonnen werk...'

'Wat zei hij?' vraagt Sita.

'Bruckmann heeft het mis,' zegt Frohloff. 'Het is Czech niet.'

'Wat? Hoe bedoel je?'

'Ik heb maar de helft verstaan. Hij had het over een bestelbus, maar wat ik wel verstond is dat Tom zei dat Czech niet meer verdacht is. Wat overigens goed lijkt te passen bij wat Nicole Weihertal me eerder appte.'

'Wat was dat dan?'

'We weten nu waar die negentien vandaan komt. Het gaat om kinderen. Waarschijnlijk adopties uit de tijd van de DDR. Die negentien was het nummer van een kamer op het ministerie van Volksopvoeding. Daar zat een hele afdeling achter. En dat vormt het verbindende element.'

'O, mijn god,' zegt Sita, 'je bedoelt...'

'... zoals Tom zei: Czech is niet meer in beeld.'

'We moeten Bruckmann bereiken,' zegt Sita.

Frohloff toetst het nummer van hun baas al in. 'Ik ben alleen bang dat met die herrie binnen... Ah, zie je wel, voicemail.'

'Kom mee.' Sita grijpt hem vastberaden bij zijn arm en trekt hem mee naar de ingang. De agenten willen hen tegenhouden, maar Frohloff maakt met een grimmig gezicht de weg vrij met zijn politiepenning.

De muziek in de club is oorverdovend. Licht danst over de menigte. Het reusachtige scherm boven de dj trekt Sita's blik als een magneet. Dan pas vallen de beide vrouwen op het podiumpje haar op. Vrouwen? denkt ze. Eerder meisjes, en eentje is veel te jong om daar te staan.

Blauw – rood – paars.

Ultra.

Als ze haar koptelefoon niet ophad, zou ze haar haren wild heen en weer schudden. Controle – hoe moeilijk dat ook is. Het loslaten zou nog opwindender zijn. Maar controle over zoveel gevoel daarbeneden, dat is ook een kick.

Ze kijkt naar Sabine, die met gesloten ogen meedeint op het ritme van de muziek. Meegolft. Die haar heupen beweegt als een jonge vrouw, niet als een tiener. De gedachte roert haar tot tranen. *Mijn zusje Biene wordt volwassen.* Al vertelt haar gezicht nog een ander verhaal.

Alsof ze voelt dat Gisell naar haar kijkt, doet Sabine haar ogen open, lacht naar haar, lacht zoals ze in geen tijden heeft gelachen. Dan dwaalt haar blik over het publiek en verstart ze plotseling. Haar ogen worden groot, ze wankelt achteruit, weg van de mengtafel, weg van het muurtje.

'Wat is er?' vraagt Gisell.

Sabine fluistert iets, maar Gisell verstaat haar niet.

'Wat is er?' Gisell legt een arm om de smalle schouders van haar zusje en doet de koptelefoon helemaal af.

'Daarbeneden,' fluistert Sabine geschrokken, wijzend naar de dansvloer. 'Daar staat papa.'

Sita is bij de dansvloer blijven staan en kijkt nog steeds naar de verhoging van de dj's. Er gebeurt daar iets. De plotselinge verandering in het gezicht van dat jongere meisje, dat andere meisje dat haar arm om haar schouders slaat. Ze kijken verontrust de zaal in. Zelfs op de vijftien meter afstand die Sita van hen scheidt voelt ze nog de energie van hun gebaren en houding, zoals je op de achterste rij in een theater nog voelt hoe de gelaatsuitdrukking van een acteur op het podium plotseling verandert.

Hun ogen zoeken naar iemand.

Plotseling duikt rechts van hen een man op. Hij heeft donkerblond haar, een stevig postuur. Het meisje en de dj lijken geïrriteerd, ze lijken de man niet te kennen, of niet te weten hoe ze zijn plotselinge verschijnen moeten duiden. De man loopt op hen af, slaat de oudste in haar gezicht en op haar hoofd. Tot haar ontzetting ziet Sita hoe ze valt en achter het podium verdwijnt.

Haar gedachten buitelen over elkaar.

Die derde kist.

De bestelbus.

Sinjes lijk.

Het jongste meisje staat er met open mond bij en wijkt naar achteren. Ze heeft die vreemde laserhandschoen aan, de blauwe stralen trillen achter het mengpaneel. De man pakt haar ruw bij haar arm en laat haar iets zien wat hij in zijn hand heeft.

'Lutz!' roept Sita, maar Frohloff is weg, kennelijk is hij zoekend naar Bruckmann doorgelopen.

Sita kijkt weer naar het dj-podium. De man en het meisje zijn verdwenen. Vol ongeloof dwaalt haar blik over het balkon, maar ze ziet hen niet meer. Zo snel ging het. Van het moment dat de man het podium betrad tot nu zijn er hooguit tien, vijftien seconden verstreken.

Sita begint te lopen. Botst tegen mensen aan, duwt hen opzij. Iemand duwt geërgerd terug, ze struikelt maar blijft overeind. Rent richting backstage, daar moet de toegang tot het dj-podium zijn. De beat hamert als een op hol geslagen hart. Licht strijkt langs haar gezicht als afweergeschut in de nacht.

Tom loopt achter Bene aan een kale betonnen trap op. Hij controleert het bereik op zijn telefoon. Nog steeds niet! Boven een deur brandt een groen licht. Nooduitgang. Bene duwt de deur open. Donker, gemarmerde tegels, zilverkleurige metalen treden. Een etage omlaag. Backstage is het een waar doolhof. Nog een deur, die toegang geeft tot een lange, donkere gang.

Bene wijst naar links. 'Daar zit de achteruitgang.'

Tom draait zich om in die richting als plotseling de verlichting aan het plafond flakkerend aanspringt. Van rechts komen twee gestalten hun kant op. Een man en een meisje.

'Voorzichtig!' Tom pakt Bene bij zijn arm en trekt hem naar achteren. Benes ogen worden groot als hij de beide gestalten ziet.

Op hetzelfde moment knallen er twee schoten, maar Bene is de deur al door geglipt – in veiligheid. Hij trekt een pistool met een korte loop, kiest positie, kijkt een fractie van een seconde om de deur heen en schiet dan in de richting van waar de beide gestalten kwamen.

'Ben je gek?' zegt Tom woedend. 'Het meisje!'

'Ik schiet op hem, niet op haar.'

'Schiet maar gewoon niet,' snauwt Tom.

Ze leunen naast elkaar tegen de muur. Halen geruisloos adem. Door de open deur valt er licht de gang in. Het is stil. Ze wachten op schaduwen op de vloer die langs moeten komen.

'Kut,' fluistert Bene. 'Dat was Vlo.'

'Weet je het zeker?' vraagt Tom zachtjes. 'Na al die jaren, een fractie van een seconde?'

'Die smoel staat in mijn geheugen gegrift. Ik zweer het je.'

Tom legt zijn vinger op zijn lippen. Met de Glock in de aanslag kijkt hij om de hoek. De gang is leeg.

'Verdomme. Hij gaat terug.'

Ze komen uit hun dekking en rennen terug.

De deur aan het eind van de gang ziet eruit als een val.

Maar is het niet.

Ze rennen verder. Een doffe bas dreunt hun tegemoet. Wordt harder. Ze slaan een hoek om. Tom ziet hoe Vlo het meisje door een deur de club in duwt. Heel even is de muziek oorverdovend, dan slaat de deur weer dicht, en blijft alleen een gesmoord gebonk over.

De enige trap die Sita kan vinden is die naar Benes kantoor. Een koude, glanzende metalen deur, een doods cameraoog dat de gang erachter bewaakt. Ze bonkt op de deur.

'Tom? Bene?'

Seconden verstrijken. Geen reactie.

Dan maar weer terug.

Waar is die griezel met dat meisje heen?

Ze haast zich terug, trekt de deur naar de club open, rent langs de loges, de nissen met de sofa's. De muziek is krankzinnig hard. Waarom staat die in godsnaam nog aan? De dj ligt op de grond. Er zal wel een playlist opstaan. Sita rent naar de bar, buigt zich eroverheen. 'Politie Berlijn. Je moet me helpen. Iemand heeft de dj neergeslagen. Bel een ambulance. Nu. En ga meteen bij haar kijken.'

De jonge vrouw heeft lang, zwart geverfd haar, in een paardenstaart opgebonden. Ze kijkt Sita met grote ogen aan en knikt. Sita draait zich om. Vlak naast haar staat een tafel. Drie mannen, twee vrouwen, een fles sekt. Sita klimt op de tafel, de mannen protesteren.

Een meter of tien verderop ziet ze de man met het donkerblonde haar op de dansvloer. Hij duwt het meisje voor zich uit, de dansende menigte geeft hun met tegenzin de ruimte.

'Hé!' brult een van de mannen. Hij pakt Sita bij haar pols. Glazen vallen van de tafel, breken. De fles champagne rolt op de vloer. Sita springt van de tafel en duwt de mannen opzij. Ze loopt naar de dansvloer. Met een beetje geluk kan ze hun de pas afsnijden. Maar dan?

Waar is Bruckmann in godsnaam? Waar is Tom? Waar Bene? Ze worstelt zich door de menigte. Een fel licht vangt haar gezicht. Ze knippert met haar ogen. Daar ergens, daar moet toch...

Sita blijft staan.

Op nog geen drie meter bij haar vandaan loopt het meisje, daarachter de man met een hand in haar rug. Het wapen is zo klein dat ze het nauwelijks herkent, maar het is er, hij drukt het tegen de onderrug van het meisje. De man kijkt om zich heen. Hun blikken kruisen elkaar, blijven één oogopslag aan elkaar haken. De uitdrukking in zijn ogen gaat haar door merg en been. Ze herkent hem meteen, zoals hij haar herkent.

Die man met dat donkere haar is Vlo. Twintig jaar ouder, maar nog vol energie, alsof hij door een onzichtbare krachtbron wordt gevoed.

Een fractie van een seconde later wijkt hij uit naar links. Sita voelt haar benen niet. Kan ze niet bewegen. Het is alsof de angst en de woede elkaar blokkeren, haar uitschakelen. Plotseling duikt Bene voor haar op, een pistool in de aanslag. Hij richt het op Vlo en brult door de muziek. 'Halt! Blijf staan!'

Om Bene heen ontstaat ruimte, alsof hij een magneet is die iedereen afstoot. Aan de rand van de dansvloer duikt plotseling Bruckmann op met Pfeiffer en Nicole Weihertal. Hij steekt zijn pistool in de lucht en schreeuwt: 'Politie! Wapen weg!'

'Nee!' schreeuwt Sita.

Op hetzelfde moment schiet Bruckmann op Bene.

Tom blijft abrupt stilstaan. Hoort het schot niet, ziet alleen de monding opvlammen vanaf de andere kant van de dansvloer, die plotseling schoongeveegd lijkt. Bene is gevallen, of heeft zich laten vallen. Naast Tom stort een jonge man in. Hij heeft vlasblond haar, een dun baardje. In zijn borst zit een klein gat; zijn overhemd kleurt donkerrood.

Bene laat het wapen uit zijn handen vallen en brult: 'Nee!'

Bruckmann aarzelt eventjes, dan flitst zijn wapen nog een keer. De kogel dringt in Benes rug. Hij komt half overeind, valt weer en blijft dan roerloos liggen. Verbijsterd ziet Tom hoe Sita van links komt, met haar handen in de lucht gaat ze in Bruckmanns schootsveld staan. Nicole Weihertal wil zich op Bruckmanns arm storten, maar hij steekt het wapen in de lucht en opent zijn hand om de kolf om te laten zien dat hij niet meer zal schieten. Tom kijkt hem perplex aan.

Om hen heen schreeuwen mensen die in paniek alle kanten op vluchten. Nicole Weihertal grijpt naar haar telefoon. De muziek wisselt, de beat van de volgende track lijkt trager, misschien wel omdat Toms hart zo bonkt.

Waar in godsnaam is Vlo met dat meisje?

'Hij ging daarheen!' schreeuwt Sita, naar de ingang wijzend.

Tom rent erheen. Baant zich een weg door de menigte, die angstig terugdeinst. De mensen die iets verderop stonden, hebben niets gemerkt van de schietpartij en duwen verbaasd de vluchtenden opzij. Tom steekt zijn wapen de lucht in en brult: 'Politie! Opzij! Maak plaats!' Met al zijn kracht wringt hij zich tussen de mensen door.

Bij de ingang van de club houden de twee agenten stoïcijns de wacht.

'Is hij hier voorbijgekomen?' vraagt Tom hijgend.

De agenten kijken eerst hem en dan elkaar verbaasd aan. 'Hier is niemand voorbijgekomen.'

Godverdomme! Waarschijnlijk is Vlo weer met het meisje naar de achteruitgang gelopen, naar zijn bus. Tom blijft hijgend staan. Een seconde nadenken. Misschien wel drie. Heel even... nadenken.

Terug naar de club gaat niet. Dat duurt te lang. Dus heeft hij nog maar één kans. Hij sprint de trap op naar de foyer van het theater. Op de Marlene-Dietrich-Platz staat zijn auto. Hij trekt het portier open, steekt de kleine Glock 43 in zijn schouderholster, start de auto, keert en schiet de Eichhornstraße in.

De achteruitgang, waar de Ford Transit staat, is in een steeg voor leveranciers, die direct uitkomt op de zesbaansrijweg van de Potsdamer Straße. Er is daar een brede middenberm, Vlo kan dus alleen maar rechts afgeslagen zijn, in de richting van de kruising van de Potsdamer Straße met de Eichhornstraße en de Ben Gurion Straße.

Tom trapt op de rem als hij de kruising nadert. Links de Ben Gurion in of rechtdoor over de Potsdamer? Wat heb je verdomme besloten?

Op hetzelfde moment ziet hij de vrachtwagen voorbijschieten en links afslaan, de Ben Gurion Straße in. Tom drukt zijn gaspedaal in en rijdt achter hem aan. Vlo rijdt met een halsbrekende snelheid door en slaat dan rechts af de Lennéstraße in. Tom volgt hem, trapt zijn gaspedaal in om de Ford in te halen, maar er komt net een taxi aangereden. Op het laatste moment trapt hij op zijn rem en voegt hij weer in achter de bus.

De Ford nadert een kruising. Het stoplicht springt op oranje, hij raast de brede Ebertstraße in. Tom blijft dicht achter hem rijden en gooit ook zijn stuur om. Zijn zware Mercedes lijkt aan de weg te plakken. Tom trapt het gaspedaal weer in, de motor brult. Zijn anderhalve ton wegende auto schiet langs de bestelbus, Tom trekt hem naar rechts om hem de weg af te snijden. Het linkerspatbord van de Ford raakt de Benz, en drukt hem, hoe zwaar die ook is, weg. De neus van de Ford boort zich in de bijrijderskant van Toms auto. Geknars van metaal, banden die gieren op het asfalt. Plotseling komt de Ford los, hij wijkt uit naar rechts en klapt daar op de geparkeerde auto's.

Toms auto spint en knalt aan de andere kant van de straat tegen de daar geparkeerde auto's aan.

Versuft blijft Tom heel even zitten. Hij kijkt naar de Ford aan de overkant.

Vlo stapt uit, wankelt, trekt het meisje uit de auto. Tom duwt zijn portier open en trekt zijn wapen. Vlo verdwijnt met het meisje tussen de bomen langs de stoep.

Met lange stappen rent Tom de straat over, tussen de bomen door, en blijft dan als aan de grond genageld staan. Vlo en het meisje zijn verdwenen. Recht voor hem ligt het Holocaustmonument. Bijna drieduizend rechthoekige betonnen blokken op bijna twintigduizend vierkante meter, ertussen een labyrint aan identieke gangen, allemaal even donker.

68

Berlijn, Club Odessa
Vrijdag 15 februari 2019
23.52 uur

Sita staat als verdoofd voor Bruckmann. Nicole Weihertal en Frohloff praten op hem in. Sita draait zich om en ziet Bene op de dansvloer liggen. Twee meter bij hem vandaan ligt zijn pistool. Ze pakt hem op en steekt hem in haar broekband. Dat ding op haar rug voelt koud en zwaar aan. Bruckmanns kogel is onder Benes schouderblad zijn lichaam binnengedrongen. Hij bloedt, maar er is nog leven in zijn ogen. Sita knielt naast hem, en schreeuwt boven de muziek uit. 'Een ambulance, snel! Iemand moet een ambulance roepen!'

Haar blik valt op de andere man, die een paar meter verderop roerloos op de grond ligt. Naast hem is een jonge vrouw snikkend op haar knieën gevallen.

Nicole Weihertal buigt zich over Sita heen en roept: 'Ik heb gebeld. Ze zijn onderweg!'

Sita legt haar hand op Benes wang. 'Ogen openhouden, hoor je. Hou vol. De ambulance komt eraan. Hoor je me?'

Bene knippert met zijn ogen. Hij probeert iets te zeggen, maar komt niet boven de muziek uit. Sita legt haar vinger op zijn lippen en brult dan in Frohloffs richting: 'Kan iemand die kutherrie uitzetten?'

Bene knippert nog een keer. Een van pijn vertrokken glimlachje trekt over zijn gezicht.

Sita's handen plakken. Onder Bene ligt een plas bloed. Plotseling moet ze aan de bebloede matras denken. Bene, naakt. De steekwonden. Het gloeiende mes in haar zij. Alle waanzin van die moordzuchtige nacht twintig jaar geleden stroomt door haar lijf. Verzet is zinloos. Het pistool van Bene drukt in haar rug.

69

Berlijn, Holocaustmonument
Vrijdag 15 februari 2019
23.56 uur

De stilte suist in Toms oren. De betonblokken van het monument staan in het maanlicht: vooraan laag, daarachter meer dan manshoog, met scherpe hoeken, in eindeloze rijen, keurig in het gelid. Glooiingen in het terrein laten de blokken oprijzen als uit een bevroren meer, alsof het toppen van zuilen zijn die in een onbevattelijke diepte zijn verankerd. Tom aarzelt. Het monument heeft hem vanaf de oprichting aangegrepen: de beklemmende atmosfeer, de weidsheid ervan, die in het licht van die zes miljoen slachtoffers toch niet meer dan een hulpeloze poging lijkt om uitdrukking aan hun lijden te geven. Het voelt niet goed om hier met een wapen rond te lopen, maar Vlo zal waarschijnlijk geen seconde aarzelen om op hem te schieten als hij de kans krijgt.

Tom loopt een gang tussen de blokken in. De steentjes van het golvende pad glanzen dof in de schemering. Links ziet hij, ongeveer een halve kilometer verderop, de verlichte koepel van de Reichstag.

Tom passeert de eerste blokken, blijft op een hoek staan, kijkt naar links, naar rechts en rent dan verder. Volgende rij. Links, rechts, verder.

Na tien blokken blijft hij staan.

Vlo kan overal zijn; achter het volgende blok, maar hij kan evengoed al weg zijn uit het monument. Het terrein met de blokken wordt aan vier kanten door straten omgeven. In het westen grenst het aan Tiergarten, in het noorden aan de Amerikaanse ambassade en de achterkant van Hotel Adlon.

Denk na, verdomme.

Hij heeft een meisje ontvoerd. Wat zou jij doen? fluistert Viola hem in het oor.

Zolang zij bij hem is, kan hij niet rennen.

Denk je dat hij haar laat gaan?

Nooit. Als in die twee andere kisten echt Maja en Julia zitten, is zij waarschijnlijk de enige die hij ook nog wilde.

Vergeet je niet iets?

O, god! Natuurlijk!

Tom pakt de telefoon die hij van de BMW-bestuurder op de Lehderstraße heeft afgepakt en toetst een van de weinige nummers in die hij nog uit zijn hoofd kent.

Frohloff neemt meteen op. Hij is buiten adem. 'Tom, waar ben je, verdomme? Je kunt je niet voorstellen wat hier...'

'Lutz, luister,' fluistert Tom. 'Ik sta in het Holocaustmonument. Hij is hier. Met het meisje. Zijn bus staat op de Ebertstraße, tussen het monument en Tiergarten, ik heb hem afgesneden, hij is hierheen gevlucht. Jullie moeten die auto checken. Ford Transit. Blauw, Berlijns kenteken. Er staan kisten in. Ik vermoed dat de meisjes daarin zitten.'

'We komen eraan,' zegt Frohloff beslist.

'Lutz? Ik heb versterking nodig. Aan alle vier de kanten van het monument. Een auto aan elke kant is genoeg. Als jullie maar snel zijn en stil.'

'Begrepen.'

'Nog iets. Het meisje dat hij heeft ontvoerd... misschien heeft ze een telefoon bij zich. Achterhaal wie het is, en vind haar nummer.'

'Doe ik. Pas goed op jezelf.'

Tom beëindigt het gesprek en stopt de telefoon in zijn kontzak. Hij luistert. Weinig verkeer op de Ebertstraße. Af en toe een auto. Iemand toetert, waarschijnlijk vanwege de twee verongelukte auto's langs de weg.

Wat zou jij doen als je hem was? fluistert Viola weer.

Mijn achtervolger uitschakelen.

Tom drukt zich met zijn rug tegen de koude, gladde wand van een van de blokken. De grens tussen jager en wild vervaagt. Er zijn alleen nog twee mannen met wapens, en een meisje, dat niets mag overkomen.

Wat als hij je heeft horen bellen?

Tom sluipt naar de hoek van het blok, spiedt naar links en naar rechts en springt dan weer naar het volgende blok. Bij elke meter die hem dichter bij het hart van het monument brengt, worden de blokken hoger. De verlichte koepel van de Reichstag is erachter verdwenen, evenals het vale schijnsel van de straatlantaarns. Alleen de maan staat nog aan een wolkeloze hemel.

Links en rechts door de gang kijken.

Wachten. Luisteren.

Links en re...

Een schot verscheurt de stilte, meteen daarop ontbrandt er een tweede steekvlam, twee blokken verder. Tom wijkt terug achter een blok. Zijn linkerarm brandt, hij tast naar de wond. Zijn jack is gescheurd, de wond is een schampschot. Elke beweging met zijn arm veroorzaakt een scherpe pijn.

Tom bijt op zijn tanden en luistert.

Geen stappen, niets.

Of Vlo houdt zich stil, of hij loopt zo zachtjes dat Tom hem niet hoort.

'Kom tevoorschijn of ik schiet het meisje dood,' roept een mannenstem.

Het klinkt alsof Vlo nog op dezelfde plek staat waar hij eerder die steekvlam zag: achter het tweede blok, met het licht van de maan achter zich.

'Hoor je me? Ik meen het!' roept hij.

Tom trekt zijn schoenen uit. Hij kan niet om de hoek kijken; de maan zou recht in zijn gezicht schijnen. Hij pakt de telefoon, schakelt de camera in en schuift de lens twee centimeter voorbij de rand van het blok. Het beeld is slecht met zo weinig licht, maar voldoende om te herkennen dat er niets te zien is. Met een beetje geluk speelt Vlo nu misschien met de gedachte dat een van zijn schoten hem zwaar moet hebben verwond. Tom pakt een van zijn schoenen en schuift die een paar centimeter voorbij de hoek, in de hoop dat Vlo zich erdoor laat misleiden. Dan sluipt hij op zijn sokken in tegengestelde richting, door de gang ernaast, tot het einde van het tweede blok.

'Ik tel af van tien,' roept Vlo. 'Dan wil ik je zien. Ik wil alleen je wapen. Meer niet. Als dat kind je iets kan schelen, kom je tevoorschijn. Tien... negen...'

Als hij nu de hoek omslaat, zou hij achter Vlo uit moeten komen.

'Acht... zeven...'

Tom houdt de Glock stevig in zijn rechterhand. Het liefst houdt hij hem in twee handen, maar zijn linkerarm brandt en is onbruikbaar.

'Zes... vijf...'

Geruisloos stapt Tom uit de beschutting van het blok. Vlo staat met zijn rug naar hem toe, midden in de donkere gang. Tom richt het wapen op zijn hoofd, maar Vlo weet al dat hij er staat.

'Waag het niet,' zegt hij zacht met iets van triomf in zijn stem, 'mijn pistool staat tegen haar slaap.'

Tom aarzelt.

Vlo draait zich langzaam en geconcentreerd om. Hij houdt het meisje met zijn linkerarm tegen zich aan gedrukt, de loop van zijn pistool tegen haar slaap. Ze staan in de schaduw van het blok, maar Tom ziet haar ogen, wijd opengesperd van angst.

'Dus jij bent die andere,' zegt Vlo.

‘Die andere?’ vraagt Tom.

‘De tweede,’ zegt Vlo, alsof Tom moet begrijpen waar hij het over heeft.

‘Ik heb geen idee waar je het over hebt.’ Tom richt zijn wapen precies tussen Vlo’s ogen.

‘De fotozaak,’ verklaart Vlo. ‘Jij en Bene. Jullie hebben de dood van mijn vader op jullie geweten. Of althans, degene van wie ik toen dacht dat het mijn vader was.’

Even denkt Tom dat hij het niet goed verstaat. Vlo is de zoon van de man die ze twintig jaar geleden in de fotozaak van Grasser hebben vermoord? De beelden overspoelen hem als een flashback. Die gespierde man met die stierennek. Hoe hij de lens van zijn camera in het oog van de man ramt. De man die op hem zit, hem slaat en dreigt zijn vinger af te hakken. Bene, die hem van achteren besluipt, zijn Zwitserse zakmes in zijn vuist, en die hem in zijn rug steekt. Hoe de ogen van de man opensperren. Hoe Bene hem vervolgens in zijn nek steekt. Het bloed, dat in het rode licht van de donkere kamer als zwarte gal uit zijn halsslagader spuit. Dat beeld achtervolgt hem nog altijd.

‘Hoe heette je vader?’ vraagt Tom hees.

Vlo kijkt hem bijna geamuseerd aan. ‘Daar ben je nooit achter gekomen, hè? Is ook geen wonder. Hij was erg goed in zich verschuilen. Hij kon ook niet anders.’

‘Het was niet onze schuld,’ zegt Tom. ‘Je vader was een wrede beul. We hadden geen keus. Wat je ook denkt, het klopt niet. Het was noodweer. Hij zou ons iets hebben aangedaan.’

‘Ach, noodweer, echt? Daar heeft Grasser niets over gezegd, toen we mijn vader kwamen weghalen.’

Daarom is hij ook nooit gevonden, denkt Tom. Dat Vlo heeft geholpen om het lijk van zijn eigen vader te laten verdwijnen, snoert hem de keel. ‘Wie zijn “we” precies?’

‘Haan, Mes en ik. Viel niet mee, toen. Maar deal is deal, dat heeft mijn vader er bij me ingehamerd.’

‘Wat voor deal?’ vraagt Tom.

‘De deal die we allemaal met de negentien hadden,’ snauwt Vlo. ‘Mijn vader, Haan, Mes – en ik. Na de val van de DDR hadden de hoge heren mensen nodig die hun vuile zaakjes konden blijven opknappen. Voor mijn vader viel er weinig te lachen in die jaren. Hij was ontmaskerd als Stasi-medewerker en kwam nergens aan de bak. Hij was blij dat de negentien hem weer wat te doen gaven. Wij kwamen er later bij, vanaf ’98...’

Het meisje in Vlo’s arm probeert haar hoofd een beetje weg te draaien van het wapen. Tranen stromen over haar wangen, ze kijkt Tom smekend aan, maar hij ziet geen mogelijkheid zonder haar in gevaar te brengen. De beste kans die hij heeft is om tijd te winnen en te hopen dat zijn collega’s hem te hulp schieten. Maar hij weet ook dat Vlo waarschijnlijk precies het tegenovergestelde wil: wegwezen hier voor de politie met groot materieel komt aanzetten.

‘En die negentien, dat waren toen Otto Keller, Wolf Bauer en Heribert Morten?’ somt Tom op.

‘En Marie-Louise Scheffler. En de vader van dit kind hier. Sabine...’ zegt Vlo, en hij drukt de loop van zijn pistool zo hard tegen haar slaap dat ze haar hoofd op haar schouder moet leggen. ‘De negentien, dat was destijds iedereen die in Berlijn in de DDR-tijd betrokken was bij adopties. Naar buiten toe was er alleen die afdeling. Marie-Louise Scheffler, in kamer 19. Maar Scheffler was alleen maar de secretaresse, en een beetje de moeder van iedereen. Ze waren nog erg jong in die tijd, maar volstrekt meedogenloos. Ze regelden alles wat er te regelen viel, in stille achterkamertjes. Niemand kende ze, niemand wist van hun bestaan. Niemand mocht weten wat ze uitvraten.’

‘Maar als je een deal met ze had, waarom ontvoer je dan nu hun kinderen?’

Vlo snuift vol verachting. ‘Omdat mij hetzelfde overkwam als de rest. Ik had geen idee wat ze allemaal hadden uitgespookt voor wij erbij kwamen. Wij waren gewoon loopjongens, toen ze ons in '98 erbij haalden. Wij dachten dat we heel wat waren in Kreuzberg, maar we waren gewoon nuttige idioten. Goed om de shit op te ruimen van al die handeltjes die ze na de Wende hadden bedacht. Medicijnen die over datum waren ophalen, opnieuw etiketteren, naar Afrika laten verschepen in opdracht van een postbusfirma. Bauer was leep als er iets te verdienen viel. En de anderen profiteerden mee. Ze hebben fortuinen verdiend na de val van de Muur en ze slaagden erin om buiten beeld te blijven. Ze waren van elkaar afhankelijk. Ze hadden documenten, oude documenten, die ieder van hen had kunnen vernietigen. Ze bewaarden ze allemaal in een safe in hun huis. Ze vormden een groep, net als die kutmusketiers. Eén voor allen, allen voor één. Gezworen kameraden, noemden ze zich.' Vlo lacht verbitterd. 'Alleen wij hoorden er niet bij. Ze hebben ons er gewoon uit gegooid.'

'Wat is er gebeurd?'

'Wij dachten dat we onaantastbaar waren. Dát is er gebeurd.'

Toms blik dwaalt van Vlo naar Sabine. Hij glimlacht, hoopt haar wat vertrouwen te geven, en verbaast zich er tegelijkertijd over dat Vlo geen aanstalten lijkt te maken om te vluchten. Hij moet toch vermoeden dat het hier binnenkort wemelt van de agenten. 'Hoe bedoel je, onaantastbaar?'

'We hadden rugdekking. Wat we ook uithaalden, we werden nooit aangeklaagd. Dat veranderde toen jullie mijn vader vermoordden. Ik werd verblind door haat. Mes en Haan smeedden wraakplannen met mij. Het heeft een tijd geduurd voor we Bene vonden. Veel te lang. Toen dat lukte, is alles gierend uit de klauwen gelopen. Bene... die toestand met dat meisje... toen begrepen zij van de negentien uiteindelijk dat wíj uit de bocht waren gevlogen. En dat konden ze zich niet veroorloven. Daarna hebben ze de winkel gesloten, althans onze winkel. Geen medicijnen meer, geen klussen, geen telefoontjes. Van de ene dag op de andere waren we niets meer.'

'En daarom vermoord en ontvoer je nu hun dochters?' vraagt Tom verbijsterd.

'O, nee,' zegt Vlo. 'Dat heeft een heel andere reden. Een echte.'

'Voor zoiets bestaan geen redenen,' protesteert Tom.

'Ach, vind je?' Vlo kijkt hem vol haat aan. 'Stel je voor, je brengt je leven door bij een vader die vroeger voor de Stasi heeft gewerkt. Als opruimer. Iemand die het vuile werk opknapt. Die mensen afperst, bedreigt, van kant maakt. En altijd is er een goede reden. Het gaat tenslotte om politiek. Het is voor de gemeenschap. Voor volk en vaderland. Je vindt het vanzelfsprekend en je houdt van hem, omdat hij jou goed behandelt. Je bent de enige die hij goed behandelt. Stel je voor dat je hem wordt. Andere mogelijkheden zijn er ook niet. Het is mijn vader, denk je. Ik ben net als hij. En dan wordt je vader vermoord. Je zit vol haat, zweert wraak. Je óéfent je in wraak. Je doodt iemand, althans, dat denk je. En je verkracht een meisje. En alles wat je eerst vanzelfsprekend vond, ziet er plotseling totaal anders uit. Voelt anders. Je beseft wat je bent geworden. Schuim. En je draagt het een leven met je mee. Zevenendertig jaar weet je precies wat je bent. Waarom je het bent. Je haat het omdat je alles haat. Jezelf nog het meest. En dan ruim je de zolder op. Van de datsja van je vader. Er staan nog kisten van hem die je nooit hebt aangeraakt. En in een van die kisten vind je iets wat je niet gelooft. Documenten, en een stapel losse, volgekrabbelde blaadjes, geschreven in een cel in Hohenschönhausen, van je moeder. Van je echte moeder. En daar staan dingen in over je échte vader.'

'Je vader had je geadopteerd?'

'Ja. En pas toen, een paar maanden geleden, begreep ik echt wat er achter die negentien schuilging. Mijn vader en moeder waren tegenstanders van het regime. Twee intellectuelen, niet gemaakt voor de arbeiders- en boerenstaat. Ze wilden vluchten. Met mij. Ze werden gepakt, ik was nog een baby. Eén jaar. Ze hebben mijn ouders in cellen naast elkaar opgesloten, en mij hebben ze weggehaald. Ze wilden dat mijn moeder mij ter adoptie afstond, maar dat weigerde ze. Toen hebben ze haar gemarteld. Ze beschrijft het in haar aantekeningen, ze hebben mijn ouders allebei gemarteld. Steeds zo dat de ander het in de cel ernaast kon horen. Ze hadden bij kamer 19 de taken netjes verdeeld. Eentje was het ergst. Hij werd door de anderen de Duivel genoemd. Hij was er een meester in om mensen te breken. De anderen deden weer andere dingen. Bauer was de onderhandelaar, een slimme strateeg met een neus voor deals. Een afgestaan kind was zoiets als een contract voor het leven. Daar kon je gebruik van maken. Heribert Morten was de dokter, hij kreeg zelf een kind toegewezen. Zo zat hij onwrikbaar vast. Otto Keller studeerde tegelijkertijd rechten, onder de vleugels van de Partij. Later werd hij advocaat. Hij heeft ervoor gezorgd dat alles werd toegedekt. Hij was er toen al goed in om naar buiten een ander gezicht op te zetten en de boel achter zich op slot te houden. Er was ook nog een contact bij de Volkspolizei, getrouwd met een dominee. Die bleef altijd op de achtergrond. Maar de Duivel trok altijd aan alle touwtjes. Hij heeft mijn vader mishandeld, heeft hem in zijn kruis gegrepen en zijn ballen omgedraaid alsof hij een dweil uitkneep. Mijn moeder schrijft dat ze hem dagenlang heeft horen brullen van de pijn. Toch bleef hij haar smeken om de adoptiepapieren niet te tekenen. Ze heeft het nooit gedaan. Ze zijn allebei in Hohenschönhausen gestorven, en ik ben als wees weggegeven. En niet aan zomaar iemand! Nee, uitgerekend aan de handlanger van de man die mijn ouders heeft gemarteld en vermoord.'

Vlo haalt adem. De woorden sproeien over zijn lippen. 'Kun je je voorstellen wat dat met me heeft gedaan? Wie ik had kunnen zijn? En wie ik uiteindelijk ben geworden...'

Tom kijkt hem onthutst aan. 'Vandaar die meisjes,' zegt hij zacht. 'Je wilde de mannen die jou en je ouders dat hebben aangedaan, laten voelen hoe het is als je kind van je wordt afgepakt...'

'Die smeerlappen moeten net zo lijden als mijn ouders hebben gedaan. Ze zullen hun dochters nooit meer terugzien. Ze mogen niet eens weten of ze nog leven of dood zijn.'

'Maar wat moet er in godsnaam van die dochters worden? Waarom doe je ze dat aan? Die kunnen er toch even weinig aan doen als jij toen?' vraagt Tom.

'Ik kon er niets aan doen en heb er ook voor moeten boeten. Wat is het verschil?' Van opwinding trilt het pistool in Vlo's hand. Sabine slikt.

'Jij kunt het verschil zijn. Door niet dezelfde fout te maken als de folteraars van je ouders.'

'Wat een moralisme,' hoont Vlo. 'Het gaat om pijn. En aan welke kant van de pijn je staat. De Duivel staat altijd aan de kant die nog meer pijn toevoegt. Omdat hij heeft begrepen dat niemand hem tegenhoudt. Geen mens, geen staat, geen agent – zelfs God niet.' Vlo's ogen hebben een koortsige gloed gekregen. 'De waarheid is dat de Duivel denkt dat hij God is. Omdat hij alles neemt wat hij wil, en niemand houdt hem tegen. En daarom heb ík besloten een daad te stellen. Met die kleine hier...' Hij trekt haar nog dichter tegen zich aan, 'is het mijn beurt. Ik zal die verdomde Duivel laten zien wie God is.'

'Wie is zij?' vraagt Tom. 'Wie is haar vader?'

'Zeg het maar, kleintje. Vertel het hem maar,' snauwt Vlo.

'Wat? Wat dan?' stamelt Sabine verward.

'Je naam! Zeg hoe je heet!' dringt Vlo aan. 'Hij wil weten wie de Duivel is!'

'Sabine,' fluistert ze met trillende lippen.

'En verder?'

'Sabine Bru... Bruckmann.'

Tom staart haar verbijsterd aan. Bruckmann? Plotseling vallen alle puzzelstukjes op hun plaats.

'En nu, Sabientje,' grauwt Vlo, 'gaan we, en zullen we je vader laten zien dat God groter is dan de Duivel.'

70

Berlijn, Holocaustmonument
Zaterdag 16 februari 2019
0.11 uur

Tom houdt zijn wapen nog steeds op het voorhoofd van de gijzelnemer gericht. 'Echt niet.'

'Mij laten gaan is de enige mogelijkheid voor Sabine om te overleven.'

'Net zoals Sinje Keller het overleefd heeft?'

'Dat was iets anders. Ik wilde dat iedereen het kon zien, dat erover gesproken zou worden. Dat iedereen met het ergste rekening zou houden. Fantasie,' zegt Vlo zachtjes, 'is iets grandioos. Vooral gecombineerd met angst. Sinje was daar heel geschikt voor. Lichtgelovig. Verloren. Uit op avontuur, en bereid om haar vader een hak te zetten. Sabine hoeft niet hetzelfde te overkomen.'

Overkomen, denkt Tom. Alsof Sinje Keller een ongeluk heeft gehad. Het liefst zou hij schieten, maar de Glock ligt niet lekker in zijn hand, de loop is kort, het maanlicht en de schaduwen maken Vlo tot een lastig doelwit, zelfs van zo dichtbij. 'Als ik je laat gaan, welke garantie heb ik dan dat Sabine niets overkomt?'

'O,' zegt Vlo zachtjes. 'Ik geef geen garanties. Dan heeft het allemaal geen zin. Bruckmann mag niet weten wat er met zijn dochter gebeurt. De anderen ook niet. Fantasie en angst, daar gaat het om. Daar ging het altijd al om. Laat me gaan, dan heeft Sabine tenminste nog een kans.'

'Je komt er nooit uit,' zegt Tom. 'De hele omgeving is inmiddels afgegrendeld.'

'Ik weet het,' zegt Vlo met een ijzig glimlachje. 'Daardoor zijn mijn kansen alleen maar gestegen.'

Tom kijkt hem ongelovig aan. Plotseling wordt hem duidelijk waarom Vlo zich door hem heeft laten ophouden. Hij wilde juist wachten tot de politie het monument omsingelde: het geeft hem de mogelijkheid om een vluchtauto te eisen. 'Dat gaat niet werken,' zegt Tom zachtjes.

'Fantasie en angst,' weerlegt Vlo. 'Het had een stuk minder gewerkt als ik te voet was gevlucht. Met het meisje op sleeptouw was ik niet snel genoeg geweest. Maar dankzij jou ben ik nu in staat om de plannen om te gooien. Jij zult je collega's waarschuwen, en mij een auto bezorgen.'

'Nog een keer,' zegt Tom, 'dat gaat niet werken.'

'Heus wel. Geloof me. Ik heb drie meisjes. Twee van hen zijn op een plek waar niemand ze zal vinden. Als mij iets overkomt, zullen ze waarschijnlijk stikken, of zeker van de dorst omkomen, over een tijdje.'

Vlo begint zich langzaam terug te trekken. Hij sleurt Sabine met zich mee.

'Help me,' smeekt het meisje.

'Je komt niet ver,' zegt Tom. 'Geef het op. Wij weten waar de andere meisjes zijn.'

'Ach, echt?' zegt Vlo honend. 'Wat denk je dan? In de vrachtauto? Misschien moet je je collega's even bellen...'

'Je bluft,' zegt Tom, maar op hetzelfde moment weet hij dat het niet zo is. Tussen zijn vlucht uit de loods en de gebeurtenissen in de Odessa zijn een paar uur verstreken. Tijd waarin Vlo de meisjes ergens heen gebracht kan hebben. Tom klemt zijn kaken op elkaar en pakt met zijn gewonde linkerarm zijn telefoon uit zijn zak. Hij houdt met rechts nog steeds het wapen vast en loopt langzaam op Vlo af, die nog steeds terugwijkt. Het intikken van Frohloffs nummer is een marteling voor zijn spieren, de telefoon naar zijn oor brengen nog meer.

Frohloff klinkt gejaagd. Op de achtergrond zijn stemmen te horen.

‘Lutz? Met mij. Heb je de vrachtwagen al gecheckt?’

‘Net, ja. Pech. Hij is leeg.’

Tom blijft geconcentreerd naar Vlo kijken en vertrekt geen spier.

‘De wagen staat overigens op naam van ene Gero Borger,’ vervolgt Frohloff. ‘En volgens de databank is hij niet als gestolen opgegeven... ik ben net met de rest bezig. Woonplaats, familie enzovoorts... met een beetje geluk hebben we hem.’

‘Ik sta tegenover hem,’ zegt Tom rustig.

‘Je staat... mijn god. Heb je hem?’

‘Nee. Hij heeft een gijzelaar.’

‘Dat meisje uit de Odessa?’

‘Ze heet Sabine Bruckmann.’

‘Bruckmann?’ Frohloff schrikt op. ‘Wat een toeval.’

‘Geen toeval,’ reageert Tom.

‘Je bedoelt...’ Frohloff valt even stil. Tom kan hem horen denken. ‘Jezus,’ fluistert hij. ‘En jij? Alles in orde?’

‘Hij heeft een wapen, ik heb er een,’ zegt Tom. ‘De klassieke patstelling. Maar hij heeft drie gijzelaars...’

‘En ik eis,’ komt Vlo tussenbeide, ‘dat jullie me laten gaan! Zo niet, dan gaat Bruckmanns dochter eraan en overleven die andere meisjes het ook niet. Hoor je? Ik ben de enige die weet waar ze zijn. Als mij iets overkomt, zal niemand ze meer vinden. En als ik word gevolgd, ga ik niet naar de meisjes. Die krijgen dan niets te eten, en geen lucht! Hebben jullie dat begrepen?’

‘Lutz? Heb je dat ge...’

‘Ik heb het gehoord,’ bromt Frohloff. ‘Aan welke kant van het monument komt hij naar buiten?’

‘Waar ga je eruit?’ geeft Tom de vraag door.

'Bij de Amerikaanse ambassade,' roept Vlo. 'Ik wil een burgerwagen, direct langs de rand van het monument.'

'Behrenstraße,' zegt Frohloff. 'Slimme hufter. Helemaal open daar. Straatlantaarns. Hij zou ons meteen zien. Kun je hem ophouden? We hebben meer tijd nodig.'

'Geen idee.'

'De auto,' roept Vlo, 'moet er over twee minuten staan. Burgerauto, geen politieauto. De tank minstens halfvol. Ik weet dat jullie er minstens twee of drie bij je hebben. Probeer me niet te belazeren, anders schiet ik het meisje in haar arm. Begrepen?'

Sabine gilt.

'Begrepen,' zegt Tom.

'Vuile klootzak,' mompelt Frohloff.

'Wie leidt de operatie?' vraagt Tom zacht.

'Bruckmann.'

Natuurlijk. Wie anders, denkt Tom. Dit gaat allemaal veel te snel.

'Niet goed,' mompelt hij.

'Hij staat naast me en luistert mee,' reageert Frohloff. 'Wij regelen de auto. Blijf hangen.'

Tom laat de telefoon zakken. Alles loopt volledig uit de klauwen. Bruckmanns schoten. Bene gewond, misschien zelfs wel dood, een onschuldige clubbezoeker waarschijnlijk ook. Iemand moet de leiding van Bruckmann overnemen, maar de enige die dat kunnen, zijn de eerste hoofdcommissaris en staatssecretaris Schiller – gezien de tijdnood geen realistische optie.

Toms gewonde arm doet verschrikkelijk veel pijn en is dringend aan een pauze toe. Vlo loopt nog steeds verder naar achteren. Sabine struikelt op haar dunne beentjes achter hem aan. Bij de volgende hoek slaan ze links af, en nog een keer. Tom volgt ze langzaam. In de verte, voorbij de donkere betonblokken, lichten straatlantaarns op.

71

Berlijn, Holocaustmonument
Zaterdag 16 februari 2019
0.17 uur

Sita rent achter hoofdcommissaris Walter Bruckmann aan, die bevelen in zijn walkietalkie blaft. De meer gebruikelijke uitrusting, een oortje en een verborgen microfoontje, behoort tot de standaarduitrusting van de Dienst Speciale Interventies, maar die is nog onderweg. De tijd raast voorbij, iedereen is hectisch aan het improviseren.

De Behrenstraße ligt voor hen, betonnen wegversperringen markeren de stoepen, die aan beide kanten ongewoon breed zijn. Agenten zwermen uit en houden een handjevol nachtelijke passanten tegen.

Bruckmann lijkt op een stier die op een rode doek afstormt. 'De auto recht tegenover de kleine bouwplaats neerzetten, de motorkap richting het monument.' Een grijze Passat haalt hen in, remt en komt tot stilstand. Nicole Weihertal springt eruit.

'Motor uit, sleutel erin laten, maar portieren dichtdoen,' instrueert Bruckmann via zijn walkietalkie. 'Ik wil het die klootzak niet te makkelijk maken.'

'Sorry,' zegt Sita, 'zou het niet beter zijn als we...'

'Sita, kop dicht,' snauwt hij, en hij spreekt weer in zijn walkietalkie. 'Hoe zit het met de scherpschutters?'

'Aankomst in vijf tot zeven minuten,' knettert een stem uit het apparaat.

'Kut. Dan is het al voorbij. We zullen het zonder ze moeten doen.'

Hij wenkt Nicole en Berti Pfeiffer en wijst op de kleine bouwplaats langs de stoep, ongeveer tien meter voorbij de vluchtauto. Het asfalt is opengescheurd, een gat met signaaltape afgezet. Ernaast staan een Dixi-toilet en een kleine roestige container voor afval.

'Pfeiffer, jij gaat met mij achter de container. Nicole en Sita achter de Dixi. Sita, je houdt je overal buiten. Als ik je psychologisch inzicht nodig heb, laat ik het je weten.'

Bruckmann trekt zijn SIG Sauer en houdt de walkietalkie recht voor zijn mond. 'Frohloff? Collega's? Behrenstraße naar twee kanten vrijhouden. Auto klaar voor achtervolging. Vanaf nu radiostilte.'

72

Berlijn, Holocaustmonument
Zaterdag 16 februari 2019
0.19 uur

'Vraag of de auto klaarstaat,' zegt Vlo. Tom brengt de telefoon naar zijn oor. Hij krijgt zijn arm nauwelijks omhoog.

Sabine durft geen vin te verroeren. Het pistool lijkt aan haar slaap te kleven. Krap vijftien meter achter Vlo en haar gloeien de straatlantaarns langs de Behrenstraße.

'Hoe staat het met die auto?' vraagt Tom.

'Die staat direct voor het monument, voor de wegversperring. Grijze Passat. Sleutels zitten erin,' zegt Frohloff.

'De auto staat er,' geeft Tom door.

'Luister,' zegt Frohloff. 'Gero Borger woont in Marzahn. Een kleine driekamerwoning. Collega's rijden erheen. Hij heeft geen handlangers. Geen vrouw, geen kinderen. Hij past perfect in het profiel. Ik zweer je dat het hem is.'

Vlo draait zich om en zoekt de omgeving af, maar omdat hij Sabine in bedwang moet houden, duurt het even.

'En zijn vader?' fluistert Tom. Hij moet plotseling denken aan wat Vlo – of Borger – hem net heeft verteld. 'Zijn vader had een datsja. Een hut, ergens in het bos. Hebben jullie gekeken of er een navigator in de Transit zit?'

'Fuck,' mompelt Frohloff. 'Wacht.'

'Ik zie geen auto,' roept Vlo.

'Iets meer naar links of naar rechts,' antwoordt Tom. 'Ze

wisten niet precies waar je eruit zou komen.'

Vlo aarzelt. Dan loopt hij langzaam achterwaarts in de richting van de straat. Hij kijkt nerveus naar Tom, dan naar links, dan naar rechts, nog altijd zoekend naar de vluchtauto. De betonblokken van het monument worden steeds lager. Hij en het meisje bevinden zich nu aan de rand ervan.

'Oké,' zegt Frohloff, 'er zit inderdaad een navigator in. Wacht... die gast is half Berlijn door gereden. Waarom zou hij een navigator gebruiken om zijn hut in het bos...' Frohloff verstomt.

Vlo kan nu over de blokken heen kijken en ziet de Passat. Vastberaden sleept hij Sabine mee in de richting van de auto.

'Lutz, sneller!' fluistert Tom.

'Oké, oké. Hij zal hem toch niet aangezet hebben als hij daarheen reed... behalve... wacht... Ik heb een adres in Grunewald. Lijkt op... dat is Bruckmanns adres. Misschien wilde hij dat meisje daar weghalen.'

Vlo is nog maar tien meter van de vluchtauto verwijderd.

'Kun je kijken waar hij toen vandaan kwam?' fluistert Tom.

'De weg terug? Wacht... dat moet... De A11 naar Lanke, dan de Prendener Allee, de Lanker... hier, die Strehlepromenade langs de Strehlesee. Daar kwam hij vandaan. Een uur rijden ongeveer.'

'Oké,' zegt Tom zachtjes. 'Dank je.'

Vlo en Sabine zijn nog maar een paar passen van de auto verwijderd. Als Vlo instapt, zal er een kort moment zijn dat hij Sabine moet loslaten. En omdat het meisje niet kan rijden, zal hij het wapen onderweg niet tegen haar slaap kunnen drukken. Tom stapt met de Glock in de aanslag tussen de lage blokken vandaan.

'Blijf staan,' snauwt Vlo. Dan roept hij hard: 'Ik heb een chauffeur nodig. Onbewapend. Een vrouw.'

Tom blijft staan. Een ogenblik gebeurt er niets.

'Komt er nog wat van? Ik wil een...'

'Gero Borger!' roept Tom. 'Denk je nou echt dat je hiermee wegkomt?'

Vlo's gezicht verstrakt. Geen twijfel mogelijk. Het ís Gero Borger. Dat Tom zijn naam kent, brengt hem heel even uit zijn evenwicht.

'Zijn jullie doof?' Borgers stem klinkt hoger dan daarnet. Plotseling klinkt er iets angstigs in mee. 'Die chauffeur, nu! Of moet ik dat kind in haar arm schieten?'

Tom hoort het zachte ruisen van een walkietalkie. Dan roept een stem: 'We sturen zo iemand.' Tom meent Bruckmanns stem te horen.

'Niet zo! Nu! Of ik...' schreeuwt Borger.

'Als je schiet,' zegt Tom tegen hem, 'laat je ons geen keus... dan moeten wij schieten.'

Achter Borger treedt een gestalte uit de schaduw van het toilet bij de bouwplaats: lang, slank, kortgeschoren. Sita. Uitgerekend zij. Tom vervloekt Bruckmann. Zoiets kan alleen hij verzinnen.

'Jullie schieten?' Borger lacht nerveus. 'Nee, dat doen jullie niet. Jullie zijn bang vanwege die andere meisjes. Jullie hebben me nodig. Jullie kunnen mij niet neerschieten.'

'Je bedoelt die twee die in de datsja van je vader aan de Strehlesee zitten?' vraagt Tom.

Borger verstijft.

Staat er één moment roerloos bij alsof de tijd stilstaat.

Je kunt een speld horen vallen in de Behrenstraße.

Niemand verroert een vin, iedereen begrijpt wat er net is gebeurd: de ontvoerder heeft nog maar één gijzelaar.

'Borger, geef het op,' roept Tom.

Nerveus drukt Borger zich aan de bestuurderskant met zijn rug tegen de auto, met Sabine stijf tegen zich aan. 'Niets ervan! Ik wil die chauffeuse,' schreeuwt hij. 'Nu!'

'Ik ben hier,' meldt Sita zich.

Borger kijkt opzij. Sita loopt met haar handen boven haar hoofd naar hem toe. 'Jij? Serieus? Sturen ze jou?'

Sita blijft staan. Haar hart gaat als een razende tekeer. Sabines blik raakt haar diep. Toen Bruckmann haar net zo plompverloren aanwees, was ze verlamd van angst. Nog geen minuut geleden. Nu ziet ze Borgers gezicht, nee, Vlo's gezicht. Ze ruikt het kampvuur dat de geur van de hei verstikt, hoort bierflessen rinkelen, ze hoort lachsalvo's, die pijn doen als krassen met glasscherven.

Sabine kijkt haar in diepe vertwijfeling aan, haar ogen smeken alleen nog maar.

'Zie je dat wapen dat van achteren op je gericht is?' vraagt Sita, naar Tom wijzend.

Borger draait zich in een reflex om.

Sita grijpt bliksemsnel in haar broekband. Haar rechterhand sluit zich als vanzelf om de kolf van Benes pistool. Haar wijsvinger vindt de haan. Ze richt het wapen op Borger, ze legt haar linkerhand om haar rechter.

Borger lacht honend als hij ziet dat ze naar Tom wijst. 'Vertel mij wat.' Grijnzend draait hij zich weer om naar Sita, en verstart als hij het pistool in haar handen ziet.

'Waag het niet,' snauwt hij.

'Wat dan? Je hebt toch nog maar één gijzelaar...'

Sabine lijkt onder de druk van Borgers arm steeds kleiner te worden.

'Eentje voor je, eentje achter je. Waar je ook kijkt, je hebt altijd iemand in je rug. Wie gaat als eerste schieten, denk je?'

'Sita, niet!' roept Tom. Haar vastberadenheid maakt hem bang. Haar armen in een driehoek met haar lichaam, haar handen vast om het pistool, alsof ze haar hele leven al schiet, al heeft ze waarschijnlijk nog nooit een schietbaan in het echt gezien. 'Ik weet dat je alle reden van de wereld hebt,

Sita, maar we hebben hem nodig. Doe het niet.'

Sita wankelt tussen zelfbeheersing en pure woede. Tom moet aan Mazur denken – hoe ze in het bos op zijn gezicht insloeg. Hij zou graag naar haar roepen dat het bluf was van die meisjes, dat hij weliswaar denkt dat ze daar bij Strehlesee zijn, maar dat hij het niet zeker weet, ook niet weet hoeveel huisjes daar zijn en in welke datsja Maja en Julia zitten.

Oog, keep, korrel, Vlo's hoofd.

Als vier druppels op een strakgespannen koord.

'Hoe vaak ik hiérvan gedroomd heb,' zegt Sita.

'In je slaap? Of durfde je je ogen niet meer dicht te doen?' vraagt Borger, vervuld van een diepe haat.

Het kampvuur op de hei laait op tot aan de hemel. De rook beneemt haar de adem. Ze voelt de klappen weer, haar huid brandt ervan. 'Toen in die loods,' zegt ze, 'toen Bene je vasthield, had ik harder moeten schoppen.'

'Misschien wilde je dat helemaal niet. Lag je te wachten tot we je kwamen halen.'

Vonken schieten langs haar hoofd. Het pistool in haar handen voelt koud aan, alsof zij het niet vasthoudt.

Ze spant de haan. Verbaast zich over de weerstand, en laat hem weer los.

Een schot davert en galmt van de gevel van de Amerikaanse ambassade. Borgers gezicht lost op in een nevel van bloed, weefsel en botsplinters. Sabina slaakt een huiveringwekkende gil, Sita staat nog steeds in de perfecte schiethouding.

Tom schiet op Borger af als die met zijn rug tegen de auto levenloos onderuitzakt, Sabine met zich meetrekkend.

Sabine kan niet meer ophouden met gillen.

Sita schudt haar verstarring van zich af en rent op haar af.

Tom probeert Sabine voorzichtig bij haar arm te pakken, maar ze trekt zich los en spartelt in paniek met haar benen.

Sita benadert haar voorzichtig, gaat naast haar op de stoep zitten en slaat haar armen om haar heen. Langzaam verandert Sabines gegil in gesnik. Haar lippen trillen. Sita wiegt haar zachtjes heen en weer. In haar rechterhand, die op de rug van het meisje rust, heeft ze nog steeds het pistool. Voorzichtig opent Tom haar vingers en pakt het wapen. Dan pakt hij het pistool uit Borgers levenloze vingers. Zijn blik valt op de linkerarm van de dode. Zijn jack is door zijn val iets omhooggeschoven, een tatoeage is zichtbaar geworden. Tom schuift de mouw nog iets verder omhoog. Op Borgers arm is een zwarte veer getatoeëerd, met in het midden het getal negentien erin verborgen.

Plotseling is Bruckmann er, staat hij naast hen. Hij buigt zich over zijn dochter en streelt troostend haar wang. Sabine spuugt hem in zijn gezicht en trapt naar hem en brult uit alle macht. Bruckmann deinst terug, perst zijn lippen op elkaar, probeert haar bij een arm te pakken, maar Tom trekt hem bij haar weg. 'Ze weet het,' zegt hij.

'Wat?' stuift Bruckmann op. 'Hoe bedoel je: ze weet het?'

'En ik weet het ook,' zegt Tom.

Bruckmann kijkt hem met zijn smalle, waterige ogen aan. De straatlantaarns weerspiegelen in zijn bril. 'Je weet geen reet, Tom.' Zijn vingers klemmen zich vaster om de kolf van zijn pistool.

'Mij neerschieten zal niet genoeg zijn,' zegt Tom kalm. 'Sabine heeft ook alles gehoord wat Borger me heeft verteld. En er is geen Yuri Sarkov meer om de vuile klusjes voor je op te knappen.'

'Je bazelt,' snauwt Bruckmann. Hij wijst naar zijn dochter. 'En je enige getuige is een hysterische dertienjarige.'

'Je weet dat Borger de rapporten uit Kellers safe heeft gestolen. De documenten over de negentien en dat wat je met die anderen hebt gedaan.'

'Je roept maar wat,' zegt Bruckmann ijzig.

'Misschien. Maar als ik die papieren vind, dan is dat niet meer zo. En ik zál ze vinden.'

Bruckmann zet een stap in Toms richting. Zijn bultige, kale schedel glimt. 'Je vergeet één ding, Tom. Ieder mens is kwetsbaar zolang er mensen zijn die iets voor hem betekenen.'

Tom kijkt in het van haat vertrokken gezicht van zijn baas.

Bruckmann laat hem staan en stapt in de grijze Passat. De motor slaat aan, Sita trekt Sabine snel mee opzij. De koppeling knarst als Bruckmann de auto in zijn achteruit schakelt en gas geeft. Borgers lijk komt onder het voorwiel, de Passat stokt. Bruckmann schakelt opnieuw en rijdt vooruit weg langs het Adlon. De achterlichten verdwijnen op de Behrenstraße.

'Wat was dat allemaal?' vraagt Sita.

'Ik ben blij dat je Sabine hebt gered,' zegt Tom, 'maar het was beter geweest als je Borger niet had neergeschoten.'

'Ik heb helemaal niet geschoten,' zegt Sita. Met beide handen houdt ze tegelijk voorzichtig en stevig Sabines oren dicht. 'Dat was Bruckmann.'

ZONDAG

73

Berlijn-Kreuzberg
Zondag 17 februari 2019
14.06 uur

Er wordt aangebeld. Anne, die Phil op de arm heeft, kijkt Tom vragend aan.

'Geen idee...' Tom maakt aanstalten om op te staan, steunt daarbij op zijn linkerarm, en grimast van de pijn.

'Ach, mijn arme grote stakker,' zegt Anne. 'Ik ga al.' Haar kus is even liefdevol als ironisch.

Sita, die met Tom aan de keukentafel in het souterrain zit, kan een grijns niet onderdrukken.

'Neem jij Phil?' vraagt Anne haar, maar in Sita's gezicht ziet ze precies de overspannen uitdrukking weerspiegeld die Anne zelf vroeger ook altijd had als er kleine kinderen in het spel waren. 'Ik zie het al...' Anne wil Sita niet in verlegenheid brengen, legt Phil op Toms schoot en loopt de trap op.

Sinds de eerste paar ontmoetingen, waarbij de beide vrouwen elkaar altijd met een zekere distantie opnamen, is er iets gebeurd wat Tom niet begrijpt. Een nieuw soort luchtigheid? Iets gemeenschappelijks wat hem ontgaat? Inmiddels lijkt Sita niet meer te denken dat Phil zijn zoon niet is en dat Anne tegen hem liegt, anders zou ze nooit zo onbevangen met Anne om kunnen gaan.

Hij wipt heel zachtjes met zijn benen. Phil grijpt met zijn kleine handjes in het niets. Na alles wat er is gebeurd, maakt de huiselijke vrede een zeldzaam vreemde en onwerkelijke indruk op Tom.

'Had ik al gezegd dat ik jullie huis zo leuk vind?' vraagt Sita.

Smalltalk. Eigenlijk niets voor Sita of voor hem, maar het voelt goed na de afgelopen dagen. Zo'n beetje als de film *Heimat*, de delen ná 1945, denkt Tom.

'De keuken is aan de donkere kant,' zegt hij.

'Nou ja,' zegt Sita glimlachend.

De woonkeuken is een grote ruimte in het souterrain, door een ijzeren trap met de bel-etage van het oude huis verbonden. Aan de voorkant, aan het Landwehrkanaal, zit een oude kolendeur met een klein raampje waardoor licht naar binnen valt en nog een smal raam boven het aanrecht. Midden in de ruimte staat een grote, iets te hoge houten tafel. Aan de achterkant, die aan de binnenplaats grenst, is een uitbouw, bereikbaar via een schuifdeur, met een washok, de badkamer en een extra slaapkamer.

Annes voetstappen weergalmen op de trap. Achter haar schuifelt Jo Morten moeizaam naar beneden. In zijn bruine pak ziet hij er nog magerder uit dan anders.

'Bezoek,' zegt Anne. 'Bij de recherche is vergaderruimte kennelijk schaars.'

Morten glimlacht, hij voelt zich overduidelijk niet erg op zijn gemak.

'Sorry,' zegt Anne. Ze legt haar hand verontschuldigend op zijn schouder. 'Ik bedoelde het niet flauw.'

Morten knikt. 'Dag Tom, dag Sita.'

'Dag Jo. Goed je weer op twee benen te zien,' zegt Tom. Anne neemt Phil van hem over en gaat weer naar boven.

'Ik wilde...' begint Morten. Hij blijft bij de tafel staan en weet zich even geen raad. 'Dank je,' zegt hij tegen Tom. 'En ook jij bedankt, Sita.' Hij probeert een brok in zijn keel weg te slikken, maar het lukt niet.

Tom glimlacht, Mortens onhandigheid en het feit dat hij de

moeite heeft genomen om langs te komen, maken dat 'dank je' tot iets veel groters. 'Ga toch zitten.'

'Hoe gaat het met Maja?' vraagt Sita.

Morten komt aan de tafel zitten en zucht. 'Ze zat in een kist opgesloten. Als ik daaraan denk, gaat het eigenlijk heel goed, gegeven de omstandigheden. Ik hoop dat ze het kan vergeten.'

'Vergeten zal niet gaan,' zegt Sita, 'maar ze zal ermee leren omgaan. Waar heeft ze geslapen?'

'Thuis, in haar eigen bed. Haar zus is bij haar in bed gekropen. Dat was goed.' Morten knippert met zijn ogen, alsof er een vuiltje in zit. 'Jezus, man. Het voelt zo goed dat ze er weer is. Frohloff heeft me verteld hoe je op dat idee van die datsja kwam. Dat was... Dank je.' Hij haalt diep adem. 'En hoe is het met die andere meisjes? Julia... en Bruckmanns dochters?'

'Julia Bauer is thuis,' vertelt Sita. 'Fysiek was ze verbazingwekkend fit. Maar psychisch... ik weet niet goed hoe ze de dood van haar vader moet verwerken, wat er gebeurt als ze meekrijgt wat hem ten laste wordt gelegd. Op internet en in het nieuws is het thema Stasi's en gedwongen adopties alweer trending.'

'En Bruckmanns dochters?'

'Sabine en Gisell zijn bij hun moeder,' zegt Tom. 'Gisell is er met een flinke hersenschudding vanaf gekomen. Ze moet veel rusten. Over Sabine kan ik niet veel zeggen...'

'Ze laat haar moeder niet erg toe. Ze zit voortdurend aan het bed van haar zus,' vult Sita aan.

'Keller is overigens afgetreden,' zegt Tom, 'had je dat al gehoord?'

'Die schijnheilige klootzak,' scheldt Morten. 'Als hij ons vanaf het begin de waarheid had verteld, was de zaak veel sneller opgelost. Hoe zat het eigenlijk met die inbraak in zijn huis?'

'Dat was Borger,' zegt Tom. 'Pas door de documenten die hij

bij Keller vond, kreeg hij een gedetailleerd beeld van het netwerk achter het secretariaat op kamer 19.'

'Maar hoe wist hij van die safe?'

'Waarschijnlijk via Sinje Keller,' zegt Tom. 'Fleischauer kon zich Gero Borger herinneren, hij heeft hem een paar keer met Sinje Keller gezien. Na de inbraak en de diefstal was Keller behoorlijk ongerust. Hij vermoedde kennelijk dat Fleischauer of zijn dochter erachter had gezeten. Sinje lijkt het een en ander over haar vader te hebben geweten, vandaar ook hun slechte relatie. Dus heeft Keller zijn oude contacten met Mazur, alias Mes weer geactiveerd en hem Fleischauers boot laten doorzoeken.'

Morten knikt. Hij heeft zichtbaar moeite met het ordenen van alle informatie die over hem wordt uitgestort. 'En Bruckmann is nog altijd spoorloos?'

'Maar zijn safe heeft hij eerst nog geleegd,' stelt Sita grimmig vast. 'Moet je voorstellen. Na alles wat hij heeft aangericht, is hij van het monument naar huis gereden en sindsdien is hij van de aardbodem verdwenen.'

'Wel het beste wat zijn dochters kon overkomen,' zegt Tom. 'Gisell en Sabine haatten hem sowieso al, maar na wat er nu allemaal aan het licht komt...'

'Dus Bruckmann was ook degene die Yuri Sarkov heeft opgedragen om Bauer te vermoorden?' vraagt Morten verbijsterd.

Tom knikt. 'Toen dat met Sinje gebeurde, moet Bruckmann onmiddellijk hebben begrepen wat er aan de hand was. De negentien deed zijn werk. Toen Bauers dochter werd ontvoerd, wist Bruckmann vast dat hij de volgende zou zijn.'

'Twee dingen dreven hem,' vult Sita aan. 'Aan de ene kant wilde hij zijn dochters beschermen en wilde hij dus de dader te pakken krijgen, aan de andere kant moest hij absoluut zien te verdoezelen wat hij en zijn Stasi-collega's destijds hadden uitgevreten. Vandaar de inbraak bij Bauer en de opdracht tot de moord. Bruckmann en Keller waren het kennelijk eens over dat stilhouden. Beiden hadden in hun gezin de touwtjes strak in handen. Maar Bauer was uit een ander hout gesneden. Zijn secretaresse omschreef hem als een bangige man.'

'Bangig? Na de zonde komt het berouw,' bromt Morten. 'Hoe is dat in godsnaam mogelijk? Bangig zijn, maar wel voor miljoenen medicijnen over de datum naar Afrika verschepen? Tegenstanders van het regime hun kinderen ontnemen...?'

'Hoe gaat het eigenlijk met je vader?' vraagt Sita.

'Nu we het toch over de Stasi hebben, bedoel je?' vraagt Morten. Zijn magere gezicht verhardt plotseling weer. 'Adoptievader, overigens,' voegt hij eraan toe. 'Die oude smeerlap overleeft alles.'

'Toch is hij de grootvader van je dochters,' zegt Sita, 'en als ik het goed heb begrepen is hij zeer aan ze gehecht.'

'Nou en? Maakt dat iets beter? Komt daardoor ook maar één mens weer tot leven die destijds in Hohenschönhausen is gekweld, gemarteld en vermoord?'

'Nee, nee, in godsnaam,' zegt Sita, 'ik wil me helemaal niet achter de mensen scharen die zich achter het regime verschuilen en zeggen dat ze geen keus hadden. Ik denk alleen dat niet iedereen de kracht heeft om zich te verweren tegen een misdadig systeem.'

'En dat zou hem dan vrij moeten pleiten?'

'Nee, absoluut niet. Maar... Tom heeft me een paar dingen verteld... ook over zijn eerste ontmoeting met hem. En ik denk, dat als het erop aankomt...' Sita kijkt Morten aan en verstomt plotseling.

'Wat?' vraagt hij opgewonden.

'Het is al goed.'

'Niets is goed. Als je de moralist wilt uithangen, maak je verhaal dan af. Waar ben je op uit? Op vergiffenis? Dat kun je vergeten!'

'Vergiffenis...' Sita haalt haar schouders op. 'Een groot woord. Misschien gaat het erom om zaken opnieuw te bekijken. Soms win je daarbij.'

'Zoals jij met Mazur in het bos?'

'Mazur was een geweldpleger,' protesteert Sita. 'Het vleesgeworden kwaad, tot zijn laatste snik.'

Morten zucht. Hij ziet er diep ongelukkig uit. 'Ik kan het niet scheiden. De mens die al die misdaden heeft begaan, en de mens die hij als vader en grootvader was.'

Ze zwijgen even.

'Sorry,' zegt Sita. 'Ik wilde niet... Ik begrijp je.'

Morten knikt. Zijn gezicht staat star, de huid spant zich over zijn jukbeenderen. 'Hoe zat het eigenlijk met die Mazur? Waarom had hij het op jou gemunt? Was dat ook een opdracht van Bruckmann?'

Sita schudt haar hoofd. 'Dat lijkt me niet waarschijnlijk. Ik denk eerder dat het Keller was.'

'Keller? Waarom hij?'

'Nadat Bauer werd neergeschoten ben ik bij hem thuis langs geweest en heb ik hem geprovoceerd met toespelingen over opgebroken safes en documenten die misschien weer zouden opduiken.'

'En?'

'Achteraf denk ik dat hij het een en ander verkeerd heeft begrepen. Het zou kunnen dat hij dacht dat ík die documenten had. Ik stond tenslotte alleen voor zijn deur... en toen heeft hij me nog gezien toen ik stiekem met zijn vrouw sprak, in hun tuin. Misschien zijn er een paar stoppen bij hem doorgeslagen. Nadat zijn safe werd opengebroken, heeft hij radeloos naar die papieren gezocht. Hij had ten slotte ook Mazur naar Fleischauer gestuurd om daar te zoeken. Grauwein heeft daar een vingerafdruk van hem gevonden.'

'Onvoorstelbaar,' mompelt Morten. 'De zittende burgemeester en het hoofd van de Berlijnse recherche...'

'Al zal het moeilijk worden om Keller iets ten laste te leggen,' zegt Tom.

'Dat is bitter. Heel bitter.' Morten staart naar de vloer, zucht diep en staat op. 'Nou, dan ga ik maar weer. Nogmaals: bedankt. Zonder jullie...'

Sita en Tom knikken. Meer valt er niet te zeggen.

Nadat Morten is vertrokken, komt Anne weer naar beneden. Ze kijkt van Tom naar Sita. 'Zoveel levens gered, en toch zulke bedrukte gezichten?'

Ze buigt zich over Tom heen en legt Phil in zijn gezonde rechterarm. Het jochie is klaarwakker en kijkt hem met grote, onschuldige, blauwe ogen aan. Als er iets hem belet zich in zichzelf te keren, dan is het dit kleine ventje met zijn kleine, nieuwsgierige handjes, die nog een eeuw voor de boeg heeft. Tom glimlacht. Een glimlach met een schaduw. In zijn broekzak zit nog dat opgevouwen briefje met dat adres uit die rode regenjas.

'Heb je vandaag nog iets te doen?' vraagt hij aan Sita.

'Ik? Ik ga Bene opzoeken in het Charité.'

Tom trekt zijn wenkbrauwen op. 'Oude liefde?'

Sita schudt haar hoofd, haar glimlach is serieuzer dan ooit. 'Iets anders. Een gedeeld noodlot. Net als bij jou en hem. Misschien een tikje anders, maar... nou ja. Misschien moeten wij het elkaar allemaal nog een keer vertellen.' Ze staat op. 'Of misschien ook niet.'

74

Stahnsdorf bij Berlijn
Zondag 17 februari 2019
18.17 uur

Drie keer langs het huis, eerst de ene, dan de andere kant op. Achter de ramen brandt licht. Het ziet er bijna aangenaam uit.

Hoe kan iets aangenaam zijn en toch zulke buikpijn veroorzaken?

Kom, doe nou. Eropaf, fluistert Viola in zijn oor.

En als ik het niet opbreng?

Je brengt het niet op om naar mij te zoeken?

Dat is het niet. Dat weet je heus wel.

Nou ja, zoek dan die... Finja...

Waarschijnlijk heet ze niet eens zo. Ik ken haar voornaam en haar achternaam niet eens.

Waar ben je bang voor? Dat hij je bijt?

Nee, eerder dat ik hem bijt.

Viola giechelt. *Dat wil ik zien!*

Er is niets grappigs aan. Ik wil niet zo worden als Morten.

Jij bent Morten niet.

Vooruit dan maar. Je laat me toch niet met rust.

Tom duwt het tuinhek open, loopt over het tuinpad naar de voordeur en blijft ervoor staan.

Hij is van figuurglas. Erachter brandt licht.

Hij drukt op de bel.

Drie tonen weerklinken.
Een schaduw, het glas komt in beweging.
De deur gaat open, Toms hart krimpt ineen.
Grijs haar, grijze wenkbrauwen, de kin van een Noorman, een scherp gesneden neus, de ogen stomverbaasd. En behoedzaam. Of geïrriteerd?
'Dag, Tom.'
'Dag pa.'
Ze staan voor elkaar alsof een afgrond hen scheidt.
'Kwam je me feliciteren met mijn verjaardag?' vraagt Werner Babylon. 'Dan ben je aan de late kant. Is al een paar dagen geleden.'
'Nee,' zegt Tom. Zijn mond is kurkdroog. Hij wil weglopen. Maar alles waar hij voor wil weglopen, zou hem achtervolgen. Hij pakt het briefje uit zijn jaszak en geeft het aan zijn vader.
Werner Babylon pakt het papiertje aan en bekijkt het met gefronst voorhoofd. Dan vouwt hij het open. Plotseling verbleekt hij, en moet hij zich aan de deurpost vasthouden.
'Waarom staat daar jouw adres?' vraagt Tom.
'Ik... eh... ik weet niet waar je het over hebt.'
'Hier,' zegt Tom, met zijn wijsvinger op de handgeschreven letters tikkend, 'staat jouw adres.'
'Ja,' zegt zijn vader met gesmoorde stem. 'En?'
'Ik heb dat briefje gevonden in een rode kinderregenjas. Die is bij de opening van de Berlinale in de garderobe blijven hangen.'
'Wat vervelend voor dat kind,' zegt Werner Babylon.
'Ben jij Krüger?' vraagt Tom.
Zijn vader kijkt hem aan zoals al ontelbaar veel leugenaars hem tijdens verhoren hebben aangekeken. 'Hoezo?'
'Ik ben vooral geïnteresseerd in Fínja Krüger.'
Zijn vader zwijgt. Niet dat Tom dat niet verwachtte, maar hij had niet gedacht dat hij hem daarbij zo zou aankijken, met

die vreemde uitdrukking op zijn gezicht; een mengeling van rouw, schrik en angst.

'Verdomme, voor de draad ermee,' zegt Tom. 'Wat heeft dit te betekenen? Wie is dat kind?'

Zijn vaders ogen vullen zich met tranen. Hij schudt zijn hoofd. 'Kom maar weer terug als je me wilt feliciteren met mijn verjaardag,' zegt hij zachtjes.

Dan doet hij de deur dicht.

Dankwoord

Ik ben vervuld van een diepe dankbaarheid tegenover de mensen die mij steeds weer helpen met mijn boeken. In het klein en in het groot. Als eerste mijn vrouw, Meike. Zonder jou, liefste, had ik zoveel dat mij van pas komt bij het schrijven, nooit geleerd.

Jij ook bedankt, Janosch. Met jou deel ik meer geheimen over mijn boeken dan met wie dan ook, alleen maar omdat het zo lonend is om er met je over te praten.

Norik, Clara, Verena, Wilfrie en al mijn andere lieve testlezers, jullie zijn mijn kompas, ook als ik doelbewust een kant op ga die jullie kompasnaald niet aanwijst. Dat jullie als boekenliefhebbers een boek lezen dat nog maar voor de helft af is, en nog geen einde heeft, vind ik een hele prestatie. Dat jullie het nog een keer lezen, en dan nóg een keer, pas echt.

Lieve medewerkers van Literair Agentschap Graf en van Ullstein Verlag – al jullie namen noemen zou hier te ver voeren – dank voor jullie enthousiasme en steun – en dan vooral aan jou, Meike (niet te verwarren met mijn vrouw). Dank aan Claudia voor het vinden van kleine en grote fouten; je laat me er echt beter uitzien. En, niet in de laatste plaats, aan jou, Katrin. Je helderheid, eerlijkheid en ondersteuning zijn een waarborg, nee, een geschenk. Vanaf het eerste uur.